ELIZABETH ENGLISH

Herrscher meiner Träume

Roman

Aus dem Amerikanischen
von Sabine Schilasky

Knaur Taschenbuch Verlag

Die amerikanische Originalausgabe erschien 2002 unter dem Titel
»Laird of the Mist« bei The Berkley Publishing Group,
a division of Penguin Putnam Inc., New York.

Besuchen Sie uns im Internet:
www.knaur.de

Deutsche Erstausgabe Mai 2007
Knaur Taschenbuch

Redaktion: Katharina Meschkowski
Umschlaggestaltung: ZERO Werbeagentur, München
Umschlagabbildung: Mauritius Images und
Franco Accornero/via Agentur Schlück, Garbsen
Satz: Adobe InDesign im Verlag
Druck und Bindung: Nørhaven Paperback A/S
Printed in Denmark
ISBN 978-3-426-63665-7

2 4 5 3 1

Für meine Schwester Janie,
die wissen wollte,
wie die Geschichte weitergeht.

Prolog

Ravenspur Manor, in den Grenzgebieten, 1375

»Dann hältst du es für eine schlechte Idee?«, fragte Ian Kirallen unbekümmert, als er sich aufs Pferd schwang. Seine Wangen waren gerötet, und seine dunklen Augen funkelten. Er nahm die Zügel in die Hand. Mit seinen neunundzwanzig Jahren war Ian der Inbegriff stolzer Männlichkeit und von derselben Unruhe getrieben wie der heißblütige Hengst unter ihm. Das Tier schnaubte und scharrte mit den Hufen, dass Funken von den gefrorenen Steinen aufstoben, doch Ian brachte es mühelos zur Ruhe. Kaum hatte er damit ein weiteres Mal bewiesen, was für ein hervorragender Reiter er war, grinste er hinunter zu dem blonden Mann, der direkt vor seinem Pferd stand und keinerlei Anstalten machte, ihm auszuweichen.

»Allerdings«, sagte Alistair streng, das Kinn trotzig erhoben.

Die acht Ritter, die bereits auf ihren Pferden waren, lehnten sich in ihren Sätteln zurück. Jetzt kommt das wieder, bedeuteten sie sich achselzuckend und die Augen gen Himmel richtend. Sir Alistair predigte Vorsicht, dabei hätte er ebenso gut in den Wind schreien können. Durch ihn würde sich Lord Ian gewiss nicht von seinem Vorhaben abbringen lassen.

Nicht dass irgendeiner von ihnen Alistairs Mut auch nur einen Moment lang in Frage stellen würde. Ihr Befehlshaber war unbestritten einer der besten und kühnsten Schwertkämpfer in den Grenzgebieten, was die ihm untergebenen Ritter stets mit großem Stolz erfüllte. Ob er ebenso stolz darauf war, vermochten sie nicht zu sagen. Sir Alistair verschwendete keine Worte an Belange, die er für nebensächlich erachtete. Überhaupt war er ein eher schweigsamer und immerzu wachsamer Mann. In seinen kühlen grauen Augen lag eine unerschütterliche Beherrschtheit, die nicht einmal in den heißesten Schlachten wich.

Ging es um die Planung eines Gefechts, verließen sich seine Ritter vollkommen auf Alistairs Urteilsvermögen, wussten sie doch, dass er alle Eventualitäten berücksichtigte. Wenn er sagte, tut dies oder jenes, dann wird Folgendes geschehen, konnten sie sicher sein, dass alles genauso eintreten würde.

Von ihrem Lord konnten sie das nicht behaupten. Ian war impulsiv und kühn, stets wagemutig und oft brillant. Er war dazu geschaffen, einst größten Ruhm zu ernten. Doch bei seinen Unternehmungen war alles möglich. Er war wild und furchtlos, und er stürzte sich mit einer Inbrunst in jedes neue Abenteuer, die auch seine Männer entflammte.

Jeder junge Adlige träumte davon, in seine persönliche Garde aufgenommen zu werden, von deren Errungenschaften sich die Menschen mit großer Ehrfurcht und Bewunderung erzählten. Die wenigen Auserwählten waren daher bereit, mit ihm durch die Hölle zugehen – ja, sie würden sich sogar glücklich schätzen, ihn auf dieser Reise begleiten zu dürfen. Und wenngleich Ians ungestüme Art seinen Stiefbruder zur Verzweiflung trieb, wussten doch alle, dass ihr Anführer insgeheim ebenso empfand.

Hatte sich Sir Alistair erst einmal auf eine von ihm zunächst abgelehnte Aktion eingelassen, konnte man sicher sein, dass er Ian bis zum Letzten zur Seite stand. Und traten ungeplante oder unberücksichtigte Entwicklungen ein – wie es bei Lord Ians Plänen so häufig der Fall war –, dann bewährte sich zumeist Sir Alistairs geniale Fähigkeit, binnen Sekundenbruchteilen die richtige Entscheidung zu fällen. Wie oft schon hatte sie eine bevorstehende Katastrophe zu einem Triumph gewendet, der Stoff für Lieder und Geschichten lieferte.

Die beiden Männer waren wie die zwei Seiten einer Medaille. Und so gegensätzlich sie auch sein mochten, konnte sie doch nichts auseinanderbringen.

Ian blickte auf Alistair hinab und lud ihn ein, bei dem Spaß mitzumachen. Der jedoch war immun gegen die ansteckende Begeisterung seines Stiefbruders. Mit dessen Plan stimmte etwas nicht, da war Alistair sich sicher, wenngleich er nicht sagen konnte, wo das Problem lag. Doch seit dem Vorabend fühlte er ein Kribbeln in den Daumen, die Ankündigung einer düsteren Vorahnung, wie sie ihn bisweilen heimsuchte.

»Wenn du dich schon nicht abhalten lässt, dann nimm wenigstens mehr Männer mit«, wandte er ein.

Ian drehte sich nach den acht Rittern hinter sich um. »Dafür ist es zu spät. Wir werden vorsichtig sein.«

Einen Moment lang überlegte Alistair, ob er Ian mit aller Macht zurückhalten sollte. Gewiss würde er ihn wieder einen Feigling nennen, wie er es schon gestern Abend getan hatte, als Alistair ihn von seinem Vorhaben abzubringen versuchte, aber das störte ihn nicht. Ian hatte keinen echten Grund, heute Morgen auszureiten. Zwei Dutzend gestohlene Rinder taten dem Clan nicht weh, und das wusste Ian genauso gut wie Alistair. Aber um die Rinder ging es ja auch gar nicht. Ian wollte nicht hinnehmen, dass die Kirallens in ihrer Ehre verletzt worden waren.

Das war typisch für ihn. Der Kirallenerbe würde vor nichts und niemandem zurückschrecken, um einen Sieg über die Engländer zu erringen, insbesondere dann nicht, wenn es sich zufällig um den Engländer Darnley handelte.

Ian wirkte gereizt und ungeduldig. Alistair war klar, dass nichts, was er sagte, ihn noch umstimmen könnte. Mit einem Seufzer der Resignation stieg er auf sein Pferd und nahm seinen angestammten Platz hinter seinem Stiefbruder ein.

Ein kühler Januarnebel lag in den Senken und hing schwer über dem Moor. Auf dem Weg über die Tiefebene begann Alistairs Pferd zu lahmen. Er stieg ab und löste mit Hilfe seines Dolches einen Stein aus dem Huf des Tiers. Doch beim nächsten Schritt lahmte das Pferd immer noch. Alistair fluchte.

»Ich muss mir ein anderes Pferd holen«, sagte er zu Ian.

Ian seufzte, wobei sein Atem zu einer weiteren Nebelschwade wurde. »Dann versuch später, uns einzuholen.«

»Ich kann gleich wieder zurück sein.«

Ian lachte. »Wir können doch nicht den Morgen damit vertrödeln, auf dich zu warten.«

Alistair spürte, wie Wut in ihm aufstieg. Was war denn nur heute Morgen mit Ian los? Ein fiebriger Glanz lag in seinen Augen, sein Gesicht war gerötet. Er wirkte ungewöhnlich angespannt – ja, fast wie ein Todgeweihter.

Alistair wollte eine bissige Antwort geben, doch die Worte erstarben auf seinen Lippen, als er spürte, wie sich seine Nackenhaare aufrichteten. Sein Mund wurde trocken, und obwohl er schreien wollte, waren seine Worte nur noch ein Flüstern.

»Warte, reite noch nicht weiter!«

Ian schlug seinem Pferd die Fersen in die Seiten, trabte davon und drehte sich grinsend zu Alistair um. »Beeil dich, sonst verpasst du den ganzen Spaß!«

»Ian, nein – *warte*!«

Doch Ian war fort. Alistair wandte sich um, eilte zu den Ställen zurück und rief nach einem Burschen. Zehn Minuten später galoppierte er über die Zugbrücke. Ein eisiger Wind schlug ihm entgegen.

Es war ein dunkler, wolkenverhangener Tag mit dichtem Nebel, der so gut wie keine Sicht ließ. Aber Alistair folgte den anderen Reitern mühelos, da ihre Spuren deutlich im frischen Schnee zu erkennen waren.

Außer dem dumpfen Schlagen der Hufe seines Pferds vernahm er noch andere Geräusche aus weiterer Ferne – ein Schrei, der sogleich wieder verstummte, Schwerterrasseln, dann Stille.

»Mach schon, mach schon«, murmelte er und trieb sein Pferd mit Händen und Knien an. »Lauf, du Bastard! Los!«

Donnernd ritt er über die Hügel hinweg in Richtung einer Felsgruppe, die am Rande des Moors stand. Alistair näherte sich ihr von rechts. Hier waren mehr Spuren, die von hinter der Felsgruppe kamen und sich mit denen der Kirallen-Reiter vermischten.

Er brachte sein Pferd zum Stehen und horchte. »Ian!«, rief er, doch seine Stimme schien buchstäblich vom Nebel verschluckt zu werden. »Antworte mir, verdammt! Wo bist du?«

In diesem Augenblick sah er die ersten Blutstropfen, die in

den Schnee gestreuten Rubinen glichen. Er blickte auf, als er Pferdehufe vernahm. Gleich darauf tauchte ein reiterloses Pferd aus dem Nebel auf und preschte in panischem Galopp Richtung Ravenspur davon. Die Zügel flatterten lose hinter ihm. Alistair trieb sein Pferd wieder an, das gezogene Schwert in der Hand. Als er das offene Moor erreichte, konnte er nur schemenhaft die Umrisse von Reitern ausmachen, die sich auf die Grenze zubewegten.

Was waren das für Reiter? Waren es die Männer, die mit ihm aus Ravenspur kamen? Oder waren es jene, die Ian hinter den Felsen aufgelauert hatten?

Eigentlich kannte er die Antwort schon. Noch ehe er die leblosen Körper auf dem blutgetränkten Moor sah, wusste er, dass die Ritter in einen Hinterhalt geraten waren. Acht, zählte er hastig. Oder nein, nicht acht. Neun. Alle. Und dort, ein Stück entfernt, lag Ian, deutlich an seinem blauen Umhang zu erkennen.

Als Alistair neben seinem Stiefbruder auf die Knie fiel, regte Ian sich. Er war also am Leben, dachte Alistair. Vor Erleichterung wurde ihm beinahe schwindlig. Natürlich lebte er. Ian konnte nicht sterben, nicht hier und nicht so. Nicht für eine Herde Kühe.

Alistair berührte seinen Arm. Ian öffnete die Augen und grinste. Es war ein schwaches Grinsen, aber immer noch das von Ian. So schwer konnte er also nicht verletzt sein. Gewiss würde er wieder gesund.

»Es war Darnley. Hätte nie gedacht, dass er selbst kommt, der Bastard! Ich hätte … auf dich … warten sollen.«

Alistair zog Ians Umhang beiseite und suchte vergeblich nach der Wunde. Auf den ersten Blick schien er vollkommen unverletzt, und doch war überall Blut. So viel Blut, stellte er wie benommen fest. Es ergoss sich in Rinnsalen über Ians Gambeson und färbte den Schnee unter seinem Körper tiefrot.

Alistair schrak zurück, als ihm schlagartig klar wurde, was geschehen war. Ian war hinterrücks von einem Schwert getroffen worden. Und selbst er, der sein Leben lang Lord Darnley verachtet hatte, war schockiert, dass der Engländer zu solch einer Tat fähig gewesen sein sollte.

»Mein Gott, Ian«, sagte er mit tränenerstickter Stimme, »wir müssen dich nach Hause bringen.«

Doch als er versuchte, ihn hochzuheben, stieß Ian einen schrecklichen Schmerzensschrei aus und fasste Alistairs Arm. »Zu spät, oh Gott, Alistair, es tut mir so leid.«

Ja, natürlich, hinterher tat es Ian immer leid. Diesmal allerdings würde es für ihn nicht so leicht sein, Alistair mit einem reumütigen Grinsen und einem Achselzucken zu versöhnen. Von jetzt an sollte sich einiges ändern. Wenn Ian das nächste Mal mit einem seiner verrückten Pläne kam, würde Alistair dafür sorgen, dass er auf ihn, die Stimme der Vernunft, hörte.

Denn es *würde* ein nächstes Mal geben. Es musste. Ian konnte unmöglich so schwer verwundet sein. Nichts, rein gar nichts sprach dagegen, dass Ian schon bald wieder auf den Beinen war. Aber, oh Gott, da war so viel Blut.

»Alistair.«

Ians Hand rutschte von Alistairs Arm und in den Schnee. Sein sonst rotwangiges Gesicht war aschfahl und von grünlich-weißen Sprenkeln durchwirkt, wie sie Alistair nie zuvor gesehen hatte. Doch er weigerte sich zu begreifen, was das bedeutete.

»Sei still«, sagte er zu Ian. »Schone deine Kräfte.«

Er nahm sich seinen Umhang ab und legte ihn über Ian, so dass der blutdurchtränkte Gambeson und der rote Schnee überdeckt waren. Denk nach!, befahl er sich im Stillen. Wie konnte er Ian auf dem schnellsten Wege nach Hause bringen? Leider versagte sein gewöhnlich so zuverlässiger Verstand ihm den Dienst.

»Nein, ich habe keine Zeit«, stammelte Ian, der vor Kälte und von dem erlittenen Schock zitterte. »Sag mir, dass es gut ist, dass du …«

»Ich vergebe dir, ja«, sagte Alistair gereizt. »Willst du das hören? Und jetzt sei ruhig und lass mich kurz nachdenken.«

»Malcolm.« Ians Stimme klang seltsam erstickt, als er den Namen seines Sohnes aussprach. Er versuchte sich zu räuspern, dann flüsterte er heiser: »Gib auf ihn acht.«

»Wie auf meinen eigenen Sohn«, versprach Alistair, energisch gegen die Tränen anblinzelnd, die ihm plötzlich in die Augen schossen. Der Wind, dachte er. Ja, der Wind musste schuld an dem Brennen in seinen Augen sein. Er war schneidend kalt heute Morgen. »Aber du wirst auch da sein«, fügte er optimistisch hinzu. »Wir schaffen dich nach Hause und …«

Ian hustete, und ungläubig starrte Alistair auf das leuchtend rote Blut, das ihm dabei aus dem Mund strömte. Er hob Ian in seine Arme und hielt ihn fest, während er mit dem Tode rang. Sein Verstand jedoch weigerte sich nach wie vor hartnäckig zu verstehen, was geschah – selbst dann noch, als Ian ein letztes Mal vergeblich gegen den Tod aufbegehrte.

Lord Gawyn Kirallen erwachte vom Läuten der Kapellenglocke. Als sie erstummte, hörte er ein leises Schluchzen direkt neben seinem Bett. Malcolm, dachte er. Es ist Malcom. Warum war er hier? War etwas passiert? Dann erst erinnerte er sich wieder an die Ereignisse des Vortags.

Er sah die Bilder deutlich vor sich: von Alistair, der in die große Halle stolperte, Ian in den Armen und beide blutüberströmt; er entsann sich seines eigenen Aufschreis, als Alistair Ians leblosen Körper auf den Auflagebock legte … Ein Hinterhalt. Das war es gewesen. Und alle Männer Ians, all die armen Burschen, lagen tot im Moor. Mein Herz, dachte Gawyn und erinnerte sich an den glühenden Schmerz, der seine Brust durchfuhr, bevor alles um ihn herum schwarz geworden war. Jetzt fühlte er keinen Schmerz mehr, nur noch eine tiefe Müdigkeit. Doch er musste wach werden, um Malcolms willen. Der arme Junge hatte sonst niemanden mehr. Sein Vater war tot, und er war nun ein Waise.

»Ruhig«, sagte eine tiefe Stimme. »Ganz ruhig, schon gut, ruh dich ein wenig aus, mein Junge.«

Gott sei Dank, dachte Gawyn und sackte in die Kissen zurück. Alistair war hier. Nun konnte er beruhigt sein. Alles war in Ordnung. Solange Alistair da war.

Als Gawyn wieder aufwachte, herrschte Stille in seinem Zimmer. Weiter weg allerdings, hinter der Tür, vernahm er Frauenstimmen, die verzweifelte Klagelaute ausstießen. Die ganze Burg trauerte in dieser Nacht. Die ganze Burg war vom Tod heimgesucht worden, und die Verantwortung dafür trug Darnley.

Diesmal würde man Darnley zwingen, für seine Taten geradezustehen, diesen hinterhältigen und verschlagenen Feigling. Das bedeutete offenen Krieg zwischen den Familien, wie er seit vielen Jahren nicht mehr getobt hatte. Mit erschreckender Klarheit erinnerte sich Gawyn an den entsetzlichen Preis, den ein solcher Krieg forderte. All die Jahre, solange er denken konnte, kämpften die Kirallens gegen die Darnleys. Es waren Jahre der Unruhen gewesen, während derer wieder und wieder offene Konflikte entbrannt waren. Als sie das letzte Mal in die Schlacht zogen, hatte Gawyn seinen Vater und seinen Bruder verloren. Und nun hatte der alte Hass seinen Sohn gefordert.

Wann würde es jemals enden? Wie viele Tote brauchte es noch, bis jemand den Mut aufbrachte zu schreien »Es reicht!«?

Ian ist *tot*, dachte Gawyn und zwang sich, die unfassbar entsetzliche Wahrheit zu begreifen. Nichts konnte ihn wieder zurückbringen. Das Einzige, was Gawyn jetzt noch für seinen Sohn tun konnte, war, seinem Tod einen Sinn zu geben. Ians Name sollte nicht bloß einer mehr auf der langen Liste der Gefallenen sein. Ians Name musste der letzte sein.

Als Gawyn die Augen öffnete, stellte er fest, dass Malcolm fort war, sein Stiefsohn jedoch immer noch neben seinem Bett saß. Alistair döste in einem Sessel, den Kopf in eine Hand gestützt. Er trug dieselben blutbefleckten Kleider, in denen er Ian nach Hause gebracht hatte.

»Alistair«, sagte Gawyn mit heiserer, gebrochener Stimme.

»Ja, Mylord.« Alistair war sogleich hellwach.

»Erzähl mir genau, was geschehen ist.«

Alistair gehorchte und berichtete alles vollkommen tonlos, als erzählte er von einem ganz gewöhnlichen Ausritt statt vom Tod seines eigenen Stiefbruders, Gawyns Sohn und Erben. Erst gegen Ende seiner Erzählung geriet er ins Stocken.

»Er hätte auf mich warten sollen«, sagte Alistair. »Er hat es selbst gesagt, hat mich um Verzeihung gebeten.«

»Und hast du ihm verziehen?«

»Ja. Dabei werde ich ihm nie verzeihen! Es war dumm und rücksichtslos … entschuldigt. Der Fehler lag zu gleichen Teilen bei mir wie bei ihm. Vielleicht sogar noch mehr bei mir«, fügte er verbittert hinzu.

»Du hättest nichts tun können«, sagte Gawyn ruhig und spendete Alistair damit jenen Trost, den er selbst nie finden würde.

»Es ging alles ganz schnell«, erzählte Alistair. »Er hat nicht gelitten.«

Gawyn nickte. Ob Alistair nun die Wahrheit sagte oder nicht, er musste ihm glauben. Er hatte gar keine andere Wahl. Die Vorstellung, Ian könnte eines qualvollen Todes gestorben sein, würde ihn in den Wahnsinn treiben, und Wahnsinn war ein Luxus, den er sich nicht leisten konnte.

»Ich möchte, dass du etwas für mich tust«, sagte er.

»Keine Sorge, Mylord. Darnley ist ein toter Mann.«

»Nein, das meinte ich nicht. Noch nicht. Ich möchte, dass du nach Jemmy schickst.«

»Jemmy?«

Alistair wiederholte den Namen, als hätte er ihn noch nie gehört. Dabei kannte er ihn sehr wohl. Jemmy war schließlich der Sohn des Lords und ebenso Alistairs Stiefbruder, wie Ian es gewesen war.

»Jemmy?«, fragte er nochmals, und nun schwang aufkeimende Wut in seiner Stimme mit. »Wozu? Malcolm ist Ians Erbe. Es besteht kein Grund, Jemmy hierher zurückzuholen. Und wie sollen wir ihn überhaupt finden?«

»Ein Brief.« Der Lord zeigte auf seinen Schreibtisch.

Alistair holte das Pergament und las. »Cadiz«, sagte er. »Dann ist er immer noch in Spanien. Aber warum?«, fragte er. »Warum jetzt, nach all den Jahren?«

»Er ist mein Sohn. Sein Platz ist hier. Ich will ihn bei mir haben.«

Alistair sah ihn misstrauisch an. Überraschung und Unglaube spiegelten sich in seinen Zügen. Er kennt mich gut, dachte Gawyn, ein bisschen zu gut, um die Lüge zu schlucken, die ich ihm auftischen muss.

»Ihr braucht Jemmy nicht«, sagte Alistair. »Ihr habt selbst gesagt, dass Ihr keine Verwendung mehr für ihn habt, seit er fortgegangen ist. Jetzt lehnt Euch zurück und trinkt etwas von dem Bier, das Master Kerian Euch gebracht hat.«

»Nein, ich will Jemmy, sage ich …« Er hustete und rang nach Luft, worauf sein Stiefsohn sofort aufsprang und sich besorgt über ihn beugte. Gawyn betrachtete ihn durch halb geschlossene Augen und war sehr zufrieden mit dem, was er sah.

»Nun gut, Mylord«, sagte Alistair beschwichtigend. »Wenn Ihr Jemmy wollt, sollt Ihr ihn haben. Obwohl ich beim besten Willen nicht verstehe, was er uns nützen kann.«

Alistair wird mir gehorchen, dachte Gawyn. Auch wenn er noch nicht begreift, was ich vorhabe, ist seine Loyalität zu groß, um mir zu widersprechen. Und selbst wenn er begreift, wird er gehorchen, weil zwischen uns mehr ist als die Treue des Ritters gegenüber seinem Lord. Aber wird er sich je mit dem abfinden, was ich vorhabe?

Begriff Alistair erst, dass Jemmy helfen sollte, Frieden mit Darnley zu schließen, würde er wütend und verletzt sein. Er würde sich von Gawyn hintergangen fühlen. Dennoch würde er zu ihm stehen, dachte Gawyn. Er musste.

Gott wäre nicht so grausam, ihm Alistair und Ian zu nehmen und ihm nur noch Jemmy zu lassen.

Kapitel 1

Die Chevron-Hügel, ein Jahr später

Alistairs erster Gedanke, als er erwachte, war: Gott sei Dank, ich bin wieder in Schottland. Sein zweiter Gedanke war: Darnley ist noch am Leben.

Der Boden unter ihm war kalt, der Wind eisig, und dennoch schwitzte er. Als er die Augen öffnete, blendete ihn fahles Morgenlicht. In seinen Schläfen hämmerte es, und als er sich aufsetzte, schmerzte jeder Muskel in seinem Leib. Der Himmel war grau, und die feuchte Luft roch nach Schnee.

Mühsam stand er auf. So weit das Auge reichte, war nichts als kahle Moorlandschaft zu sehen. Letzte Nacht hatte er die Grenze überquert, und einzig seine Schwäche hielt ihn davon ab, auf die Knie zu fallen und den Boden zu küssen.

Er blickte sich um. Wo genau war er? Vor zwei Tagen war er aus Leicester aufgebrochen und geradewegs nach Norden geritten. Demnach müsste er also … mitten in der Einöde sein. Hier waren weit und breit keine Siedlungen. Alistair hatte Fieber und so gut wie keinen Proviant mehr. Außerdem kündigte sich ein Schneesturm an.

Grandioser Plan, Alistair, sagte er sich, während er sich mit zitternden Gliedern daranmachte, sein Pferd zu satteln. Brillant. Das dürfte sein klügster Schachzug im ganzen vergangenen Jahr gewesen sein. Nur dass dieser ihn vermutlich das Leben kosten würde.

Und wäre das so schlimm?, fragte eine Stimme in seinem Innern. Warum nicht einfach aufgeben? Alles, was du versucht hast, schlug fehl … warum nicht hier und jetzt zu einem Ende kommen? Leg dich hin, schlaf wieder ein. Gott wird den Rest erledigen.

Er sank gegen sein Pferd und kämpfte mit der Versuchung, aufzugeben und den Ausweg des Feiglings zu wählen. Wer würde je davon erfahren?, fragte die Stimme. Niemand außer dir selbst.

»Kommt nicht in Frage«, murmelte er und zog sich mühsam in den Sattel. Auf dem Pferd sitzend, blickte er sich um, doch nichts an der Umgebung kam ihm vertraut vor, und auch die Sonne konnte ihm keine Orientierung bieten, da sie von dichten Wolken verdeckt war. Schließlich ließ er den Hengst einfach gehen, wohin er wollte.

Halb im Fiebertraum ritt er dahin. Ihm wurde abwechselnd eiskalt und unerträglich heiß. Erst Stunden später hob er den Kopf wieder und sah die Hügel, die sich im Osten erhoben. Zwei Hügel, zerklüftet, zwischen denen eine schmale Furt hindurchführte.

Diese Gegend kam ihm irgendwie bekannt vor. Als er begriff, wo er war, musste er lachen. Ritt er nach Westen und hielt sich dann immer geradeaus, wäre er bei Einbruch der Dunkelheit in Ravenspur – an dem einzigen Ort, an dem er nicht sein durfte.

Er blickte zu den Hügeln hinauf, und seine Augen verharrten auf der schmalen Schlucht dazwischen. Dort, direkt an der Spitze des einen Hügels, war eine Höhle. Fergus' Höhle. Falls Fergus überhaupt noch lebte.

Es hatte einmal eine Zeit gegeben, in der Alistair den alten Mann häufig besuchte. Inzwischen war es allerdings Jahre her, seit er zuletzt dort hinaufgeritten war. Er fragte sich, ob Fergus gehört hatte, was mit ihm geschehen war. Doch das war gleichgültig. Fergus mochte am Rand des Kirallengebiets wohnen, trotzdem war er immer noch ein *Taibhsear*, ein heiliger Mann, der niemandem außer seinen Göttern Rechenschaft schuldig war. Er würde Alistair gewiss für eine Nacht bei sich aufnehmen.

Alistair zog an den Zügeln und ließ sein Pferd den steinigen Abhang hinaufgehen. Sie waren noch keine halbe Meile geritten, da fielen die ersten Schneeflocken auf seine heißen Wangen.

Hinterher konnte Alistair sich nicht mehr erinnern, wie er zu Fergus' Hütte gelangt war. Nachdem der Schnee richtig eingesetzt hatte, war alles zu einem weißen und tödlich kalten Gestöber geworden. Irgendwann war er vor der Höhle angekommen, wo er die steif gefrorene Tierhaut vor dem Höhleneingang beiseite schob und hineinstolperte.

Fergus saß am Feuer, das weiße Haupt über ein Pergament gebeugt, das er ausgebreitet in seinem Schoß hielt. Er sah auf, als Alistair hereinkam, überrascht aber nicht erschrocken. »Friede sei mit dir, Reisender«, sagte er höflich. »Hier bist du willkommen.«

Alistair nahm sich die Kapuze ab, und der *Taibhsear* richtete sich mühsam auf. »Aber, das bist ja du, Alistair«, sagte er, und ein Lächeln erstrahlte auf seinem wettergegerbten Gesicht.

»Fergus«, flüsterte Alistair heiser, »kannst du mich bei dir aufnehmen?«

»Nun, lass mich überlegen«, sagte Fergus. »Ich erwarte den französischen König mit seinem halben Hofstaat, aber ich schätze, ich kann dich irgendwie dazwischenquetschen.«

Alistair brachte ein schwaches Lächeln zustande und sank neben dem Feuer auf den Boden. »Schön.«

Fergus hielt ihm die Hand an die Stirn. »Da hast du aber ein hübsches Fieber«, stellte er fest. »Wir sollten dich aus den nassen Sachen holen.«

Alistair stützte den Kopf auf die angewinkelten Knie. »Lass mich nur ein bisschen ausruhen.«

Mit erstaunlicher Kraft packte Fergus Alistair bei den Schultern und zog ihn hoch. »Aufgestanden, mein Junge. So, und nun die Arme hoch …«

Kurze Zeit später saß Alistair eingehüllt in trockene Sachen und gegen ein aufgerolltes Schafsfell gelehnt am Feuer, einen dampfenden Becher in den Händen. Er trank die heiße Brühe und verzog das Gesicht, weil sie bitter war. Bis Fergus sein Pferd versorgt und untergestellt hatte, war Alistair endlich wieder warm und das Hämmern in seinen Schläfen deutlich schwächer.

»Also, von woher weht es dich zu mir?«, fragte Fergus beiläufig, während er sich den Schnee vom Umhang schüttelte und ihn zum Trocknen ausbreitete.

»London.«

»Dann warst du auf Reisen, ja? Hast du dir alle Sehenswürdigkeiten angesehen?«

»Ich war in London, um John Darnley zu töten«, antwortete Alistair knapp.

»Tatsächlich?« Fergus schien nicht im Mindesten überrascht. »Und? Ist er tot?«

»Nein.«

Fergus nickte. »Gut.«

»Wieso? Bist du mit ihm befreundet?«

»Ich hatte mit ihm zu tun, aber das ist unerheblich. Ich bin um deinetwillen froh.«

Er füllte Alistairs Becher wieder und schenkte sich auch selbst einen Becher ein. »Trink aus, mein Junge, und hör auf, mich mit wütenden Blicken zu traktieren. Das Letzte, was du gebrauchen kannst, ist ein Mord, der dir auf dem Gewissen liegt.«

»Ich wollte keinen Mord begehen, sondern Gerechtigkeit üben.«

»Dann bist du neuerdings der Herrgott persönlich?«

»Ich bin – ich *war* – Lord Ians Stiefbruder. Ich *war* verantwortlich für meine Männer. Jetzt sind sie alle tot, jeder Einzelne von ihnen.«

»Ich weiß, dass großes Unrecht geschehen ist«, sagte Fergus sanft, »und das nicht nur Lord Ian und seinen Männern.«

»Und weißt du auch, dass du einen Verbannten beherbergst?«

»Ich habe davon gehört. Aber was ich nicht herausbekommen konnte, ist, *warum* du verbannt wurdest. Die Leute sagen, du bist zum Clan-Verräter geworden und hast versucht, die Herrschaft an dich zu reißen und Lord Jemmy zu vertreiben. Einige sagen sogar, du hättest versucht, ihn umzubringen – oder den Lord – oder beide.«

»Hast du keine Angst, dass ein solch verzweifelter Mann dich auch umbringen könnte?«

»In deinem Zustand? Ich lasse es darauf ankommen.«

Fergus lächelte und warf ein frisches Scheit aufs Feuer. Dann setzte er sich und wartete, dass Alistair etwas sagte.

»Ich bin kein Verräter«, erklärte Alistair schließlich. »Obwohl es stimmt, dass ich alles in meiner Macht Stehende versucht habe, um Jemmy zu vertreiben. Er ist schwach, Fergus, er hat nicht das Zeug …« Ein Hustenanfall unterbrach seinen wütenden Vortrag.

»Ganz ruhig, Junge. Lass dir Zeit.«

Alistair lehnte sich zurück. »Der Lord hatte auf einmal die Idee, Frieden mit Darnley zu schließen«, fuhr er nach einer Weile fort. »Und Jemmy war Feuer und Flamme dafür. Ach, ich mache dem Lord keinen Vorwurf. Seit Ians Tod ist er sehr gealtert. Es geht ihm nicht gut, körperlich nicht und geistig auch nicht. Aber bei Jemmy ist es etwas anderes.«

»Ich erinnere mich an Lord Jemmy«, sagte Fergus lächelnd. »Vor Jahren kam er öfter her. Er brachte mir Tiere, die ich gesund pflegen sollte. Er schien ein netter Bursche zu sein.«

Alistair stieß einen höhnischen Laut aus. »Nett? Er ist ein Narr. Zwölf Jahre war er fort, Fergus, zwölf Jahre! Die ganze Zeit hat er in Spanien gelebt. Aber ändert das irgendwas für unseren Jemmy? Nein, für ihn nicht. Er marschiert hier herein und fängt an, Befehle zu erteilen, als wäre er nie weg gewesen! Er nahm uns unsere Ehre, verhandelte mit dem mordenden Bastard Darnley und erwartete vom Clan, dass alle es klaglos schluckten. Aber ich habe mich gegen ihn aufgelehnt. Jemand *musste* es tun. Tja, und als es dann hart auf hart ging, schlug sich der Lord auf die Seite seines Fleisch und Blutes. Und ich musste gehen.«

»Mit Mordgedanken im Herzen hinter Darnley her?«

»Ich hätte ihn fast erwischt. Verdammt, ich war so nahe dran. Und dann flieht dieser Feigling nach Frankreich.«

»Und was nun, Alistair?«

Alistair lehnte den Kopf zurück und schloss die Augen. »Ich

weiß nicht«, gestand er erschöpft. »Ich konnte nichts anderes denken, als dass ich nach Schottland zurück wollte.«

»Gräm dich nicht deshalb. Es sollte so sein. Alles ist gut, denn du bist jetzt hier – ganz so wie ich es kommen sah.«

»Du hast vorausgesehen, dass ich komme?«, fragte Alistair schläfrig.

»Nicht so genau, nur dass jemand kommt. Ich bin kein junger Mann mehr, Alistair. Es wird Zeit, dass ein anderer meine Last übernimmt. Und jetzt bist *du* hier.«

»Aber …«

»Still, wir reden morgen über alles. Aber eines sollst du noch wissen: Vor langer Zeit, als du noch ein Kind warst, ging ich zum Lord und bat darum, dich hier aufziehen zu dürfen. Er lehnte ab. Doch du bist trotzdem gekommen, nicht wahr? Da muss die Hand des Schicksals eingegriffen haben.«

Alistair wollte widersprechen, war jedoch zu müde. Morgen, dachte er. Morgen werde ich ihm sagen, dass ich nicht lange bleiben kann. Ich muss ein paar Goldstücke verdienen, ein Schiff nach Frankreich nehmen und Darnley finden.

Aber selbst wenn du nach Frankreich kommst, was dann?, fragte die Stimme in seinem Kopf. Du wirst ihn nie finden. Du kannst ja nicht mal die Sprache. Gib's auf. Du hast es versucht, bist gescheitert, und jetzt kannst du nichts mehr tun, als zu den anderen zu gehen.

»Komm, mein Junge, schlaf jetzt«, sagte Fergus. »Alles wird gut, jetzt, da du hier bist.«

In den Chevron-Hügeln, vier Monate später

Fergus ließ sich vorsichtig auf dem flachen Stein vor seiner Höhle nieder. Es duftete nach frischem Gras und Heidekraut, nach sonnengewärmter Erde und jungen Blüten. Endlich war der Frühling da, dachte er und ließ sich die Sonne ins Gesicht scheinen. Gerade als er glaubte, einen weiteren Frühling würde er nicht erleben. Er begann, leise zu singen:

Gegrüßet seist du, Sonne der Jahreszeit,
Die du reist über alle Himmel so weit,
Mit deinem festen Schritt auf den Flügeln der Höh'n
Bist du die glücklichste Mutter, welche die Sterne geseh'n.

Als er Schritte vernahm, blickte Fergus auf und sah Alistair Kirallen, der über die Hügelkuppe kam. Neben ihm trottete ein zotteliger Bulle. Beim Anblick des jungen Mannes legte sich das vertraute Gewicht hilflosen Mitleids schwer auf Fergus' Gemüt. Alistair hatte dunkle Augenringe und sah niedergeschlagen aus. Er hatte den Blick zu Boden gewandt und schien die duftende Frühlingslandschaft um sich herum gar nicht wahrzunehmen.

Taibhsear wurde Fergus genannt, der Seher, der eine Brücke zwischen dieser Welt und der nächsten bildete. Früher war er von zahlreichen Lords und einmal sogar von einem König zu Hilfe gerufen worden. Und selbst wenn ihnen sein Rat nicht immer gefiel, hatten sie doch nie an dessen Wert gezweifelt. Was aber nützte all seine hochgerühmte Weisheit heute?

Als Alistair kam, war Fergus sicher gewesen, dass er sich

schnell von seiner Krankheit erholen und das neue Leben akzeptieren würde, das er ihm anbot. Alistair erholte sich jedoch nicht so schnell.

Wochenlang schwebte er zwischen Leben und Tod. Durch das Fieber magerte er bis auf die Knochen ab, schwand buchstäblich dahin.

Am schlimmsten allerdings war der Schaden, den seine Seele genommen hatte. Er sprach nicht mehr davon, Lord Darnley finden zu wollen, und obwohl er höflich zuhörte, war offensichtlich, dass er nicht das geringste Interesse an all dem hegte, was Fergus ihm doch so gern beibringen würde.

Egal wie sehr Fergus versuchte, sich selbst vorzumachen, dass Alistair sich erholte, er wusste, dass dem nicht so war. Alistairs Seele starb, direkt vor den Augen des *Taibhsears*. Sollte nicht bald eine Besserung eintreten, würde Alistair das Ende des Sommers nicht mehr erleben.

Doch Fergus gab noch nicht auf. Etwas gab es noch, was er versuchen konnte, und heute, an Beltane, war der Tag, es zu tun. Ob es wirkte oder nicht, vermochte Fergus beim besten Willen nicht zu sagen. Aber er war sich darüber im Klaren, dass es sich um seine letzte Chance handelte. Und sein Einsatz war Alistairs Leben.

»Guten Morgen«, rief Fergus, und Alistair blickte erschrocken auf.

»Dir auch einen guten Morgen«, antwortete er höflich. »Hier ist der Bulle, nach dem du mich schicktest.«

»Und was für ein Prachtbulle, fürwahr«, lobte Fergus, der aufgestanden war und das Tier eingehend betrachtete.

Alistair stützte einen Ellbogen auf den Rücken des Tiers. Die Sonne fiel ihm ins Gesicht und betonte dessen kantige Linien. In seinem Blick lag ein bitterer Humor – seit seiner

Ankunft das erste Anzeichen von Frohmut, das Fergus an ihm bemerkte.
»Ja, alles ist prächtig«, sagte Alistair mit einem Anflug von Sarkasmus. »Ich komme her, um von deiner jahrtausendealten Weisheit zu profitieren, und du lässt mich Kühe treiben!

Fergus sah ihm lächelnd in die Augen. »Du hast also etwas gegen Kühetreiben? Tja, wenn du mich fragst, finde ich, dass ein Verbannter sich freuen sollte, solch eine Tätigkeit angeboten zu bekommen.«

Kapitel 2

Sie war eine Hexe.

Brodie Maxwell saß auf der Kante seines Betts und sah verschwommenen Blickes, wie seine Frau auf ihn zukam. Sie trug vorsichtig einen Becher vor sich her. Eine Hexe. Das erklärte alles.

»Trink du das«, befahl er ihr.

Deirdre Maxwell blickte von dem Becher auf in das Gesicht ihres Ehemannes. »Aber ich hab es doch nicht für mich geholt. Es ist das warme Bier, nach dem du verlangtest.«

»Du hast etwas reingemischt«, sagte Brodie mit der Sicherheit des Betrunkenen und erhob sich wackelig. Eine Hand wanderte zu dem Dolch an seinem Gürtel.

»Natürlich nicht!«

Sie sah ihm in die Augen, die dunklen Augenbrauen verwundert hochgezogen. Ja, sie war der Inbegriff unschuldigen Staunens. Eine schlaue Hexe eben. Genau, das war sie von Anfang an gewesen, seit sie ihn vor vier Jahren auf den stürmischen Klippen von Donegal mit einem Zauber belegt hatte.

Sie hatte ihm Versprechungen gemacht. Nein, nicht mit Worten, denn während der kurzen Zeit der Brautwerbung sprach sie kaum mit ihm. Aber ihre Augen – so blau, so klar und zugleich so fern – ihre Augen spiegelten eine unermessliche Tiefe voller Rätsel und Versprechen. Nicht zu vergessen das geheimnisvolle Lächeln, welches ihn auf künftige Ekstase ohne Ende hoffen ließ.

Alles waren Lügen gewesen. Sie hatte ihm nichts als ihren Körper gegeben, und auch den nur widerwillig. Aus ihren freudlosen Vereinigungen war eine einzige, zimperliche Tochter hervorgegangen und seitdem nichts mehr.

Wer wusste schon, welche schwarze Magie sie benutzt hatte, um ihn zu ködern? Und seither gebrauchte sie irgendeine andere Magie, mit der sie seine Männlichkeit schwächte. Sie mischte sie ihm in sein Bier, daran bestand kein Zweifel.

Der Dolch blitzte, als die Spitze die weiße Haut an ihrem Hals streifte.

»Brodie, was tust du denn? Was ist heute Abend in dich gefahren?«

»Trink schon«, knurrte er.

Sie zuckte kaum merklich mit der Schulter. Da war sie wieder, diese flüchtige, kaum angedeutete Gestik, die ihn einst so bezauberte und heute in Rage brachte. Mit einer einzigen Geste konnte sie ihn erniedrigen, ihm bedeuten, dass sie weit über ihm stand und er niemals etwas sagen oder tun könnte, was sie wirklich traf. Er beobachtete sie genau, während sie den Becher austrank und schließlich absetzte. Dann trat er einen Schritt zurück und steckte seinen Dolch wieder ein.

»Na gut.«

»Fühlst du dich wohl, Mann?« Ihre Stimme klang tatsächlich im richtigen Maße besorgt. Oh ja, sie spielte ihre Rolle richtig gut, wenn ihr danach war, aber er ließ sich nicht täuschen. Es war schließlich allgemein bekannt, dass eine echte Hexe keine Liebe empfinden konnte. Sehr wohl allerdings konnte eine Hexe einen Sohn gebären, und bei Gott, dazu würde er auch sie zwingen.

Er packte ihren Arm und zog sie grob an sich. Aha, nun hatte er sie doch ertappt. Die Angst, die aus ihrem Blick sprach, erregte ihn.

»Ja, ich fühle mich wohl, *Weib*«, sagte er.

Ihr zarter Körper versteifte sich, als machte sie sich auf einen Schlag gefasst. Sie war schon häufiger von ihm geschlagen worden – und jeden der Schläge hatte sie verdient – aber heute Abend hatte er andere Pläne.

Er ließ sie los, nahm die Flasche, die er selbst geholt hatte, und goss sich etwas ein. Dann leerte er den Becher mit gierigen Schlucken. Danach füllte er ihn erneut. Bei Gott, ein Mann brauchte etwas, um sein Blut zu wärmen, ehe er das Lager mit dieser hageren, milchgesichtigen Hexe teilte.

Und er würde das Lager mit ihr teilen. Heute war Beltane, und wenngleich Brodie ein erklärter Christ war, blieb er in seinem Herzen doch den religiösen Überlieferungen seiner keltischen Vorfahren verhaftet. Heute Nacht wollte er einen Sohn zeugen, und danach würde er sich der Hexe entledigen, die er geheiratet hatte, auf dass sie keine Gelegenheit hatte, den Sohn zu verfluchen, der eines Tages sein Erbe werden sollte.

Deirdre Maxwell beobachtete, wie ihr Ehemann den zweiten Becher mit Bier leerte, und senkte den Blick, damit er ihr ihre Erleichterung nicht ansah. Brodie hielt sich für so klug, dabei war er in Wahrheit ein großer Narr. Was sie ihm gebracht hatte, war Bier gewesen, nicht mehr und nicht weniger.

In die Flasche jedoch hatte sie ein Mittel gegeben.

Kapitel 3

Alistair trat einen Schritt zurück, verschränkte die Arme vor der Brust und beäugte die Szene mit einem hämischen Grinsen. Fergus hatte eine knöcherne Hand auf den Kopf des Bullen gelegt und sang leise vor sich hin. Erst ließ er ihn Kühe treiben, und nun sang er seinem Vieh vor! War das nicht typisch Alistairs Glück? Er war zu spät von hier fortgegangen, und nun hatte der alte Mann endgültig seinen Verstand verloren.

Fergus blickte ihn an und runzelte die Stirn. »Das ist kein Spiel«, sagte er. »Hör gut zu und merk dir, was du hörst.«

Alistair beugte den Kopf hinunter. Sollte der Mann doch ruhig singen. Doch als er begann, sich auf die Worte zu konzentrieren, wich seine Skepsis einer traumähnlichen Verwunderung. Das Lied, das gleichermaßen Segen und Gebet war, schwebte durch die stille Frühlingsluft und schwoll an, während das Sonnenlicht an Kraft gewann. Bis die Sonne gerade über dem taugetränkten Gras stand, war Alistair zu einem Teil des Liedes geworden. Mit der Verhaltenheit der Bewegungen, wie man sie sonst nur aus Träumen kennt, zog er seinen Dolch und legte ihn an den Hals des Tieres. Er spürte den Lebenspuls des Bullen, der sich durch den Stahl auf seinen Arm und schließlich auf seinen ganzen Körper übertrug. Auf einmal konnte er die Panik des Tiers in seiner eigenen Brust fühlen. Dann setzte die Melodie wieder ein, nun ruhiger. Es war ein Lied über Sonnenlicht und grüne Wiesen. Das Tier schnaubte und sackte zu Boden. Zuckend lag es da, während sein Blut die durstige Erde tränkte.

Als es schließlich still war, wischte Alistair sich mit dem Ärmel übers Gesicht, das von Blut und Tränen verschmiert war.

»Was jetzt?«, fragte er heiser.

»Häute ihn«, antwortete Fergus. »Häute ihn vollständig und bring mir dann seine Haut.«

Alistair gehorchte ohne jeden Widerspruch. Er brauchte lange und war am Ende von Kopf bis Fuß mit Blut besudelt. Dann zog er die Rinderhaut zum Eingang der Höhle. Dort saß Fergus auf dem flachen Stein und wartete auf ihn, einen Kelch neben sich.

Er sah erst die Tierhaut, dann Alistair an. »Gut«, sagte er kurz und hob den Kelch hoch. »Jetzt trink das.«

Alistair ergriff den Kelch und leerte ihn, ohne zu zögern. Das Getränk schmeckte nach Kräutern, Honig und etwas Bitterem. Bis er ausgetrunken hatte, waren seine Finger taub geworden, und eine friedvolle Ruhe erfüllte ihn.

Er stellte den Kelch auf den flachen Stein zurück. Das Sonnenlicht spiegelte sich wie ein goldenes Funkenmeer in der glänzenden Oberfläche. Wie verzaubert betrachtete Alistair den Kelch, während vor seinem geistigen Auge ein Bild von einer zartgliedrigen, dunkelhaarigen jungen Frau entstand – oder nein, dachte er benommen, das war keine gewöhnliche junge Frau, sondern eine Königin – die eilig durch einen Wald schritt.

»Was siehst du?«, fragte Fergus leise.

Die Szene in Alistairs Kopf wurde unscharf und von einer anderen überlagert. »Tod«, flüsterte er. »Acht Männer liegen auf dem Moor. Sie liegen in ihrem eigenen Blut. Und Ian …«

Mit einem Aufschrei des Entsetzens schlug er den Kelch beiseite.

»Ich hätte dort liegen müssen, nicht er!«, entfuhr es ihm voller Wut. »Gott – oder der Teufel – hat einen Fehler gemacht. Es war falsch, das wusste ich damals, und ich weiß es heute genauso. Es ist, als ob – als ob ich an dem Tag *tatsächlich* starb – und alles, was seither geschah, nur ein Traum war.«

Endlich hatte er es ausgesprochen. Er hatte gesagt, was er geschworen hatte, keiner Menschenseele zu gestehen. Doch jetzt, da es gesagt war, empfand er keine Furcht, sondern nur noch Erleichterung darüber, dass es heraus war. Der alte Mann sah ihn nicht wie jemanden an, der kein Recht hatte, frei auf Erden zu wandeln. Vielmehr nickte er einfach, als wäre das, was Alistair gesagt hatte, die natürlichste Sache der Welt.

»Ich verstehe. Kommt noch mehr, oder war es das?«

Alistair lachte, zum ersten Mal seit vielen Monaten. »Mehr? Ich bin ein wandelnder Toter, und das in jeder nur erdenklichen Beziehung. Reicht das denn nicht?«

Ohne nach links oder rechts zu sehen, lief Deirdre Maxwell zum Teich. Das Haar fiel ihr offen über den Rücken bis weit über ihre Taille hinab, und die untergehende Sonne zauberte blaue Lichtstreifen in das tiefe Schwarz. *Beeil dich, beeil dich*, befahl ihr eine innere Stimme im Rhythmus ihrer Schritte. Dabei sollte sie noch ein wenig Zeit haben. Ihre Tochter

Maeve schlief, und Brodie schnarchte in seinem Bett, seit ihn das von Deirdre gemischte Bier in Tiefschlaf versetzt hatte.

Dieser dumme Mann, dachte sie, und ihre Wut wurde beständig größer, während sie lautlos durch den Wald huschte. Brodie gab ihr die Schuld für seine Impotenz, obwohl sie keine traf. Sie hatte ihn nie gewollt und keinen Moment vorgegeben, es zu tun. Aber wenn Frauen durch bloße Willenskraft die Rute ihrer Männer leblos machen könnten, würden wohl wenige Kinder in diese traurige Welt geboren.

Sie dachte daran, was er täte, sollte er bemerken, dass sie fort war. Für einen Moment hielt sie inne und erbebte vor Angst von Kopf bis Fuß. Doch sie straffte die Schultern und lief weiter. Es war ja nur für eine Stunde. War das zu viel verlangt? Sie beschleunigte ihre Schritte und rannte in die Dämmerung. Schließlich erreichte sie den Teich. Sie war außer Atem.

Am Rand des Wassers blieb sie stehen. Sie spürte, wie sie ruhiger und stärker wurde – wie jedes Mal, wenn sie hierher kam. Die letzten Sonnenstrahlen drangen durch die frischen grünen Blätter und beleuchteten die kleine Lichtung. Der Teich lag direkt in der Mitte, die Oberfläche vollkommen glatt und unbewegt. Deirdre setzte sich auf einen Stein und blickte hinab in die Tiefe. Sie sah in eine Welt von blinkendem Licht und Schatten, die sie auf einmal schmerzlich an die Gezeitenbecken unterhalb der Klippen von Donegal erinnerte.

Sie blickte hinauf zur untergehenden Sonne. »Ohne Schmerz und ohne Leid versinkst du im gefährlichen Ozean«, sang sie mit klarer, heller Stimme. »Und erhebst dich mit der ruhigen Welle gleich einer blühenden jungen Königin.«

Dasselbe würden sie jetzt in Donegal singen, ein hohes

Feuer hinter sich und den endlosen Ozean vor sich. Deirdres Vater wäre da, ebenso wie ihre Schwester Siobhan … und Ronan. Mit schmerzhafter Sehnsucht dachte sie an den Freund ihrer Kindertage, dessen Bild sie sogleich wieder aus ihren Gedanken verbannte.

»Liebe St. Brigid, schenk mir Mut«, betete sie. »Gib mir Kraft und Weisheit.«

Deirdre wagte es nicht, hier ein Feuer anzuzünden, nicht einmal ein kleines. Seit dem ersten Jahr ihrer Ehe hatte Brodie das alte Frühlingsritual auf seinem Besitz untersagt. Er behauptete, es wäre ein heidnischer Brauch, der seinem Gott missfiele. Deirdre aber glaubte ihm nicht. Brodie bog sich seinen Glauben so hin, wie es ihm gefiel. Und ihm gefiel es eben, Deirdre diesen Brauch wegzunehmen.

Sie seufzte und fühlte, wie sich die altvertraute Last wieder auf ihre Schultern legte. Das Leben mit Brodie war entsetzlich anstrengend. Stets musste sie auf der Hut sein, musste all ihren Verstand gebrauchen, um beizeiten zu erkennen, wann seine Stimmung umschlug, damit sie Maeve rechtzeitig in Sicherheit bringen konnte. Ihre Tochter dürfte niemals das Opfer seiner Wutausbrüche werden. Mittlerweile lebte sie über vier Jahre in ständiger Angst vor ihrem Mann. Und sie war erschöpft, unendlich erschöpft. Wenn Maeve nicht wäre, sie sähe keinen Grund, überhaupt noch weiterzuleben.

Wie konnte es nur so weit kommen?, fragte sie sich. Einst hatte sie sich eine strahlende Zukunft vorgestellt, die so vieles versprach. Was für eine Närrin war sie gewesen zu glauben, es könnte einen Mann geben, den einen und keinen anderen, dessen Herz im selben Rhythmus wie ihres schlug, dessen Seele keine Ruhe finden würde, ehe er ihre Seele nicht gefunden hatte.

Doch als Deirdre zur Frau heranwuchs und dieser eine Mann nicht kam, hatte sie ihre Hoffnungen auf die wahre Liebe aufgegeben. Sie waren nichts als ein Gespinst aus Träumen und Mondlicht gewesen. Sie würde Reife erlangen, hatte sie gedacht. Sie würde Pflichtgefühl und Verantwortungsbewusstsein beweisen. Und wenn sie schon nicht aus Liebe heiratete, dann um ihrer Familie willen. Also nahm sie Brodie Maxwells Antrag an. Er war damals nach Donegal gekommen, um Pferde zu kaufen und zu verkaufen.

Er war eine gute Partie, hatten alle gesagt. Ja, sogar eine außergewöhnlich gute Partie für ein unvermögendes Mädchen wie Deirdre. Das hatte sie selbst auch geglaubt. Sie war dankbar gewesen, und als sie ihm gleich zu Anfang gestand, dass sie ihn nicht liebte, hatte er bloß gelacht und gesagt, es wäre ihm gleich. Die Liebe kommt oft erst nach der Heirat, redete sie sich ein. Und bei dieser Überzeugung war sie geblieben, bis Brodie sie zum ersten Mal ins Gesicht schlug. Er hatte sie so hart geschlagen – weil sie seine Stiefel nicht gründlich genug poliert hätte –, dass sie blutend zu Boden stürzte.

Bis sie das wahre Wesen Brodies erkannt hatte, war es schon zu spät gewesen. Da saß sie bereits gefangen in Schottland und war auf ewig an einen brutalen Ehemann gebunden. Ihr Fehler. Alles war ihr eigener, dummer Fehler!

Ein trauriges Lächeln umspielte ihren Mund, als sie daran dachte, was für einen Mann sie sich einmal gewünscht hatte. Ihr Warten war vergeblich gewesen. Und selbst wenn er jetzt noch käme, würde sie ihn wahrscheinlich nicht erkennen. Ebenso sicher, wie er sie auch nicht erkennen würde!

Sie sah wieder in den Teich, wo sie allerdings nichts als ihr eigenes Spiegelbild erblickte. Riesige Augen starrten ihr aus dem blassen, müden Gesicht entgegen, umrahmt von schwarzem Haar, das bis ins Wasser hing.

Auf der Lichtung wurde es ganz still, als hielte der Wald den Atem an. Dann kam eine leichte Brise auf, die kleine Wellen auf die Wasseroberfläche zauberte. Deirdre lächelte verwundert und fasziniert zugleich, sobald sie den unverkennbaren Duft des Meeres einatmete.

Heute war Beltane, der Tag, an dessen Abend der Schleier zwischen dieser Welt und der nächsten besonders durchsichtig war. »Ich bin die Ebbe, ich bin die Flut«, sang sie leise. »Ich bin der Weber, und ich bin das Netz.«

Magie lag heute Abend in der Luft. Deirdre fühlte, wie sie von Zauber umgeben war. Ein Hoffnungsschimmer regte sich tief in ihrer Brust. Vielleicht gab es ihn ja doch, den einen, von dem sie als Kind geträumt hatte. Vielleicht war er irgendwo da draußen, suchte nach ihr und ahnte nicht, dass es viel zu spät war.

»Nur einen kurzen Blick auf ihn«, flüsterte sie. »Ist das zu viel verlangt? Ich möchte doch nur wissen, ob es ihn jemals wirklich gegeben hat.«

Sie beugte sich über den Teich und wartete.

Alistair stieg die steilen Felsen zum Gipfel des Wasserfalls hinauf. Oben angekommen, war er bis auf die Haut durchnässt, und seine Schultern schmerzten unter dem Gewicht der Tierhaut, die er auf dem Rücken trug. Mühsam kletterte er durch das herabstürzende Wasser zu einer kleinen Höhle dahinter. Dann schüttelte er die Seile ab und ließ erleichtert seine Schultern kreisen.

Das Abendsonnenlicht fiel aufs Wasser, und Alistair stockte der Atem. Er stand inmitten eines Kristalls und blickte durch ein Prisma auf ein endloses, lebendiges Farbenspiel. Gleich darauf änderte die Sonne ihren Stand, das Farbenspiel verschwand, und er war wieder in der kleinen Höhle, zitternd vor Kälte und einen undurchdringlichen Vorhang von Wasser vor sich.

Tja, ich bin verrückt geworden, dachte er. So ist es. Ich habe die Grenze endgültig überschritten. Oder vielleicht noch nicht ganz, überlegte er und sah auf die zusammengerollte Rinderhaut zu seinen Füßen. Bald schon werde ich ganz unten angekommen sein.

Bibbernd zog er sich aus, band das Hautbündel auf und wickelte sich darin ein. Die Rinderhaut war steif vom Blut, und dicke Fettklumpen glänzten auf der Oberfläche. Für einen Moment meinte Alistair, sich vor Ekel erbrechen zu müssen, doch die wärmende Wirkung des rohen Leders entspannte ihn wieder.

Das Wasser nahm im untergehenden Sonnenlicht einen bleiernen Ton an. In der Höhle war es kühl, doch unter der Bullenhaut brach Alistair der Schweiß aus, der ihm über die Brust und den Rücken rann. Was tat er hier denn eigentlich? Erwartete er allen Ernstes, dass er hier eine Vision haben würde? Solche Dinge waren Heiligen und Weisen vorbehalten. Menschen wie ihm passierten sie nicht.

Aber er hatte versprochen, eine Nacht zu bleiben, und er würde einen Teufel tun, sein Wort zu brechen. Das Wasser rauschte vor ihm hinunter und beruhigte seinen Geist, während es ihn zugleich in seine Tiefe lockte.

Wirre Traumbilder erschienen ihm, ohne dass er den Eindruck hatte einzuschlafen. Im einen Moment lag er im Innern der Höhle, im nächsten beobachtete er sich selbst, einen Jungen von elf Jahren, der mit Ian zusammen durch den Wald rannte. Sie stoben zwischen den Bäumen hervor und kamen auf eine kleine Lichtung, auf der mehrere Jungen lachten und einen dunkelhaarigen Knaben, der an einen Baum gefesselt war, mit Steinen bewarfen.

Ja, dachte Alistair mit einem Teil seines Verstands, daran erinnere ich mich. An jenem Tag trafen wir auf die Zigeunerjungen. Ians jüngerer Bruder, Jemmy, hatte sie bei irgendeinem Spiel gestört, und sie hatten ihn an einen Baum gebunden.

Nun beobachtete er Ian, der ihn, den jungen Alistair, grinsend ansah. Fünf Zigeunerjungen, sagte dieses Grinsen, von denen jeder älter ist als wir beide. Das dürfte ein Kinderspiel werden. Alistair stürzte sich bereitwillig mit in den Kampf – niemand vergriff sich ungestraft an einem Kirallen. Genau das aber taten die Jungen gerade, und Alistair war zu wütend und zu aufgeregt gewesen, um Angst zu empfinden. Nicht einmal als er bemerkte, dass ihre Gegner bewaffnet und kampfbereit waren, schreckte er zurück. Die Sache hätte böse ausgehen können, aber es kam anders. Denn Ian und er fanden heraus, wie sie gewinnen konnten.

Zum ersten Mal wählten sie die Kampfstellung, die ihnen später selbstverständlich werden sollte: Sie stellten sich Rücken an Rücken mit gezogenen Dolchen auf. Und wie beim Klicken eines Schlüssels im Schloss, waren sie von einem Moment auf den nächsten zugleich frei und verbunden, in der Seele vereint zu einer Kampfkraft, die eines Tages allen anderen in den Grenzgebieten weit überlegen sein sollte. Schon bald liefen die Zigeunerjungen um ihr Leben, gejagt von Ian.

»Kümmere dich um Jemmy!«, rief Ian Alistair zu und setzte den anderen nach.

Alistair erinnerte sich sehr gut, was danach geschah. Er schnitt Jemmys Fesseln auf und führte den Jungen zum Fluss. Jemmy hatte ein paar üble Schnittwunden. Eine reichte quer über die Stirn, die andere zog sich über seinen Handrücken. Alistair wusch ungeschickt das Blut ab und verband die Wunden mehr schlecht als recht mit ausgerissenen Streifen seiner Tunika. Dann schickte er Ians Bruder nach Hause.

Doch in dem Traum war es anders. Dort gab Alistair plötzlich keine Acht mehr, als Ian weglief. In dem Traum sah Alistair sich als erwachsenen Mann und hatte eine schreckliche Vorahnung.

»Ian, warte!«, schrie er. »Lauf nicht hinterher, es ist eine Falle! Darnley lauert dir auf!«

Er lief den Pfad hinunter hinter Ian her, rief ihm zu, er solle anhalten, auf ihn warten – genau wie er es an jenem furchtbaren Morgen getan hatte, als Ian in seinen Tod ritt. Seine Lunge brannte, und die Muskeln seiner Beine fühlten sich an, als stünden sie in Flammen. Kleine Zweige schlugen ihm ins Gesicht, und von Zeit zu Zeit erheischte er einen kurzen Blick auf Ian, der ein Stück vor ihm war.

Der Wald wurde dunkler, das Unterholz immer dichter, doch er kämpfte sich mit einer Kraft hindurch, die der Verzweiflung entsprang. Dann lag der Wald hinter ihm, und er blickte auf eine dunkle Lichtung, an deren anderem Ende ein schwarzer Turm in den blutroten Himmel ragte.

Eine entsetzliche Angst durchfuhr Alistair. Der Turm war düster und bedrohlich, nicht für Sterbliche gebaut. Dennoch wusste Alistair, dass er hineingehen musste.

Im nächsten Moment war er im Innern. Vor ihm erstreckte sich ein endloser Flur, zu beiden Seiten von kahlen, glatten Wänden gesäumt. Alistair ging ihn hinunter, wobei seine

Schritte in der unheimlichen Dunkelheit hallten. Der Takt, in dem seine Füße sich bewegten, schien wie ein Hohn angesichts seiner Angst. Verlaufen, schrie ihm das Echo entgegen. Du hast dich endgültig verlaufen. Du wirst nie wieder hier rauskommen.

Schatten tauchten auf und verschwammen, und als Alistair um eine Ecke bog, bleckten fratzengesichtige Wasserspeier ihre Zähne und zischten ihn an. Er ging weiter, immer weiter, an einem Ort ohne Anfang und ohne Ende.

»Ian?«, rief er, doch seine Stimme wurde von der Dunkelheit verschluckt. Ein schrilles Heulen war die einzige Antwort. Instinktiv duckte er sich und hob einen Arm, um sich zu schützen, als unsichtbare Flügel sein Gesicht streiften. Ian war nicht hier. Er konnte nicht hier sein. Bitte, lieber Gott, lass Ian nicht an diesem fürchterlichen Ort sein.

Aber wenn Ian nicht hier wäre, fürchtete Alistair, dass er selbst nie wieder nach draußen finden würde.

Deirdre beugte sich über den Teich und wagte kaum zu atmen. Das Summen und magische Wispern der Nacht verstummte, als sie auf die unbewegte Wasseroberfläche blickte. Eine unheimliche Stille legte sich über die Lichtung. Es würde etwas geschehen – sie spürte es –, und die ganze Welt schien in gespannter Erwartung innezuhalten.

»Zeig sie mir!«, rief Deirdre aus. »Zeig mir meine wahre Liebe.«

Da! – ein schwacher Lichtschimmer am Ende des Ganges. Alistair rannte darauf zu, stolpernd vor Erschöpfung und angetrieben von der Gewissheit, dass das Licht jeden Moment verschwinden könnte. Als er näher kam, erkannte er den dunklen Umriss eines Durchgangs. Die Tür ging zu, immer weiter, und er stürzte sich mit letzter Kraft hindurch nach draußen. Kühler Wind fächelte ihm übers Gesicht, und er atmete gierig die Luft ein, die nach feuchter Erde schmeckte – dem Duft des Lebens schlechthin. Er sah die beiden Schatten nicht, die aus dem Gang traten, als die Tür hinter ihm zuschlug.

Sobald sein Atem wieder ruhiger ging, blickte er sich um. Mondlicht strömte durch die gebogenen Äste und beleuchtete den Pfad vor ihm. Mit einem Achselzucken machte er sich auf den Weg und erwartete, wieder zum Wasserfall zu gelangen. Stattdessen trat er auf eine kleine, helle Lichtung.

Eine Frau saß am Rande eines dunklen Teiches. Sie schluchzte und verbarg das Gesicht in ihren Händen. Ihr tiefschwarzes Haar fiel ihr – einem glitzernden Umhang gleich – über die Schultern.

»Warum weint Ihr, Lady?«, fragte Alistair.

Sie hob den Kopf, und Alistair stockte der Atem, als er ihre saphirblauen Augen sah, in deren Tiefe er zu versinken meinte. Sie waren von dichten, dunklen Wimpern umkränzt, und Tränen schimmerten in ihnen. Ach, sie war so strahlend, zu schön für eine Sterbliche. Gewiss war sie eine Fee, die geschickt worden war, um ihm Rat zu erteilen.

»Was …«, begann sie, verstummte jedoch sogleich wieder und riss die Augen auf. »Wie kommt Ihr hierher?«

»Ich weiß es auch nicht. Da war ein Wasserfall, dann ein Gang. Ich habe mich verlaufen. Ich denke, Ihr müsst mich herbeigerufen haben«, erklärte er verwirrt. »Seid Ihr nicht eine der Sidhe?«

Sie lachte leise und mit einem Unterton von Verbitterung. »Nein, ich bin nur eine gewöhnliche Sterbliche.«

Ihre Stimme war tief und melodisch. Sie sprach in einem außergewöhnlichen Rhythmus, so dass Alistair sich sofort in ihren Bann gezogen fühlte. Am liebsten würde er ihr für den Rest seines Lebens zuhören.

Er setzte sich neben sie und blickte in den Teich, aus dem ihm ihr Spiegelbild im schwachen Mondlicht entgegenschien. Doch obwohl Alistair sich weit über das Wasser beugte, konnte er sein eigenes Antlitz darin nicht sehen. Natürlich nicht, dachte er mit einem Anflug von Belustigung, mein Körper ist ja hinter dem Wasserfall. Und das hier ist nur ein Traum.

Deirdre betrachtete den Mann neben sich und war verwundert, weil sie überhaupt keine Angst empfand. In dem Moment, da er aus der Dunkelheit des Waldes auf die Lichtung trat, hatte ihr Herz vor Freude einen Hüpfer vollführt. Dabei war sie sicher, dass sie sich nie zuvor begegnet waren. Einen Mann wie diesen hätte sie niemals vergessen.

Er war kräftig gebaut, hatte die Arme und Schultern eines Kriegers. Doch trotz seiner beachtlichen Größe bewegte er sich mit der stillen Grazie eines Tänzers. Zwar lag inzwischen Dunkelheit über der Lichtung, aber sie erkannte ihn sehr deutlich. Ja, sie sah sogar das Muster der Brosche, die er an einer seiner breiten Schultern trug, wie auch die kleinen grünen Edelsteine, die am Dolch in seinem Gürtel blinkten. Eine Locke seines hellblonden Haares fiel ihm in die Stirn, als er in den Teich blickte. Dann wandte er sich wieder ihr zu und lächelte – ein Lächeln, das strahlend hell war und sie gleichsam in Flammen aufgehen ließ. Verwirrt und ein wenig erschrocken über die Heftigkeit ihrer Reaktion, sah Deirdre weg.

»Warum habt Ihr geweint?«, fragte er ein weiteres Mal.

Ihr Verstand sagte ihr, sie sollte ihm nichts verraten, doch ihr Herz forderte sie geradezu auf, ihm zu vertrauen. Warum aber sollte sie ihm ihre Geheimnisse anvertrauen? Andererseits vertraute sie ihm ohnehin schon. Warum sonst war sie nicht schreiend davongelaufen, als sie ihn bemerkte?

Dann begriff sie. Natürlich, es war alles ganz klar! Die Art, wie er aus dem Wald kam, ohne dass auch nur ein Blatt unter seinem Fuß raschelte oder ein Zweig knackte. Nicht einmal das winzigste Geräusch hatte ihn angekündigt. Hinzu kam jener überirdische Glanz, der ihn umgab. Nicht einmal die ruhige Gelassenheit, mit der sie seine Anwesenheit hinnahm, war verwunderlich. Sie musste eingeschlafen sein, erschöpft vor Sehnsucht und Kummer. Und wenngleich es ihr nicht gelungen war, sein Bild heraufzubeschwören, wusste Deirdre doch genug über Magie, um zu verstehen, dass ein so lebhafter Traum eine tiefere Bedeutung haben musste.

»Ich kam heute Abend her, um nach meiner wahren Liebe zu suchen«, sagte sie und zeigte auf den Teich. »Aber er ist nicht hier.«

»Ist er denn ein Wassergeist, dass Ihr ihn in diesem Teich sucht?« Die Frage klang nicht im Mindesten amüsiert und bestätigte damit nur, was Deirdre glaubte. Warum kein Wassergeist? Im Traum war alles möglich.

»Nein, ich suchte nach seinem Bild, nicht nach ihm selbst.«

»Warum? Ist er in Irland?«, fragte er und sah sie interessiert an.

Sie zuckte mit den Schultern. »Vielleicht. Aber es ist gleichgültig, denn ich bin hier in Schottland und seit nunmehr vier Jahren verheiratet.«

»Vier Jahre verheiratet, und immer noch verzehrt Ihr Euch nach einem Mann, den Ihr in Irland zurückließet? Wie kann

Euer eigener Gemahl ein solcher Narr sein, dass er es nicht schafft, Eure Liebe zu gewinnen?«

»Unsere Vermählung war keine Liebesheirat«, antwortete sie traurig. »Oder zumindest nicht … nun, ich weiß nicht, was ich ihm bedeutete, Verlangen vielleicht. Aber selbst das …«, sie machte eine hilflose Geste, »was immer er wollte, ich gab es ihm nicht. Ebenso wenig schenkte ich ihm einen Sohn. Ich glaube, vor allem dafür hasst er mich.«

»Ein Narr fürwahr«, sagte er mit tiefer, sanfter Stimme.

Deirdre lief ein wohliger Schauer über den Rücken, als sie in die kühlen, grauen Augen des Fremden blickte. Natürlich war er kein Fremder. Er war der, auf den sie gewartet hatte, der Mann, den zu finden sie so verzweifelt gehofft hatte. War sie nicht stets sicher gewesen, sie würde ihn erkennen?

Zu spät, dachte sie betrübt. Wo warst du vor vier Jahren, als ich Brodie versprach, seine Frau zu werden? Aber er war mit Sicherheit nicht real. Solche Dinge geschahen nur in Träumen. Dennoch, dachte sie und seufzte, es war ein lieblicher Traum, der schönste, den sie je gehabt hatte. Könnte er doch nur für immer andauern …

Andererseits wusste Deirdre, auch wenn ihr nicht klar war, woher, dass er schon bald enden würde – oder sich, wie es Träume so oft taten, in etwas vollkommen anderes verwandelte.

»Was zu sagen seid Ihr zu mir gekommen?«, fragte sie, stand auf und blickte sich müde auf der Lichtung um. »Warum habt Ihr meinen Traum gestört?«

»Aber, Lady.« Er lächelte, dass seine ebenmäßigen Zähne aufblitzten.

»Das hier ist mein Traum, nicht Eurer. Und wie sich zeigt, ist es ein sehr schöner Traum.«

Mit einer einzigen, fließenden Bewegung erhob er sich und stand vor Deirdre. Er ist wunderbar, dachte sie, groß und stark, aber nicht so beängstigend massig wie Brodie. Sie malte sich aus, wie schön es wäre, sich in seine Arme zu schmiegen, den Kopf an seine Schulter zu legen, und lächelte traurig.

Natürlich wäre er vollkommen! Er entsprang schließlich ihrer Fantasie!

Sie wunderte sich allerdings ein bisschen, dass ihre Fantasie ihn *so* abbildete, wo sie doch immer an einen dunkelhaarigen, schmalen Mann als Inbegriff männlicher Schönheit gedacht hatte. Aber nun erkannte sie, wie sehr sie sich geirrt hatte.

Der Mann vor ihr schien mit seinem silbernen Haar und seinen schönen grauen Augen gleichsam aus Mondlicht geformt. Zugleich strahlte er eine erdige Kraft und Verlässlichkeit aus. Ja, er war es, von dem sie vor langer, langer Zeit geträumt hatte. Damals, als sie noch ein Kind war.

Heute jedoch war sie kein Kind mehr, sondern eine erwachsene Frau. Wie wäre es wohl, in seinen Armen zu liegen, von ihm festgehalten zu werden? Bei all seiner Stärke wäre seine Umarmung gewiss sanft, stellte Deirdre sich vor. Auf einmal fühlte sie ein befremdliches Kribbeln, das irgendwo in der Nähe ihres Herzens begann und sich langsam nach unten ausbreitete. Es war ein seltsames, wenn auch nicht unangenehmes Gefühl, das sie nicht kannte und das ihr ein wenig Angst machte.

In vier Jahren Ehe hatte Deirdre einiges gelernt, doch nichts davon hatte sie auf das seltsame Schwindelgefühl vorbereitet, das sie empfand, wenn sie in seine Augen sah. Er aber erkannte es – er verstand Deirdre, ohne dass sie ein

Wort wechseln mussten –, denn sein Gesicht spiegelte dieselbe Verwunderung und Faszination wider.

Ich bin in einem Traum, dachte sie und starrte ihn mit großen Augen an, als er ihr die Hand hinhielt. Ich kann alles tun, denn es hat keine Bedeutung.

Doch noch während sie einen Schritt vorwärts machte, hielt sie inne und begriff, dass sie sich irrte. Das hier *bedeutete* etwas. Ja, es bedeutete sogar sehr viel. Traum oder nicht, er war realer, als irgendein anderer Mensch es je zuvor für sie gewesen war. Und was auch zwischen ihnen geschehen sollte, es würde sie für immer verändern. Einen Atemzug lang zögerte sie, zu kurz, als dass er es bemerken könnte. Und dennoch war es zu lang. Mit Schrecken beobachtete sie, wie seine Umrisse zu schimmern und dann zu verblassen begannen.

»Wartet«, bat sie verzweifelt. »Nein, bitte, geht nicht!«

Sie streckte ihren Arm aus, um seine Hand zu ergreifen, und stieß einen Schrei wortloser Enttäuschung aus, als ihre Finger nur Luft fühlten.

Alistair hingegen spürte die Wärme ihrer Berührung. Sie durchfuhr ihn wie ein Flammenstrahl. Schnell, ehe sie ganz verschwinden konnte, beugte er sich zu ihr und küsste ihre weichen Lippen. In diesem Augenblick loderte eine Flamme zwischen ihnen auf und traf ihn mit einer solchen Wucht und Intensität, dass er nicht zu sagen vermochte, ob es Schmerz oder Wonne war.

Sie holte erschrocken Atem und sah ihn an, wobei sie eine Hand auf ihren Mund presste. Sie musste es also auch gespürt haben, musste vom selben Feuer verbrannt worden sein, das ihn soeben für alle Zeiten gezeichnet hatte. Nein, er wollte nicht aufwachen, nicht jetzt. Wer immer sie sein mochte, wo sie auch herkam, er würde mit Freuden bei ihr bleiben, selbst wenn sie ihm nie mehr geben könnte als das hier.

Voller Verwunderung blickte sie ihn aus ihren saphirblauen Augen an, in denen plötzlich Tränen glänzten. Alistair wollte sie in die Arme nehmen, obwohl er doch wusste, dass es hoffnungslos war. Er konnte einfach nicht anders. Er musste versuchen, sie zu trösten. Sie schwebte auf ihn zu, ehe sie mit einem leisen Angstschrei erstarrte und über seine Schulter blickte. Alistair drehte sich um, doch da war nichts als der Wald, aus dem der durchdringende Ruf eines Vogels ertönte.

»Zwei Raben«, flüsterte sie. »Da, gleich hinter Euch. Was bedeuten sie?«

»Raben?«, wiederholte er. Ihr Bild schwankte vor ihm, als betrachtete er sie durch einen Wasserschleier. »Ach, Krähen. Zwei Krähen«, sagte er und war auf einmal von einer unerklärlichen Angst erfüllt, als hätte er seine eigene Verdammnis erklärt.

»Oh nein – das bedeutet Abschied!« Ihre Stimme klang leise und wie von weit weg. Und während er sie kaum noch sehen konnte, versuchte er ein weiteres Mal, sie zu erreichen.

»Wartet!«, rief er. »Wer seid Ihr? Wie ist Euer Name?«

Was sie ihm geantwortet haben mochte, ging im Rauschen des Wasserfalls unter. Alistair zog die steife Rinderhaut fester um sich und blickte hinab in die Tiefe. Hinter dem Wasserschleier erhellte das erste Licht der Morgendämmerung den Himmel.

Kapitel 4

Fergus trat aus seiner Höhle und stützte sich auf seinen Stock. Der Tag präsentierte sich im goldenen Licht des Sommers, wenngleich von den Bergen her ein frischer Wind wehte. Dies war die Zeit der Ernte und der Jagd … eine Zeit, in der das Herz eines jungen Mannes von rastloser Sehnsucht ergriffen wurde. Alistair stand am Rande der Lichtung, einen Arm auf einen herabhängenden Ast gestützt, und blickte hinab auf das Tal. Während der letzten Monate war er wieder zu Kräften gekommen, stellte Fergus zufrieden fest. Die viele Bewegung hatte ihm gut getan, und seine Augen waren wieder klar und ruhig.

»Du wirst bald fortgehen«, sagte Fergus.

Alistair drehte sich erschrocken zu ihm um. »Wie machst du das bloß?«, fragte er gereizt. »Ich höre dich nie kommen oder gehen.«

»Ich kann dir wohl schlecht *alle* meine Geheimnisse verraten. Lass mir ein bisschen was Rätselhaftes und Magisches.« Beim letzten Wort zuckten seine Mundwinkel.

»Ach, davon hast du noch reichlich«, sagte Alistair. »Woher weißt du, dass ich darüber nachdachte fortzugehen?«

Fergus zuckte mit den Schultern. »Ich könnte jetzt behaupten, meine seherischen Talente hätten mir geholfen, aber in Wahrheit sehe ich es dir an. Und du hast recht. Es wird Zeit, dass du gehst. Falls du dir meinetwegen Sorgen machst, lass es. Ich habe schon viele Winter hier allein überstanden.«

Er ließ sich vorsichtig auf dem flachen Stein nieder und seufzte, als ihm das Sonnenlicht die müden Knochen wärmte. »Ich hatte es gehofft, ja, aber alles kommt, wie es kommen muss, egal wie sehr wir uns dagegen sträuben.«

»Wohin kann ich denn gehen?«, fragte Alistair. »Ist dir entfallen, dass ich ein Verbannter bin?«

»Kirallen gehört nicht die ganze Welt, sondern nur ein kleiner Flecken innerhalb enger Grenzen. Reite nördlich oder westlich oder östlich.«

»Östlich von der Sonne und westlich vom Mond?«, fragte Alistair mit einem spöttischen Lächeln. »Werde ich sie dort finden?«

Fergus brauchte nicht zu fragen, wer mit *sie* gemeint war. Seit dem Abend an Beltane hatte Alistair nur ein einziges Mal über die Frau in seiner Vision gesprochen und die Begegnung am Waldteich lediglich in groben Zügen geschildert. Als Fergus fragte, ob sie real gewesen sein könnte, hatte Alistair gelacht und das Thema gewechselt. Und auf Fergus' Vorschlag hin, Alistair solle fortgehen und nach ihr suchen, war der junge Mann sehr schnell wütend geworden und weigerte sich seither, noch einmal über jenen Abend zu reden. Was auch immer an dem Teich geschehen war, so viel wusste Fergus sicher: Es hatte Alistair bis ins Mark erschüttert.

»Niemand weiß, wohin dich dein Weg führt«, sagte Fergus schließlich, wobei er seine Worte mit Bedacht wählte. »Aber was du suchst, wirst du hier nicht finden können.«

Alistair setzte sich neben Fergus und strich sein weißgoldenes Haar nach hinten. »Ich weiß nicht, was ich sagen soll«, begann er zögernd. »Wie kann ich dir für all das danken, was du für mich getan hast?«

»Nun, da du schon fragst, werde ich es dir sagen.« Fergus legte seine Hand auf Alistairs Schulter und blickte ihm in die kristallgrauen Augen. »Du kannst leben«, sagte er leise. »Das kannst du tun.«

Seit er vor sechs Monaten als kranker, gebrochener Mann zu ihm gekommen war, hatte Alistair sich sehr verändert. Er sprach nicht mehr von Freitod, wenngleich Fergus vermutete, dass er von Zeit zu Zeit noch daran dachte. Aber diese Momente wurden zusehends rarer. Dafür dankte Fergus im Stillen der Frau im Wald. Wer oder was sie auch war, sie hatte dafür gesorgt, dass Alistair nicht unausgesetzt über Ian Kirallens Tod nachgrübelte.

Nichtsdestotrotz blieb Alistairs Vision am Wasserfall ein Rätsel für Fergus. Die Idee des Bullenrituals war gewesen, Alistair Seelenfrieden zu schenken. Eine Vision hatte Fergus nicht erwartet. Bei der Schlachtung hatte es sich nicht um Magie gehandelt, sondern schlicht um gesunden Menschenverstand. Hierin würde ihm jeder Laienprediger zustimmen. Er wollte den Mann dazu bringen, über seinen Kummer zu sprechen, und ihm einen Grund geben, sich selbst zu verzeihen. Danach ließ er ihn ein Ritual durchleben, das ihm zu klarerem Denken verhelfen sollte.

Nun hatten sie allerdings beide mehr bekommen, als Fergus geahnt hatte. Alistair war eine *Immrama*, eine wahre Vision, geschenkt worden, noch dazu eine, die Fergus nicht verstand. Es bestand kein Zweifel, dass Alistair etwas vom Wasserfall mitgebracht hatte, das ihm wie ein Schatten auf düsteren Schwingen folgte. Hier war mehr als Schuld und Trauer im Spiel. Es war etwas mit Alistair geschehen an jenem Januarmorgen, als er nicht nur seinen engsten Freund, sondern auch acht Männer unter seinem Kommando verlor. Falls tatsächlich ein Teil seiner Seele mit ihnen begraben worden war, musste die Lage als außerordentlich gefährlich eingeschätzt werden. Alistair allein konnte den fehlenden Teil seiner selbst aufspüren, und er würde ihn nicht *hier* finden. Vielleicht war die unbekannte Frau der Schlüssel – sofern sie überhaupt existierte. Aber niemand vermochte zu sagen, ob sie von dieser Welt war oder womöglich eine ebenso flüchtige Erscheinung wie der dunkle Turm, den Alistair gesehen hatte.

Seufzend wandte Fergus sich wieder der Gegenwart zu. »Wenn es eines gibt, das ich gelernt habe, mein Junge, dann ist es, dass du gehen kannst, wohin du willst, dein Schicksal wird dich überall finden.«

»Das macht mir ja gerade Angst«, sagte Alistair, und wenngleich er nicht sonderlich besorgt klang, blieb Fergus doch nicht verborgen, wie angespannt der junge Mann plötzlich war.

Eine Wolke schob sich vor die Sonne, und der Wind schien kühler zu werden. Aus der Ferne waren schrille Vogelschreie zu hören.

»Die Krähen«, sagte Fergus. »Ja, ich höre sie auch. Aber du kannst dich nicht ewig vor ihnen verstecken.«

Alistair nahm ein Stück getrocknetes Heidekraut vom Boden auf und warf es hoch in die Luft. Fergus beobachtete, wie es vom Wind erfasst und Richtung Tal geweht wurde.

»Nach Westen also«, sagte Alistair und lachte. »Wenn Ian mich jetzt sehen könnte! Er meinte immer, ich könnte mir nicht mal die Stiefel anziehen, ohne vorher die Fürs und Widers abzuwägen und einen Plan zu machen. Das hier hätte ihn gewiss amüsiert.«

Sein Lachen erstarb, und rasch wandte er sich ab. Dabei blinzelte er hartnäckig. Es war ein gutes Zeichen, dass Alistair so von Ian sprechen konnte, dachte Fergus. Er konnte jetzt um seinen Freund trauern.

»Vielleicht musstest du so sorgfältig planen, weil er es nicht tat«, mutmaßte er vorsichtig. »Und nun wirst du deinen eigenen Weg gehen.«

»Ja, aber … Fergus, es tut mir leid. Ich weiß, du hattest gehofft …«

»Es war mein Fehler, nicht der deine. Ich wollte dich zu jemandem machen, der du nie sein solltest. Und ich habe die Hoffnung immer noch nicht ganz aufgegeben.«

Fergus mühte sich, munter zu klingen, doch heute Morgen fühlte er sich sehr alt und müde. Sollte der eine, auf den er wartete, nicht bald kommen, wäre es zu spät. Er würde sterben, bevor er das Wissen weitergegeben hatte, das seit tausend Jahren von Seher zu Seher weitergereicht worden war.

»Die Welt verändert sich, mein Junge, ob wir es wollen oder nicht«, sagte er leise. »Vielleicht will die Vorsehung, dass es mit mir endet.«

»Kann ich noch etwas für dich tun, ehe ich gehe?«, fragte Alistair.

»Nein.« Er lächelte, legte eine Hand auf Alistairs Stirn und segnete ihn: »Geh, wohin dein Schicksal dich führt. Möge derjenige, der über alles wacht, deine Reise beschleunigen. Und wo immer du auch hingehst, Alistair, denk immer daran, dass ich für dich bete.«

Kapitel 5

Die Halle in Cranston Keep war nicht besonders groß und normalerweise ein dunkler, freudloser Ort. Heute Abend jedoch erstrahlte sie im Schein unzähliger Fackeln und Kerzen, und von den kahlen Steinwänden hallten die angeregten Plaudereien vieler Stimmen wider. Ritter und Gutsherren, Krieger und Söldner hockten an Aufstellböcken oder wanderten durch die Halle. Eine solche Menschenmenge hatte Deirdre Maxwell nicht gesehen, seit sie in Schottland war.

Brodie schritt zwischen ihnen umher und blieb hier und da stehen, um sich mit kleinen Gruppen zu unterhalten, die sich um ihn scharten. Er war heute Abend guter Laune, wofür den Göttern innigster Dank gebührte. Morgen sollten die Männer losmarschieren und ein für alle Mal den Streit um die Grenzgebiete mit Johnson klären. Schlachtengerede war eine dursttreibende Angelegenheit, und entsprechend floss reichlich Bier.

Deirdre schaute sich mit geschultem Blick in der Halle um. Diener liefen mit Tabletts voller Becher und Bierkrügen herum, die schneller verschwanden, als sie neue herbeischaffen konnten. Sie wollte zur Küche gehen und ein neues Fass öffnen lassen. Als sie aus der Halle trat, vernahm sie lauten

Jubel und überraschte Begrüßungen. Noch einer, dachte sie seufzend. Wo sollte sie einen weiteren Gast unterbringen? Nun, er müsste irgendwo zwischen den anderen in der Halle Platz finden.

Alistair lächelte, als Kinnon Maxwell vortrat und seine Hand ergriff.

»Alistair, wo hast du denn nur gesteckt, Mann? In letzter Zeit machten die wildesten Gerüchte über dich die Runde.«

»Ja, das kann ich mir vorstellen«, antwortete Alistair grinsend. »Und im besten Falle stimmt die Hälfte davon.«

Kinnon lachte ein wenig nervös und zupfte an seinem fransigen Bart. »Wenn wir später noch Zeit haben, kannst du mir ja vielleicht verraten, welche wahr sind.«

»Ich werde mich bemühen«, versprach Alistair. »Aber ich habe auch einiges gehört. Stimmt es, dass Brodie Männer für den Kampf gegen Johnson braucht?«

»Oh ja, wie du siehst«, sagte Kinnon und zeigte durch die Halle. »Warum fragst du? Ist dein Schwert käuflich?«

»Ist es.«

»Na, wenn das kein Glück für uns ist! Setz dich und iss – du siehst aus, als könntest du ein warmes Mahl vertragen.« Er musterte Alistair interessiert aus kleinen, dunklen Augen, wobei seine Aufmerksamkeit besonders dem geflickten Umhang und der schlichten Ledertunika galt, deren Farblosigkeit keinerlei Clanzugehörigkeit verriet. Kinnons Gesichtsausdruck ließ deutlich erkennen, dass er eine Menge Fragen hatte, was Alistair nur natürlich vorkam. Dennoch hielten Kinnon seine guten Manieren davon ab, auch nur eine einzige zu stellen.

»Alistair! Alistair Kirallen, bist du's wirklich?«

Kinnons Schwester Jennie kam auf sie zugerannt. Alistair lächelte und fasste ihre Hände. »Jennie, nun schau dich einer an! Schön wie eh und je!«

Sie lachte, und in ihren braunen Augen blitzten kleine Funken. »Ach, nun hör schon auf! Ich habe inzwischen drei Kinder geboren!«

»Unmöglich!«, rief Alistair aus. »Du siehst noch genauso aus wie damals, als wir gemeinsam auf Ians Hochzeit tanzten.«

»Du Schmeichler«, wies sie ihn mit einem wenig überzeugenden Stirnrunzeln zurecht. »Aber es tut richtig gut, dich zu sehen, Alistair.«

Ja, ihm tat es auch gut, Jennie und Kinnon zu sehen. Wenngleich die Kirallens und die Maxwells sich nie besonders nahegestanden hatten, war Alistair früher doch oft hier gewesen. Das letzte Mal lag allerdings schon vier oder fünf Jahre zurück. Damals hatte er die Clanverbündeten in Ians Begleitung besucht. Sie waren eine Nacht geblieben und nach Ravenspur zurückgeritten, sobald alle Geschäfte erledigt waren.

Heute war alles anders. Alistair würde nicht das zweitbeste Gastzimmer bekommen. Man würde ihm keinen Platz am hohen Tisch anbieten. Und wenn er abreiste, würde er sich nicht Richtung Ravenspur aufmachen. Diesmal nicht und nie wieder.

Er war ein Verbannter, ein Gesetzloser, für immer von seinem Heim und seinesgleichen getrennt. Natürlich hatte er es die ganze Zeit gewusst, doch die entsetzlichen Schuldgefühle, die er mit sich herumtrug, hatten jeden anderen Schmerz verdrängt. Wenn er überhaupt darüber nachdachte, dann in der bitteren Gewissheit, dass alles nur gerecht war.

Welches Recht hatte er denn schon auf Wärme oder Glück, wenn sein Stiefbruder und die Männer, für deren Sicherheit er verantwortlich gewesen war, im kalten Lehmboden verwesten? Aber heute Abend sah er klarer, und er erkannte, dass er im Wahn seiner Trauer alles weggeworfen hatte, was für ihn von Bedeutung war.

Er wappnete sich gegen die Welle von Heimweh, die ihn zu überwältigen drohte. Er hatte kein Heim mehr, keine Familie und keine Verpflichtungen, an die er gebunden war. Seine Entscheidung war längst gefällt, und nun gab es kein Zurück. Ihm blieb nichts anderes, als weiterzumachen, von einem Tag zum nächsten zu leben und jeden Moment zu nehmen, wie er kam.

»Erzähl mir von deinen Kindern«, sagte er zu Jennie und mühte sich redlich, ihr Lächeln zu erwidern. Doch gleich darauf wurden sie durch einen lauten Knall, gefolgt von einem hölzernen Scheppern aufgeschreckt.

Ein Tablett mit Holzkrügen war zu Boden gefallen und lag nun in einer Pfütze verschütteten Biers. Daneben stand eine Frau mit kreidebleichem Gesicht. Alistairs Lächeln erstarb.

Sie. Nein, das konnte nicht sein, nicht hier und jetzt. Und doch war sie es. »Ich bin nur eine gewöhnliche Sterbliche«, hatte sie gesagt, doch er wollte ihr nicht recht glauben. Auch schien es ihm vollkommen abwegig, eine solche Frau in der beengten Halle der Maxwells zu sehen, noch dazu in schlichten Kleidern, wie sie gewöhnliche Frauen trugen. Dennoch war sie es. Er erkannte sie mit einer Sicherheit, die keinerlei Zweifel übrig ließ.

Trotzdem zweifelte er einen Moment später, denn diese Frau war ganz anders als jene, der er am Abend von Beltane begegnet war. Sie sah mindestens zehn Jahre älter aus – beinahe so alt wie er, dreißig, schätzte er. Ihr Kleid war weit und hochgeschlossen. Es hing lose um ihren zarten Körper. Eine schmucklose Leinenhaube verdeckte ihr Haar vollständig und umrahmte ein Gesicht, das zu blass und zart war, um als schön bezeichnet zu werden. Ihre Wangen waren eingefallen, die Lippen zu einer schmalen Linie zusammengepresst – sie hatten nichts gemein mit dem vollen, lieblichen Mund, den er so kurz mit seinen Lippen berühren durfte.

Ihre Augen hingegen – ja, als er in ihre Augen sah, erkannte er sie wieder. Selbst aus der Entfernung war das faszinierende Saphirblau ihrer Augen unverwechselbar. Und unter der Haube verbarg sie ihr Haar, das dunkel wie die Nacht war. Aber wer war sie? Eine Bedienstete? Unmöglich! Es musste eine Täuschung sein, irgendeine Verkleidung – das alles ergab keinen Sinn. Sein Herz begann wie wild zu pochen und gegen seinen Brustkorb zu hämmern, als sich ihre Blicke in der überfüllten Halle begegneten.

»Tolpatschige Schlampe!«

Brodie Maxwell packte sie beim Arm und hob eine Hand. Noch ehe er begriff, was er tat, war Alistair bei ihm und fasste sein Handgelenk.

Brodie baute sich wütend vor ihm auf und versuchte, sich loszureißen. »Sie ist mein Weib, Kirallen, und ich wäre dir dankbar, wenn du dich da raushalten würdest.«

Weib? Oh nein, sie durfte nicht seine Frau sein! Nicht Brodie Maxwells! Der Älteste der Sippe war ein Grobian und herrschsüchtiger Mann, der noch dazu wenig Verstand und ein furchterregendes Temperament besaß. Nein, Brodie konnte unmöglich mit dieser elfengleichen Frau verheiratet sein. Allein der Gedanke verursachte Alistair Übelkeit. Er sah sie an. Sie neigte den Kopf, aber Alistair sah, wie ihr Mundwinkel zuckte.

»Nun, Weib oder nicht, sie ist nur ein kleines, zartes Ding«, sagte Alistair betont unbekümmert und freundlich. »Sie zu schlagen ändert doch nichts an diesem kleinen Missgeschick. Warum kommst du nicht lieber mit und erzählst mir, wie viel du deinen Söldnern zahlst?«

Brodie ließ jäh den Arm seiner Frau los und stieß ein kurzes, bellendes Lachen aus. »Sag nicht, du bist hergekommen, um für uns zu kämpfen! Dann stimmt es also, was ich gehört habe? Du bist verbannt worden, oder? Sie haben dich verbannt und ein Kopfgeld auf dich ausgesetzt?«

»Das ist allein meine Sache«, erwiderte Alistair, dem es nicht leichtfiel, der Versuchung zu widerstehen, Brodie die Faust ins Gesicht zu schlagen.

»Nicht wenn du für mich kämpfst.«

»Mein Schwert ist käuflich, meine Vergangenheit ist es nicht. Bist du nun interessiert oder nicht?«

Lady Maxwell eilte unterdes in die Küche zurück. Auf dem Weg dorthin drehte sie sich an der Tür zur Halle um und warf Alistair ein Lächeln zu, das ihm den Atem stocken ließ.

»Bei Gott, du warst schon immer ein empfindlicher Bursche, Kirallen«, sagte Brodie. »Stolz für zwei – solange Ian noch lebte jedenfalls. Bist ein bisschen heruntergekommen, was, seit er nicht mehr ist?«

Alistair hätte alles gegeben, wäre er in der Position, auf dem Absatz kehrtzumachen und zu gehen. Nun, zumindest fast alles. Was er nicht hergeben würde, wäre seine Hoffnung, die Frau noch einmal wiederzusehen. Für diese Chance war er sogar bereit, Brodie zu ertragen.

»Ich bin tief gesunken, wohl wahr, um bei Leuten wie dir um Arbeit nachzufragen«, antwortete er, rang sich dabei allerdings ein Lächeln ab. »Und nun solltest du deine lange Nase nicht länger in meine Angelegenheiten stecken, sondern mir etwas zu trinken geben, während wir über Geschäftliches reden.«

Er wartete. Jeder Muskel seines Körpers war angespannt. Brodie war unberechenbar. Heute Abend schien der Maxwellerbe aber zur Abwechslung mal guter Laune zu sein. Er grölte vor Lachen und legte Alistair einen Arm um die Schultern.

»Schon gut, schon gut! Kirallens Verlust wird mein Gewinn sein. Reden wir nicht mehr davon! Komm und nimm dir einen Krug Bier.«

Alistair ließ sich von ihm in eine Ecke der Halle führen. Dort verhandelten sie eine Weile, bis er Brodies Angebot schließlich akzeptierte. Mochte Gott verhindern, dass er derjenige war, der den Mann in Rage versetzte. Nicht jetzt, da er wusste, wer darunter zu leiden hätte.

Als die Musik aufspielte, schlich Deirdre in den Gang zwischen Küche und Halle. Sie hielt sich absichtlich nah an der Wand. Von hier konnte sie Brodie sehen, der mit dem hellhaarigen Fremden in ein Gespräch vertieft war.

Jennie und die anderen Frauen arbeiteten in der Küche und plapperten dabei aufgeregt über den unerwarteten Gast. Deirdre war ein eisiger Schauer über den Rücken gelaufen, als sie seinen Namen erfuhr. Natürlich hatte sie von ihm gehört. Niemand konnte in diesem Grenzgebiet leben und nicht wissen, wer Sir Alistair Kirallen war. Sein Name war untrennbar mit Verrat und Skandal verbunden.

Obwohl keiner genau wusste, was sich letztes Jahr in Ravenspur Manor zugetragen hatte, stimmten die Gerüchte doch alle in einem Punkt überein: Alistair Kirallen war zum Verräter seines Clans geworden. Sein eigener Stiefvater, von dem man sagte, dass er ihn wie einen Sohn liebte, war gezwungen gewesen, ihn aus dem Clan auszuschließen.

Er war ein Verbannter. Ein Geächteter. Ein Mann ohne Heim, ohne Familie, ohne Anspruch auf Ehre. Deirdre lächelte verbittert. Nun, zumindest blieb sie sich selbst treu. Was Männer anging, versagte ihr Urteilsvermögen, wie sie ein weiteres Mal bewies.

Er sah anders aus als am Abend von Beltane, älter, härter. Und ihn umgab eine fast greifbare Aura von Macht. Nicht einmal seine schlichte Ledertunika und sein alter Umhang konnten darüber hinwegtäuschen, dass dieser Mann daran gewöhnt war, Befehle zu erteilen, nicht sie zu befolgen.

Während Brodie weiterredete, schaute Sir Alistair sich in der Halle um und schien die Männer zu begutachten, mit denen er kämpfen sollte. Deirdre fiel die wachsame Klugheit in seinem Blick auf. Wahrscheinlich konnte er genau einschätzen, welche Stärken und Schwächen jeder Einzelne der Anwesenden hatte, und teilte sie im Geiste bereits in entsprechende Einheiten ein.

Die Leute erzählten sich, bereits mit zwanzig Jahren wäre Sir Alistair der Anführer der legendären Rittertruppen Kirallens gewesen. Sein ungewöhnlicher Aufstieg zur Macht ließ die Ungnade, in die er so plötzlich gefallen war, umso faszinierender auf die Leute wirken.

Selbst wenn er still dasaß, schien er von einer rastlosen Energie erfüllt, die sich in der Art äußerte, wie seine Finger auf dem Auflagebock und sein einer Fuß auf dem Steinboden trommelten. Sein golden schimmerndes Haar hatte sich teilweise aus seinem Zopf gelöst und umspielte sein Gesicht im Licht der Fackeln wie ein Heiligenschein. Dennoch hatte er nichts von einem Engel, höchstens von einem gefallenen.

Seine Augen waren genauso, wie Deirdre sie erinnerte: groß und leuchtend über breiten, flachen Wangenknochen. Zum ersten Mal allerdings fiel ihr auf, dass seine gerade Nase im oberen Teil einen leichten Knick aufwies, als wäre sie einmal gebrochen gewesen.

Alles in allem war er ein außergewöhnlich attraktiver Mann. Alle anderen Männer in der Halle waren unsichtbar geworden, sobald er eintrat. Und nach dem, was die anderen Frauen in der Küche redeten, war sie nicht die einzige Frau, auf die er diese Wirkung hatte.

Was mochte er am letzten Beltane-Abend getan haben? Deirdre konnte sich beim besten Willen nicht ausmalen, welches seltsame Ritual seine Seele veranlasste, durch die Nacht zu wandern. Aber er war es gewesen. Daran hegte sie nicht den geringsten Zweifel. Und er hatte sie heute Abend ebenfalls wiedererkannt. Gott sei Dank hatte er es mit keinem Wort erwähnt. Zumindest noch nicht.

Sie erinnerte sich nun wieder, was sie an jenem Abend gesagt und getan hatte. Bei dem Gedanken erblasste sie. Was hatte sie sich nur dabei gedacht? Aber wie hätte sie auch ahnen können, dass er ein realer Mann war, der darüber hinaus auch noch ihren Ehemann kannte? Wie gut mochte er ihn kennen? Worüber sprach er in diesem Moment mit Brodie? Ein unbedachtes Wort, eine zufällige Bemerkung, und Brodie würde einen entsetzlichen Zornesausbruch bekommen.

Brodie streckte Alistair die Hand hin, und der schüttelte sie. Dem Lächeln ihres Ehemannes nach vermutete Deirdre, dass sie zu einer zufriedenstellenden Einigung gefunden hatten. Sie atmete erleichtert auf, auch wenn ihre Knie nach wie vor zitterten. Alles war gut, wenigstens vorerst. Doch was musste Alistair Kirallen von ihr halten? Und wie weit ging seine Freundschaft mit Brodie?

Während Brodie sich wieder unter die anderen mischte, runzelte Alistair die Stirn und wischte sich die Hand in seiner Tunika ab. Dann wandte er sich um und sah Deirdre direkt in die Augen, als wüsste er um all ihre Ängste und versuchte, sie wortlos zu beruhigen.

Noch ehe sie entscheiden konnte, ob sie seine Geste erwidern wollte oder nicht, drehte er sich wieder um und blickte zu dem Barden, der in der Mitte der Halle saß. Verwirrt folgte Deirdre seinem Blick, und erst jetzt hörte sie das Lied.

Als ich wanderte ganz allein,
Hört' ich zwei Krähen im Walde schrei'n;
Die eine rief der anderen zu,
Wo finden wir heute Speisung und Ruh?

Zwei Krähen. Genau das hatte er an jenem Abend gesagt, als sie ihn auf die beiden Vögel hinter ihm ansprach.

Das Gerede und Gelächter in der vollen Halle verstummte nach und nach. Bald war nichts außer dem Gesang des Barden zu hören. Deirdre bekam eine Gänsehaut, denn sie spürte deutlich, dass eine starke Magie in der Luft lag. Sie fragte sich, warum die anderen sie nicht bemerkten, und sah in die fröhlichen Gesichter um sich herum. Nein, sie schienen den Zauber nicht zu fühlen.

Gleich hinten an dem brüchigen Deich,
Sah ich eine frische Ritterleich',
Niemand weiß, dass sie dort ist - ach,
Außer seinem Falken, seinem Hund
Und seiner schönen Dame im Gemach.

Was bedeutete das Lied? Alistair war totenblass geworden. Mit weit aufgerissenen Augen lauschte er der Geschichte, die der Barde vortrug. Er sieht aus wie ein Mann, dem sein eigenes Schicksal vorausgesagt wird, dachte Deirdre. Ihr wurde eiskalt bei diesem Gedanken.

Der Hund sollt ihm das Wild erjagen,
Der Falke ihm die Vögel antragen,
Seine Lady nahm derweil einen anderen auf,
So bleibt uns beim Mahle noch Muße zuhauf.

Deirdre vernahm mit wachsendem Schrecken, was die beiden Vögel in dem Lied über den toten Ritter sangen und wie sie seinen Leichnam für sich zu nutzen planten.

Wir hocken uns in sein weißes Haar,
Tun uns gütlich an den grauen Augen so starr,
Alsdann soll uns dienen seine Lockenpracht,
Das Nest zu bereiten für die Winternacht.

Sie sah wieder Alistair an, seine großen, grauen Augen und sein goldenes Haar. Ehe sie begriff, was sie tat, war sie durch die Halle geeilt und legte ihm eine tröstende Hand auf die Schulter. Er fasste ihre Hand, ohne den Blick vom Barden abzuwenden, dessen Lied nun zu seinem tragischen Ende kam.

Und trauert auch mancher um den stolzen Mann,
Wird doch niemand je wissen, wohin er ging noch wann.
Über seine Knochen, die wir verschmäh'n,
Werden ewig die eisigen Winde weh'n.

Hiermit endete das Lied, und der Barde legte die Hand über die Saiten seiner Harfe.

»Die zwei Krähen?«, fragte sie und stellte erschrocken fest, dass ihre Stimme ungewöhnlich schrill klang. »Sind sie immer noch bei Euch?«

Er sah sie überrascht an und ließ mit einem traurigen Lächeln ihre Hand los. »Ja, und jetzt wissen wir auch beide, warum.«

»Nein«, flüsterte sie. »Es bedeutet nichts. Es ist nur ein Lied.«

»Nur ein Lied?«, wiederholte er und hob eine Augenbraue. »Die Musik hat ihre eigene Magie, Mylady.«

Sie biss sich auf die Lippen und schwieg, denn sie wusste, dass er recht hatte. Aber jetzt, trotz allem, was sie über ihn wusste, konnte sie die Wahrheit nicht hinnehmen. Wie viele Nächte hatte sie mit schmerzenden Augen in die Dunkelheit gestarrt und jede Sekunde der Beltane-Nacht in Gedanken aufs Neue durchlebt? Wie viele Tage hatte sie sich an die Erinnerung an jene Nacht geklammert, während sie mit den Malen von Brodies Misshandlungen auf dem Körper ihrer Arbeit nachging?

Und in der ganzen Zeit war ihr Traum ein lebendiger Mensch gewesen, stark, warm und real. Er war kein Traum, und er würde niemals der ihre sein.

»Nun, ich besitze weder einen Falken noch einen Hund – ganz zu schweigen von einer schönen Dame«, sagte er mit einem traurigen Lächeln. »Es dürfte also noch nicht so weit sein.«

»Wie könnt Ihr darüber scherzen?«, flüsterte sie entsetzt.

»Wie könnte ich nicht?«, fragte er und zuckte mit den breiten Schultern. »Ich weiß seit dem Frühling, dass sie mir nichts Gutes verheißen.«

»Die Dame in dem Lied, sie muss gewusst haben, dass der Ritter tot ist, wenn sie sich so schnell einen neuen Gemahl nahm.«

»Auf Geheiß der Lady ermordet«, überlegte Alistair laut. »Und der Mann, der das Lied dichtete – er muss die Tat verübt haben. Nun, ich denke, ich habe soeben beschlossen, mir nie eine Frau auszuwählen, die mich gern tot sähe.«

Deirdre verschränkte fröstelnd die Arme vor der Brust. »Sagt das nicht«, flüsterte sie. »Ihr dürft über solche Dinge keine Witze machen.«

»Verzeiht«, sagte er hastig. »Ich wollte Euch nicht in Angst versetzen.«

»*Das* tatet Ihr bereits, indem Ihr heute Abend hier erschienen seid.«

»Sorgt Euch nicht, Mylady«, beruhigte er sie grinsend. »Ich bin kein Narr, der herumläuft und überall von seinem Traum erzählt.«

»Es war *mein* Traum.«

Er lachte, und ein belustigtes Funkeln leuchtete in seinen Augen auf. Er hatte so wunderschöne Augen! Ihre Farbe glich der des Morgennebels in Donegal. Und seine Stimme war nicht minder schön. Aus seinem Munde klang der schottische Akzent, der ihr so grob und hässlich vorgekommen war, sanft und melodiös. »Ich kann nicht bleiben.«

»Ja, ich weiß«, sagte er freundlich, und nun spiegelten sich

Verwirrung und Bedauern in seinem Blick. »Gott sei mit Euch, Mylady.«

Als Deirdre wieder aus der Halle ging, drehte sie sich noch einmal um und sah Brodie, der umringt von Männern in einer Ecke stand und einen Vortrag hielt. Sein massiges Gesicht war rot vom Bier und der Aufregung angesichts der bevorstehenden Schlacht. Er ist Maeves Vater, ermahnte sich Deirdre streng. *Mein Ehemann.* Sie schüttelte sich angewidert, während sie in Richtung Küche eilte.

Kapitel 6

Deirdre hörte Maeves Weinen schon, bevor sie ihr Zimmer erreichte. Ihre Tochter war von Geburt an kränklich gewesen, hatte immer wieder unter heftigen Fieberattacken gelitten und seit der letzten auch noch entsetzliche Ohrenschmerzen.

Als Deirdre in ihr Zimmer kam, fand sie dort Anice, das Kindermädchen, vor, das beim Feuer saß und seelenruhig Wolle spann, ohne sich vom Kindergeschrei stören zu lassen.

»Wie lange weint sie schon?«, fragte Deirdre, die zum Bett eilte und die Kleine hochnahm.

»Nicht lange«, antwortete Anice ungerührt. »Und wenn Ihr sie in Ruhe lasst, Mylady, wird sie gleich wieder einschlafen.«

»Schhh, mein Kleines«, tröstete Deirdre das Kind und strich ihm das schweißnasse, schwarze Haar aus dem Gesicht. »Schhh. Hast du noch von der Zwiebel, die ich dir gab?«, fragte sie Anice.

Das Kindermädchen schnaubte verächtlich. »Zwiebel! Was soll eine Zwiebel nützen?«

Deirdre gab sich nicht die Mühe, dem Mädchen zu antworten. Stattdessen nahm sie die Zwiebel vom Tisch und schnitt sie klein. Die Würfel wickelte sie in ein Stück Leintuch, das sie fest um Maeves Ohr wickelte.

»Hier, meine Süße«, sagte sie. »Jetzt wird es bald nicht mehr wehtun. Hab noch ein wenig Geduld.«

Mit dem Kind im Arm schritt sie vor dem Feuer auf und ab. Dann ging sie ans Fenster und warf die Läden weit auf. »Siehst du das?«, fragte sie das Kind. »Heute Nacht leuchten alle Sterne.«

Maeve atmete zittrig ein und folgte mit ihrem Blick dem ausgestreckten Arm ihrer Mutter.

»Sieh doch nur, meine Süße, wie hell die Sterne sind.«

Maeve heulte ein weiteres Mal auf, bevor sie herzhaft gähnte.

»Das dort ist der Hundestern«, erklärte Deirdre eilig, um das Kind abzulenken. »Er ist ein feiner, treuer Hund. Aber anstelle von Kaninchen jagt er die Kometen über den Himmel. Und wenn er Glück hat, fängt er einen beim Schweif und schluckt ihn in einem Stück herunter. Er darf über den ganzen Himmel laufen, und wenn er seine Jagd beendet hat, legt er sich zu Füßen seines Herrn schlafen.«

Maeves Kopf fiel an Deirdres Schulter, und sie gähnte ein zweites Mal.

»Stern«, murmelte Maeve schläfrig. »Sir Stern.«

»Richtig«, sagte Deirdre und lächelte, als sie daran dachte, wie ihre Mutter ihr diese Geschichte erzählt hatte. »Sir Stern ist sein Herr. Er ist ein weiser Ritter, freundlich und sehr tapfer. Manchmal, wenn der Vollmond hell strahlt und niemand es merkt, gleitet Sir Stern auf die Erde hinab, um für jene zu kämpfen, die keine Beschützer haben. Sein Schwert ist aus Sternenlicht und sein Umhang aus den Nebeln gewoben … Er kann die Nebel herbeirufen, Liebes, ihnen sagen, dass sie kommen oder gehen sollen, ganz wie es ihm beliebt. Er reist oft in Verkleidung …«

Deirdre war so in die Geschichte versunken, dass sie zusammenfuhr, als es an der Tür klopfte. Maeve erschrak und begann zu weinen.

»Kannst du nicht dafür sorgen, dass das Balg still ist?«

»Leise, Brodie«, sagte Deirdre. »Sie ist fast eingeschlafen.«

Brodie stand schwankend an der Tür, die Füße weit auseinander, und sah verärgert aus.

»Du befiehlst mir, still zu sein?«, fragte er dröhnend.

»Hier, Anice.«

Deirdre gab dem Mädchen das weinende Kind. Tränen stiegen ihr in die Augen, als die Kleine versuchte, sich an ihr festzuklammern.

»Ich werde den Schreihals schon beruhigen«, sagte Brodie und machte einen Schritt auf sie zu.

»Nein, reg dich bitte nicht auf«, sagte Deirdre und zwang sich zu lächeln, als sie ihren Ehemann bei der Hand nahm. »Du musst ins Bett und dich vor der Schlacht ausruhen.«

Brodie funkelte sie wütend an. Dann sah er zu dem weinenden Kind auf dem Arm des Kindermädchens. Deirdre hielt den Atem an. Was würde er als Nächstes tun? Vom Augenblick ihrer Geburt an hatte er keinerlei Zuneigung für Maeve gezeigt. Er war nur aufgebracht, weil sie nicht als Junge auf die Welt gekommen war. Doch bisher hatte er sich damit zufriedengegeben, seine Enttäuschung an Deirdre auszulassen.

Deirdre konnte ertragen, was er ihr antat – schließlich war sie bereit gewesen, ihn zu heiraten, und sie würde ihren Teil der Vereinbarung einhalten. Aber an dem Tag, an dem er die Hand gegen Maeve erhob, würde Deirdre ihn töten, selbst wenn sie dafür am Galgen endete.

»Na gut, aber bring sie zum Schweigen«, raunte Brodie.

»Anice wird sie beruhigen«, sagte Deirdre und führte ihn zu ihrem Schlafgemach. »Und jetzt musst du schlafen, Brodie. Es ist schon spät. Bist du nicht zufrieden mit den Männern, die du zusammengestellt hast?«, fuhr sie hastig fort. »Sie scheinen mir alle sehr gute Kämpfer.«

Er ließ sich von ihr zu dem großen Bett führen und fiel rücklings auf die Matratze.

»Meine Stiefel«, befahl er mürrisch.

»Ja, Brodie, ich mach schon.« Deirdre zog ihm erst den einen, dann den anderen Lederstiefel aus. Dabei wandte sie das Gesicht ab, weil ihr der Gestank seiner Wollsocken unerträglich war. Im Laufe der Jahre hatte sie ihm unzählige Paare gestrickt, aber er wechselte sie nur widerwillig und viel zu selten.

Bis sie den zweiten Stiefel ausgezogen hatte, schnarchte Brodie bereits laut. Erleichtert sprach Deirdre ein leises Dankgebet.

Sie ging zu einem kleinen Tisch, der unterhalb des Fensters stand, und goss sich Wasser aus einem Krug in die Waschschüssel. Sie wusch sich Gesicht und Hände, löste ihren Zopf und kämmte sich das Haar, bevor sie es erneut flocht und fest um ihren Kopf wickelte. Dann setzte sie sich ihre Haube wieder auf.

Brodie duldete nicht, dass auch nur eine Strähne ihres Haares zu sehen war. Er schien zu glauben, allein der Anblick könnte die lustvollsten Gedanken in Männern wecken, was zwangsläufig Deirdres Fehler wäre. Für sie ergab das keinen Sinn, denn jeder Mann war doch selbst für seine Gedanken und Taten verantwortlich. Aber sie hatte gelernt, nichts gegen das zu sagen, was Brodie als Vernunft oder gar Weisheit ausgab.

Das Zimmer war klein, aber gemütlich. Im Kamin brannte ein wärmendes Feuer. Für einen Moment fühlte Deirdre sich an ihr Zimmer in Donegal erinnert. Dort war ihr immerzu kalt gewesen, denn es besaß keinen Kamin, und der frische Seewind pfiff durch die Ritzen der alten Steinmauern. Wenn es regnete, mussten sie überall Eimer aufstellen, die die Tropfen aus dem brüchigen Dach auffingen. In den letzten zwei Jahren bevor sie fortging, waren aus den Tropfen kleine Sturzbäche geworden, und in sämtlichen Räumen hatte ein modriger Geruch gehangen.

Nun, in der Zwischenzeit war wohl alles wieder abgedichtet. Ihr Vater mochte zwar etwas leichtsinnig mit dem Gold umgehen, aber er war kein rücksichtsloser Verschwender. Wenigstens ein Teil von Brodies Gold dürfte auf nützliche Weise verwandt worden sein.

Sie drehte sich zum Tisch um und wusch sich ein zweites Mal die Hände. Dann hielt sie sie tropfend vor sich hin und betrachtete sie. Wie hässlich sie waren! Sie war erst zwanzig Jahre alt, und nun sah sie einer an! Sie war abgemagert und hatte die rauhen Hände einer Greisin. Ein verbittertes Lächeln umspielte ihre Lippen, als sie an Ronan Fitzgerald dachte, der einst ihre milchig-weißen Hände besungen hatte. Aber das war vier Jahre her und in einem vollkommen anderen Leben gewesen.

»Ach, Ronan«, flüsterte sie traurig. »Ich vermisse dich so.«

Solange sie denken konnte, hatte sie Ronan geliebt, wie eine Schwester ihren Bruder liebte. Aber für ihn war es nicht genug gewesen, und sie konnte ihm nicht geben, was er sich wünschte. Jetzt war sie allein in einem fremden Land, getrennt von allen Menschen, die sie liebten, und vollkommen abhängig von einem Mann, der Anzeichen von Wahnsinn zeigte.

Ein hartes Los, dachte sie und sah zu ihrem schlafenden Mann. Aber sie hatte es sich selbst gewählt.

Sie sehnte sich nach der alten Burg am Meer, nach dem Lachen ihres Vaters und nach ihrer Schwester Siobhan. Hätte sie ihre Wahl doch nur nicht so überstürzt getroffen! Sie hätte sich lieber von den Klippen stürzen sollen, als sich auf diese Heirat einzulassen.

Ungeduldig wischte sie sich die tränenfeuchten Wangen. Dann strich sie ihre Haube glatt und vergewisserte sich, dass sie gerade saß, bevor sie ins Kinderzimmer zurückging.

Wenigstens ein Gutes war aus ihrem gescheiterten Leben hervorgegangen, dachte Deirdre, als sie ihre schlafende Tochter ansah. Maeves dunkle Locken breiteten sich auf dem Kissen aus. Das Kind hatte eine Hand unter die schlafgerötete Wange geschoben. Deirdre hatte eine so starke Liebe, wie sie sie für ihr Kind empfand, nie für möglich gehalten. Und diese Liebe wuchs mit jedem Tag – ebenso wie ihr Wille, Maeve um jeden Preis zu beschützen.

»Mögen die Engel deinen Schlaf bewachen«, flüsterte sie und küsste das schlafende Kind.

Sie überlegte, sich neben das Kind zu legen und ein paar Stunden zu schlafen, doch eine seltsame Unruhe erfasste sie. Es war ein Fehler gewesen, an die Vergangenheit zu denken. Das war es jedes Mal. Dabei sollte sie doch schon seit Langem begriffen haben, dass sie nur schwermütig wurde, wenn sie an ihr Zuhause dachte. Aber vielleicht war es auch leichter, an Donegal zu denken als an den Mann, der heute Abend aus ihrem Beltane-Traum in die Halle ihres Gatten getreten war. *Ihn* vermochte sie nicht in die Vergangenheit zu verdrängen. Nein, Alistair Kirallen war zu sehr Teil der Gegenwart und nur allzu real.

Sie nahm ihren Umhang vom Haken an der Tür, huschte leise die Treppe hinunter und lief an der Halle vorbei. Alle Lichter darin waren erloschen, und man hörte nichts mehr als das Schnarchen der Männer, die auf dem Boden schliefen. So viele von ihnen mussten bewirtet werden, ehe sie in die Schlacht aufbrachen! Es lohnte sich kaum mehr zu schlafen, da sie schon in wenigen Stunden mit der Arbeit in der Küche beginnen musste.

Bei dem Gedanken daran bekam sie Kopfschmerzen. Was sie brauchte, waren frische Luft und Ruhe. Hoffentlich half ihr das, ihre Gedanken und Gefühle wieder zu beruhigen und in die übliche, stille Resignation zurückzufinden.

Kapitel 6

Alistair lag ausgestreckt auf der Seite. Eine Hand stützte seine Wange, mit der anderen warf er einen Kiesel in den Teich. Er hatte ihn mühelos wiedergefunden. Wie von selbst hatten ihn seine Füße den kleinen Pfad hinuntergetragen, als wäre er den Weg schon unzählige Male gegangen. Dennoch war er ein wenig überrascht gewesen, als er auf einmal vor dem Teich stand. Alles sah genauso aus, wie er es erinnerte. Und wie zuvor erwarteten ihn auch diesmal die zwei Krähen.

Er sah in die dunklen Bäume hinauf. »Ich höre euch«, sagte er. »Ihr braucht gar nicht solchen Krach zu schlagen.«

Als Antwort erhielt er ein Flügelflattern und ein schrilles Krächzen.

»Ja, ihr seid wohl ganz großartige Vögel, was?«, sagte er, rollte sich auf den Rücken und verschränkte die Hände unter dem Kopf. »Ihr hockt da oben und schmiedet eure Pläne und Intrigen.«

Aus einer momentanen Regung heraus schleuderte er einen Kiesel nach oben in die Dunkelheit. Zwar wusste er, dass es sinnlos war, doch er fühlte sich hinterher trotzdem ein wenig besser.

»Autsch!«

Ruckartig setzte er sich auf und sah auf den dunklen Pfad. Dann lächelte er und legte sich wieder hin.

»Hab ich Euch getroffen?«

»Ja, habt Ihr«, antwortete Deirdre Maxwell. »Ich dachte, der Himmel stürzt ein.«

»Das tut er vielleicht auch«, sagte Alistair. »Dieser Tage scheint alles möglich zu sein.«

Sie zögerte am Rande der Lichtung. Der Schatten ihrer Kapuze verbarg ihr Gesicht. Alistair war verärgert ob ihres Zögerns, obwohl er wusste, dass sie einen guten Grund dafür hatte. Nach allem, was sie über ihn gehört haben musste, war es ein Wunder, dass sie nicht gleich davonlief.

»Nun, kommt nur her, Mylady«, rief er. »Ich werde Euch nicht beißen.«

»Seid Ihr sicher?«, fragte sie keck. »Ich habe weit Schlimmeres über Euch gehört.«

Sie blieb direkt unter den Bäumen stehen, jeden Muskel ihres zarten Körpers angespannt, als wäre sie bereit, bei der kleinsten Provokation sofort kehrtzumachen und wegzurennen.

»Ja, das glaube ich gern. Doch trotz all der schwerwiegenden Verbrechen, die ich beging, war ich noch nie eine Gefahr für die Damen.«

»Da behauptet Jennie etwas anderes«, erwiderte Deirdre. »Sie sagte, Ihr wärt ein schrecklicher – wie war das noch? – Schürzenjäger gewesen.«

»Wer, ich?«, sagte er und lachte. »Übertreibung, nichts als maßlose Übertreibung.«

»Hmm. Jedenfalls wurde mir gesagt, dass Ihr eine große Gefahr für alles seid, was einen Rock trägt – und dass Ihr schwerer zu fangen seid als ein Einhorn.«

»Hat Jennie das gesagt?«

»Ihr habt keinen Grund, darüber erfreut zu sein.«

»Ach, Mylady, es ist schön zu erfahren, dass sich jemand meiner nicht nur als Verbanntem erinnert.«

Da, jetzt war es heraus. Er hatte das Wort ausgesprochen, daß die ganze Zeit zwischen ihnen in der Luft gehangen hatte. Deirdre kam ein Stück näher.

»Könnt Ihr nie wieder zurückgehen?«, fragte sie.

»Nein.«

»Was habt Ihr denn getan?«

»Es geht nicht um etwas, das ich tat, sondern darum, was ich mich zu tun weigerte. Jemmy Kirallen hat Frieden mit dem Engländer geschlossen, der seinen Bruder umgebracht hat. Und ich wollte mich diesem Frieden nicht verpflichten. Also«, er zuckte mit den Schultern, »musste ich gehen.«

»Aber man erzählt sich, dass es den Kirallens gut geht«, sagte Deirdre leise. »Der Frieden soll ihnen Wohlstand gebracht haben.«

»Wohlstand, der um den Preis des Ehrverlustes erworben wurde! Wenn das unter Gutgehen verstanden wird, Mylady, bin ich besser dran, wo ich jetzt stehe.«

»Aha«, sagte sie nachdenklich. »Aber … war es nicht die Entscheidung des Lords? Ich dachte, sein Sohn hätte kaum eine andere Wahl gehabt, als zu tun, wie sein Vater ihm befiehlt. Und wart Ihr nicht ebenso verpflichtet, Eurem Lehnsherrn zu gehorchen, ob Ihr ihm zustimmt oder nicht?«

Sie sah ihn ruhig an. In ihrem Blick erkannte Alistair nichts als Neugier. Keine Spur von der Verachtung, die er erwartet hatte. Natürlich hatte sie recht. Er *war* seinem Lehnsherrn verpflichtet gewesen, er *hatte* geschworen, seinem Herrn und Ziehvater zu gehorchen. Und er brach diesen Schwur.

»In manchen Zeiten kann ein Mann nicht schweigend daneben stehen und zuschauen, wenn Fehler begangen werden«, verteidigte er sich. »Ich habe meine Wahl getroffen, mein Lord seine.«

»Und nun? Glaubt Ihr immer noch, dass Eure Wahl die richtige war?«

»Ja, selbstverständlich glaube ich das«, sagte er, obwohl er sich zum ersten Mal fragte, ob er es tatsächlich glaubte.

Sie nickte nachdenklich und setzte sich in einiger Entfernung von ihm an den Teich. Gedankenverloren pflückte sie eine Blüte und warf sie ins Wasser. Alistair beobachtete, wie die Blüte auf der Oberfläche dahintrieb – ein Elfenboot, das zu Häfen jenseits der Vorstellungskraft Sterblicher unterwegs war.

»Ich verstehe«, sagte sie. »Ich weiß sogar sehr viel über solche Entscheidungen. Sind sie einmal gefallen, gibt es kein Zurück mehr. Ob richtig oder falsch … nun, irgendwann kommt es darauf gar nicht mehr an, oder? Uns bleibt nichts anderes, als mit dem zu leben, was wir uns ausgesucht haben.«

Ihre Stimme war ruhig, befremdlich gelassen, und vielleicht spürte Alistair deshalb umso deutlicher den Schmerz dahinter. Ihn verwunderte es nicht mal, wenn er bedachte, welche Wahl sie getroffen hatte! Dennoch, Brodie Maxwell war ihr Problem, nicht seines.

Verwirrt und verärgert zugleich blickte er sie an und fragte sich, welchen Sinn ihre seltsame Traumbegegnung an Beltane gehabt haben könnte. Andererseits, welchen Sinn hatte überhaupt irgendwas? Das Leben schien so vieles zu bieten, und am Ende war da nichts außer verlorenen Träumen und Enttäuschung. Liebe war die größte Täuschung von allen.

Alistair runzelte die Stirn und betrachtete Deirdres ebenmäßiges Profil, das vor dem Hintergrund des dunklen Waldes besonders hell wirkte.

War das Liebe, was er für sie empfand? Er wusste es nicht, aber keine Frau hatte jemals solche Gefühle in ihm geweckt. Am liebsten wollte er sich mit ihr auf ein weißes Schlachtross schwingen und an einen Ort fliehen, an dem niemand je von Maxwell oder Kirallen gehört hat und an dem sie beide die falschen Entscheidungen, die sie getroffen hatten, vergessen durften. Er wollte ihr eine große, feste Burg bauen, Edelsteine in ihren Schoß stapeln, einen Drachen für sie töten … War das Liebe oder nur Wahnsinn? Was *war* Liebe überhaupt?

Was immer sie sein mag, mir ist sie nicht vergönnt, dachte Alistair, warf einen Stein in den Teich und versenkte damit die zarte Blüte. Nur ein Narr schenkte sein Herz einer Frau. Diese Art Liebe war nichts als eine Falle, die selbst den stärksten Mann im Innern auf übelste zerbrechen konnte. Nein danke, dachte er. Verheiratete Damen – insbesondere solche, die mit Irren wie Brodie Maxwell verheiratet waren – durften ihn nicht scheren. Er hatte wahrlich genug Sorgen ohne sie.

Deirdre betrachtete die Wellen, die sich von der Mitte des Teiches her ausbreiteten, und schließlich an den Rand schwappten. Aber nein, der Teich gehörte nicht mehr ihr, nie mehr. Er war ihr auf ewig von dem Mann neben ihr verdorben worden.

Dieser Ort würde sich nie wieder wie vorher anfühlen, dachte sie traurig. Ebenso würde sie sich nie wieder wie vorher fühlen. Ein paar Worte, ein Lächeln, ein Kuss … und sie war für immer verändert. Nie wieder könnte sie sich mit einem Leben mit Brodie Maxwell abfinden, nicht nachdem sie nun begriff, was ihr entging. Nicht einmal mehr ihre Träume blieben ihr, um sie aufrechtzuerhalten. Fortan würde sie allein mit der Erinnerung an einen Mann leben müssen, von dem sie sich von ganzem Herzen wünschte, sie wäre ihm nie begegnet.

»Was wollt Ihr hier, Mylady?«, fragte er mit einem gereizten Unterton in der Stimme.

»Ach, störe ich Euch?«, antwortete sie schlagfertig. »Ich komme oft hierher, wenn ich allein sein will.«

»Und da wir uns auf Maxwell-Grund befinden, sollte ich wohl anbieten, mich zurückzuziehen.«

»Bleibt nur, wenn Ihr wollt. Ich werde gehen. Um eines möchte ich Euch allerdings noch bitte, ehe ich Euch allein lasse.«

Er sah sie an und schien aufzumerken. »Was?«

»Sagt Brodie bitte nichts von unserer Begegnung hier, weder von der heute Abend noch – von der anderen.«

Sie fühlte, wie sie errötete, und fuhr fort: »Wenn ich gewusst hätte – an jenem Abend – dann hätte ich niemals – ich bin eine treue Ehefrau, Sir Alistair«, schloss sie ernst.

»Ja, ich weiß, dass Ihr das seid.«

»Woher wollt Ihr das wissen?«

»Ihr seid noch am Leben«, antwortete er vollkommen ungerührt. »Daraus schließe ich, dass Ihr entweder treu oder eine sehr kluge Lügnerin sein müsst. Und da Ihr Eure Gedanken und Gefühle schlecht verbergt, fällt Letzteres aus. Was in jener Nacht geschah … nun, es war nicht Euer Fehler, Mylady. Es spielte sich jenseits dessen ab, was Ihr oder was ich kontrolliere«, sagte er mit einem reumütigen Lachen. »Wer hätte gedacht …«

»… dass Ihr real seid«, beendete sie seinen Satz leise und blickte hinab auf die Blumen in ihrer Hand.

»Ach, ich bin ziemlich real, aber gewiss keine Bedrohung für Eure *glückliche* Ehe. Glaubt mir, Mylady, ich bin ebenso gern bereit, den letzten Beltane-Abend zu vergessen, wie Ihr.«

Sie stand hastig auf und blinzelte angestrengt gegen die Tränen an, die ihr in den Augen brannten. Er hatte recht. Sie sollte es vergessen. Die schillernde Begegnung, für die sie das Ereignis am Beltane-Abend gehalten hatte, gab es nicht. Alles war ein Irrtum gewesen, ein furchtbarer, beschämender Irrtum. Und heute Abend hierher zu kommen, machte es nur noch schlimmer.

»Wartet.«

Er war ebenfalls aufgestanden und sah zu ihr hinab. »Vergebt mir«, sagte er, und als er lächelte, begann Deirdres Herz zu pochen. »Ich bin nicht minder überrascht, als Ihr es sein dürftet, Mylady. Aber das ist keine Entschuldigung für meine Unhöflichkeit. Selbstverständlich werde ich niemandem etwas erzählen.«

Das nachfolgende Schweigen schien sie buchstäblich zu umfangen und von der vertrauten Welt abzuschneiden. Langsam streckte Alistair seine Hand aus, und nach einer Weile legte Deirdre ihre hinein, wobei sie sich wie in einem Traum bewegte. Bei der Berührung durchfuhr sie ein seltsames Brennen. Alistair atmete kurz und tief ein. Er musste es auch gespürt haben.

»Ihr könnt mir vertrauen«, sagte er. Seine Stimme war kaum mehr als ein Flüstern.

Sie nickte, ohne den Blick von seinem Gesicht abzuwenden. »Ich weiß.«

»Deirdre, ich …«

»Gute Nacht«, unterbrach sie ihn rasch und trat einen Schritt zurück. »Ich hoffe, Ihr werdet eines Tages wieder nach Hause zurückfinden.«

Mit diesen Worten drehte sie sich um und floh. Alistair sah ihr nach. Jeder seiner Muskeln spannte sich, und er kämpfte gegen die Versuchung, hinter ihr herzulaufen. Als sie fort war, legte er sich wieder auf den harten Boden und starrte in das dunkle Wasser des Teiches.

Wenig später legte Deirdre sich neben ihre Tochter, sicher, dass sie keinen Schlaf finden würde. Doch kaum hatte sie die Augen geschlossen, fiel sie für eine Stunde in tiefen Schlummer.

Dann begann der Traum.

Er fing mit einem Geräusch an, das laut und unregelmäßig war und befremdlich im wabernden Nebel widerhallte. Die Krähen, dachte Deirdre, und eine eisige Angst fuhr ihr mitten ins Herz.

Das Krächzen kam mal aus der einen, mal aus der anderen Richtung. Deirdre wollte laufen, doch sie war gelähmt vor Furcht.

Der Nebel verschwand. Vor ihren Augen wellte sich das dunkle Wasser des Waldteiches. Das Geräusch wurde lauter, kam näher, und plötzlich erkannte Deirdre, dass es gar kein Vogel war, sondern eine schwere Gestalt, die sich durchs Unterholz bewegte. Es ist Brodie, dachte sie. Er ist wach. Das Mittel hat nicht gewirkt. Er darf mich nicht hier finden.

»Deirdre!«

Ein Knall. Das Geräusch, wenn Leder gegen Leder schlug, hatte Deirdre schon viele Male gehört: Brodie zog seinen

Gürtel ab und legte beide Enden zusammen. Noch ein Knall. Deirdres Lähmung war fort, und sie rannte blind durch den Wald. Nun vernahm sie nichts mehr außer ihrem eigenen Atem. Dann hörte sie in der Ferne leise Musik und lief in die Richtung, aus der sie gekommen war, geradewegs den Pfad hinunter.

Atemlos erreichte sie eine Lichtung, und da war Ronan Fitzgerald, so lieb und vertraut wie ihr eigener Zwilling. Er hockte mit übereinandergeschlagenen Beinen auf einem Felsblock, den dunklen Schopf über die Harfe in seinen Händen gebeugt.

Als sie kam, blickte er mit traurigen, grünen Augen zu ihr auf. »Ach, Dee, wie kommst du hierher? Warum suchst du jetzt nach mir? Ich hätte dir die Welt zu Füßen gelegt, doch das war nicht genug.«

»Deirdre!«, brüllte Brodie aus dem Wald hinter ihr. »Versteck dich ja nicht vor mir.«

»Ronan, hilf mir!«, rief sie, doch ihre Stimme war nur noch ein Flüstern.

»Wer ist das?«, fragte Ronan streng, stand auf und sah über ihre Schulter. »Doch nicht dein …? Bei Gott, Dee, in was für Schwierigkeiten steckst du?«

Sie schüttelte stumm den Kopf und wandte sich ab, um fortzulaufen.

»Warte!«, rief Ronan. »Erzähl mir …«

Aber Deirdre konnte nicht bleiben und ihm antworten. Sie lief nun um ihr Leben, und bei jedem Schritt hörte sie, wie Brodie näher kam. Sie wagte es, sich kurz umzudrehen, und sah ihn direkt hinter sich, das Gesicht tiefrot vor Zorn. Er streckte die Hand nach ihr aus, und sie schrie. Dann prallte sie gegen etwas Festes.

»Ist ja gut«, sagte Alistair Kirallen und fing sie in seinen Armen auf. Sie schrie etwas Unverständliches und vergrub das Gesicht an seiner Schulter. »Keine Angst, Mylady«, beruhigte er sie. »Euch wird nichts geschehen.«

Sie hob den Kopf und sah, wie er sie anlächelte. Eine Locke seines goldenen Haares fiel ihm in die Stirn. Auf ein lässiges Winken von ihm senkte sich der Nebel wieder und umhüllte Brodie, bis er ganz darin verschwunden war.

»Ich befehle die Nebel, wie es mir gefällt«, erklärte Alistair. »Ich lasse sie kommen und gehen, wie ich will. Vertraut mir, Mylady, denn es wurde schon vor langer Zeit so niedergeschrieben. Wusstet Ihr das nicht?«

»Doch, ich wusste es«, flüsterte sie. »Ich wusste davon.«

Er beugte sich zu ihr hinab, und sie schlang die Arme um seinen Hals …

»Mam!«

Deirdre schüttelte den Kopf und klammerte sich an ihren Traum, obwohl er sich bereits auflöste wie Meeresgischt auf dem Strand. Seufzend rollte sie sich herum und öffnete die Augen. Vor ihr war das Gesicht ihrer kleinen Tochter.

»Mam, Hunger! Hunger!«

Deirdre setzte sich auf und rieb sich mit zitternden Händen die Augen. Dann lächelte sie und küsste Maeve auf die dunklen Locken.

»Geht es dir besser, Süße? Ich hole dir gleich etwas zu essen.«

Ihr fielen die Männer unten in der Halle ein, und schuldbewusst sprang sie aus dem Bett. Es musste jeden Moment hell werden. Brodie würde bald aufstehen, und nach den Mengen Bier, die er gestern Abend getrunken hatte, wäre seine Laune gewiss sehr schlecht.

»Bleib hier, mein Kleines«, sagte sie zu Maeve. »Und sei ganz still, ja? Sei still wie ein Mäuschen, bis ich wieder da bin.«

»Ja, Mam«, antwortete die Kleine und blickte ängstlich zu der Tür, hinter der Brodie schlief. Dann legte sie einen Finger auf ihren Mund und nickte feierlich.

Sie wird in Sicherheit sein, sagte Deirdre sich im Stillen, solange ich sie von Brodie fernhalte. Ja, heute würde Maeve in Sicherheit sein und morgen vielleicht auch noch, aber was wurde aus ihr, wenn sie heranwuchs? Ihr Vater würde sie irgendeinem Mann zur Frau geben, und Deirdre hätte keinerlei Einfluss darauf.

Was, wenn Maeve mit einem Mann wie Brodie verheiratet würde?

Ich muss sie retten, dachte Deirdre voller Panik. Ich schicke sie zu meinem Vater – nur auf Besuch. Ich könnte sagen, es wäre gut für ihre Gesundheit. Wenn Vater schreibt und behauptet, sie wäre gestorben, vielleicht fragt Brodie dann nicht weiter. Eine tiefe Verzweiflung bemächtigte sich ihrer, als ihr klar wurde, dass Brodie niemals einer solchen Reise zustimmen würde, nicht einmal wenn Maeves Leben davon abhinge.

Es sei denn, Deirdre schenkte ihm den Sohn, den er so dringend wollte. Dann würde er ihr eventuell erlauben, ihre Tochter nach Irland zu schicken.

»Deirdre! Erblinden sollst du, du verdammte, faule Hure! Wo zum Teufel bist du?«

Sie fuhr zusammen, als sie Brodies Stimme hörte. Sogleich spürte sie wieder die entsetzliche Angst aus ihrem Traum. Dann erinnerte sie sich an den Rest des Traumes, und ein bitteres Lächeln huschte über ihre Züge. Sie war zwanzig

Jahre alt, kein Kind mehr, und es war Zeit, dass sie sich mit den Dingen abfand, wie sie waren.

Für mich gibt es keine Hilfe, dachte sie und straffte die Schultern. Aber für Maeve ist es noch nicht zu spät. Egal was ich dafür tun muss, ich werde dafür sorgen, dass sie nach Donegal kommt. Und wenn sie erst fort ist, werde ich dafür sorgen, dass sie nie mehr hierher zurückkehrt.

»Ich komme, Brodie«, rief sie.

»Mäuschen«, flüsterte Maeve und schlüpfte unter ihre Bettdecke.

»Ja, genau«, sagte Deirdre. »Du bist mein braves, kleines Mäuschen. Bleib hier. Und wenn du ganz still bist, bringe ich dir ein bisschen Käse.«

Kapitel 8

»Zum Teufel mit ihm!«, fluchte Ross Maxwell leise. »Er ist ein Narr.«

»Still«, befahl Alistair flüsternd. Er versteckte sich mit Ross hinter einer Felsgruppe, die sie vom Schlachtgetümmel abschirmte. »Wir haben unsere Befehle. Und jetzt warte auf sein Signal.«

Das Feld auf der anderen Seite der Felsen war vom Lärm rufender Männer und aneinanderschlagender Waffen erfüllt, der von den Hängen widerhallte.

»Steine auf die Johnsons hinunterwerfen!« Ross wandte den Kopf um und spuckte in den Fluss, der weit unter ihnen durchs Tal rauschte. »Als würden wir damit nicht unsere eigenen Männer und Pferde gleich mitzerquetschen.«

»Ja, das könnte passieren«, stimmte Alistair ihm zu. »Aber das hier ist seine Schlacht, und er erteilt die Befehle. Pass auf, Junge!«

Ross wirbelte mit dem Schwert in der Hand herum und stand zwei Johnson-Männern gegenüber, die um die Felsen geschlichen waren. Sie waren auf einem losen Stein ausgerutscht, und das hatte sie verraten. Alistair seufzte und hielt seine eigene Waffe bereit. Offensichtlich hatte Johnson denselben Plan gehabt wie Brodie Maxwell. Was bewies, dass sich die beiden Männer ziemlich ähnlich waren – zumindest im Bezug auf ihre Dummheit.

Ross nahm sich den ersten der Johnsons vor und überließ Alistair den zweiten. Gütiger Gott, der war ja noch ein Kind! Wahrscheinlich war er deshalb hierheraufgeschickt worden, anstatt bei der Schlacht unten mitzumachen.

Und das zeigte, dass Johnson wenigstens einen Funken mehr Verstand besaß als Brodie, der zwei exzellente Kämpfer verschwendete, indem er ihnen einen idiotischen Auftrag erteilte.

Ross und der erste Mann rutschten den Abhang hinunter und schlugen dabei wild mit ihren Schwertern um sich. Alistair seufzte ein weiteres Mal und betrachtete den verängstigten Jungen vor sich. Fünfzehn? Sechzehn? Zwar zeichnete sich schon der erste Bartflaum auf seinen Wangen ab, doch seine Augen waren die eines vor Schreck erstarrten Kindes.

»Nimm dein Schwert hoch, Junge«, sagte Alistair in einem leicht entnervten Tonfall. »Steh nicht da wie ein Schaf vor dem Schlachter.«

Der Junge hob seine schwere Waffe und stellte sich in Kampfposition.

»Ja, so ist's richtig«, sagte Alistair und schlug nur schwach zu, um die Reaktionsschnelligkeit des Jungen einzuschätzen. Er hatte nicht vor, ihn zu töten, aber andererseits sollte er auch nicht so unvorsichtig sein, sich von ihm umbringen zu lassen.

Auf einmal fühlte er sich wieder wie zu Hause, wo er im Hof den jungen Männern Schwertkampfunterricht gab. Eine Weile bewegten sie sich vor und zurück, bis der Junge schließlich vor Erschöpfung japste und schwitzte. Dann entwaffnete Alistair ihn mit einem einzigen Schwerthieb.

Der Junge sank auf die Knie und schloss die Augen.

Und was jetzt? Sollte Alistair den Burschen gehen lassen? Das wäre eine üble Schande für ihn, und gewiss würde er binnen kürzester Zeit frisch bewaffnet sein und versuchen, seine Ehre im Kampf gegen einen anderen wiederherzustellen. Dann wäre er mit höchster Wahrscheinlichkeit noch vor Sonnenuntergang tot.

»Steh schon auf«, befahl Alistair ihm. »Da rüber zu dem Baum, wenn's beliebt. Hast du Angehörige, die dich freikaufen können?«

»Nein, Sir«, flüsterte der Junge elend.

»Bei Gott, Junge, das darfst du nicht sagen!«, rief Alistair ungeduldig. »Hast du denn gar keine Ahnung, wie das hier geht?« Er beäugte den Jungen genauer. »Vielleicht habe ich dich am Kopf getroffen und deinen Verstand verwirrt. Wie dem auch sei, ich werde dich festhalten und nur gegen ein Lösegeld wieder freilassen. Gut möglich, dass Johnson bezahlt, um dich heil wiederzubekommen.«

Er warf dem Jungen einen drohenden Blick zu, damit er ihm ja nicht widersprach, und der war klug genug zu schweigen, während Alistair ihn am Baum anband und die Knoten festzog. Geschafft. Für ein oder zwei Stunden sollten ihn die Fesseln aufhalten. Und soweit Alistair es von hier oben beurteilen konnte, würde die Schlacht binnen einer Stunde vorbei sein.

Ross Maxwell kam atemlos den Hang hinauf und wischte sich die schweißnasse Stirn. »Erledigt«, verkündete er fröhlich. »Was jetzt?«

Alistair sah wieder hinunter auf das Schlachtfeld. »Jetzt warten wir auf Brodies Signal.«

»Aber dann verpassen wir alles!«

»Und wenn wir jetzt gehen und Brodie das Signal gibt, was

dann? Befehle sind Befehle, mein guter Junge, und ich wäre dir dankbar, wenn du daran denken könntest.«

Alistair war umso strenger, als er im Grunde mit jedem Wort übereinstimmte, das Ross sagte. Brodie hatte keine Ahnung, wie er seine Männer führen sollte. Allein dass er ihn – Alistair Kirallen, einen erfahrenen Befehlshaber und begabten Schwertkämpfer – hier oben hinter die Felsen und Steine geschickt hatte! Das war eine absichtliche Beleidigung, keine Frage, aber vor allem war es die Art Beleidigung, wie sie nur einem Narren wie Brodie einfiel.

»Na gut!« Ross warf sich wieder auf den Steinhang. »Warten wir.«

Alistair stand da, eine Hand zum Schutz gegen die Sonne über den Augen, und beobachtete das Kampfgeschehen unter ihnen. »Aufgepasst«, sagte er. »Sie kommen in unsere Richtung.«

Ross setzte sich auf, und ein Strahlen ging über sein Gesicht, als er sah, wie Johnsons Männer den Hang hinaufgeklettert kamen. Und Brodie, der es eigentlich besser wissen sollte, führte seine eigenen Männer hinter ihnen her.

»Wenn wir den Fels hinunterstoßen, wird er Maxwell mit erwischen«, sagte Ross besorgt. »Was denkt sich Brodie dabei, hinter ihnen herzukommen?«

»Gott allein weiß das, mein Junge«, antwortete Alistair verärgert. »Achtung, halte dich bereit.«

Auf Alistairs Signal sprangen sie mit einem Kampfschrei aus ihrer Deckung und überraschten so die Anführer von Johnsons Truppe. Die anderen Johnson-Männer traten erschrocken zurück, wobei sie auf den losen Steinen ausrutschten und direkt zu Brodies Kämpfern zurückgetrieben wurden.

Die Schlacht setzte sich auf dem Hang fort, während die Sonne ihren Höchststand erreichte und den Fluss weiter unten in ein Funkenmeer verwandelte. Alistair wusste selbst nicht, wie es dazu kam, doch plötzlich hatte er das Kommando über ein Dutzend Männer. Bis auf den jungen Ross waren sie alle Söldner wie er, und mit vielen von ihnen hatte er schon einmal gekämpft – manchen sogar in der Schlacht gegenübergestanden. Sie alle hatten Maxwell angewidert verlassen, als er ihnen befahl, unterhalb der Johnson-Männer am Hang in Stellung zu gehen. Diese Position war schlicht nicht zu halten, was sich spätestens in dem Moment erwies, als die Spitze der Maxwell-Truppe geschlagen war.

Hinter dem höchsten Felsen hockend, wischte Alistair sich den Schweiß von der Stirn und beobachtete die Schlacht unten.

Einer der älteren Männer grunzte verächtlich. »Jesus, sieh dir bloß *das* an!«, sagte er und zeigte auf die Maxwell-Männer am Hang. »Wo zum Teufel steckt Maxwell selbst?«, fragte er voller Abscheu. »Der größte Fehler meines Lebens war, von dem Mann Silber anzunehmen.«

»Tja, nun, wir werden es wohl alle noch bereuen«, pflichtete Alistair ihm bei. »Geht da rüber«, er zeigte auf einen Felsvorsprung gleich oberhalb von Johnsons Männern, »und wartet auf mein Signal. Wenn wir Glück haben, treiben wir sie den Hügel hinab und nach Hause.«

Alistair wartete, während die anderen zum Felsvorsprung schlichen. Aus dem Augenwinkel nahm er eine Bewegung zwischen den Bäumen hinter sich wahr. Verdammt, er hatte den Jungen ganz vergessen, den er an den Baum gefesselt hatte. Sollte ihn einer von Maxwells Leuten finden, würde er ihn vielleicht umbringen.

Er sprintete zu der Baumgruppe. Und dort fand er Brodie Maxwell persönlich vor, das Schwert hoch über dem Haupt des verängstigten Jungen, der sich hilflos hinter einen schmalen Ast duckte.

»Stopp, Brodie!«, rief Alistair. »Das ist mein *Gefangener.*«

»*Gefangener?*«, grölte Brodie. »Wer hat dir erlaubt, Gefangene zu nehmen?«

»Bei Gott, er ist doch noch ein Kind«, sagte Alistair angewidert. »Lass ihn leben – oder nein, ich werde ihn losbinden. Lauf!«, befahl er dem Jungen und nickte mit dem Kopf zu dem Pfad zwischen den Bäumen, während er die Fesseln durchtrennte.

Aber kaum hatte der Junge einen Schritt gemacht, stellte Brodie ihm ein Bein, so dass er stürzte. Er landete nur wenige Zentimeter vom Rand der Klippen entfernt. Dort lag er und rang nach Atem.

»Das reicht, Brodie!«, rief Alistair, der nun wirklich wütend war, jedoch keine Zeit hatte, seinem Ärger Luft zu machen, weil Brodie Maxwell erneut sein Schwert erhob und nach vorn preschte. Noch während das Schwert auf den Jungen herabschnellte, packte dieser Brodie bei den Beinen und riss ihn herunter. Alistair beobachtete erstaunt, wie Brodie geradewegs über den Rand der Klippen und in den Abgrund fiel.

Alistair rannte nach vorn und konnte gerade noch sehen, wie Brodie heulend durch die Luft flog. Alistair schrie ebenfalls auf, als Brodie gegen die Felswand schlug, von dort abprallte und mit einem gewaltigen Klatscher im Fluss landete.

Kapitel 9

Deirdre erhob sich steif von den Knien und zog ihren Umhang fester um sich herum, als der Priester den letzten Segen sprach. Der arme alte Mann, dachte sie in einem Anflug von Mitgefühl. Seine fleckige und geflickte Soutane schützte ihn kaum vor der Kälte. Die Spitze seiner langen Nase war gerötet, und jedes Wort verließ seinen Mund als kleine, weiße Wolke. Deirdre blickte sich fröstelnd in der feuchten und heruntergekommenen Kapelle von Cranston Keep um. Weder Brodie noch sein Vater hatten es für nötig erachtet, auch nur eine einzige Münze an diesen Ort zu verschwenden, der ihnen so wenig bedeutete.

Doch selbst Maxwells Lord könnte diese Kapelle nun nicht mehr vollkommen meiden. Heute war er allerdings nicht hier, was seltsam war, hatte er doch persönlich die täglichen Messen angeordnet, die bis zu Brodies sicherer Rückkehr abzuhalten wären. Tag für Tag versammelte sich der gesamte Haushalt in der winzigen Burgkapelle, welche nicht einmal die Kohlenbecken zu heizen vermochten, die auf Geheiß des Lords in jeder Ecke glühten. Ihre Wärme konnte nichts gegen die hartnäckige Zugluft ausrichten.

Deirdre hatte die letzten vierzehn Tage umgeben von Menschen verbracht, die ihre Häupter zum Gebet neigten.

Sie fragte sich, wie viele von ihnen wohl dafür beteten, dass Brodie gesund heimkehrte, und wie viele, wie sie, den Herrn aus tiefstem Herzen anflehten, ihn nie mehr wiederkommen zu lassen.

Während der Priester eilig die Messe beendete, versuchte Deirdre, ihre verworrenen Gedanken zu einem zusammenhängenden Gebet zu ordnen. Sie wusste, dass es falsch war, dafür zu beten, dass Brodie tot sein möge. Zugleich aber wäre es eine Lüge gewesen, um etwas anderes zu bitten.

»Liebe St. Brigid«, flehte sie still, »du weißt, was in meinem Herzen ist. Alles, worum ich dich bitte, ist, gib mir die Kraft, Gottes Willen zu ertragen.«

Ein besseres Gebet brachte sie nicht zustande. Brodies Gott war ein strenger und furchteinflößender Fremder, aber St. Brigid würde sie verstehen. Sie würde wissen, dass Deirdre zwischen Hoffnung und Angst schwebte. Die fortwährende Ungewissheit setzte ihr so sehr zu, dass sie bei der kleinsten Berührung zu zittern begann.

Die drei Männer, die Brodies Sturz bezeugt hatten, äußerten einhellig wenig Hoffnung, dass er überlebt haben könnte. Die Tage vergingen, und im Haushalt war bald statt von »wenig Hoffnung« von »gar keiner Hoffnung« die Rede. Aber Deirdre wagte noch nicht, daran zu glauben. In ihren Träumen kehrte Brodie zurück, die Haut grünlich-blass, die Augen weiß und leer, mit Wasserpflanzen im tropfnassen Haar. Und sein Zorn war entsetzlich.

Brodie könnte immer noch wiederkommen. Er könnte jeden Moment in die Halle marschieren und damit Deirdres letzte Hoffnung auf Freiheit zerstören. Sie konnte und sie wollte nicht anfangen, sich selbst als Witwe zu sehen, denn sollte es sich als Irrtum erweisen, würde sie wahnsinnig werden.

Als sie die Kapelle verließ, fiel ihr ein Mann im Kirchenschiff auf, der die Kapuze seines Umhangs weit ins Gesicht gezogen hatte. Doch Deirdre wusste auch so, wer er war. *Danke, St. Brigid*, dachte sie, und ihr wurde beinahe schwindlig vor Erleichterung. Alles wird gut. Von jetzt wird sich alles zum Besseren wenden, denn Alistair ist hier.

Sie blieb stehen und ließ die anderen vorbeigehen, froh, sich für einen kurzen Moment sammeln zu können, bevor sie ihn ansprach. Er könnte Neuigkeiten haben, sagte sie sich trotzig. Nur deshalb beschleunigte sich ihr Puls und sprang ihr das Herz vor Freude in der Brust.

Sie trat einen Schritt zur Seite, damit die anderen Haushaltsmitglieder schneller an ihr vorbei und nach draußen konnten. Alistair wartete, bis auch der Letzte gegangen war. Dann sprach er Deirdre an.

»Ich komme von Maxwell«, sagte er. »Er hat befohlen, die Suche einzustellen.«

»Einzustellen?«, wiederholte Deirdre, die nicht zu glauben wagte, dass die Worte bedeuteten, was sie zu bedeuten schienen.

»Ja. Er glaubt, dass Brodies Leiche nicht mehr gefunden werden kann. Daher wird er Kinnon zu seinem Erben ernennen.«

Was wird Kinnon davon halten?, fragte sie sich ein wenig benommen. Wäre er froh oder traurig? Kinnon war stets so verschlossen, dass es unmöglich einzuschätzen war, wie er die Nachricht aufnehmen würde. Er müsste auf jeden Fall heiraten, überlegte Deirdre. Welche Frau würde er wohl wählen?

Mitten in ihren Überlegungen hielt sie inne. Was von nun an geschah, betraf sie nicht mehr, oder? Sie war frei. Ich kann nach Hause, dachte sie und erblasste, als ihr klar wurde, was diese Nachricht für sie hieß. Sie konnte heim nach Irland, nach Donegal, zu ihrer Familie, wo sie und Maeve in Sicherheit wären.

»Lady«, sagte Alistair besorgt und fasste sie mit seinen starken Händen bei den Schultern, weil sie zu schwanken begann. »Ist Euch nicht wohl? Kommt, setzt Euch. Ich weiß, es muss ein Schock für Euch sein …«

Schock? Deirdre spürte, wie sie zu lachen anfing, ohne etwas dagegen tun zu können.

Alistair zog sie ganz nah zu sich, und sie lehnte den Kopf an seine Schulter. Sie bemerkte, dass sie perfekt zusammenpassten – genau wie sie es sich ausgemalt hatte. Er hielt sie fest, während ihr Körper von hilflosem Lachen geschüttelt wurde, das kurz darauf in Weinen überging.

»Lady – Deirdre – bei Gott. Es tut mir leid. Ich hätte es Euch nicht so sagen dürfen.«

»Ach nein«, schluchzte sie. »Es war besser, dass Ihr es mir sagtet, hier, statt vor allen anderen.«

Sein grober Umhang rieb rauh an ihrer Wange. Er roch nach Feuerrauch und sauberer, frischer Luft. Als Alistair sich zu ihr beugte und ihr in seiner tiefen, sanften Stimme tröstende Worte zuflüsterte, strich sein Haar über ihr Gesicht. Sie schloss die Augen und lehnte sich an ihn. Nach einer Weile wurde sie ruhiger.

»Schon gut«, sagte sie schließlich, atmete tief durch und bemühte sich, ihn anzulächeln, wobei sie immer noch am ganzen Leib zitterte. »Es ist in Ordnung. Ich fühle mich jetzt besser.«

»Wirklich?«

Sie sah ihm in die Augen. Er war immer noch besorgt und

schien sich die Schuld an ihrem Zusammenbruch zu geben. »Ich danke Euch, dass Ihr es mir gesagt habt«, beruhigte sie ihn. »Ich bin froh, dass Ihr es tatet.«

Erst jetzt bemerkte sie, dass er sie immer noch in den Armen hielt. Sie sollte einen Schritt zurücktreten, doch stattdessen hob sie den Kopf und schloss die Augen.

»Deirdre«, sagte er heiser. »Ich muss gehen – und – und Ihr …«

Sein warmer Atem strich über ihre Lippen. Sie standen so dicht beieinander, dass sie seinen Herzschlag fühlen konnte. Sein Herz raste genauso wild wie ihres. Sie stellte sich auf die Zehenspitzen, spürte, wie ihre Lippen die seinen berührten. Mit einem tiefen Stöhnen umarmte er sie noch fester und küsste sie.

Der Kuss hatte nichts mit jener sanften Berührung von Mund an Mund gemein, wie sie sie vom Beltane-Abend erinnerte. Das hier war kein Traum, sondern sehr real, ein Gefühlsausbruch, der sie bis ins Mark erschütterte und sie förmlich in Flammen aufgehen ließ. Sein Bart kratzte an ihrer Wange, und seine Lippen waren fest und weich zugleich, als sie behutsam die ihren öffneten. Deirdre schlang die Arme um seinen Hals und erwiderte seinen Kuss mit verzweifeltem Verlangen.

Als er schließlich den Kuss beendete, seufzte sie und schmiegte sich sehnsüchtig in seine schützenden Arme, während er ihre Stirn und ihren Hals liebkoste. Wie vollkommen das war, stellte sie halb betäubt vor Wonne fest. Wie richtig. Konnte das hier tatsächlich *ihr* widerfahren?

Halt, sagte eine Stimme in ihrem Kopf. Es war eine kalte Stimme, sehr klar und ohne jedwedes Gefühl. Du stehst unmittelbar davor, deine Freiheit zurückzuerlangen, und was tust du? Du benimmst dich wie ein liederliches Ding ohne jeden Verstand, wirfst dich diesem Mann an den Hals – einem Geächteten, einem Verbannten –, der dir nichts als Unglück und Schande bringen kann! Was für eine Mutter bist du, dass du die Zukunft deiner Tochter so schnell vergisst?

Abrupt wich sie zurück. »Verzeiht«, hörte sie sich mit kalter Stimme sagen. »Ich war – durcheinander.«

»Grämt Euch deshalb nicht, Mylady.«

Alistair sprach so ungerührt, als hätte es sich bei dem Kuss um ein unbedeutendes Versehen gehandelt, nicht schlimmer als wäre sie ihm unabsichtlich auf den Fuß getreten oder hätte vergessen, ihm bei Tisch das Salz zu reichen. In seinen Augen jedoch erkannte sie dieselbe Pein, die sie empfand, denselben schmerzlichen Verlust und dieselbe entsetzliche Leere.

Sie zog sich ihre Handschuhe an und strich sorgfältig jeden Finger glatt, während sie sich bemühte, die Fassung wiederzufinden, die Alistair so mühelos vortäuschte.

»Werdet Ihr bleiben?«, fragte sie höflich.

»Nein.«

»Aber …« Sie verstummte, zögerte kurz und fuhr dann ruhig fort: »Wohin werdet Ihr gehen?«

Er zuckte mit den Schultern. »Ich warte ab, wohin der Wind mich weht.«

Nur ein Mann konnte es sich leisten, so unbekümmert zu sein! Solange er sein leuchtendes Schwert besaß, um sich zu schützen, könnte Alistair kommen und gehen wie es ihm beliebte. Deirdre hingegen genoss diese Freiheit nicht. Sie war eine Frau, allein und ohne Schutz, was in Zeiten wie diesen höchst gefährlich war.

Die Normannen hatten erfolgreich ihre Gesetze und

Bräuche in Teilen Irlands durchgesetzt. In Donegal allerdings konnten sie niemals richtig Fuß fassen. Dort wäre Deirdre zumindest halbwegs vom Gesetz geschützt. Nur war sie nicht in Irland. Sie war in Schottland, einem Land, das Frauen gegenüber nicht nur gleichgültig, sondern regelrecht feindselig eingestellt war.

Hier hatte sie keinerlei Rechte, außer denen, die ihr Ehemann – oder jetzt: dessen Vater – ihr zugestand. Und sollte es ihr nicht gelingen, Maeve nach Irland zu bringen, würde ihre Tochter an diesem hasserfüllten Ort aufwachsen und auf immer im Besitz irgendeines Mannes sein.

Liebe mochte sich eignen, Lieder oder Geschichten darüber zu dichten, dachte Deirdre, doch das hier war das wirkliche Leben. Ihr Leben. Und sie allein wollte von nun an dessen Verlauf bestimmen. Nie wieder sollte irgendein Mann auch nur den kleinsten Einfluss auf ihre Entscheidungen haben. Sie würde kühl und vernünftig sein und sich von ihrem Verstand leiten lassen, nicht von der Ebbe und Flut ihres Verlangens.

»Gott beschütze Euch, Mylady«, sagte Alistair förmlich. Dann verbeugte er sich und schritt aus der Kapelle.

Sie sah ihm nach und blinzelte wütend gegen die sinnlosen Tränen an, die ihr in die Augen stiegen. Nun, zumindest war sie nun sicher vor ihrer eigenen, lächerlichen Fantasie. Nachdem sie Alistair Kirallen gefunden und wieder verloren hatte, würde sie kein Mann jemals mehr zu einer Torheit verleiten.

Kapitel 10

Maxwell gab seine Entscheidung am selben Abend in der Halle bekannt. Jennie, die neben Deirdre saß, brach in lautes Schluchzen aus und schlang die Arme um ihre Schwägerin.

»Arme Dee«, heulte sie. »Armes Ding. Weine nur, du musst dich nicht schämen. Es ist besser für dich, wenn du …«

Deirdre schloss die Augen und betete um Kraft. Jennie war eine nette Frau, aber sie irrte sich gewaltig, wenn sie glaubte, dass Deirdre je um Brodie trauern würde.

Verzeih mir, Brodie, dachte sie. Es tut mir leid, dass ich nichts außer Freude über deinen Tod empfinde. Möge Gott deiner Seele gnädig sein, ich kann es nicht. Und jetzt bin ich frei!

»Meine Liebe, du wirst jetzt sehr stark sein müssen«, flüsterte Jennie und tätschelte ihre Hand.

Deirdre wollte am liebsten laut schreien. Sie brauchte den Trost ihrer ahnungslosen Schwägerin nicht. Vielmehr hätte sie gern deren Hand weggeschlagen und die Wahrheit herausgeschrien.

Stattdessen neigte sie den Kopf und rang sich ein tapferes Lächeln ab. Sollten die anderen glauben, was sie glauben wollten. Sie würde nach Hause zurückgehen.

»Ich habe über deine Zukunft nachgedacht, Tochter.«

Deirdre wandte sich überrascht ihrem Schwiegervater zu. Er war von Anfang an gegen sie gewesen, was sich vor allem darin äußerte, dass er sie bisher vollkommen ignoriert hatte. Und selbst wenn er mit ihr reden musste, hatte er sie doch nie mit ihrem Namen angesprochen. »Du«, pflegte er zu sagen, wollte er ihre Aufmerksamkeit. »Du, reich mir das Porridge.«

Kein einziges Mal hatte er sie ›Tochter‹ genannt. Bis heute.

»Habt Ihr, Mylord?«, sagte sie höflich. »Ich auch.«

Er winkte mit seiner kräftigen Hand ab. Offensichtlich wollte er nicht hören, wie sie über ihre Zukunft dachte.

»Kinnon braucht ein Weib«, sagte er. »Ich habe dich ihm versprochen.«

Deirdre blickte an Maxwell vorbei zu seinem zweiten Sohn, der auf der anderen Seite saß. Kinnon war ein kleiner Mann mit schütterem, sandfarbenem Haar und einem fortwährend ängstlichen Gesichtsausdruck. Nun sah er zu ihr und lächelte nervös.

»Ich danke Euch.« Deirdre mühte sich, gefasst zu klingen. »Aber ich plane, so bald wie möglich zu meinem Vater zurückzugehen.«

Maxwell kniff die kleinen Augen zusammen, bis sie beinahe gänzlich in seine fleischigen Wangen einsanken. »Du wirst nichts dergleichen tun.«

»Das werde ich sehr wohl«, beharrte Deirdre mit eisiger Würde. »Mein Vater bestand darauf, dass es genauso sein sollte. Für den Fall, dass ich Witwe werde, sollte ich nach Hause zurückkehren dürfen, wenn ich es wünsche.« Und zwar mit einigem Gold, doch das wagte sie nicht auszusprechen.

»Ich weiß nichts von einer solche Absprache«, sagte Maxwell. »Und ich habe in dieser Angelegenheit bereits entschieden. Du solltest dankbar sein, dass Kinnon dich nimmt«, fügte er hastig hinzu. »Nicht jeder Mann ist willig, ein vertrocknetes Knochengestell zum Weib zu nehmen.«

Die Beleidigung traf Deirdre gar nicht, weil sie viel zu entsetzt war über die Unverfrorenheit, mit der ihr Schwiegervater log. Natürlich wusste er von der Absprache zwischen Brodie und Deirdres Vater. Sie war von Anfang an einer der Gründe gewesen, weshalb Maxwell gegen die Heirat war. Er hatte gesagt, Brodie wäre betrogen worden. Und gewiss wollte er Deirdre nicht aus lauter Liebe bei sich behalten, sondern wegen der Witwenrechte, die ihr zugesprochen worden waren.

»Ich werde heimgehen«, sagte sie mit fester Stimme. »Und meine Tochter wird mit mir kommen.«

»Das Mädchen ist eine Maxwell«, erwiderte der alte Mann abfällig. »Daher bestimme ich, wann sie wohin geht. Ich schätze, ich kann dich nicht davon abhalten, nach Irland zurückzugehen, wenn du es wünschst. Aber ich werde niemals zustimmen, dass, ähm, dass meine Enkelin Schottland verlässt.«

Er kennt nicht mal ihren Namen, dachte Deirdre wütend. Maeve ist für ihn nichts als ein Pfand, denn er weiß, dass ich mein Kind niemals zurücklassen würde.

»Damit wäre das geklärt, Tochter«, schloss er. »Du wirst Kinnon heiraten, und wir reden nicht mehr davon.«

Deirdre neigte den Kopf. Nun fiel es ihr nicht mehr schwer, ein paar Tränen zu vergießen. Vielmehr wollte sie sich auf den Boden werfen und laut heulen vor Wut darüber, dass ihr Plan soeben vereitelt worden war. Ein selbstzufriedenes

Lächeln umspielte Maxwells Lippen, als er die Tränen sah, die Deirdres Wangen hinabliefen.

Geklärt, ja?!, schrie sie im Stillen und ein leises Schluchzen entwand sich ihrer Kehle. Das werden wir ja sehen, du furchtbarer alter Kröterich. Ihre Verzweiflung wich trotziger Entschlossenheit. Sie würde fliehen, und sie hatte sogar schon eine Idee, wie.

Kapitel 11

Alistair warf ein paar Zweige ins Feuer, lehnte sich gegen eine Eiche und streckte die Füße an die wärmende Glut. Das Kaninchen, das er sich gefangen hatte, röstete über dem Feuer, und sein Duft vermischte sich auf angenehme Weise mit dem von Holzfeuer und feuchtem Laub. Alistair schloss die Augen und lauschte den Geräuschen des Abends: dem Plätschern des Wassers auf Stein, dem Trillern der Vögel in den Bäumen, dem Knistern der Flammen und dem leisen Zischen des Kaninchenfetts, wenn es in die Glut tropfte.

Momente tiefer Zufriedenheit wie diesen erlebte Alistair selten. Sie waren rare und kostbare Geschenke. Fergus hatte gesagt, alle Menschen strebten nach genau diesem Zustand, was in gewisser Weise Hohn war. Das bedeutete nämlich, dass man nur wirklich zufrieden sein könnte, wenn man alles Streben einstellte. Zufriedenheit ließe sich demnach nicht mit Gold kaufen oder mit Waffengewalt erzwingen. Man fand sie nur, indem man aufhörte, nach ihr zu suchen.

Das war sehr seltsam, überlegte Alistair. Nachdem er Deirdre Maxwell in der Kapelle zurückgelassen hatte, war er in tiefster Verzweiflung davongeritten. Doch seit zwei Tagen war seine Verzweiflung von einer merkwürdigen Leere ersetzt worden. Eigentlich hatte er schon viel weiter sein wollen, ehe er Rast machte, da er ein bisschen zu nah an der Grenze zum Kirallen-Gebiet war. Aber irgendetwas an dieser kleinen, sonnenbeschienenen Lichtung hatte ihn gleichsam magisch angezogen, und er hatte der Versuchung nachgegeben, sich einen Nachmittag der Muße zu gönnen. Warum auch nicht? Es war ein warmer Tag, und niemand erwartete ihn. Dann war der Nachmittag in den Abend übergegangen, ohne dass Alistair weiterzog. Und nun war sogar noch ein weiterer Tag vergangen.

Er drehte das Kaninchen an seinem Spieß. Wenigstens waren die Krähen aus seinem Leben verschwunden. Dafür war er wirklich dankbar. Darüber dass Deirdre Maxwell ebenso unwiederbringlich verschwunden war, wollte er nicht nachdenken. Er verscheuchte jeden Anflug von Erinnerung an sie. Solange er wach war, konnte er sie noch recht gut verdrängen, doch nachts geisterte sie beharrlich durch seine Träume.

Sie kam zu ihm, wenn er schlief, eine Krone aus leuchtenden Sternen auf dem Haupt, und bewegte sich mit der majestätischen Eleganz einer Königin. Ihr Haar war offen und fiel ihr über den Rücken, wie an jenem Abend am Teich. Ihr Mund an seinem fühlte sich weich und einladend an wie an dem Abend in der Kapelle … und im Traum blieb es nicht bei dem einen Kuss …

Er murmelte einen Fluch und drehte das Kaninchen noch einmal um, während er seine Gedanken in die Gegenwart zurückzwang. Heute Nacht würde er essen und schlafen. Möge Gott ihm einen Schlaf ohne Träume bescheren. Und morgen würde er sehen, was der Tag ihm brachte.

Es amüsierte ihn, dass er, der stets sein Leben bis ins kleinste

Detail geplant hatte – wie auch das von Ian und Ians Männern –, sich nun damit zufriedengab, den morgigen Tag einfach bringen zu lassen, was immer er für ihn bereithielt. Es mochte ein guter oder ein schlechter Tag werden, sich Sorgen zu machen änderte daran nichts. Fergus würde sagen, Gut und Schlecht wären nichts als Illusionen. Der Tag war nur das, was er war. Der Rest war lediglich Alistairs Urteil.

Er ging an den Rand der Lichtung, dann durch eine kleine Baumgruppe und sah hinab auf das Tal unter sich. Der Nachmittag neigte sich dem Ende zu, und ein kühler Nebel, der alles im Tal in seinen Schleier hüllte, stieg vom Fluss herauf. Sonnenlicht schien auf die Ränder des Abendnebels und verwandelte sie in ein glitzerndes Netz.

Alistair setzte sich auf einen Felsen und zog ein Knie an, das er mit beiden Armen umschlang. Ihm war, als ob er wartete, ohne zu wissen, worauf. Auf irgendein Ziel, das magisch aus dem Nichts auftauchte? Auf den Tod, den ihm die Krähen versprochen hatten? Oder wartete er nur darauf, dass der Nebel anstieg? Er sah sich selbst deutlich vor sich, wie er auf dem Fels saß und der Nebel ihn einhüllte. Nichts wäre mehr zu sehen oder zu hören. Und wenn es wieder aufklarte, wäre der Fels leer.

Er lächelte und stützte das Kinn aufs Knie. Es hatte keine Eile. Früher oder später würde es geschehen. Er musste nur abwarten.

Deirdre blieb am Waldrand stehen. Jeden Muskel angespannt, blickte sie durch die Bäume hinter sich. Verdammter Nebel! Die Sicht betrug höchsten dreißig Meter. Andererseits konnten die Maxwells sie ebenso wenig sehen.

»Mam?«

»Schhh«, machte Deirdre streng.

Maeves Kinn zitterte; und Tränen stiegen ihr in die Augen. Deirdre bekam ein entsetzlich schlechtes Gewissen.

»Tut mir leid, Liebes«, sagte sie und nahm das Kind in die Arme. »Du bist ein braves Mädchen, ein sehr braves sogar. Aber du musst noch ein bisschen länger artig sein, ja? Schaffst du das? Wir können bald Rast machen.«

»Ja, Mam«, sagte Maeve und ließ den Kopf auf Deirdres Schulter sinken.

Deirdre horchte angestrengt. Keine Pferdehufe. Kein Hundegebell. Kein Horn, das durch den Wald tönte. Sie waren in Sicherheit – vorerst. Aber morgen würde die Jagd von Neuem beginnen.

Eine bleierne Müdigkeit packte sie, doch sie straffte die Schultern, hob Maeve wieder in den Sattel und führte das Pferd vorsichtig weiter durch den Wald. Als ihr der Duft gerösteten Fleisches entgegenwehte, blieb sie stehen. Waren das Maxwells Leute? Sie wusste es nicht, aber sie durfte kein Risiko eingehen. Ganz langsam ging sie weiter. Bei jedem Zweig, der knackend unter den Pferdehufen brach, zuckte sie zusammen. Sie hielt sich links, um die Feuerstelle, von welcher der Geruch kommen musste, in weitem Bogen zu umgehen.

Eine halbe Stunde später wurde ihr klar, dass sie sich verlaufen hatte. Die Sonne war von Wolken verdeckt und bot Deirdre keine Orientierungshilfe. Sie fürchtete schon, dass sie im Kreis gelaufen war und nun wieder den Weg zurückging, den sie gekommen war.

Halt an, dachte sie und lehnte sich erschöpft an eine Eiche. Denk nach. Lauf nicht wie eine Verrückte los, denn das bringt dich nirgends hin. Sie blickte sich aufmerksam um und sah, dass sich der Wald weiter rechts lichtete.

»Hier lang«, sagte sie zu Maeve und steuerte auf die Baumgrenze zu. Kurz darauf blieb sie abrupt stehen und umklammerte die Zügel ihres Pferdes so fest, dass ihre Fingerknöchel weiß wurden.

Die ganze Welt war verschwunden. Sie stand mit Maeve am Rande des Nichts, umgeben von einer undurchdringlichen Nebelwand. Mit Mühe schaffte sie es, nicht in Panik aufzuschreien. Schließlich konnten die Maxwells in der Nähe sein, und Geräusche übertrugen sich auch im Nebel. Deirdres Herz klopfte, ihre Handflächen schwitzten, aber sie zwang sich zu überlegen. Dieser Nebel konnte nicht ewig bleiben. Sie musste nur Geduld haben, sonst nichts. Irgendwann würde es aufklaren.

Eine leichte Brise streifte ihre Stirn. Der Nebel trennte sich, und ein Sonnenstrahl drang hindurch. Deirdre stand wie gelähmt da, vor Überraschung unfähig, sich zu bewegen. Keine dreißig Schritte entfernt saß ein Mann auf einem Fels, der von dem Sonnenstrahl direkt angeschienen wurde. Er hob den Kopf und wandte sich zu ihr um. Sie hatte gerade noch genug Zeit, sein goldenes Haar und die Verwunderung in seinen Augen zu erkennen, bevor der Nebel sich wieder senkte und Alistair Kirallen unsichtbar machte.

Kapitel 12

Alistair hob die beiden Stöcke, an denen das Kaninchen aufgespießt war, und legte sie neben das Feuer. Das Fleisch war knusprig, aber nicht verbrannt, wie er feststellte. Also konnte er höchstens ein paar Minuten fort gewesen sein.

Gerade lange genug, um den Verstand zu verlieren.

Er schüttelte den Kopf und sank neben dem Feuer auf den Boden. Wollte Deirdre Maxwell ihn denn auf ewig verfolgen? Wollte sie wie ein Dämon in einem Festumzug vor seinen Augen auftauchen und wieder verschwinden? Und sollte er den Rest seines Lebens damit verbringen, einem Hirngespinst nachzujagen, über rauhe Steine und Moor stolpern, um vergeblich nach einer Spur von ihr zu suchen, wie er es gerade getan hatte?

Tja, warum nicht?, dachte er voller Selbstironie. Es ist ja nicht so, dass ich etwas Besseres zu tun hätte!

Stöhnend stützte er den Kopf in die Hände. Dann richtete er sich auf und blickte ins Dickicht zu seiner Rechten. Ein Pferd näherte sich auf dem schmalen Pfad. Wahrscheinlich waren es wieder die Maxwells. Sie mussten es sein. Den Tag über war der Wald voll von ihnen gewesen. Sie ritten zur Jagd aus. Bisher war es ihm gelungen, ihnen aus dem Weg zu gehen. Jetzt seufzte er und hoffte, wer immer da käme, würde einfach an ihm vorbeireiten, obwohl er wusste, dass es ausgeschlossen war.

Als die Hufschläge langsamer wurden und schließlich ganz verstummten, sah Alistair nach seinem Schwert, das hinter ihm am Baum lehnte. Dann schüttelte er den Kopf und holte stattdessen seinen Dolch aus der Scheide am Gürtel. Der musste genügen. Er lehnte sich mit überkreuzten Beinen zurück, die Hände neben sich auf dem Boden. Es war eine trügerisch entspannte Pose, denn beim geringsten Anzeichen von Gefahr wäre er binnen eines Sekundenbruchteils auf den Beinen.

Das Dickicht raschelte, doch Alistair tat, als bemerkte er nichts. Sollte der Fremde ihn ruhig erst mal bemerken. Wenn er Glück hätte, würde er weitergehen und ihn in Ruhe sein Abendessen genießen lassen.

Während die Sekunden verstrichen, wurde die Versuchung immer größer, sich umzudrehen und nachzusehen, wer sich dort versteckte. Geh oder bleib, befahl er dem Unbekannten im Stillen. Aber steh da nicht die ganze Nacht und starr mich an.

»Alistair Kirallen?«

Die Worte waren kaum mehr als ein Flüstern, doch er war schon auf den Beinen, den Dolch in der Hand, ehe die erste Silbe zu Ende gesprochen war.

»Wer ist da?«, rief er schroff. »Zeigt Euch!«

Eine kleine Gestalt in einem Umhang trat aus dem Schatten der Bäume.

»Deirdre?«, flüsterte Alistair und blinzelte heftig. Als er seine Augen wieder öffnete, stand sie immer noch da und sah ihn unsicher an. »Du bist wirklich hier! Aber wie …«

»Ach, Alistair«, rief sie mit bebender Stimme. »*Ihr* seid es! Ich dachte vorhin …«

»Ja, ich bin's«, sagte er. Er war also doch nicht verrückt. Sie war tatsächlich hier. Sie stand leibhaftig vor ihm. Er wollte laut loslachen, sie in die Arme nehmen und küssen, bis sie beide außer Atem wären.

»Mam?«

Erst jetzt bemerkte Alistair, dass Deirdre nicht allein war. Eine niedliche Elfe von zwei, höchstens drei Jahren stand direkt neben ihr und hielt sich an Deirdres Rock fest. Sie sah Alistair an und begann zu weinen. Dabei umklammerte sie die Knie ihrer Mutter.

»Das ist Maeve, meine Tochter. Sie hat Angst vor Männern«, erklärte Deirdre entschuldigend und streichelte den Kopf des Kindes. »Ganz ruhig, Maeve, er wird dir nichts tun«, sagte sie zu dem Kind. Dann sah sie Alistair fragend an.

»Selbstverständlich nicht«, bestätigte er, verärgert darüber, dass sie es für nötig hielt, ihn zu fragen. »Was ist mit Euch geschehen? Habt Ihr Euch verirrt?«

»Nein, das heißt, vielleicht schon, ein bisschen.«

»Ein bisschen? Mylady, Ihr seid einen ganzen Tagesritt von Cranston Keep entfernt.«

»Einen Tagesritt?«, wiederholte sie und stützte sich mit einer Hand an einen Baum, als würde sie plötzlich von Erschöpfung übermannt. »Ist das alles? Ich bin schon seit gestern früh unterwegs.«

»Setzt Euch«, sagte Alistair. »Hier, kommt ans Feuer. Habt Ihr etwas gegessen?«

Deirdre sank ins Gras, einen Arm schützend um ihre Tochter gelegt. Das kleine Mädchen warf Alistair einen wütenden Blick zu und stellte sich hinter seine Mutter.

»Seit heute Morgen nicht mehr. Ich habe so viel mitgenommen, wie ich konnte, aber wir müssen es gut einteilen, wenn es bis Annan reichen soll.«

Alistair hakte bei dem einen Wort nach, das für ihn am wenigsten Sinn von allen ergab. »Annan? Mylady, Ihr seid nicht einmal in der Nähe von Annan. Was macht Ihr überhaupt ganz allein hier draußen? Hat Maxwell seinen Verstand verloren, Euch allein reisen …«

Er verstummte, als er sah, dass das Kinn der Kleinen bebte und sie schluchzend das Gesicht an der Schulter ihrer Mutter vergrub.

»Später«, flüsterte Deirdre. »Bitte.«

»Natürlich«, sagte Alistair sofort. »Vergebt mir meine schlechten Manieren. Ich habe Euch noch gar nicht in meiner Burg willkommen geheißen!« Er schwenkte einen Arm über die Lichtung.

»Nun, Maeve, wir scheinen Glück zu haben«, erklärte Deirdre mit einem Lächeln auf den Lippen. »Ich hatte gar nicht erwartet, hier eine Burg zu finden! Und wie klug Ihr sie getarnt habt, Sir! Sie sieht genau wie eine Waldlichtung aus.«

Maeve hob den Kopf und schaute sich um, die Augen vor Staunen weit aufgerissen.

»Ja, das ist alles Teil der Magie, meine Damen«, sagte Alistair ernst.

»Dann seid Ihr der König des Tals?«, fragte Deirdre entzückt und freute sich, dass Maeve zu lächeln begann. »Der Gebieter der Nebel?«

»Sehr richtig«, antwortete Alistair. »Saht Ihr nicht schon vorher, wie ich den Nebeln zu kommen und zu gehen befahl? Ich brauchte Zeit, ein Fest vorzubereiten, das meiner Gäste würdig ist.« Mit der ausschweifenden Gestik eines Zauberkünstlers breitete er das Essen vor ihnen auf dem Boden aus. »Wir haben Kaninchen, Brot und Käse«, verkündete er, und Deirdre lief das Wasser im Mund zusammen, als sie die köstlichen Düfte einsog. »Außerdem gibt es Haselnüsse und zum Nachtisch noch Honigwaben.«

»Aber wir können Euch doch nicht Euer Abendessen wegnehmen!«, protestierte Deirdre.

»Und ob Ihr das könnt. Ich werde gleich da drüben noch einen oder zwei Fische fangen. Ruft mich, wenn Ihr mich braucht.«

Er ging zum Bach hinüber und hockte sich an den Rand des rauschenden Wassers. Dann zog er eine Leine mit einem Haken daran aus der kleinen Tasche an seinem Gürtel. Obwohl er bestenfalls ein mittelmäßiger Angler war, fing er zu seiner eigenen Überraschung zwei ausgewachsene Forellen, und das beinahe direkt nacheinander, kaum dass er die Schnur ins Wasser getaucht hatte. Er nahm die Fische aus, wickelte sie in Blätter und verpackte sie sorgsam in Lehm, bevor er mit ihnen zum Feuer zurückkehrte.

Maeve ging näher zu ihrer Mutter, als sie ihn sah, versteckte sich jedoch diesmal nicht vor ihm. Er lächelte der Kleinen zu und legte das Lehmpaket mit den Fischen in die Glut. Nach einer Weile lächelte das Mädchen scheu zurück.

»Hast du brav dein Abendbrot gegessen?«, fragte er Maeve. »Ach, wie ich sehe, hast du. Dann ist das hier für dich.«

Er hielt ihr ein Stück Honigwabe hin. Sie sah erst die Wabe, dann Alistair an. Dabei schien sie sehr angespannt. Sie erinnerte ihn an eine Wildkatze, die er als Kind gekannt hatte. Wie damals bei der Katze, musste er auch bei Maeve geduldig abwarten, bis sie sich entschied, etwas von ihm anzunehmen.

Die Kleine sah ihre Mutter an. Deirdre nickte. Mit einem Stirnrunzeln, das bei einem so kleinen Kind fast komisch aussah, straffte Maeve ihre Schultern und streckte ihre Hand aus, als erwartete sie, einen Hieb anstelle der angebotenen Süßigkeit zu bekommen. Alistair gab ihr die Honigwabe und trat rasch einen Schritt zurück.

Deirdre schenkte ihm ein Lächeln, bei dem ihm von oben bis unten warm wurde.

»Sie bekommt selten Süßes«, erklärte sie, als Maeve sich wieder hinter ihr versteckte.

Wenig Süßes und Angst vor Männern, überlegte Alistair kopfschüttelnd. Das also waren Brodies Geschenke an seine Tochter.

Während er darauf wartete, dass der Fisch garte, wurde Alistair erneut von der zeitlosen Zufriedenheit erfüllt, die er zuvor empfunden hatte. Alle Fragen, die er stellen wollte, schmolzen dahin im späten Sonnenlicht, das durch die Bäume drang. Für Fragen war noch genug Zeit. Im Augenblick war Alistair damit zufrieden, am Feuer zu sitzen und gelegentlich hinüberzusehen zu der Frau und ihrem Kind, die ein harmonisches Bild vor der dunklen Waldkulisse bildeten.

Deirdre hatte ihren Umhang abgelegt und lehnte an der Eiche. Mit halb geschlossenen Augen blickte sie in die Flammen. Ihre Haube war etwas verrutscht, so dass einige Strähnen ihres Haares zu sehen waren. Vor ihrem blassen Gesicht wirkte das Schwarz besonders faszinierend.

Sie war immer noch viel zu dünn, dachte Alistair, und erschöpft von der Reise, aber ihr Gesicht sah weicher und deutlich jünger aus als an dem Abend in Cranston Keep. Was ja auch kein Wunder war. Mit Brodie Maxwell verheiratet zu sein ließ gewiss jede Frau schnell altern.

Das Kind neben ihr gähnte. Die Wangen der Kleinen waren gerötet und ihr Mund klebrig vom Honig. Sie legte den Kopf in den Schoß ihrer Mutter und nuckelte weiter an der Honigwabe. In dieser Haltung schlief sie gleich darauf ein.

Deirdre sah auf das Kind herab, und die Zärtlichkeit in ihrem Ausdruck verwandelte ihr zartes, blasses Gesicht. Alistair stockte der Atem. Ob seine Mutter ihn je so angesehen hatte? Nein, das war unwahrscheinlich.

Und dennoch … er erinnerte sich vage an menschliche Wärme, an eine liebliche Stimme, eine zärtliche Berührung. Das musste sie gewesen sein. Wie konnte er das all die Jahre über vergessen? Doch noch während er das dachte, stellte er zu seiner eigenen Überraschung fest, dass diese Erinnerung immer da gewesen war, tief eingeschlossen in seinem Herzen.

Der Nachmittag ging dahin, und mit dem einsetzenden Zwielicht schien das Feuer umso heller zu brennen. Als Alistair meinte, der Fisch wäre lang genug in der Glut gewesen, zog er das Paket heraus und brach die harte Lehmhülle auf. Er sog genüsslich den Duft der gegarten Forellen ein, während er die Blätter abzupfte.

»Möchtet Ihr etwas davon?«, fragte er.

Deirdre sah ihn an, die Augen weit aufgerissen und staunend, als hätte sie ganz vergessen, dass er da war.

»Nein danke«, sagte sie. »Ich habe schon genug von Euren Vorräten gegessen.«

»Das ist nicht *mein* Essen, Mylady. Es kommt aus dem Wald, und der hat genügend für alle da.«

Sie lächelte, wenn auch ein wenig betrübt. »Nicht wenn man nicht weiß, wie man es findet oder fängt. Ich fürchte, ich habe nicht annähernd genug Essen für uns dabei.«

»Wenn Ihr wie bisher vorankommt, werdet Ihr in zwei bis drei Tagen Ravenspur erreichen. Dort wird man Euch gewiss gern aufnehmen und Euch zu essen geben.«

Sie schüttelte den Kopf. »Ich habe keinen Aufenthalt in Ravenspur geplant, es sei denn, der Hunger zwingt uns dazu.«

»Warum nicht, Deirdre?«, fragte er ganz direkt.

»Weil der Lord von Ravenspur bis dahin erfahren haben wird, dass Maxwell nach uns sucht«, antwortete sie. »Und ich will nicht gefunden werden. Ich gehe mit Maeve nach Hause zurück.«

Sie legte eine Hand auf den Kopf des schlafenden Kindes. »Sie dürfen sie nicht behalten«, fuhr sie leise, aber entschlossen fort. »Ich lasse es nicht zu. Und ich selbst kann nicht dort bleiben. Mag Maxwell sagen, was er will, ich werde nicht auf seinen Befehl hin ein zweites Mal heiraten. Ich gehe nach Donegal, und niemand, nicht einmal Maxwell, wird mich davon abhalten.«

»Aha, ich verstehe«, sagte Alistair und zupfte nachdenklich an dem Fisch. »Nach Donegal ist es weit.«

»Ich habe die Reise schon einmal gemacht«, erwiderte sie trotzig.

»Aber diesmal seid Ihr allein mit einem Kind und Maxwells Leuten, die Euch nachjagen.«

»Habt Ihr sie gesehen?«

»Ich habe den ganzen Tag Männer durch den Wald pirschen hören.«

Sie erblasste. Da war wieder der verängstigte Ausdruck. »Dann sollten wir weiterreiten.«

»Was? Bei Nacht? So ein Unsinn«, sagte er schroffer als beabsichtigt. »Bleibt hier, wo Ihr in Sicherheit seid. Ihr seht aus, als könntet Ihr eine Rast gebrauchen. Und Euer Pferd auch.«

»Das Pferd!«, rief sie und richtete sich abrupt auf.

Alistair seufzte. »Ich kümmere mich darum.«

Er fand die Mähre gleich neben dem Pfad, wo sie lose an einen Baum gebunden war. Einer von Maxwells Männern hätte sie hier leicht entdecken können, stellte Alistair fest und fluchte leise. Dabei fiel ihm ein, dass sein Feuer sie ebenfalls herlocken könnte.

Er führte das unsicher trottende Pferd zu einem Grasstück auf der Lichtung, wo er es neben seinem anband. Dann trat er das Feuer mit den Füßen aus.

»Deirdre«, sagte er und setzte sich neben sie. »Ich verstehe, dass Ihr nach Hause wollt, aber Ihr könnt nicht einfach weglaufen, ohne zu wissen, wohin Ihr geht.«

»Ich kann tun, was ich tun muss.«

Ihre Stimme klang ruhig und sehr, sehr bestimmt. Sie straffte die Schultern und betrachtete ihn kühl, als wäre sie eine Herrin und er ein etwas begriffsstutziger Diener, der keine Ahnung von königlichen Pflichten hatte.

»Vielleicht könnt Ihr das«, sagte Alistair ein wenig schmollend. »Aber was ist mit dem Kind? Ist es fair, sie aus ihrem Zuhause zu reißen und …«

»Fair? Und ob es fair ist, Alistair Kirallen! Sie müsste sonst ihr ganzes Leben als Gefangene in Cranston Keep verbringen. Das lasse ich nicht zu«, sagte sie in einem Ton, als gäbe sie vom Thron aus Befehle. »Weder für sie noch für mich. Doch das soll nicht Eure Sorge sein.«

»Glaubt Ihr, ich lasse Euch herumwandern, bis Ihr verhungert oder Maxwells Männer Euch fangen?«

»Nichts von beidem wird passieren.« Mit einer Handbewegung tat sie seine Bedenken ab. Ihre Arroganz versetzte ihn umso mehr in Erstaunen, als sie vollkommen mittellos war. »Morgen oder übermorgen werden wir Maxwells Grund verlassen haben. Und wenn wir uns nicht mehr vor seinen Leuten in acht nehmen müssen, können wir unbesorgt unserem Weg folgen und schneller vorankommen. Ich danke Euch für das Mahl und das Feuer«, fügte sie höflich hinzu, »aber von nun an werden wir bestens allein zurechtkommen.«

Das meinte sie ernst. So lächerlich das, was sie sagte, auch war, sie schien davon zutiefst überzeugt. Sie hatte sich ohne Essen und ohne Kenntnis des Weges im Wald verlaufen und nicht die geringste Ahnung, was ihr bevorstand. Trotzdem lehnte sie jede Hilfe ab. Sie wollte sich nicht von *ihm* helfen lassen.

»Bestens?«, wiederholte er bissig. »Das wage ich zu bezweifeln. Maxwell wird nicht aufgeben, ehe er Euch nicht gefunden hat. Ihr solltet lieber auf der Stelle umkehren und ihn um Gnade bitten.«

»Ich bitte niemanden um Verzeihung, wenn ich im Recht bin«, entgegnete sie stolz. »Mein Vater hat Brodies Wort, dass ich frei bin, nach Hause zurückzukehren, sollte ich Witwe werden – und ich hätte sogar das Gold bekommen müssen, das ich für die Reise brauche. Es war das Einzige, worauf Vater bestand, und Brodie willigte ein. Aber jetzt leugnet der alte Maxwell, dass es diese Absprache gibt. Verflucht sei seine lügende Zunge! Ich werde nicht zurückgehen. Sie können mich nicht zwingen.«

»Ganz ruhig«, sagte Alistair rasch, der hörte, wie ihre Stimme bebte. »Wenn Ihr nicht wollt, dann wollt Ihr eben nicht.«

»Genau. Ich werde nicht zurückgehen und Maeve ebenso wenig. Wir reisen heim, wir beide. Ich habe genug Gold für die Überfahrt von Annan.«

»Dann solltet Ihr jetzt lieber ein wenig schlafen«, schlug Alistair vor, der diese Unterhaltung ziemlich ermüdend fand. »Ihr habt einen sehr weiten Weg vor Euch.«

Dickköpfiges, närrisches Weib, dachte er, als er seinen Umhang fest um sich zog und sich schlafen legte. In einem Punkt allerdings hatte sie recht: Diese Sache sollte nicht seine Sorge sein.

Er wälzte sich auf dem harten Boden und versuchte, eine bequeme Lage zu finden. Nein, er hatte überhaupt keinen Grund, besorgt zu sein. Selbst wenn sie darauf bestand weiterzureisen, es führte ohnehin zu nichts. Maxwell würde sie wahrscheinlich eingeholt haben, ehe sie zu Schaden kam. Es war eine Schande, wie schnell der alte Mann das Versprechen brach, das sein Sohn gegeben hatte. Andererseits war solch ein Verhalten typisch für Maxwell. Er war immer schon ein geiziger Bastard gewesen. Und mit zunehmendem Alter verschlimmerte sich diese üble Eigenschaft.

Deirdre hatte keine Chance gegen ihn, dachte Alistair und gab es auf, Schlaf finden zu wollen. Er setzte sich auf. Keine Frau konnte ganz allein gegen Maxwell antreten, schon gar nicht, wenn sie auch noch mit einem hilflosen Kind belastet war. Der ganze Plan – sofern dieses kühne, unbedachte Unternehmen den Namen überhaupt verdiente – war absurd. Aber mutig, so viel musste er ihr wohl oder übel zugestehen. Ihre Courage war erstaunlich. Sie wollte offenbar sehr dringend nach Hause.

Es ist wegen des Mannes, schloss er. Der, von dem sie an dem ersten Abend gesprochen hatte, als sie sich begegneten.

Sie hatte ihn in Irland zurückgelassen. Alistair fragte sich, wer der Mann sein mochte und ob er all diese Mühe und das Risiko wert war. Nun, für Deirdre musste es wohl so sein. Würde er diese Geschichte in einem Lied oder einer Erzählung hören, würde er gewiss die Loyalität bewundern, die sie zu einer solchen Verzweiflungstat trieb.

Er überlegte, was ihre Geschichte sein mochte, während er sein Schwert zog und den Wetzstein aus seiner Tasche holte. Endete sie glücklich mit zwei Liebenden, die wiedervereint waren? Oder war das Ende traurig? Würde sie gefangen oder von Dieben oder Zigeunern überfallen werden? Oder verhungerte sie mit ihrem Kind im Wald, und der Mann, für den sie alles auf sich genommen hatte, würde nie erfahren, dass es seinetwegen geschah?

Wie zum Teufel konnte ich in diese Geschichte hereingezogen werden?, fragte er sich verärgert. Sie hatte doch eindeutig erklärt – nicht nur einmal, sondern bereits zweimal –, dass sie nichts mehr mit ihm zu tun haben wollte. Und es war ihm nur recht. Das Letzte, was er gebrauchen konnte, war, sich mit einer Frau einzulassen, ganz gleich wie gut sie sich in seinen Armen anfühlte. Sollte sie ihre Küsse für den Iren aufsparen. Oder, falls sie kein Glück hatte, für den Mann, den Maxwell ausgewählt hatte. Sollte einer von ihnen ihre schmale, weiße Hand halten und sich auf immer mit ihr verbinden. Alistair jedenfalls interessierte es nicht.

Die Äste über ihm bewegten sich, obwohl es gänzlich windstill war. Sie waren zurück, ging es ihm mit bedrohlicher Gewissheit durch den Kopf. Die verdammten Krähen hatten ihn wieder gefunden.

Bei Gott, er war sie so leid. Und er war auch all der Geschichten entsetzlich überdrüssig, die ein böses Ende nahmen. Das Ende seiner eigenen Geschichte kannte er ja schon, und es war kein gutes. Aber was war überhaupt gut am Tod?

Alles geht furchtbar schnell vorbei, dachte er und lauschte dem ruhigen Atem der schlafenden Deirdre und ihres Kindes. Nichts – weder Rang noch Gold noch kämpferische Begabung – konnte irgendjemandem vor dem Ende bewahren. Der Tod gewann immer.

»Ach, zur Hölle damit«, murmelte er und löste seinen Dolch. Er konnte die ihm verbleibende Zeit ebenso gut nutzen, um Deirdres Geschichte zu einem etwas glücklicheren Ende zu verhelfen.

Kapitel 13

Um sie herum erwachte der Wald zum Leben. Alistair hockte vor der Stute und strich mit einer Hand über ihr Vorderbein.

»Seit wann hinkt sie?«, fragte er, ohne aufzusehen.

»Gestern Abend lahmte sie etwas«, sagte Deirdre, die neben ihm kniete und voller Sorge das Pferd betrachtete. »Ich habe nachgesehen, aber soweit ich sehen konnte, hatte sie keinen Stein im Huf.«

»Der Muskel ist gezerrt. Sie kann Euch nicht mehr tragen.«

Deirdre ballte die Hände zu Fäusten, aber ihre Stimme klang ruhig, als sie sagte: »Dann wird sie allein nach Hause finden müssen. Sie wird es überstehen. Unterwegs gibt es reichlich Gras und Wasser.«

Alistair sah sie an, doch Deirdre wandte sich ab, da sie nicht wissen wollte, was sein Blick ihr sagte. Er hatte gestern Abend hinreichend deutlich gemacht, was er von ihrem Vorhaben hielt, und sie hatte nicht vor, weiter darüber zu reden.

»Wenn wir zu Fuß gehen müssen, werden wir es tun«, erklärte sie bestimmt. »Komm, Maeve, es wird Zeit, dass wir aufbrechen.«

Maeve gab ihrer Mutter gehorsam die Hand und sah mit

einem so bedingungslosen Vertrauen zu ihr auf, dass Deirdre beinahe die Tränen kamen. Oh Gott, was tat sie nur? Was für eine Mutter war sie, dass sie auch nur daran dachte, Maeves Leben auf diese Weise aufs Spiel zu setzen? Doch was für ein Leben erwartete Maeve in Cranston Keep? Deirdre richtete sich auf und lächelte ihrer Tochter aufmunternd zu.

»Das wird nicht nötig sein«, sagte Alistair, während er eine Kardätsche aus seiner Satteltasche holte und begann, sein eigenes Pferd zu striegeln. »Germain kann Euch beide tragen.«

»Ihr gebt uns Euer Pferd?«, fragte Deirdre, die das großzügige Angebot erstaunte.

»Na ja, nein, nicht ganz. Ich brauche ihn, wie Ihr wisst. Daher fürchte ich, Ihr werdet uns beide mitnehmen müssen.«

»Euch mitnehmen?«, wiederholte Deirdre matt. »Wohin mitnehmen?«

»Ich wollte schon immer mal nach Annan.«

Er striegelte sein Pferd mit geübten, flinken Händen. Andererseits schien Alistair Kirallen in allem, was er tat, große Fertigkeit und Geschick zu beweisen. Von dem Moment an, da sie gestern Nachmittag auf ihn trafen, hatte er sich um alles gekümmert. Er hatte dafür gesorgt, dass sie ausreichend zu essen hatten und Deirdre zum ersten Mal seit Maxwells Ankündigung richtig schlafen konnte.

Zweimal war sie in der Nacht ängstlich hochgeschreckt, und jedes Mal hatte sie als Erstes Alistair gesehen, der mit dem gezogenen Schwert auf den Knien am Rande der Lichtung saß. Seine Umrisse hatten sich klar vom Hintergrund des dunklen Waldes abgehoben, zumal das Schwert im Mondlicht leuchtete.

»Mam!« Maeve zog an ihrer Hand, und Deirdre beugte

sich herunter. »Er ist es. Sir Stern. Der Gebieter der Nebel, Mam. Wie du gesagt hast.«

»Aber nein, Süße«, sagte Deirdre und wollte gleichzeitig lachen und weinen. »Es ist nur Sir Alistair Kirallen, wie ich dir erzählt habe.«

Maeve schüttelte den Kopf, dass ihre dunklen Locken flogen. »Nein, Mam, guck doch! Sein Schwert!«

Natürlich glänzte sein Schwert, dachte Deirdre. Er hatte die ganze Nacht darauf verwandt, es zu schärfen! Und alles nur, weil er wach geblieben und auf sie aufgepasst hatte.

Er würde sie beschützen, dessen war sie sich sicher. Aber was erwartete er als Gegenleistung? Sie kam sich schrecklich vor, dass sie überhaupt eine solche Frage stellte, nachdem er doch so freundlich zu ihnen gewesen war. Dennoch musste sie gestellt werden. Sie war nicht bereit, sich auf einen Handel einzulassen, ohne die Bedingungen zu kennen, die daran geknüpft waren. Nicht schon wieder.

»Das ist sehr freundlich von Euch«, sagte sie mit fester Stimme, »aber ich verstehe nicht, warum Ihr ein solches Risiko auf Euch nehmt. Wir müssen über Kirallenland gehen, und Ihr wisst, dass Ihr dort nicht sicher seid.«

»Das Risiko ist nicht besonders groß«, antwortete er und schwang den Sattel von einem Ast auf den Rücken seines Pferdes. »Ich kenne die Wege, die sie reiten, und weiß, wie ich sie meiden kann.« Er stützte die Arme auf den Sattel und sah Deirdre an. Seine grauen Augen wirkten vollkommen ruhig. »Ich tue das, weil ich es möchte, aus keinem anderen Grund. Ihr braucht keine Angst zu haben, dass ich dafür etwas von Euch erwarte.«

»Ich meinte nicht …«

»Ach, natürlich meintet Ihr. Und zu Recht. Es ist vollkommen normal, dass Ihr Euch fragt, was ich von Euch wollen könnte. Die Wahrheit ist«, fügte er munter hinzu und zurrte den Sattelgurt fest, »dass ich Gefallen an Misstress Maeve gefunden habe. Jeder Ritter braucht eine Dame, der er dienen kann – so ist die Regel, wisst Ihr, und ich bin unbedingt dafür, dass man Regeln befolgt –, also habe ich beschlossen, dieser Dame zu dienen.«

Er kniete sich vor das Kind. »Mylady«, sagte er gewichtig und hob die gefalteten Hände, »Euer Pferd ist bereit.«

Maeve lachte, und zwei Grübchen bildeten sich auf ihren Wangen. »S-Stern!«, stammelte sie begeistert.

»Nun, sein Name ist Germain – oder war er zumindest – aber ich vermute …«

Maeve schüttelte den Kopf und berührte Alistairs Wange. »Stern«, wiederholte sie ernst.

Alistairs Mundwinkel zuckten, und Deirdre hielt die Luft an. Gewiss würde er gleich laut loslachen. Sie hatte ihr Kind mit diesem Unsinn doch nur beruhigen wollen, und jetzt verwechselte Maeve den verzauberten Ritter aus Deirdres Märchen mit Alistair. Sollte er allerdings über sie lachen, wäre die Kleine sicher am Boden zerstört.

Maeve sprach nur sehr selten mit jemand anderem als Deirdre. Sie war überhaupt ein ausgesprochen stilles Kind, das in seiner eigenen Fantasiewelt lebte. Deirdre wusste, dass die Maxwells die Kleine für einfältig hielten. Sie versuchten eben gar nicht erst, Maeve zu verstehen. Anfangs hatte die Kleine über ihr hämisches Gelächter geweint, und schließlich war sie in trotziges Schweigen verfallen.

Aber Alistair lachte nicht. »Angenehm, Sir Stern«, sagte er zu Maeve, die übers ganze Gesicht strahlte. »Stets zu Euren Diensten.«

Deirdre kamen vor Rührung die Tränen, gegen die sie heftig anblinzelte, als Maeve ihren winzigen Fuß in Alistairs wartende Hände stellte. Es war nur eine kleine Geste – er half dem Kind aufs Pferd –, aber für Maeve sah er aus, als wäre er der Ritter in schimmernder Rüstung, der direkt aus ihren Märchen gekommen war. Es brauchte so wenig, um die Kleine glücklich zu machen, dachte Deirdre. Nicht mehr als ein bisschen Freundlichkeit. Doch Brodies Interesse an seinem Kind hatte nicht einmal dafür gereicht.

»Wollt Ihr auch reiten?«, fragte Alistair und drehte sich zu Deirdre um.

»Ich kann gehen.«

Er nahm die Zügel und führte das Pferd auf den Waldweg. »Nun gut, dann kommt. Gehen wir.«

Es war ein warmer Tag. Eine leichte Brise wehte, die sie erfrischte, während sie schweigend den sonnigen Pfad entlangwanderten. Sie hielten ein gutes Tempo, und die Meilen schmolzen nur so dahin. Deirdre fühlte sich geradezu unbeschwert, rückte ihre Heimat doch mit jedem Schritt näher. Im Geiste hörte sie schon die kreischenden Möwen und fühlte die Meeresluft auf ihren Wangen. Ach, sie konnte es gar nicht abwarten, Maeve all das zu zeigen. Gemeinsam mit ihr würde sie jeden der geheimen Orte erkunden, die sie als Kind entdeckt hatte. Maeve würde die salzige Seeluft gut tun, und endlich würde sie ein kräftiges, glückliches Kind sein dürfen.

Deirdre dachte an Ronan Fitzgerald, der ein fester Bestandteil ihrer Kindheit gewesen war, und ihr wurde das Herz schwer. Letzte Nacht hatte sie von ihm geträumt. Es war ein seltsamer, sehr klarer Traum gewesen, in dem Ronan neben ihr stand, während sie schlief.

»Ich werde bald da sein«, hatte er gesagt. »Sorge dich nicht, Dee. Ich werde dich finden.«

Nun, jeder Mensch hatte seine Träume, und manche davon waren weit seltsamer als dieser! Dennoch fürchtete ein Teil von ihr, Ronan könnte tatsächlich aufgebrochen sein, um sie zu suchen. Und falls ja, wäre es allein ihre Schuld, denn sie hatte in der Nacht, als Alistair auf Cranston Keep eintraf, zu viel an ihn gedacht. Ronan hatte es stets gewusst, wenn Deirdre in Schwierigkeiten war oder ihn brauchte.

Vor Jahren, als sie noch ein Kind war, fiel Deirdre die Kellerstufen hinunter und verstauchte sich den Knöchel. Ronan war wenige Augenblicke später da gewesen. Wie er sagte, hatte er gespürt, dass etwas nicht stimmte. Und einmal, als sie allein zu einer kleinen Insel hinausgewandert war und dort von der Flut überrascht wurde, hatte Ronan ihren Vater direkt zu ihr geführt. Selbst ihr Vater war darüber sehr verwundert gewesen, ebenso wie Deirdre. Andererseits hatte sie nie geleugnet, dass Ronan und sie ein besonderes Band einte.

Mit niemandem war sie lieber zusammen als mit ihm, und niemandem vertraute sie so vollkommen wie Ronan. Hätte sie ihm die Liebe schenken können, die er sich von ihr wünschte, sie wäre nur zu gern dazu bereit gewesen. Und wenn Ronan ein wenig vernünftiger wäre, würde er selbst erkennen, dass sie ihm einen Gefallen tat, indem sie ihn zurückwies. Doch wenngleich Ronan viele Talente besaß, gehörte Vernunft zu den wenigen Dingen, an denen es ihm von jeher mangelte.

In seinem letzten Brief an Deirdres Vater schrieb Ronan, er wäre von seinen Reisen zurück, nach wie vor unverheiratet und immer noch unsterblich in Deirdre verliebt. Sollten sie sich wiedersehen, wäre ihre Freundschaft, die Deirdre so kostbar war, für alle Zeit erschüttert. Wenn er sie fragte – und sie war sicher, dass er fragen würde –, müsste sie seinen Antrag freundlich, aber bestimmt ablehnen. Sie hatte nicht vor, wieder zu heiraten. Einmal reichte ihr.

Zweifellos würde Ronan ein weiteres Lied dichten, in dem er Deirdres Grausamkeit beklagte, und wenn er es dann sang, würden selbst die abgehärtetsten Kämpfer in ihr Bier schluchzen. Ja, Ronans Schmerz war echt, dachte sie beschämt, und sie war dessen traurige Ursache. Aber sie wäre noch um ein Vielfaches beschämter, hätte Ronan ihn nicht ganz so schnell in melancholische Verse und die passende Melodie verpackt!

Sie warf einen Seitenblick auf Alistair, der leichten Schrittes neben ihr herging. Irgendwie konnte sie sich nicht vorstellen, dass *er* auch nur einen Moment daran verschwendete, einer verschmähten Liebe nachzutrauern. Nein, wahrscheinlicher war, dass er die betreffende Dame allein mit seinem Lächeln und seiner sanften, tiefen Stimme auf der Stelle eroberte.

Jennie und die anderen Frauen hatten an dem Abend, als Alistair in Cranston Keep eintraf, wie junge Mädchen gekichert und behauptet, er kenne tausend Tricks, eine Frau in sein Bett zu locken. Und sie hatten seine Begabung als Liebhaber in den höchsten Tönen gepriesen.

»Oh ja, das ist mal ein Mann, der weiß, wie man ein Mädchen beglückt«, hatte eine von ihnen gesagt und dabei vielsagend vor sich hin gelächelt. Beglücken?, hatte Deirdre sich erschaudernd gefragt, während die anderen sich lachend nach Einzelheiten erkundigten. War es denn möglich, dass eine Frau *das* jemals genoss?

Wieder sah sie zu Alistair, diesmal mit einem Erschaudern, das halb Angst, halb Erregung war. Ein merkwürdiges Flattern zog von ihrem Bauch weiter nach unten. Was genau *tat* er denn mit einer Frau in seinem Bett? Es musste – nun, es *musste* etwas vollkommen anderes als das sein, was Brodie mit ihr gemacht hatte. Sie betrachtete seine Augen, die so kühl und distanziert wirkten, und fragte sich, wie sie wohl eine Frau ansahen, die in seinen Armen lag. Ihr Blick wanderte zu der sinnlichen Rundung seiner Lippen, zu seinen breiten Schultern, dann zu seinen Händen, die so stark und zugleich zu so großer Zärtlichkeit fähig waren …

Doch was immer er tun mochte, sie würde es nie herausfinden. Denn Alistair Kirallen, der mit jeder Frau zwischen Aberdeen und Berwick das Lager geteilt hatte – zumindest nach dem, was Jennie erzählte –, schien sich damit zufriedenzugeben, ihr Freund und sonst nichts zu sein.

Wofür ich allen Göttern auf Knien danken sollte, ermahnte sie sich streng. Im Moment nämlich brauchte sie dringend einen Freund, und die Freundschaft dieses Mannes noch nötiger als irgendeine andere. Zudem war es besser so, denn eines wusste sie mit Sicherheit. Nachdem Alistair eine Frau umworben, sie in sein Bett mitgenommen und mit ihr das getan hatte, was auch immer das war, ging er wieder fort. Allein. Am Ende würde Alistair immer allein fortgehen.

Sie legte eine Hand auf Maeves Bein und lächelte ihre Tochter an. Sie gingen gemeinsam nach Hause. Und sobald sie außer Gefahr waren, würde Deirdre sich nie wieder Gedanken über irgendeinen Mann machen.

Kapitel 14

Er war wach.

Grianne Nixon kniete sich neben das Lager und stöhnte leise über den Schmerz in ihren müden Gelenken. Der Mann auf dem Stroh versuchte, sich aufzusetzen, fiel jedoch gleich wieder zurück und fasste mit einer Hand an seinen verbundenen Kopf.

»Bleibt still liegen«, sagte sie mit der monotonen Stimme der Tauben.

Seine Lippen bewegten sich, und obwohl sie seine Worte nicht hören konnte, war deren Bedeutung ziemlich offensichtlich.

»Mein Enkel hat Euch aus dem Fluss gezogen«, erklärte sie und bot ihm einen Löffel heiße Brühe an. »Seitdem kümmere ich mich um Euch.«

Sein Mund formte die Worte »Wie lange?«.

»Seit ungefähr zwei Wochen«, antwortete sie und hielt den Löffel an seine Lippen. Er schluckte die Brühe hungrig hinunter, doch noch ehe die Schale leer war, schlief er erschöpft wieder ein.

Grianne stand mühsam wieder auf und schlurfte zurück ans Feuer. Dort nahm sie den zerrissenen Umhang in die Hand, den der Mann getragen hatte, und begann, weiter daran zu nähen, die Augen vor Anstrengung zusammengekniffen.

Kein einziges Wort des Dankes, dachte sie kopfschüttelnd. Andererseits, was war von einem Maxwell schon zu erwarten?

Kapitel 15

Deirdre fuhr erschrocken aus dem Schlaf. Das Herz pochte ihr wie wild in der Brust, als sie Maeves verängstigte Schreie hörte.

»Was ist?«, fragte sie und mühte sich, in der Dunkelheit etwas zu erkennen. »Maeve!«

Maeve warf sich neben ihr auf dem Waldboden hin und her, eingewickelt in ihren Umhang, und reckte die Fäuste. Deirdre packte ihre Hände und hielt sie fest. »Was ist denn, Maeve? Tut dir etwas weh?«

»Hässlich!«, heulte das Kind. »Nein, geh weg!«

»Es ist nur ein Traum.«

Alistairs Stimme war tief und ruhig, als er sich über Maeve beugte und seinen Dolch wieder einsteckte.

»Wach auf, Liebes«, flehte Deirdre. »Es ist ein Traum, weiter nichts, er kann dir nichts tun.«

»Nein!«, schluchzte Maeve. »Hässlich! Mam!«

Das Kind hörte auf zu strampeln und lag ganz still. »Mam?«

»Schon gut«, flüsterte Deirdre. »Ich bin hier.«

Maeve weinte und schluchzte leise, dass es Deirdre beinahe das Herz brach.

»Was ist denn nur, Süße?«, fragte sie.

»Der Mann«, stammelte die Kleine unter Tränen. »Hässlich.«

»Ganz ruhig«, sagte Deirdre. »Es war nur ein Traum. Du brauchst keine Angst zu haben.«

Maeve entwand sich ihren Händen und rang nach Luft. »Nein!«, weinte sie. »Er war echt.«

»War er vielleicht ein Monster?«, fragte Alistair.

Das Kind zitterte in Deirdres Armen. »Monster.«

»Ach, na dann habt Ihr nichts zu befürchten«, sagte er. »Ich habe schon mehr Monster besiegt, als Ihr zählen könnt. Erst kürzlich habe ich eines getroffen, müsst Ihr wissen. Es war ein großes, haariges Ding mit langen Armen und riesigen weißen Reißzähnen. Aber nachdem wir ein bisschen gekämpft hatten, lief es weg und schrie nach seiner Mama.«

»Wirklich?«, fragte Maeve und schluckte.

»Na, und ob. Und dann war da noch eines, ein gewaltiger Drache mit rot-goldenen Schuppen und Zähnen so lang wie meine Arme. Er saß auf dem größten Goldberg, den Ihr je gesehen habt. Drei Rätsel gab er mir auf, und drei Mal antwortete ich ihm. Drachen sind nämlich nicht so schlau, wie die Leute denken«, erklärte er der Kleinen, als würde er ihr ein Geheimnis anvertrauen. »Man muss nur sein Schwert bereithalten und klar denken. Wir haben uns dann im Guten getrennt. Ich ließ den Drachen sein Gold behalten und nahm mir nur ein hübsches kleines Schmuckstück mit, für den Fall, dass ich eines Tages eine Dame treffe, die es gebrauchen kann.«

Maeve beruhigte sich spürbar und lag schlafschwer in Deirdres Armen. »Drachen«, flüsterte sie schläfrig. »Riesen?«

»Ah, über Riesen wisst Ihr also auch Bescheid?«, fragte Alistair.

»Finn Mac Coul«, antwortete Maeve mit schlaftrunkener Stimme.

»Nun, leider muss ich gestehen, dass ich ihm noch nie persönlich begegnet bin«, sagte Alistair, »obwohl ich eines Tages, an einem schönen Frühlingsmorgen weit oben in den Bergen, als die Sonne strahlte, alle Vögel zwitscherten und der Himmel dasselbe Blau hatte wie Eure hübschen Augen …«

Während er immer leiser sprach und schließlich verstummte, legte Deirdre die schlafende Maeve wieder auf den Boden und wickelte sie fest in ihren Umhang. Alistair warf noch etwas Holz ins Feuer und nahm sich wieder sein Schwert und seinen Wetzstein.

»Ihr könnt sehr gut mit ihr umgehen«, sagte Deirdre, die sich neben ihn setzte und die Hände zum Feuer ausstreckte.

»Ich mag Kinder.« Er zuckte mit den Schultern und zog den Stein über die Klinge. Dann prüfte er die Schärfe mit dem Daumen. »Und glaubt mir, ich hatte auch schon einige Albträume.«

Deirdre nickte. Keine Nacht verging, ohne dass Alistair mindestens einmal aus dem Schlaf aufschreckte. Da sie viel zu große Angst hatte, zu tief einzuschlafen, und deshalb höchstens hier und da in einen leichten Schlummer verfiel, entging es ihr nicht.

»Träumt Ihr auch von Monstern?«, fragte sie lächelnd.

»Nein.« Für einen Moment schien es, als wollte er es bei dieser knappen Antwort belassen, doch dann seufzte er und fuhr fort: »Ich träume von Ian. Ich dachte, ich wäre darüber hinweg, aber in diesen letzten Tagen kam der Traum wieder. Er fängt jedes Mal gleich an.«

Er erzählte ihr von dem Tag, als er und Ian den jungen Jemmy fanden, der an einen Baum gefesselt war, und wie Ian und er gegen die Zigeunerjungen gekämpft und Ian schließlich hinter ihnen hergerannt war.

»Bis dahin ist alles im Traum so, wie es sich zugetragen hatte«, sagte er. »Sobald Ian fort war, kümmerte ich mich um Jemmy, wie er mir gesagt hatte, doch im Traum weiß ich jedes Mal, wenn Ian wegläuft, dass er direkt in Darnleys Hinterhalt rennt. Ich renne hinter ihm her, doch ich komme zu spät. Manchmal endet es damit, dass ich nach Ravenspur zurückkomme. Der Lord sieht erst Ian, dann mich an, und ich weiß, was er denkt. Warum bist du am Leben, und er ist tot? Dann kommt alles wieder. Ich weiß, dass ich Ian im Stich gelassen habe, ihn und meine Männer …, und dann schreit der Lord laut auf und bricht bewusstlos zusammen, so wie an jenem Tag.

Aber normalerweise komme ich aus dem Wald zu einem Moor, und da sind sie alle – meine Männer –, die im blutigen Schnee liegen, während Darnley davonreitet. Und dann bleibe ich bei Ian, der wieder und wieder in meinen Armen stirbt …« Er blickte in den dunklen Wald, sein Gesicht angespannt und blass. »Könnte ich ihn doch nur einholen«, flüsterte er. »Könnte ich doch nur rechtzeitig bei ihm sein.«

»Was dann?«, fragte Deirdre sanft. »Was könntet Ihr tun, wenn Ihr ihn einholtet? Er ist tot und begraben.«

»Er mag tot sein, aber ich glaube – nein, manchmal frage ich mich, ob er wirklich fort ist.«

Deirdre blickte sich ängstlich auf der Lichtung um, dann schüttelte sie den Kopf. »Natürlich ist er fort«, sagte sie bestimmt. »Ihr solltet Euch lieber um Euch selbst Sorgen machen.«

Er rieb sich das Gesicht und warf ihr ein ironisches Lächeln zu. »Danke, Mylady«, sagte er. »Ihr habt natürlich recht.«

Er beugte sich wieder über sein Schwert und sah dabei aus, als wollte er nicht mehr reden.

Deirdre beobachtete die gekonnten Bewegungen seiner Hände. Sie fühlte, dass er bereute, sich ihr anvertraut zu haben. Und sie konnte es ihm nicht einmal verübeln, denn sie hatte unmöglich reagiert. Doch wenngleich Geistergeschichten schön sein mochten, saß man im Winter mit vielen Menschen um ein Feuer in einer Burg herum, waren sie hier draußen im dunklen Wald ziemlich beängstigend.

»Vermisst Ihr Ravenspur nicht?«, fragte sie, um das unangenehme Schweigen zu brechen. »Wollt Ihr nicht wieder nach Hause?«

»Nein«, sagte er tonlos. »Na ja, ich vermisse Malcolm und manchmal sogar den Burgherrn, aber Ravenspur ist …« Er verstummte und runzelte die Stirn. »Dort ist zu viel Hass, zu viele alte Wunden, die nicht heilen wollen. Dieser Tage ist es kein schöner Ort mehr, zumindest nicht für mich. Ich gehöre nicht mehr dorthin.« Er hielt inne und sah überrascht aus. »Ich habe lange gebraucht, bis mir das klar wurde.«

»Was wollt Ihr dann als Nächstes tun?«

»Wer weiß?« Er blickte hinauf in die Bäume. »Ich vertreibe mir irgendwie die Zeit, Deirdre. Mir ist es gleich, was ich tue.«

Sie sah ebenfalls hinauf, und ihr war, als legte sich ein eisiger Finger in ihren Nacken, als sie ein schwaches Flügelschlagen vernahm.

»Dann wollt Ihr bis ans Ende Eurer Tage ziellos durch die Welt wandern?«, platzte es aus ihr heraus. Die Angst machte ihre Stimme schriller als beabsichtigt. »Habt Ihr das vor? Ihr lasst Euch einfach vom Wind treiben?«

»Der Wind trieb mich zu Euch, Mylady«, erinnerte er sie.

»Hätte er es nicht getan, wärt Ihr schon wieder in Cranston Keep.«

»Aber was ist, wenn ich fort bin? Was dann, Alistair?«

Er zuckte mit den Schultern. »Das wird sich zeigen.«

Auf einmal hatte sie das Bedürfnis, ihn zu schlagen, nur um zu sehen, ob sie ihn aus dem düsteren Traum wecken könnte, in dem er wandelte.

»Das wird sich zeigen?«, wiederholte sie vorwurfsvoll. »Das ist ja wohl das Jämmerlichste und Feigste, was ich je gehört habe!«

Er sah sie an, und Wut blitzte in seinen Augen auf. »Ich erinnere mich nicht, Euch um Eure Meinung gebeten zu haben.«

»Nein, das habt Ihr nicht«, erwiderte sie schnippisch. »Betrachtet es als ein Geschenk von mir. Ihr könntet tausend Dinge tun, aber nein, Ihr zieht es vor, schmollend durch die Wälder zu streifen wie ein armer, dem Untergang geweihter Geächteter und alle Eure Talente zu verschwenden!«

Er lachte spöttisch. »Meine Talente, ja? Meine Männer sind tot, mein Eid ist gebrochen, und meine Leute haben mich verstoßen. Fürwahr, ich habe großartige Aussichten! Natürlich kann ich immer noch einige Dinge zustande bringen. Ich kann einen Mann auf zwanzig verschiedene Arten töten – na, wenn das keine Begabung ist! Immerhin macht es mich sehr beliebt bei Leuten, die Morde zu erledigen haben. Das Problem ist nur, dass ich genug Schlachten gekämpft habe, die nichts mit mir oder den Männern zu tun hatten, gegen die ich kämpfte, Männer, die mir nichts getan haben und die ich trotzdem tötete. Und dennoch bin ich zu nichts anderem mehr gut.«

»Macht Euch nicht lächerlich. Ihr könntet von hier weggehen und etwas Neues versuchen. Aber nein, das würdet Ihr selbstverständlich nie tun – es wäre Euch zu anstrengend!«

»Nun, Mylady, da Ihr schon so frei seid, mich heute Nacht mit Eurem Rat zu beschenken, verratet mir doch bitte, wohin ich Eurer Meinung nach gehen sollte.«

»Nach Irland«, sagte sie und verstummte überrascht. »Ja, nach Irland«, fuhr sie einen Moment später fort. »Warum nicht? Ihr könntet dort Arbeit finden … Mein Vater würde Euch in Tullyleah aufnehmen, und er kennt jede Familie in Donegal.«

Alistair sah sie mit hochgezogenen Augenbrauen an. »Ihr meint, ich sollte zur Abwechslung mal versuchen, ein paar Iren umzubringen? Das scheint mir kaum die weite Reise wert. Nach allem was ich gehört habe, bluten und sterben sie dort drüben genauso wie wir hier.«

»Ihr müsst doch kein Söldner werden«, sagte Deirdre mit übertriebener Geduld. »Ihr seid ein erfahrener Befehlshaber, Sir Alistair, und Euer Ruf …«

»Ist tiefschwarz«, fiel er ihr ins Wort. »Ja, auch wenn es vielleicht noch nicht bis nach Irland durchgedrungen ist, irgendwann kommen sie dahinter. Wer wird mich dann noch wollen?«

»Mein Vater«, antwortete sie prompt. »Ganz bestimmt. Wenn er erfährt, was Ihr für uns getan habt, wird er eine Stellung für Euch finden. Ihm ist es egal, was die anderen sagen. So war er schon immer. Vater ist … nun, er geht seinen eigenen Weg und gab nie viel auf die Meinung anderer. Außerdem wäre er Euch sehr dankbar.«

Warum war sie nicht früher darauf gekommen? Alistair verdiente zumindest ein wenig Vergeltung für all die Mühen, die er auf sich nahm, und sie war froh, ihm eine so perfekte

Lösung für seine Probleme anbieten zu können. Nicht nur in einer Hinsicht perfekt, dachte sie und sah ihn von der Seite an.

Allein der Gedanke, Alistair könnte in Tullyleah leben, wo sie ihn jeden Tag sehen würde, ließ ihr Herz schneller schlagen. Er könnte sich in Irland ein neues Leben aufbauen und mehr sein als ein heimatloser Geächteter. Wenn er wollte, könnte er sogar ein begehrter Junggeselle werden. Wenn er wollte … Aber wollte er?

»Ich danke Euch, Mylady«, sagte Alistair steif, »aber ich bin noch nicht so weit gesunken, dass ich Almosen annehmen muss.«

»Almosen?« Sie lachte. »Aber das müsstet Ihr doch gar nicht. Wir können uns überdies auch gar keine Wohltätigkeit leisten. Wir können uns *überhaupt nichts* leisten! Neben den O'Neills und den O'Donnells bleibt für die MacLochlanns herzlich wenig übrig. Aber wir haben immer noch Tullyleah.«

Ach, wenn sie ihm doch nur beschreiben könnte, wie wundervoll es war! Sie sah die Burg ihrer Eltern vor sich, die schadhaften Mauern und den einen noch verbliebenen Turm, gleich oberhalb der Klippen. Darunter war das Meer und darüber der endlose Himmel.

»Es ist so schön, Alistair. Na ja, die Burg ist alt und verfallen, also kein bisschen herrschaftlich. Aber dort ist immerzu Musik und Tanz. *Alle* kommen nach Tullyleah! Selbst wenn es durchs Dach tropft, das stört niemanden. Sie kommen trotzdem, und wir haben so viel Spaß!«

Er starrte sie überrascht an, und Deirdre verstummte. Sie merkte, wie sie errötete. Auf einmal war ihr ihre Begeisterung peinlich.

»MacLochlann?«, fragte er. »Ist das Eure Familie?«
»Ja, das ist sie«, antwortete sie verwirrt. »Warum?«
»So fielen die MacLochlanns«, begann er leise zu singen.

Könige von Aileach und irische Monarchen,
Beraubt eines Königreichs
Durch glücklose Schlachten
Und listige Rivalen;
Zwischen Schwertern gefangen,
Floss rot ihr Blut
Auf den Hügeln von Caim Eirge.«

»Das ist Eure Familie? Die Könige von Aileach und Herrscher Irlands?«

»Vor vielen hundert Jahren«, sagte Deirdre verwundert und ein wenig verlegen. »Woher kennt Ihr dieses Lied?«

»Als ich klein war, hatten wir einen Hauslehrer, der aus Ulster stammte.« Er sah sie mit einem merkwürdigen Blick an, als hätte er sie nie zuvor richtig gesehen. »Ja«, fügte er leise hinzu, als würde er laut nachdenken, »das erklärt einiges.«

»Was?«

Plötzlich schmunzelte er. »Die Art, wie Ihr mich herumkommandiert, zum Beispiel.«

»Sie scheint nichts zu nützen«, erwiderte sie beleidigt. »Ihr hört mir ja doch nie zu.«

»Ach, das würde ich nicht sagen. Sind wir denn nicht unterwegs nach Annan, wie Eure Hoheit es wünschte?« Er vollführte eine theatralische Verbeugung und Deirdre musste unwillkürlich lachen.

»Denkt trotzdem über das nach, was ich vorschlug«, sagte

sie schließlich. »Darüber, ob Ihr mit nach Tullyleah kommt.«

»Schottland verlassen?« Alistair sah besorgt aus. »Für immer? Daran habe ich noch nie gedacht.«

»Ich verstehe nicht, warum nicht«, sagte Deirdre knapp, zog ihren Umhang fester um sich und stand auf. »Es ist ein furchtbares Land.«

KAPITEL 16

Am nächsten Morgen erwachten sie bei Regen, der den ganzen Tag anhielt. Mal nieselte es, mal goss es in Strömen. Sie kamen deutlich langsamer voran als am Tag zuvor. Ihre Füße versanken im aufgeweichten Boden, und ihre Kleider wollten auch dann nicht trockener werden, als Alistair es schaffte, ein kleines Feuer anzuzünden. Als die Abenddämmerung einsetzte, waren sie alle erschöpft. Alistair, der diesen Teil des Waldes gut kannte, bestand darauf, dass sie in der Hütte eines Wildhüters Unterschlupf suchten. Der alte Mann war nicht unbedingt begeistert, als sie bei ihm vor der Tür standen, doch als Alistair ihm eine Münze zeigte, ließ er die drei herein.

Alistair ging hinaus, um das Pferd in den Stall zu bringen, und Deirdre blickte sich nervös in der schmutzigen Hütte um. Unterdes beobachtete der Wildhüter sie verstohlen. Sein riesiger Hund – der größte Hund, den sie je gesehen hatte – lag zwischen ihnen und dem Feuer, so dass ein Großteil der Wärme sie gar nicht erreichte.

Deirdre sah den Hund vorwurfsvoll an. Das Tier starrte zurück und gähnte, wobei es enorme Reißzähne entblößte, die im Feuerschein blitzten. Deirdre trat ein wenig zurück und fiel beinahe gegen den Wildhüter, der direkt hinter ihr stand.

»Ich habe nichts, was ich Euch geben kann«, raunte er.

»Das macht nichts«, sagte sie hastig. »Wir haben getrocknetes Fleisch und Brot. Wollt Ihr etwas davon?«

»Ja, gern.«

Sie beugte sich gerade über die Tasche mit ihren spärlichen Vorräten, als sie im Augenwinkel eine Bewegung wahrnahm.

»Maeve, nein!«, rief sie. »Bleib da weg!«

Das Kind war zu dem Hund gegangen, der seinen Kopf von den riesigen Tatzen hob und die Kleine ansah. Ehe Deirdre sich rühren konnte, schnüffelte das Tier an Maeves Hand. Dann streckte es die Zunge heraus und leckte ihr übers Gesicht.

»Das reicht, Liebes«, sagte Deirdre, hob ihr kicherndes Kind hoch und setzte es auf eine Bank.

»Lieber Hund«, sagte Maeve.

»*Großer* Hund«, entgegnete Deirdre. »Mit so einem großen Hund kannst du nicht spielen. Hier, nimm«, sagte sie eilig und drückte Maeve etwas Brot in die Hand. »Iss.«

Der Wildhüter ging zu dem Hund und trat ihm mit dem Fuß in die Rippen. »Raus!«, befahl er grob.

Der Hund schlich mit eingezogenem Schwanz zur Tür. Als Alistair sie öffnete, trottete das Tier hinaus in die Dunkelheit. Der Wildhüter beäugte Alistair misstrauisch. »Ich glaube, ich habe Euch schon mal gesehen.«

»Kann sein, Großväterchen«, antwortete Alistair, schüttelte das Regenwasser aus seinem Umhang und breitete ihn vor dem Feuer aus. »Ihr solltet aber besser vergessen, dass ich heute Abend hier bin.«

Der alte Mann nickte hastig. »Ja, natürlich. Das geht mich nichts an.«

»Stimmt«, sagte Alistair knapp.

Sie nahmen ihr karges Mahl ein, ohne dass ein weiteres Wort gesprochen wurde. Anschließend erhielt der Wildhüter eine weitere Münze von Alistair und zog sich in eines der Nebengebäude zum Schlafen zurück. Deirdre und Maeve legten sich in einen winzigen Alkoven. Doch obwohl das Stroh darin frisch war und nach Wildblumen duftete, konnte Deirdre nicht schlafen. Ihr behagte nicht, wie der Wildhüter sie und ihr Gepäck angesehen hatte, als überlegte er, ob es sich lohnte, sie auszurauben.

Die Nacht war schon halb herum, als sie aufstand und frisches Holz auf das beinahe erloschene Feuer warf. Als die Scheite zu brennen begannen, hockte sie sich hin und streckte ihre Hände zum Kamin aus. Da berührte sie eine Hand an der Schulter, und sie sprang mit einem erschrockenen Schrei auf.

»Legt Euch wieder schlafen«, sagte Alistair leise. »Ihr müsst Euch ausruhen.«

»Ich bin schrecklich nervös heute Nacht«, flüsterte sie. »Dieser Mann, er sieht uns an, als ob er etwas im Schilde führt.«

»Mag sein«, sagte Alistair und schmunzelte. »Aber das sollte Euch nicht um den Schlaf bringen. Er wird nicht wagen, heute Nacht irgendwelchen Unfug zu machen. Er weiß nämlich nur zu gut, wer ich bin.«

»Und er könnte sich gewiss ein Goldstück verdienen, indem er genau das nach Ravenspur trägt«, erwiderte sie und sprach damit aus, was ihre größte Sorge war.

»Ich bin sogar sicher, dass er es tun wird«, stimmte Alistair ihr zu. »Doch von hier bis Ravenspur ist es ein halber Tagesmarsch. Bis er dort ist und jemanden gefunden hat, der ihm zuhört, sind wir schon längst weg.«

Seine Stimme klang ruhig und sicher. Deirdres Angst, die sich wie ein Knoten um ihr Innerstes gelegt hatte, löste sich allmählich. Alistair hatte von Anfang an um die Gefahr gewusst. Und so felsenfest er auch behaupten mochte, er würde von einem Moment zum nächsten leben, war er doch offensichtlich durchaus fähig vorauszudenken.

Maeve und sie hätten es ohne ihn niemals so weit gebracht. Das ließ sich nicht leugnen. Und als Gegenleistung bekam er genau das, worum er gebeten hatte: nichts. Nun ja, außerdem noch Deirdres ungebetene Ratschläge, die sie ihm eher wie Vorwürfe servierte. Und natürlich ihr Angebot, mit nach Tullyleah zu kommen, das er für ihren Geschmack ein wenig zu prompt abgelehnt hatte.

»Alistair«, sagte sie versöhnlich, »ich habe Euch noch gar nicht für alles gedankt, was Ihr für uns getan habt.«

Er lächelte und hielt den Kopf leicht zur Seite geneigt, während er gleichzeitig mit dem Daumen die Klinge seines Dolches prüfte. »Ihr braucht mir nicht zu danken, Deirdre.«

Eine Weile saßen sie schweigend da. Der Regen trommelte aufs Dach, und der Wind pfiff im Schornstein. Alistair legte seinen Dolch vorsichtig auf den Boden und den Wetzstein daneben. Dann drehte er sich zu Deirdre und sah ihr in die Augen.

»Ein Mann wird es irgendwann leid, allein zu reisen.«

Ach, Jennie hatte sich vollkommen in ihm geirrt, stellte Deirdre mit klopfendem Herzen fest. Alistair Kirallen war nicht die Sorte Mann, die eine Frau mit Tricks ins Bett lockte. Vielmehr war er durch und durch ehrlich. Er machte keinerlei Hehl daraus, dass er sie wollte, gleich hier und jetzt. Nein, er tarnte seine Absichten nicht mit hübschen Phrasen oder leeren Versprechen. Sie konnte alles in seinen Augen lesen: seine Einsamkeit, sein Verlangen, alles war da, klar zu erkennen. Und gerade diese Direktheit raubte ihr den Atem. Zugleich machte er es ihr auf diese Weise leichter, ihn abzuweisen. Sie musste nur wegsehen oder irgendeine Bemerkung über die späte Stunde fallenlassen, sagen, sie wäre viel zu müde …

Sie fühlte, wie sie rot wurde, konnte aber immer noch nicht den Blick von ihm abwenden. Nein, sie wollte gar nicht aufhören, ihn anzusehen. Ein Scheit knackte im Feuer und brach entzwei, wobei ein Funkenregen aufsprühte. Der Wind rüttelte an den Fensterrahmen und -läden. Ganz langsam streckte Deirdre eine zitternde Hand aus und strich ihm eine Locke aus der Stirn.

Dies hier wäre nicht für immer, dachte sie. Er war nicht der Mann, der sich über eine Nacht hinaus verpflichtete. Aber in dieser einen Nacht wollte er sie. Er *brauchte* sie. Und sie brauchte ihn ebenso. Deirdre erschrak angesichts der Intensität ihres eigenen Verlangens.

Ein Schauer durchfuhr ihren Körper, als Alistair nach ihrer Hand griff und sie an seine Lippen zog. Während er behutsam ihre Handinnenfläche liebkoste, erfasste Deirdre eine kaum zu ertragende Erregung, die sie aus der Hütte hinaus und an einen Ort schimmernden Lichts und wohliger Wärme katapultierte.

Richtig oder falsch wurden zu Begriffen, die keinerlei Gültigkeit mehr für Deirdre hatten. Sie bedeuteten nichts mehr. Er war der eine, das hatte sie von Anfang an gewusst. Ihre Wahl war längst getroffen, vor langer Zeit an einem anderen Ort, und ihr fehlte die Willenskraft, dagegen anzukämpfen.

Alistair schloss die Augen, als Deirdre ihm sacht übers

Gesicht strich. Es war so lange her, viel zu lange, seit er sich das letzte Mal in den Armen einer Frau verloren hatte. Und diese Gelegenheit kam vielleicht nie wieder. Heute Nacht war sie einsam und verängstigt, ihm gänzlich ausgeliefert. Es wäre so einfach, ihre momentane Schwäche auszunutzen. Dabei täte er es nicht einmal, denn er würde dafür sorgen, dass sie es bestimmt nicht bereute.

Sie glitt gleichsam in seine Arme. Ihr Körper schmiegte sich wie von selbst an seinen, und ihr Mund war so weich und einladend. Er küsste sie zärtlich, spürte ihre Unsicherheit und wusste instinktiv, dass sie nie zuvor etwas wie das hier erlebt hatte. Aber, wo er nun schon einmal beim Thema war: er genauso wenig. Das wiederum überraschte ihn, zumal er nicht begriff, was anders war.

Als er die Lippen öffnete, vergrub Deirdre die Finger in seiner Schulter und presste sich mit einem solch spürbaren Verlangen an ihn, dass er versucht war, sie auf den Boden zu legen und auf der Stelle zu verführen. Doch kaum bewegte sich seine Hand von ihrer Hüfte hinauf zu ihrer Brust, zog sie sich zurück und riss die Augen weit auf.

»Was ist denn?«, fragte er leise.

»Nichts. Gar nichts«, antwortete sie und lächelte ein wenig unecht. »Tut mir leid.«

Wieder schmiegte sie sich an ihn, doch es war nicht mehr dasselbe. Sie war verkrampft, und wenngleich sie den Kopf zurückneigte und ihn damit aufforderte, sie erneut zu küssen, waren ihre Augen dabei dunkel und voller Angst.

Brodie, dachte er, und eine unglaubliche Wut stieg in seinem Innern auf. Er hatte sie schlecht behandelt, der blinde, stumpfsinnige Bastard. Wäre der Mann nicht schon tot, hätte Alistair ihn in diesem Augenblick gern eigenhändig umgebracht. Aber Brodie war tot, womit die Frage blieb, wie Deirdres furchtbare Erinnerungen an ihn für immer ausgelöscht und der Schaden, den er angerichtet hatte, wiedergutgemacht werden konnten.

»Ist schon gut«, flüsterte er und hielt sie in den Armen. »Euch braucht nichts leid zu tun, überhaupt nichts …«

Dann hielt er sie einfach fest, während das Feuer kleiner und die Schatten länger wurden. Schließlich fühlte er, wie sich ihre Anspannung legte. Erst jetzt nahm er ihr vorsichtig die Haube ab und löste ihren langen, dunklen Zopf. Ihr Haar war kühl und glitt seidig durch seine Finger und um seine Handgelenke. Es duftete ganz leicht nach Wiesenblumen. Er tauchte sein Gesicht hinein und spürte, wie Deirdres Herz gegen seine Brust pochte. Wie ein kleiner Vogel, dachte er, und eine ungekannte Zärtlichkeit schnürte ihm fast die Kehle zu. So wunderschön. So richtig.

Ganz langsam und darauf bedacht, sie nicht zu verschrecken, lehnte er sie zurück, bis sie halb unter ihm lag, und sah ihr in die Augen. Immer noch ein wenig zögernd, aber auch neugierig, blickte sie zu ihm auf.

Keine Frage, sie vertraute darauf, dass er alles richtig machte. Und er wusste, dass er es konnte. Nichts wollte er mehr, als ihr alle die Freude zu geben, die ihr bislang versagt gewesen war. Er war sicher, dass auch er dabei viel mehr als nur Vergnügen empfinden würde.

Sie zog ihn zu sich hinunter, und ihre Lippen begegneten sich. Diesmal öffnete sie die ihren sogleich. Eine Nacht, sagte er sich und vertiefte den Kuss. Das war alles, worauf er hoffen durfte. Morgen würde sie erkennen, was ihm bereits jetzt klar war, nämlich dass es mehr nicht geben konnte. Deirdre MacLochlann Maxwell, Tochter der Könige von

Aileach und irischen Monarchen, war nicht für seinesgleichen bestimmt. Besäße er auch nur einen Funken Verstand, würde er die Sache auf der Stelle beenden.

Als er den Kuss unterbrach, seufzte sie. Er spürte ihre warmen Lippen an seinem Hals, ihre zarten Finger in seinem Haar. Sie beugte ein Bein, das über seinen Schenkel strich. Seine Zweifel wichen und schwanden schließlich ganz. Er streichelte mit einer Hand langsam ihre Taille hinauf und über die Rundung ihrer Brust, deren Spitze sich unter seiner Berührung aufrichtete. Ein flammendes Verlangen erfasste ihn, als sie leise stöhnte und das Bein gegen seines presste. Heute Nacht sollte sie sein werden.

Als sie sich jedoch ein wenig zurückzog, die Lippen leicht geöffnet und die Augen glühend, erkannte er, dass eine Nacht niemals genug wäre. Nein, weder in einer noch in zwei, nicht einmal in Dutzenden von Nächten könnte er auch nur einen Bruchteil dessen erleben, wonach er sich so unbeschreiblich sehnte. Er bräuchte weit mehr Nächte und viele, viele Tage, um Deirdre wirklich kennenzulernen – Tage, die er damit verbrachte, sie zu lieben, mit ihr zu reden, ihr Lachen zu hören und den wechselnden Ausdruck ihres Gesichts zu sehen.

Er wollte alles über sie wissen; welche Berührungen sie vor Wonne erschaudern ließen, welche Spiele sie als Kind geliebt hatte, was wichtig für sie war und woran sie glaubte … Eine Nacht könnte nie all seine Fragen beantworten. Dazu brauchte es ein ganzes Leben mit Deirdre.

Aber er hatte kein ganzes Leben, und selbst wenn er noch Jahre vor sich hätte, was würde das ändern? Er konnte ihr nichts außer Schande, Schmach und der kargen Existenz einer Zigeunerin bieten.

Natürlich bliebe da immer noch diese eine Nacht, dachte

er und strich ihr das Haar aus dem Gesicht. Er küsste ihre Stirn, ihre Augen, die liebliche Kurve ihrer Wange. Eine Nacht voller Freude. Eine Nacht, die ihm gewiss das Herz brach. Denn morgen früh würden sie beide wissen, dass er ihre Einsamkeit ausgenutzt hatte, um eine einzige Nacht der Lust zu gewinnen.

In ihren Augen – und in seinen eigenen – wäre er damit nicht besser als Brodie. Auch er hätte sich genommen, was er wollte, und keinen Gedanken daran verschwendet, was das Beste für sie war. Er hätte ihr Vertrauen, ihre Freundschaft und die Chance verspielt, in ihrer Nähe zu sein und sie manchmal zum Lächeln zu bringen.

Er könnte es nicht ertragen, sie zu verlieren. Nicht jetzt, noch nicht. Sie war so tapfer und schön, so unglaublich lebendig. Sie war das einzige Licht auf dem dunklen Pfad, den er wanderte. Mit einer Anstrengung, die ihn entzweizu reißen drohte, setzte er sich auf und ließ Deirdre los.

»Es tut mir leid, Deirdre. Ich – oh, mein Gott, es tut mir leid«, wiederholte er hilflos. »Es ist sehr spät, und wir sind beide müde, zu müde um klar zu denken.«

»Oh.«

Nur das eine Wort, aber es genügte, um sich bis in sein Herz zu bohren. Und als er die Tränen in ihren Augen sah, musste er all seine Kraft aufwenden, damit er sie nicht gleich wieder in seine Arme nahm. Stattdessen sagte er bestimmt: »Ihr habt mir nie von dem Mann erzählt, den Ihr in Irland zurückgelassen habt.«

»Wer?«, fragte sie sichtlich verwirrt. »Welcher Mann?«

»Da ist doch ein Mann, oder? Jemand wartet auf Euch.«

»Ach! Nun, ich denke …«

»Wie ist sein Name?« Alistair bestand darauf, ihn zu wissen. Welcher Teufel ritt ihn, unbedingt hören zu wollen, was ihm nichts als Schmerzen bereiten konnte?

»Ronan«, sagte sie mit erstickter Stimme.

»Aha. Und was für ein Mann ist Ronan?«

»Er, nun, er ist ein Fitzgerald. Das heißt, sein Vater war zumindest einer. Seine Mutter war eine O'Donnell.«

Ein Fitzgerald. Natürlich. Auch wenn es ein normannischer Name war und nicht ganz so nobel wie Deirdres, gehörten die Fitzgeralds dieser Tage doch zu den mächtigeren Familien Irlands. Alter und neuer Adel, dachte Alistair. Das war eine gute und angemessene Verbindung für alle Beteiligten.

Deirdre begann, sich das Haar zu flechten. Dabei riss und zurrte sie daran, dass es eigentlich wehtun musste. Er wollte ihre Hände packen und sie küssen, damit sie aufhörte. Stattdessen beugte er sich zum Feuer.

»Wirklich?«, sagte er und war überrascht, wie ruhig seine Stimme klang. »Und kennt Ihr Ronan schon lange?«

»Mein ganzes Leben lang. Wir wurden einander bereits in der Wiege versprochen. Als König Edward Ehen zwischen seinen normannischen Lords und den irischen per Gesetz verbot, wurde die Verlobung gelöst. Aber Ronan besucht bis heute Tullyleah. Mein Vater schrieb mir, er wäre erst im letzten Frühjahr da gewesen. Und wir sind immer noch Freunde.«

»Ich bin sicher, dass er froh sein wird, Euch zurückzuhaben«, sagte Alistair betont gleichmütig. »Schlaft jetzt. Wir brechen im Morgengrauen auf.«

Während sie sich wieder neben Maeve legte, warf Alistair noch ein frisches Scheit ins Feuer und sah zu, wie die Funken stoben. Freunde, von wegen! Jetzt war ihm alles klar. Die zwei jungen Liebenden waren auseinandergerissen und Deirdre in die Ehe mit Brodie Maxwell gezwungen worden. Aber inzwischen waren sie keine wehrlosen Kinder mehr. Und sollte der junge Ronan Fitzgerald – adlig, wohlhabend und in jeder Hinsicht eine gute Partie für Deirdre – sie nicht immer noch wollen, musste der Mann entweder ein Eunuch oder ein Narr sein.

Alistair für seinen Teil war weder das eine noch das andere. Er verlangte schmerzlich nach ihr und das im bildlichen wie im wörtlichen Sinne, wie er feststellte, als er versuchte, auf dem harten Lehmboden eine angenehme Liegeposition zu finden. Und ihm blieb nichts anderes übrig, als mit diesem Schmerz leben zu lernen, denn Deirdre MacLochlann Maxwell war unerreichbar für ihn.

Sie war für einen Mann von Rang und mit Vermögen bestimmt, nicht für das uneheliche Balg einer armen Pächterstochter und eines zungenfertigen, verlogenen Ritters, der sie so schändlich betrogen hatte.

Wenigstens habe ich seinen Fehler nicht wiederholt, dachte Alistair. Nein, er hatte sich niemals an jungfräulichen Damen vergriffen, die er mit Ringen oder leeren Versprechungen lockte.

Er hatte stets dafür gesorgt, dass die Frauen, die mit ihm das Lager teilten, genau wussten, worauf sie sich einließen. Und wäre je eine zu ihm gekommen und hätte gesagt, dass er der Vater ihres Kindes wäre, hätte Alistair dieses Kind mit Freuden als sein eigenes anerkannt und ihm seinen Namen gegeben. Aber das war zu einer Zeit, als er auch noch einen Namen trug, der etwas bedeutete. Wäre es in dieser Nacht mit Deirdre passiert, dann bliebe ihr keine andere Wahl, als es als Brodies Spross auszugeben. Und es hätte nie erfahren, wer sein wirklicher Vater war.

Er hatte richtig gehandelt, das einzig Vernünftige getan. Doch als er einen Stock aufnahm und ihn auf seinem Knie zerbrach, empfand er ein beschämendes Vergnügen bei der Vorstellung, es handelte sich um Ronan Fitzgeralds Genick.

Kapitel 17

Am Vormittag hörte der Regen auf, aber die Sonne blieb hinter schweren, dunklen Wolken verborgen, und es blies ein kalter, feuchter Wind. Die drei Reisenden wanderten schweigend weiter und hielten erst mittags an, um etwas zu essen. Maeve schien müde. Deirdre hoffte, dass das Kind keine Erkältung bekäme. Wenn doch nur der Regen lange genug aufhörte, dass sie ein Feuer anmachen konnten und einen trockenen Flecken für die Nacht fänden.

Halt durch, Maeve, flehte sie im Stillen. Wir werden es schaffen. Wir gehen heim.

»In Donegal«, begann sie, verstummte allerdings sogleich wieder, starr vor Angst, als sie eine enorme, zottelige Gestalt sah, die durchs Unterholz auf sie zukam.

Alistair war sofort aufgesprungen und hielt sein gezogenes Schwert bereit.

»Nein!«, rief Maeve. »Hündchen!«

Sie warf sich vor das Tier, das aufgeregt mit dem Schwanz wedelte und dem Kind das Gesicht mit seiner gewaltigen Zunge abschleckte. Maeve fiel lachend um.

»Hundchen!«, rief sie und vergrub die kleinen Hände im regennassen Fell des Hundes. »Mein Hundchen.«

»Nein, Maeve, er ist nicht dein Hund«, sagte Deirdre. »Er gehört dem Mann, der uns gestern Unterschlupf gewährte.«

Maeve zog eine Grimasse. »Böser Mann. Er hat das Hundchen getreten.«

Sie legte einen Arm um den Hals des Tiers und küsste es auf die Schnauze. »Meins.«

Der Hund warf sich auf den Rücken und streckte alle viere in die Höhe.

»Du bist ein ziemlich kräftiger Bursche, was?« Alistair kniete sich neben den Hund und kraulte ihm den Bauch. »Ein Wolfhundmischling, schätze ich, mit Gott weiß was für Rassen drin. Seht Euch die Pfoten an, Deirdre. Er ist noch ein Welpe.«

Der Schwanz des Hundes schlug auf dem nassen Laub hin und her. Als Alistair ihr zulächelte, vollführte Deirdres Herz einen ziemlich wilden kleinen Tanz in ihrer Brust. Aber das besagte nichts, dachte sie. Es war nur ein Lächeln. Er wollte sie nicht.

Wie konnte er so tun, als wäre in der letzten Nacht nichts zwischen ihnen gewesen? Warum hatte er sie so unvermittelt abgewiesen? Was hatte sie falsch gemacht? Sie brachte es nicht über sich, diese Fragen zu stellen, denn sie fürchtete sich vor den Antworten.

»Wir können ihn nicht behalten«, sagte sie streng und rieb sich die Schläfen, hinter denen ein stumpfer Schmerz einsetzte. »Wir haben ja kaum genug für uns zu essen, geschweige denn für …«

»Ich denke, die Frage ist weniger, ob wir ihn behalten, sondern vielmehr die, ob er uns behält«, sagte Alistair, stand auf und strich sich das Laub von den Knien. »Er wird wahrscheinlich nach Hause zurückgehen, wenn er Hunger bekommt.«

»Es sei denn, er überlegt sich, uns zu seinem Abendessen zu machen«, murmelte Deirdre.

»Finn«, sagte Maeve plötzlich und streichelte dem Hund den Kopf. »Finn Mac Coul.«

Deirdre lachte. Sie konnte nicht anders. Wie Maeve hatte auch sie die Geschichten von Finn Mac Coul, dem schlauen irischen Riesen, immer geliebt.

»Ein schöner Name«, stellte Alistair fest. »Und er dürfte ein echter Hunderiese sein.«

Maeve lächelte glücklich. »Finn«, wiederholte sie. Der Hund sah sie an und wedelte mit dem Schwanz, als wüsste er tatsächlich, dass er gemeint war. »Mein Finn.«

Am Abend setzte der Regen wieder ein. Alistair baute ihnen einen Unterstand aus Kiefernzweigen, der sie wenigstens vor dem Gröbsten schützte. Aber es gelang ihm nicht, das durchnässte Holz zum Brennen zu bringen. Elend hockten sie da und kauten auf Trockenfleisch und hartem Brot.

Alistair spürte, wie Deirdre neben ihm in der Dunkelheit vor Kälte zitterte. Es kostete ihn einige Mühe, nicht den Arm um sie zu legen und sie unter seinen Umhang zu ziehen. Es würde sie wärmen, dachte er. Es würde sie beide angenehm wärmen. Aber sie wären auch wieder genau da, wo sie letzte Nacht gewesen waren.

Allein der Gedanke an ihren Körper, der sich an seinen schmiegte, an ihre Lippen, die sich einladend unter seinen öffneten, reichte schon, dass ihn die Sehnsucht fast rasend machte.

»Hier«, sagte er schroff und nahm seinen Umhang ab. »Nehmt den. Maeve ist kalt«, fügte er hinzu, als Deirdre anhob zu widersprechen.

»Maeve, hier – hör auf damit!«, ermahnte sie das Kind. »Du darfst dein Essen nicht dem Hund geben.«

»Aber er ist hungrig, Mam.«

»Dann lass ihn nach Hause gehen. Und jetzt sag danke zu Sir Alistair und schlaf.«

»Danke«, sagte Maeve brav.

Alistair warf dem Hund den Rest von seinem Essen hin. »Hier, Finn«, sagte er laut genug, dass Maeve ihn hören konnte. »Friss schön auf.«

Er lächelte, als er Deirdres erschöpftes Seufzen vernahm.

«Gute Nacht, Alistair«, sagte sie und klang verärgert. »Ich hoffe, Ihr erfriert nicht.«

Er häufte Kiefernnadeln auf dem nassen Boden auf und legte sich darauf. »Das wäre nur ein geringer Preis, den ich bereitwillig für Eure Bequemlichkeit zahle, Eure Hoheit.«

«Ich wünschte, Ihr würdet mich nicht so nennen«, sagte sie, aber er konnte deutlich hören, dass sie dem Lachen nahe war.

Alistair drehte sich auf die Seite und zog sich einen Zweig über die Schultern. Das war es wert, dachte er. Ihr Lachen war alle Kälte und Unbequemlichkeit wert. Und es war den furchtbaren Schmerz wert, den er fortan mit sich herumtragen würde. All das war es wert, wenn er sie nur zum Lächeln bringen konnte.

Doch jede Reise endete irgendwann, ging es ihm durch den Kopf. Diese würde noch vor Ablauf der Woche zu Ende sein. In vier oder fünf Tagen müssten sie Annan erreichen. Und von dort nahm Deirdre ein Schiff nach Irland.

Ich könnte mir ihr gehen, dachte er. Es wäre ein Neuanfang, ein vollkommen neues Leben – ein Leben mit Deirdre? War das möglich? Er würde so hart arbeiten, wie er musste, alles tun, wenn auch nur die geringste Chance bestand, sie zu gewinnen. Wenn er die Sache in Ruhe bedachte, war es nicht gänzlich hoffnungslos. Sie wollte ihn, und auch wenn das nicht annähernd genug war, so war es doch immerhin ein Anfang.

Ob er sich ihren Respekt verdienen könnte, stand auf einem ganz anderen Blatt. Erbärmlich hatte sie ihn genannt, feige, und ihre Worte brannten wie Schnee auf erfrorener Haut. Sobald das Brennen nachließ, kehrte das Gefühl zurück und mit ihm ein erster Hoffnungsschimmer.

Er war noch nicht zu alt, um von vorn anzufangen. Er hatte immer noch seine Stärke, seine Fertigkeiten – und all das Wissen, das er sich als Anführer der Kirallenritter erworben hatte. Das musste doch etwas wert sein!

Ich werde es tun, beschloss er. Ich gehe nach Irland, nach Donegal. Mit Deirdre. Mit diesem Gedanken und einem Lächeln auf den Lippen schlief er ein.

Als Deirdre am nächsten Morgen aufwachte, war Finn noch da. Der Hund hatte sich mit dem Rücken an Maeve geschmiegt, deren Hände in seinem dichten grauen Pelz vergraben waren.

»Armer Hund«, sagte Deirdre mit einem Anflug von Zuneigung und weckte ihre Tochter. Wenigstens hatte er Maeve gewärmt, was mehr war, als sie oder Alistair getan hatten.

Sie packten ihre Sachen zusammen und machten sich auf den Weg. Nach wenigen Stunden war Deirdre voller Schlamm und stolperte vor Erschöpfung. Alistair sah nicht viel besser aus. Seine Augen waren rot gerändert und seine Wangen von goldenen Stoppeln bedeckt. Dennoch lächelte er, während er neben ihr herging, und pfiff sogar ein- oder zweimal ein munteres Lied vor sich hin. Maeve schlummerte in seinen Armen. Sie bestand darauf, von Alistair getragen zu werden, und weigerte sich, auf das Pferd zu steigen. Germain trottete mit hängendem Kopf neben ihnen her. Finn hingegen war noch munterer als Alistair und lief fröhlich mit ihnen mit.

»Wo sind wir?«, fragte Deirdre, als sie neben einem klaren Bach saßen und ein wenig ausruhten.

»Bei diesem Tempo etwa vier oder fünf Tage von Annan entfernt. Wir müssen heute Nachmittag allerdings Rast machen und sehen, ob wir hier etwas fangen können.«

Deirdre nickte. Sie wusste zu gut, dass ihre Wegzehrung gefährlich zur Neige ging. Und vielleicht konnten sie sich alle ein wenig waschen und ihre nassen Kleider an einem Feuer trocknen. »Dann machen wir das.«

Alistair stand auf und half ihr hoch. Als seine Hände ihre fassten, fühlte Deirdre, wie sie errötete. Seit jener Nacht hatte er sie nicht mehr berührt. Ihr Gesicht brannte förmlich, wenn sie daran dachte, wie sie in seinen Armen gelegen hatte. Sie musste verrückt gewesen sein, sich so zu vergessen. Es war beschämend, wie sie an nichts anderes gedacht hatte als an den schwindelerregenden Rausch ihres eigenen Verlangens.

Sie sollte ihm dankbar sein, dass er dem Geschehen rechtzeitig Einhalt geboten hatte. Ja, sie sollte wirklich dankbar dafür sein, aber sie war es nicht. Vielmehr war sie verunsichert. Konnte Brodie recht gehabt haben, als er behauptete, sie wäre mit einem entsetzlicher Mangel behaftet, mit einer Kälte, die jedes Verlangen in einem Mann tötete?

»Deirdre«, sagte Alistair langsam, während er noch ihre Hände hielt. »Ich habe über neulich Nacht nachgedacht ...«

»Nein«, fiel sie ihm ins Wort, wobei ihre Stimme nur noch ein ersticktes Flüstern war. »Es ist schon gut.«

»Und ich denke, ich werde Euch bis Donegal begleiten.«

»Was?«, fragte sie verwirrt und begriff dann erst, dass er gar nicht von jener Nacht sprach. »Oh. Aha.«

»Bei Regen gefällt es mir nicht so besonders, schmollend durch die Wälder zu streifen«, sagte er lächelnd. »Und ich könnte mir vorstellen, dass es noch schlimmer wird, wenn erst der Schnee einsetzt.«

Sie erwiderte sein Lächeln, und ihr war, als käme in diesem Moment die Sonne heraus. »Das ist schön, Alistair«, sagte sie strahlend. »Sehr schön. Es wird Euch nicht leidtun, dessen bin ich mir sicher. Donegal ist wunderschön und …«

Sie verstummte abrupt, denn sie kam sich auf einmal furchtbar dumm vor. Er ließ ihre Hände los und bückte sich, um die Satteltasche aufzuheben.

»Nun, nach allem, was ich darüber gehört habe, möchte ich es mir gern mal ansehen.«

»Komm, meine Kleine«, sagte Deirdre zu Maeve und zupfte nervös an ihrer Haube. »Es ist Zeit weiterzugehen. Und ich möchte, dass du ein Stück auf Germain reitest. Ich glaube, er ist einsam.«

Maeve stand auf und sah zu Boden. »Nein«, sagte sie. »Stern.«

»Sir Alistair ist müde«, erklärte Deirdre. »Hör jetzt auf mich und steig aufs Pferd.«

Maeve schüttelte den Kopf. »Nein, ich will nicht.«

Deirdre bedeutete Alistair mit einer Handbewegung, sich nicht einzumischen, und kniete sich vor ihre Tochter. »Das reicht«, sagte sie streng. »Wir haben keine Zeit für deine Launen.«

Maeve hob den Kopf und sah Deirdre mit fiebrig glänzenden Augen an. Ihre Wangen waren leuchtend rot. »Tut weh«, schluchzte sie heiser. »Tut weh, Mam.«

»Wo tut es weh, meine Süße?«, fragte Deirdre und fühlte die Stirn des Kindes.

Maeve hielt eine Hand an ihren Hals. »Hier. Überall.«

»Ich mache ein Feuer«, sagte Alistair.

»Ja«, flüsterte Deirdre und strich Maeve nachdenklich übers Haar. »Lasst mich überlegen – Weidenrinde müsste ihr Linderung verschaffen.«

»Ich glaube, ich habe vorhin Weiden gesehen.«

In diesem Moment knurrte Finn, und Deirdre drehte sich erschrocken um. Der Hund sah in den Wald. Er hatte die Zähne gebleckt, und seine Nackenhaare sträubten sich.

Dann hörte Deirdre es auch: Pferdehufe im Unterholz. Sie sah Alistair an, während sie beide versuchten, die Richtung auszumachen, in der sich die Reiter bewegten. Ein Hund heulte auf, dann ein zweiter. Das waren eindeutig Spürhunde, die die Witterung aufgenommen hatten.

»Ihr tut Folgendes«, sagte Alistair, dessen Stimme auf einmal einen knappen, autoritären Ton annahm, den sie noch nie bei ihm gehört hatte. »Nehmt Maeve und geht in den Bach. Dort können die Hunde Eurer Spur nicht folgen. Ich wünschte, ich könnte Euch Germain geben, aber den brauche ich jetzt.«

Noch während er sprach, warf er Deirdre die Tasche mit den Vorräten zu. Dann drehte er sich um und öffnete die Satteltasche. »Geht stromaufwärts, bis Ihr an einen Wasserfall kommt. Dann – hört Ihr zu, Deirdre?«

Deirdre, die zum Wald hinübergesehen hatte, wandte sich zu ihm um. »Ja.«

Er gab ihr einen kleinen Beutel, der oben fest zugeschnürt war. Der Beutel war schwer, und Münzen klimperten darin, als er ihn ihr reichte. »Was ist das?«

»Wenn Ihr bei dem Wasserfall seid, versteckt Ihr Euch im Dickicht«, fuhr er fort, ohne auf ihre Frage zu antworten. »Wartet bis zur Dämmerung und geht dann nach Norden. Heute Nacht oder morgen früh werdet Ihr eine sehr steile Schlucht zwischen zwei Hügeln erreichen.« Zur Illustration hielt er zwei Finger hoch. »Genau in der Mitte der Schlucht befindet sich eine Höhle. Geht so schnell wie möglich dorthin. Der alte Mann, der in der Höhle lebt, heißt Fergus. Ihr könnt ihm vertrauen. Sagt ihm, dass ich Euch geschickt habe.«

Deirdre warf den Beutel zurück. »Das ist Eures.«

Er winkte ungeduldig ab. »Also, was habe ich Euch gesagt?«

Alles ging sehr schnell, und zunächst begriff Deirdre gar nicht richtig, dass Alistair sie verlassen wollte. Dabei hatte er doch eben erst versprochen, mit ihr nach Donegal zu kommen. Sie starrte auf den Beutel, in dem sich sein gesamtes Vermögen befand, und ihr wurde klar, dass er davon ausging, sie nicht wiederzusehen.

»Wartet«, sagte sie.

»Nein, Deirdre, wir haben keine Zeit mehr. Und jetzt erzählt mir, was Ihr tun sollt.« Als sie nicht antwortete, legte er seine Hände auf ihre Schultern und schüttelte sie. »Sagt schon! Was sollt Ihr tun?«

»Stromaufwärts gehen. Nach Norden. Die Schlucht zwischen den Hügeln suchen.«

»Ja, richtig.«

»Aber …«

Er beugte sich hinab und küsste sie. Sein Bart kratzte an ihrer Wange. Dann hob er Maeve hoch und umarmte sie kurz. »Sei ein braves Madchen und hör auf deine Mam.«

»Ja, Stern«, flüsterte Maeve mit großen Augen.

»Aber …«, begann Deirdre wieder, doch er legte ihr einen Finger auf die Lippen.

»Bringt Maeve heim nach Donegal. Ihr schafft es. Nein, Finn!«, fügte er streng hinzu, als der Hund Richtung Wald laufen wollte.

Die Hunde bellten wieder, und ein Mann rief: »Zu mir! Hier lang! Sie haben was!« Seine Stimme war so nah, dass Deirdre beinahe das Herz stehen blieb.

»Jetzt *geht*«, wies Alistair sie an und schob sie von sich.

»Finn, komm«, rief sie und rannte zum Wasser. Der Hund eilte schwanzwedelnd an ihre Seite. In dem Moment, da sie in das eisige Wasser stieg, drehte sie sich noch einmal um und sah Alistair, der auf Germains Rücken sprang. Er wandte sich zu ihr um und lächelte. Deirdre kamen die Tränen.

»Gott schütze Euch«, sagte er. »Ich werde versuchen, Euch zu finden.«

Das Wasser war tiefer, als es aussah. Es rauschte um Deirdres Knie, riss an ihrem schweren Rock und drohte, sie umzuwerfen. Mühsam watete sie mit Maeve auf dem Arm durch den Bach. Als sie laute Stimmen hörte, blieb sie wie erstarrt stehen. Finn schaute sich winselnd um, verstummte jedoch, als Deirdre die Hand auf seinen Kopf legte.

Das konnte nur eines bedeuten. Alistair versuchte, die Reiter aufzuhalten, damit sie Zeit gewann. Deirdre stand im schäumenden Wasser, die Beine taub vor Kälte, und fühlte, wie Maeve vor Fieber glühte. Das reicht, dachte sie. Das hier ist weit genug gegangen.

Sie kämpfte sich ans Ufer zurück und lief in Richtung der Stimmen. Das Gewicht des Kindes und ihres nassen Rockes behinderte sie. Atemlos stolperte sie durchs Unterholz, das sich wieder und wieder in ihrem Umhang verfing.

Als sie an den Weg gelangte, erkannte sie eine Gruppe von Maxwellrittern, die etwas beobachteten, das sie nicht sehen konnte.

»Ihr habt kein Recht, mich festzunehmen. Ich habe euch nichts getan.«

Sie erkannte Alistairs Stimme und musste sich gegen einen Baum lehnen, weil ihr vor Erleichterung schwindlig wurde.

»Wir hörten, dass du mit einer Frau und einem Kind reist«, erwiderte eine tiefe Stimme. »Wo sind sie?«

»Ihr habt falsch gehört«, sagte Alistair ruhig. »Und nun geht zur Seite und lasst mich vorbei.«

»Das hier ist Kirallenland, du Narr«, entgegnete der andere Mann verächtlich. »Und es ist allgemein bekannt, dass du vom Lord persönlich verbannt wurdest. Aber wenn du uns die Frau und das Kind gibst, werden wir es Kirallen überlassen, die Sache zu regeln – wenn er dich findet.«

»Tausend Dank auch, Dougal«, sagte Alistair. »Aber ich fürchte, ich kann deinem Wunsch nicht entsprechen. Wie ich bereits sagte, reise ich allein.«

Deirdres Angst wurde noch größer. Dougal Maxwell war der engste Freund Brodies gewesen und berühmt für seine Schwertkampftechnik wie für seine abgrundtiefe Verachtung allem Weiblichen gegenüber.

Deirdre erinnerte sich nicht, dass er in ihren schrecklichen Jahren in Cranston Keep auch nur ein Wort mit ihr gewechselt hatte.

»Dann bringen wir dich zu Kirallen«, antwortete Dougal.

»Und ich denke, er würde weit lieber deine Leiche bekommen, als sich weiter mit dir herumzuärgern.«

»Versuch es ruhig«, sagte Alistair, und obwohl Deirdre sein Gesicht nicht sehen konnte, erkannte sie am Klang seiner Stimme, dass er eher amüsiert als verängstigt war.

Die Männer bewegten sich, und nun konnte sie ihn sehen. Er stand mit dem Rücken zu einer stämmigen Eiche und schien gänzlich unbesorgt. Beinahe gelangweilt betrachtete er Dougal und einen anderen Mann, die beide vor ihm standen und ihre Schwertspitzen direkt auf sein Herz richteten.

Du Narr, dachte Deirdre und beobachtete durch einen Tränenschleier hindurch, wie die übrigen Maxwellritter von ihren Pferden stiegen. Glaubst du etwa, du kannst es mit ihnen allen aufnehmen?

Sie trat zwischen den Bäumen hervor und wollte gerade aufschreien, hielt jedoch sprachlos inne, als Alistairs Dolch in seiner Hand aufblitzte. Wie hatte er das gemacht?«, fragte sie sich verwirrt. Ich habe nicht mal gesehen, dass er sich bewegte. Dougal Maxwell schien gleichermaßen überrascht. Einen Moment später sank er auf die Knie und drückte die Hand auf eine blutende Wunde an seinem Schenkel.

Ein zweiter Mann griff Alistair an, hatte aber von Anfang an keine Chance gegen ihn. In derselben Zeit, die Deirdre brauchte, um Luft zu holen, war er entwaffnet und eilte rückwärts zu seinem Pferd zurück.

Damit blieben noch acht von ihnen gegen einen. Doch selbst wenn dieses Missverhältnis Alistair beunruhigen sollte, ließ er es sich jedenfalls nicht anmerken. Er lächelte sogar, während er auf den nächsten Angriff wartete. Die Maxwells stießen sich gegenseitig an, aber keiner von ihnen traute sich vorzutreten. Alistair grinste und hob auffordernd sein

Schwert, aber niemand zeigte sich bereit, gegen ihn zu kämpfen.

Deirdres Herz pochte wie wild, und so gern sie laut losgeschrien hätte, fürchtete sie, dass es längst zu spät war, die Männer jetzt noch aufzuhalten. Die nächsten paar Sekunden kamen ihr wie eine Ewigkeit vor. Alle standen regungslos da wie gemalte Figuren auf einem Fries.

Die angespannte Stille wurde vom Lärm galoppierender Pferdehufe unterbrochen. Ein Dutzend Reiter preschten um die Wegbiegung. Es handelte sich um Kirallens, wie Deirdre an den Farben erkannte. Schnell versteckte sie sich hinter einem Baum. Oh Gott, nun konnte Alistair nichts mehr retten.

Ihr Anführer saß auf einem riesigen grauen Hengst, den er so ruckartig zum Stehen brachte, dass das Pferd wieherte und mit den Hufen schlug. Doch er brachte das Tier mühelos unter Kontrolle und musterte dann ruhig die Männer vor sich.

»Was ist hier los?«, rief er. »Habt ihr die Lady gefunden?«

»Nein«, antwortete Dougal Maxwell, der sich hochrappelte und dabei weiter die Hand auf seine Wunde hielt. »Noch nicht. Aber wir haben etwas gefunden, das dich interessieren könnte.«

Alistair lehnte sich gegen den Baum und überkreuzte lässig die Füße. »Hallo, Jemmy«, sagte er ruhig.

Der Mann auf dem Hengst schien für einen Augenblick wie versteinert. Seine dunklen Augen waren halb geschlossen, und nichts an seinem Gesichtsausdruck verriet, was er gerade denken mochte. »Hallo, Alistair. Ich hatte nicht erwartet, dich hier zu treffen.«

»Nun ja, das kommt auch für mich ein wenig überraschend«, gab Alistair zu. »Aber hier bin ich.«

»Er ist mit einer Frau durchgebrannt«, sagte Dougal. »Ein Wildhüter sagte, er hätte sie vor zwei Tagen über Nacht bei sich aufgenommen. Er hat die Frau entführt, und jetzt versteckt er sie.«

»Hast du die Maxwell-Lady entführt?«, fragte Jemmy Kirallen, der ausschließlich Alistair ansah.

»Nein.«

»Verlogener Bastard«, fluchte Dougal. »Schnappt ihn euch – lebend. Wir werden die Wahrheit aus ihm herausbekommen.«

»Er sagt doch, die Frau ist nicht bei ihm«, sagte Jemmy ruhig.

»Er lügt!«

»Ist das wahr?«, fragte Jemmy und hob eine Augenbraue.

Alistair blickte sich um, als wollte er alle auffordern, sich selbst davon zu überzeugen, dass er allein war. Dann zuckte er mit den Schultern.

»Und was ändert es für dich, ob er lügt oder nicht?«, wollte Dougal wissen. »Er ist ein Geächteter! Gib ihn uns, und wir werden die Wahrheit aus ihm rausprügeln. Hinterher sorgen wir dafür, dass er dir nie wieder Schwierigkeiten macht.«

»Das ist sehr freundlich von dir, Dougal«, antwortete Jemmy, »aber ich denke, ich komme allein mit ihm klar.«

Alistair lächelte.

»Hör zu, Kirallen«, sagte Dougal, dessen Gesicht rot anlief. »Wir wollen die Frau!«

»Dann schlage ich vor, dass ihr sie sucht«, fiel Jemmy ihm ins Wort. »Ich für meinen Teil glaube eher, dass sie gar nicht in dieser Gegend ist. Wir haben drei Tage lang das ganze Gebiet durchkämmt und keine Spur von ihr entdeckt.«

»Aber was ist mit ihm?«, schrie Dougal und zeigte auf Alistair.

»Er geht dich nichts an. Das ist eine Kirallensache, und ich wäre dir dankbar, wenn du dich da raushältst.«

»Aber …«

»Geh, Dougal«, sagte Jemmy gefährlich ruhig. »Nimm deine Männer und geh. *Jetzt.*«

Deirdre wagte kaum zu atmen, während sie beobachtete, wie die Maxwells auf ihre Pferde stiegen und davonritten. Jemmy wandte sich zu seinen Männern um. »Reitet hinterher und sorgt dafür, dass sie wieder nach Hause finden«, befahl er streng. »Alle außer Donal und Conal.«

Die Ritter ließen ihre Pferde umdrehen und galoppierten hinter den Maxwells her, wobei einige von ihnen bedauernde Blicke über ihre Schultern warfen.

Zwei junge, rothaarige Ritter kamen auf ihren Pferden zu Jemmy.

»Nun, Jemmy?«, fragte Alistair. »Ich vermute, ich brauche nicht darauf zu hoffen, dass du mich meiner Wege ziehen lässt.«

»Ich fürchte, das kann ich nicht tun.«

»Wartet!«

Deirdre kam aus ihrem Versteck zwischen den Bäumen und lief so schnell zu den Männern, dass sie über ihren nassen Rock stolperte und auf die Knie fiel.

»Bitte!«, rief sie. »Ihr könnt nicht, bitte … es ist nicht seine Schuld. Er wollte mir nur helfen.«

»Oh Gott«, murmelte Alistair, warf seine Waffen auf den Boden und eilte zu ihr, um ihr aufzuhelfen. »Um Gottes willen, Deirdre, Ihr solltet längst fort sein.«

»Ich konnte nicht«, sagte sie, und auf einmal forderten die Tage der Angst und der Flucht ihren Tribut. Sie brach in Tränen aus. »Ich konnte nicht ohne Euch weglaufen. Sie wollten Euch töten … Ich wollte mich ihnen stellen, wirklich, aber dann, dann …«

Er sah sie nicht mehr ganz so wütend an und wischte ihr die Tränen von den Wangen. »Schon gut, beruhigt Euch. Ihr müsst nicht weinen.«

Maeve setzte sich auf. »Stern«, hauchte sie heiser und streckte die Arme aus.

»Ich bin hier, Kleines«, sagte er und nahm Deirdre das Kind ab. Mit Maeve auf dem Arm wandte er sich wieder zu Jemmy.

»Die Maxwell-Lady, nehme ich an«, sagte Jemmy freundlich.

Alistair seufzte. »Und ihre Tochter.«

»Er … er hat nicht gelogen«, stammelte Deirdre und mühte sich verzweifelt, Jemmy Kirallen alles zu erklären. »Nicht wirklich. Er hat uns nicht entführt, Mylord. Wir sind allein weggelaufen, das ist die Wahrheit. Brodie hatte versprochen … mein Vater hat vom ihm verlangt, dass … aber der alte Maxwell wollte nichts davon wissen … und er sagte, er würde mein Kind behalten.« Sie schluchzte auf, fuhr jedoch gleich wieder fort: »Ich musste fliehen, Mylord, ich muss sie nach Hause bringen. Sir Alistair hat uns im Wald gefunden. Aus reiner Freundlichkeit half er uns. Und jetzt – jetzt ist Maeve krank, und die Maxwells kamen und …«

Sie weinte vor Wut und Hilflosigkeit, da ihr klar war, dass ihre Worte keinerlei Sinn ergaben, sie jedoch viel zu erschöpft war, um noch einmal von vorn zu beginnen.

»Donal, Conal«, sagte Jemmy. »Bitte begleitet Lady Maxwell und ihre Tochter nach Ravenspur. Aber ich würde es vorziehen, wenn noch niemand etwas von unseren Gästen erfährt«, fügte er hinzu, und die beiden jungen Männer nickten. »Bringt sie direkt zu meiner Lady und erklärt ihr, was passiert ist. Lady Maxwell«, sagte er freundlich zu Deirdre, »geht mit ihnen. Meine Lady wird wissen, was für Eure Tochter getan werden kann. Und was alles andere betrifft, darüber reden wir später, nachdem Ihr Euch etwas ausgeruht habt.«

»Aber«, wandte Deirdre ein, »was ist mit …«

»Geht«, sagte Alistair streng. »Und du auch, Finn«, ergänzte er mit Blick auf den Hund, der mit gebleckten Zähnen und aufgestellten Nackenhaaren vor ihm stand.

Ein leichter Regen setzte ein, und Alistair sah durch den Schleier der feucht schimmernden Luft hinter Deirdre und ihrem Kind her, als sie fortritten. Deirdre drehte sich um und hob eine Hand. Alistair wusste zwar nicht, woher er die Kraft nahm, aber er schaffte es irgendwie zu lächeln und zurückzuwinken. Der Klang der Pferdehufe entfernte sich und verschwand schließlich ganz. Und dann waren Jemmy und Alistair allein.

Kapitel 18

Alistair starrte auf sein Schwert. Es lehnte mit der Spitze in der feuchten Erde neben ihm. Regentropfen perlten von der glänzenden Klinge. Er könnte es aufnehmen und um sein Leben kämpfen. Aber das letzte Mal, das Jemmy und er die Klingen kreuzten, endete es damit, dass Alistair entwaffnet und Jemmys Schwertspitze auf seinen Hals gerichtet war. Natürlich hatte Jemmy ihn damals überrascht, erinnerte Alistair sich. Diesmal könnte die Sache vollkommen anders ausgehen. Doch sosehr er sich auch bemühte, seine frühere Wut auf Jemmy heraufzubeschwören, empfand er nichts außer Ekel bei dem Gedanken daran, er könnte seinen Stiefbruder töten. Nein, er mochte Jemmy wahrlich nicht besonders, aber umbringen konnte er ihn dennoch nicht.

Selbstverständlich wurde Jemmy nicht von solchen Skrupeln geplagt. Warum sollte er? Jemmy führte schließlich nur den Befehl seines Vaters aus. Er war dabei gewesen, als der Burgherr Alistairs Verbannung verkündete. »Du hast bis Sonnenaufgang Zeit, mein Land zu verlassen. Kein Mann und keine Frau unter meiner Herrschaft darf dir helfen oder dir Unterkunft gewähren, und meine Männer werden sich gegen dich wenden. Solltest du ermordet werden, wird deinen

Leuten keine Blutschuld und kein Gold zustehen.« Nun hatte er Kirallenland betreten und war von Jemmy gefunden worden. Was als Nächstes geschehen würde, dürfte hinlänglich klar sein.

Alistair wusste, dass er etwas fühlen müsste – Angst wäre eine angemessene Reaktion für einen Mann, der dem eigenen Tod ins Gesicht blickte. Doch nun, da der Moment gekommen war, schien er außer einer gewissen Traurigkeit alle Gefühle aufgebraucht zu haben.

Der Regen fiel weiter. Schließlich hob Alistair den Kopf und sah, dass Jemmy in die Ferne starrte. Offensichtlich war er tief in Gedanken versunken. Er sah krank aus, wie Alistair erst jetzt feststellte. Die Haut über seinen breiten Wangenknochen hatte einen Grauschimmer, und dunkle Ringe umrahmten seine tiefbraunen Augen. Mit einer Hand rieb er sich die Schulter, als hätte er dort Schmerzen.

»Mach schon, Mann, worauf wartest du noch?«, sagte Alistair schroff. »Bringen wir es hinter uns.«

Jemmy zuckte zusammen und sah ihn an. »Was machen?«, fragte er. Dem Klang seiner Stimme nach war er ebenso gereizt und ungeduldig wie Alistair. »Ach so, ich verstehe. Du denkst ...« Plötzlich grinste er und sah dabei Ian so ähnlich, dass Alistair der Atem stockte. »Ach, Alistair, ich könnte fast sagen, ich habe dich vermisst. Ich hätte wissen müssen, dass du bis zum Schluss damit weitermachst, allen und jedem Befehle zu erteilen.«

Er lehnte sich in seinem Sattel zurück und lachte. Dann verzog er das Gesicht und griff sich wieder an die Schulter. »Du hast also alles genau geplant, ja? Nun, dann lass mal hören. Wie hast du dir die Sache gedacht? Soll ich dich an der Eiche da aufknüpfen, oder schwebt dir etwas anderes vor?«

Alistair sah ihn verwirrt an. Jemmy war als Kind eher still und ernst gewesen. Und als er im letzten Jahr von seinen Reisen zurückkehrte, war er zu einem verbitterten und nachdenklichen Mann geworden. In all den Wochen, die sie gemeinsam verbrachten, hatte Alistair ihn selten auch nur lächeln gesehen, geschweige denn so frei und unbeschwert lachen wie gerade eben. Er hatte sich wahrlich einen seltsamen Zeitpunkt ausgesucht, um Sinn für Humor zu entwickeln, dachte Alistair verärgert. Noch dazu schien Jemmy damit Ian viel zu ähnlich. Für einen Moment hätte man glauben können, Jemmys Bruder säße da und lachte Alistair aus, wie er es so oft getan hatte.

»Oder«, fuhr Jemmy fort und sah Alistair misstrauisch an, »hattest du gehofft, ich würde absteigen, damit du mich umbringen kannst?«

Alistair hob sein Schwert und schleuderte es in den Wald. Dann warf er seinen Dolch hinterher. Er zögerte kurz, ehe er das Messer aus seinem Stiefel zog und wie die anderen Waffen im Schatten der Bäume verschwinden ließ.

»Ich weiß zwar nicht, was für ein Spiel du hier spielst«, sagte er grimmig, »aber jetzt bist du wohl zufrieden.«

Jemmy nickte. »In der Tat.« Er fasste seine Zügel und fügte leise hinzu: »Dennoch fürchte ich, du wärst mir heute auch ohne Waffen überlegen. Aber das ist unwichtig, denn ich habe nicht vor, gegen dich zu kämpfen. Die letzten Tage habe ich nämlich nicht nach der Maxwell-Lady gesucht, sondern nach dir.«

»Warum?«

Jemmy sackte ein wenig zusammen in seinem Sattel und sah auf einmal sehr erschöpft aus. »Mein Vater liegt im Sterben«, sagte er.

Von allen Dinge, die zu hören Alistair erwartet hatte, war dies eindeutig das letzte. Die Nachricht traf ihn wie ein Schwerthieb. Im selben Moment vergaß er alle Wut, die zwischen ihm und dem Burgherrn aufgekommen war, und dachte nur noch an die unendliche Freundlichkeit, die sein Stiefvater ihm zuteil werden ließ.

Er erinnerte sich an sein Gesicht, als er das Verbannungsurteil verkündete, an die Tränen, die dem alten Mann in den Augen gestanden hatten, als Alistair Lebewohl sagte.

»Ich muss ihn sehen«, sagte er.

»Er will dich auch sehen. Also dann, hol deine Sachen.«

Kapitel 19

Es fühlte sich seltsam an, den Weg nach Ravenspur zu reiten, fremd und zugleich unbeschreiblich vertraut. Alistairs Augen wanderten über die altbekannte Landschaft, und er empfand eine Freude, als hätte er etwas Kostbares wiedergefunden, das er längst verloren geglaubt hatte. Jede Wegbiegung, jeder Fluss, jeder Baum und jedes Feld bargen Hunderte von Erinnerungen – einige gute, einige schlechte, aber allesamt Teil von ihm.

Bei seinem Fortgang hatte er einen Großteil von sich selbst zurückgelassen. Das alles wiederzusehen, und sei es nur für dies eine Mal, war ein seltenes und unerwartetes Geschenk.

Und dann schließlich tauchte so unvermittelt, dass es ihm den Atem raubte, Ravenspur vor ihm auf, das hoch aus dem Moor ragte. Der düstere Turm und die Wehrgänge wirkten karg und bedrohlich, frei von jeglicher Zierde oder vorgetäuschter Eleganz. Hier, an der Schwelle des Feindeslandes, zählte einzig Stärke. Ravenspur war, was es war: eine Grenzfestung, noch dazu die beste ihrer Art, nicht mehr und gewiss nicht weniger.

Sein Pferd blieb stehen, und Alistair machte keine Anstalten, es anzutreiben. Er saß einfach da und starrte. Die karge

Strenge seines Zuhauses hatte ihn geprägt, und ihm war, als spiegelte die Burg seinen Charakter wider. Dennoch war er heute ein anderer Mann, oder? Auf einmal wusste er es nicht mehr so genau, und in seiner Unsicherheit schien ihm das Gebäude vor ihm wie eine Vorahnung des schwarzen Turms in seiner Vision.

Jemmy brachte sein Pferd neben Alistairs zum Stehen.

»Hässlicher Steinhaufen, was?«, fragte er.

Alistair sah seinen Stiefbruder streng an und entsann sich, dass Jemmy dasselbe gesagt hatte, als er nach Ravenspur zurückkehrte. Er erinnerte sich außerdem, welche Verachtung er damals für seinen Stiefbruder empfunden hatte. Heute war ihm klar, dass Jemmy der Einzige war, der verstehen konnte, was in diesem Moment in ihm vorging.

Jemmy war ebenfalls von Ravenspur fortgegangen – auf eigenen Wunsch, zugegeben, aber das könnte man von Alistair in gewisser Weise auch behaupten. Dadurch verringerte sich der Schmerz des Exils nicht. Was hatte Jemmy zu seiner Entscheidung getrieben?, fragte er sich plötzlich. Was hatte er gefühlt, als er sein Heim erstmals nach so langer Abwesenheit wiedersah?

Nun, auf die zweite Frage kannte er die Antwort ja jetzt. Heute, da es zu spät war, verstand er genau, was Jemmy an jenem Tag gefühlt hatte. Und es ließ sich nicht in Worte fassen.

»Scheußlich«, sagte er schroff, um das Zittern in seiner Stimme zu verbergen. »Aber er ist noch da, nicht wahr?«

»Ja.« Jemmy seufzte. »Das wird er immer sein.«

Ihre Blicke trafen sich, und beide Männer lachten zugleich los. Alistair hatte nicht beabsichtigt zu lachen, und daraus, dass Jemmy plötzlich die Stirn runzelte und sein Pferd antrieb, schloss er, dass sein Stiefbruder ebenso wenig darauf vorbereitet gewesen war.

Wortlos ritten sie zur Burg. Je länger das Schweigen zwischen ihnen andauerte, umso größer wurde Alistairs Wunsch, es zu brechen, auch wenn er nicht genau wusste, was er denn so unbedingt sagen wollte. Vielleicht *war* er unfair zu Jemmy gewesen, als der aus Spanien zurückkehrte, aber hatten ihm die Ereignisse nicht recht gegeben?

Jemmy hatte keine einzige seiner Warnungen ernst genommen, hatte nicht einmal zugegeben, dass Alistair Darnleys Motiven aus gutem Grund misstraute und er sich geirrt hatte. Sogar als es Alistair gelang, Darnleys Betrug zu entlarven – und wer hatte ihm dafür gedankt? Niemand! –, hatte Jemmy weitergemacht. Stur und dickköpfig hatte er darauf bestanden, dass der junge Haddon, Darnleys Erbe, in Ravenspur erzogen werden sollte, um den Frieden zu sichern. Sie alle, einschließlich Darnley selbst, hatten sich Jemmys Willen gebeugt. Alle außer Alistair. Der Burgherr war gezwungen gewesen, eine Entscheidung zu fällen, und hatte sich auf die Seite seines Sohnes gestellt. Alistair war fortgeschickt worden.

Warum hatte er trotzdem das Gefühl, er schuldete Jemmy eine Entschuldigung?

Es war wegen der Frau. Alistair konnte jede seiner Taten rechtfertigen – bis auf die Art, wie er Darnleys uneheliche Tochter Alyson behandelt hatte. Sie war hergeschickt worden, um Jemmy zu heiraten, wobei sie vorgeben musste, ihre Halbschwester zu sein, Lady Maude. Das war Teil von Darnleys Plan gewesen, den Kirallenclan zu vernichten. Auf den ersten Blick war sie genauso schuldig wie ihr Vater, nur hatte man sie gegen ihren Willen genötigt, bei dem Betrug mitzumachen. Jemmy hatte sich in sie verliebt und sie am Ende tatsächlich geheiratet – und seither hegte Alistair tief in seinem Herzen eine heimliche Bewunderung für diese Entscheidung.

Alyson war ein liebenswertes Geschöpf, tapfer und loyal, und auch wenn ihr Vater Darnley war, hatte sie die freundlichste Lady, die je lebte, zur Mutter gehabt – Clare McLaran.

Alistair fragte sich, ob der Clan Alyson inzwischen akzeptierte, vermutete allerdings, dass dem nicht so war. Und er war ziemlich sicher, dass auch der Burgherr nach wie vor einen Groll gegen Jemmy hegte, weil der sich ihm widersetzt und Alyson zur Frau genommen hatte.

Aber dennoch gab es keinen Grund, Mitleid mit Jemmy zu empfinden. Schließlich hatte er zugesehen, wie Alistair verbannt wurde, und er hatte die Frau geheiratet, die er liebte. Jemmy hatte gewonnen. Oder nicht? Was mochte im letzten Jahr in Ravenspur vorgefallen sein? Warum schickte der Burgherr jetzt nach Alistair? An Jemmys Stelle wäre Alistair darob sowohl verärgert als auch zutiefst besorgt.

Nun, Jemmy hat nichts zu befürchten, dachte Alistair. Nicht von mir. Alistair war dankbar für die Chance, seinen Burgherrn noch einmal zu sehen und sich in aller Form von ihm zu verabschieden. Danach allerdings würde ihn nichts mehr an diesem Ort halten. Er wäre auf ewig fertig mit Ravenspur und bereit, neu anzufangen. Morgen oder übermorgen bin ich unterwegs nach Donegal, mit Deidre, sagte er sich im Stillen und fühlte sich sogleich viel besser.

Jemmy ritt schweigend neben ihm. Er wurde immer blasser und kniff die Lippen zusammen. Als sie in den Stallhof kamen, machte er keinerlei Anstalten, vom Pferd zu steigen.

Er saß da, den Kopf geneigt, und hielt sich mit beiden Händen am Sattelknauf fest.

»Geh schon rein«, sagte er heiser. »Vater wartet. Und würdest du Conal zu mir schicken?«

Alistair wollte schon tun, was Jemmy gesagt hatte, doch dann fiel ihm wieder ein, wie freundlich Jemmy zu Deirdre gewesen war. Dafür, und ausschließlich dafür, verdiente Jemmy eine Gegenleistung.

»Gleich, erst helfe ich dir vom Pferd«, sagte er zu Jemmy. »Dann brauchst du nicht auf Conal zu warten.«

Jemmy rutschte fast aus dem Sattel, und bis er mit beiden Beinen auf dem Boden stand, war sein Gesicht aschgrau geworden. »Danke«, sagte er. »Ich komme jetzt allein zurecht.«

»Was ist mit dir?«, fragte Alistair.

»Ich hatte einen kleinen Zusammenstoß mit McInnes«, antwortete Jemmy und versuchte, seinen Zustand zu verharmlosen, obwohl ihm unübersehbar der Schweiß ausbrach. »Es ist noch nicht richtig verheilt.«

Alistair ging davon aus, dass Jemmy es nicht allein in die Burg schaffen würde, also schritt er langsam neben seinem Stiefbruder zum Eingang des Haupthauses. Dabei fragte er sich, was zum Teufel hier los sein mochte.

»Erzähl mir, was passiert ist, seit ich weg bin«, sagte er.

»Nicht viel«, antwortete Jemmy. »Du weißt ja, wie es ist. Ein Tag wie der andere.«

»Wie geht es Malcolm?«

»Ach, dem geht es gut.« Jemmy blieb stehen und lehnte sich an den Türpfosten. »Er vermisst dich natürlich, aber ansonsten«, er rang hörbar nach Atem, als er sich wieder aufrichtete, »macht er sich ziemlich gut.«

»Ich kann jemanden holen, der dir hilft«, bot Alistair an, aber Jemmy schüttelte den Kopf.

»Nein«, sagte er vehement. »Mir geht es gut.«

Gemeinsam gingen sie in die Halle. Da draußen noch Nachmittag war, schien es drinnen zunächst dunkel. Doch sobald Alistairs Augen sich an das veränderte Licht gewöhnt hatten, erkannte er, dass der Saal voller Menschen war, die sämtlichst bei seinem Eintreten verstummt waren. Einen Moment später redeten alle auf einmal los und äußerten die wildesten Spekulationen. Jemmy richtete sich auf und wanderte kerzengerade durch die Menge, Alistair an seiner Seite.

»Mylord«, sagte eine ängstliche Stimme. Ein kleiner, grauhaariger Mann lächelte Alistair auffallend nervös zu, ehe er fortfuhr: »Ich habe die Berichte fertig, wenn Ihr sie sehen wollt.«

»Danke«, erwiderte Jemmy ruhig. »Aber dafür habe ich jetzt keine Zeit. Vielleicht später.«

»Sehr wohl, Mylord«, sagte der Mann und verneigte sich. »Aber ich wollte noch kurz mit Euch über etwas anderes sprechen.«

Jemmy lächelte, obwohl er nun noch bleicher wurde. »Später«, sagte er langsam. »Ich verspreche, dass ich mir Zeit für dich nehmen werde.«

Die Menge trat auseinander, um die beiden durchzulassen. Wenngleich Alistairs Hauptaugenmerk auf Jemmy gerichtet war, entgingen ihm die Mutmaßungen nicht, die in sämtlichen Gesichtern um sie herum zu lesen waren. Doch sie interessierten ihn nicht, denn er sah vor allem Jemmy an. Er wusste genau, wie groß dessen Schmerzen sein mussten. Er erkannte es an den tiefen Falten zu beiden Seiten von Jemmys Mund. So wie er jetzt hatte auch Ian ausgesehen, wenn er Schmerzen hatte und es niemanden merken lassen wollte. Und die Art, wie er ging – ganz wie Ian, mit denselben angespannten Schultern und diesem leicht geneigten Kopf. Merkwürdigerweise war ihm nie zuvor aufgefallen, wie sehr sich die beiden Brüder ähnelten. Er war wohl zu sehr damit beschäftigt gewesen, auf die Unterschiede zwischen ihnen zu achten.

»Mylord, einen Moment!«

Jemmy blieb stehen und drehte sich um. »Ja, Sir Calder?«

Der Ritter warf Alistair ein vielsagendes Lächeln zu. Er wollte ihm damit gewiss signalisieren, dass er Alistair unterstellte, einen Plan zu haben, an dessen Verwirklichung er nur zu gern beteiligt wäre. Jemmy stand sehr gerade da und sah abwechselnd Calder und Alistair an. Dann schloss er kurz die Augen, als wäre er am Ende seiner Kräfte, doch als er sie wieder öffnete, war sein Blick fest.

»Dougal Maxwell hat uns eine Nachricht mitgegeben«, sagte Calder.

»Die möchte ich unbedingt hören«, erwiderte Jemmy, »aber im Augenblick habe ich keine Zeit. Ich werde dich später zu mir rufen.«

»Alistair«, sagte Calder und legte ihm eine Hand auf den Arm. »Warte einen Moment. Was …?«

»Jetzt nicht«, unterbrach Alistair ihn. »Ich muss den Burgherrn sehen.«

»Ah«, sagte Calder mit einem wissenden Seitenblick zu Jemmy. »Ich verstehe.«

Was genau Calder verstand, konnte Alistair nicht einmal vermuten. Und er stellte fest, dass es ihn eigentlich auch nicht interessierte. Nach der Stille des vergangenen Jahres war die belebte Halle an sich schon fast mehr, als er ertragen konnte. Zu viele Gefühle, zu viele Gesichter und zu viel Lärm verliehen dem Raum eine geradezu erdrückende Atmosphäre. Alistair konzentrierte sich daher ganz auf Jemmy und fragte sich, ob er es überhaupt quer durch die Halle schaffen würde. Warum bat er nicht einfach um Hilfe? Selbst Ian hätte in dieser Situation zugegeben, dass er jemanden brauchte, der ihn stützt.

»Ich sehe dich später«, sagte er zu Calder. Der Ritter zwinkerte ihm aufdringlich zu, ehe er sich wieder abwandte und erneut das Gespräch mit einer Gruppe anderer Männer aufnahm. Sie standen sehr dicht beisammen, hörten Calder zu und verfolgten Alistair und Jemmy dabei mit ihren Blicken. Vor einem Jahr gehörte ich dazu, dachte Alistair. Heute jedoch kamen ihm ihre Intrigen und Verschwörungen abstoßend und irrwitzig vor.

Jemmy und er gelangten ohne weitere Unterbrechungen zur Treppe und stiegen hinauf. Doch schon beim ersten Absatz machte Jemmy halt und bedeutete Alistair per Handzeichen, er solle vorgehen. »Ich komme nach.«

»Mein Gott, Jemmy, was ist mit dir los?«, fragte Alistair eindringlich. »Lass mich dir helfen.«

»Ich brauche keine Hilfe«, erwiderte Jemmy bestimmt. »Ich bin ein bisschen müde, das ist alles. Und meine Wunde setzt mir zu. Es ist nichts.«

»Genau«, sagte Alistair und schob einen Arm unter Jemmys Schulter hindurch. Dann trug er ihn buchstäblich die Treppe hinauf. »Es ist nichts. Dir geht es bestens, und du brauchst keine Hilfe. Ich kenne dich, Jemmy, vergiss das nicht.«

Bis sie oben bei Jemmys Zimmer ankamen, waren dessen Lippen fast weiß, und er sagte kein Wort mehr. Alistair stieß die Tür auf und brachte ihn zu einem Sessel. Kaum hatte er ihn hingesetzt, da hörte er ein leises Geräusch hinter sich. Er fuhr herum und sah Jemmys Frau, die am Fenster gesessen hatte und nun aufstand.

Lady Alyson war in ein blaues Gewand gekleidet, das sehr viel schlichter war als jene Kleider, die sie getragen hatte, als sie erstmals zu ihnen kam und vorgab, jemand zu sein, der sie nicht war. Ihr eigener Stil stand ihr weit besser, stellte Alistair fest. Ihr Haar war unbedeckt, und die Sonne, die durchs Fenster hereinfiel, zauberte goldene Streifen in die roten Locken. Sie sah älter aus, fiel Alistair auf, und wirkte besorgt und abgespannt. Es war nicht einmal ein Jahr her, seit sie sich zuletzt gesehen hatten, aber es war offensichtlich eine schwere Zeit für sie gewesen.

Er stand ein wenig unsicher da und wusste nicht, was er sagen sollte. Eigentlich hätte er damit rechnen müssen, sie hier anzutreffen, aber er konnte heute eben nicht besonders klar denken. Genau genommen hatte er sich während des vergangenen Jahres alle Mühe gegeben, überhaupt nicht an Alyson zu denken.

Sein letztes Gespräch mit Jemmys Lady hatte er geführt, als er ihr das Todesurteil überbrachte und ihr ein Angebot unterbreitete, das ihn bis heute zutiefst beschämte. »Für dich gibt es keine Rettung mehr«, hörte er sich im Geiste sagen. »Du bist eine Betrügerin und Spionin ... Trotz allem bist du eine hübsche Dirne und scheinst in deinem Geschäft ziemlich gut zu sein – nenn mir deinen Preis.«

Später hatte er seinen Fehler eingesehen. Sie war nicht die intrigante Betrügerin, für die er sie gehalten hatte, und käuflich schon gar nicht. Da allerdings war der Schaden bereits angerichtet gewesen. Und jetzt stand er vor ihr und wollte am liebsten weglaufen, zurück in die Einsamkeit der Wälder fliehen und den Frieden wiederfinden, den er für einen kurzen Moment entdeckt hatte – bevor Deirdre gekommen war und ihn in die Welt mit all ihren beschämenden Erinnerungen zurückriss.

Was würde Deirdre von ihm denken, wenn sie erfuhr, wie er Jemmys Frau bedroht hatte? Sie würde ihn verachten. Und doch könnte sie ihn nie so sehr verachten wie er sich selbst in diesem Moment. Er fragte sich, warum Jemmy ihn nicht umbrachte, als er die Gelegenheit dazu hatte. Wenn irgendjemand so mit Deirdre redete, würde Alistair keine Sekunde zögern und ihn auf der Stelle mit seinem Schwert durchbohren.

Alyson sah ihn an. Überraschung, Angst und Erschöpfung waren in ihrem Gesicht zu lesen, aber sie verschwendete kein Wort an ihn, sondern wandte sich direkt ihrem Mann zu. In diesem Moment hatte Alistair die Antwort auf seine Frage. Jemmy tötete ihn nicht, weil er nichts von dem beschämenden Gespräch wusste. Sie hatte es ihm nicht erzählt. Alyson hatte ihn sogar noch beschützen wollen, indem sie die Einzelheiten dieser schrecklichen Unterhaltung für sich behielt!

»Schon gut«, murmelte Jemmy. »Mit mir ist nichts.«

»Natürlich nicht«, sagte sie gefasst, obwohl Alistair sah, dass ihre Hände zitterten, als sie Jemmy den Umhang abnahm. »Aber wenn es dir nichts ausmacht, möchte ich mir das hier gern mal ansehen.«

Das Gambeson unter dem Umhang war blutdurchtränkt. Jemmy lehnte den Kopf nach hinten, während sie ihm sein Hemd aufschnürte und vorsichtig den Stoff anhob.

»Ich muss es zerschneiden, aber es ist ohnehin ruiniert«,

sagte sie und strengte sich sichtlich an, ihre Verärgerung nicht zu zeigen.

Schließlich konnte Alistair das Ausmaß der Verwundung sehen. Er stieß einen leisen Pfiff aus. Alyson biss sich auf die Lippen, kniff die Augen zusammen und holte tief Luft.

»Tja, die Narbe ist wieder aufgerissen«, stellte sie fest und tupfte die Schulter behutsam mit einem nassen Tuch ab. »Und dabei habe ich mir solche Mühe mit den Stichen gegeben! Diesmal wirst du im Bett bleiben müssen, Jemmy.«

»Wir werden sehen«, raunte er zwischen zusammengebissenen Zähnen.

»Nein, werden wir *nicht*«, erwiderte sie streng. »Außerdem hast du sie doch gefunden, oder nicht? Conal und Donal haben mir alles erzählt.« Sie warf Alistair einen Blick über die Schulter zu. »Die Lady und das Kind ruhen sich aus.«

Dann ging sie zum Kamin und rührte in einem kleinen Kessel, der über dem Feuer hing. Nach einem Moment zog sie einen Stoffstreifen aus dem Kessel und ließ ihn über einer Schüssel abtropfen.

»Schaffst du es ins Bett?«, fragte sie.

»Ja.«

Beim Aufstehen klammerte Jemmy sich so fest an die Sessellehnen, dass seine Fingerknöchel weiß wurden. Alyson wrang den Stoffstreifen energischer aus als nötig, sagte jedoch kein Wort. Sie kennt ihn sehr gut, dachte Alistair. Er würde sie höchstens barsch anfahren, sollte sie ihm ihre Hilfe anbieten.

Alistair packte Jemmy an seinem gesunden Arm, ignorierte seinen wütenden Protest und zog ihn hoch. »Du kannst mich später anschreien, wenn du willst. Jetzt solltest du vielleicht aufhören, so furchtbar egoistisch zu sein, du sturer

Hund. Glaubst du etwa, deiner Lady macht es Spaß, dich leiden zu sehen?«

Wie von Alistair beabsichtigt, brachte diese Bemerkung Jemmy zum Schweigen. Er half Jemmy bis zum Bett und legte ihn vorsichtig hin. »Das sieht ziemlich übel aus«, sagte er, als er sich die Wunde näher besah. »Du solltest die Sache ernst nehmen. Lass jemand anderen deine Angelegenheiten regeln und kurier dich erst mal aus.«

»Es gibt keinen …«, begann Alyson, doch Jemmy fiel ihr ins Wort.

»Ich denke drüber nach«, sagte er. »Und jetzt geh zu Vater. Sag ihm, ich komme bald.«

»Ja – Mylady.« Alistair verbeugte sich in Alysons Richtung. »Ich …«, hob er an, verstummte jedoch sogleich wieder, da er nicht mehr wusste, was er sagen wollte. Aber sie beugte sich über Jemmy und schien nichts zu bemerken.

Alistair schlich leise aus dem Zimmer und lehnte sich draußen an die Wand. Er betete, dass Gott ihm die Kraft gäbe, sich dem bevorstehenden Wiedersehen mit seinem Stiefvater zu stellen. Nach einer Weile machte er sich auf den Weg zum Schlafgemach des Burgherrn.

Kapitel 20

Deirdre schrak aus einem unruhigen Schlaf auf und blickte sich klopfenden Herzens um. Etwas stimmte nicht. Wo war sie? Wo war Maeve? Sie atmete erst wieder, als sie sah, dass ihre Tochter neben ihr lag. Die dunklen Locken klebten an ihren feuchten Wangen, und im Schlaf nuckelte die Kleine an ihrem Daumen. Das Fieber war gesunken, stellte Deirdre erleichtert fest und streichelte dem Kind sanft den Kopf.

Dann setzte sie sich auf und strich sich das Haar aus dem Gesicht. Finn, der direkt neben ihrem Bett lag, schaute fragend zu ihr auf. Dann gähnte er und legte den Kopf wieder auf seine Vorderpfoten. Ja, jetzt erinnerte sie sich. Sie waren im Turmzimmer von Ravenspur. Lady Alyson hatte sie hergebracht. Maeve und sie waren hier sicher – zumindest vorläufig. Aber wo war Alistair?

Lady Alyson hatte es ihr nicht sagen können, denn bis Deirdre Maeve ins Bett brachte, waren weder er noch Jemmy Kirallen zurück gewesen. Deshalb hatte sie sich auch vorgenommen, nicht eher zu schlafen, als bis sie erfuhr, was draußen auf dem Waldweg geschehen war, wo sie Alistair und seinen Stiefbruder zuletzt gesehen hatte. Doch ihre Erschöpfung musste zu groß gewesen sein, denn sie war doch eingeschlafen, bevor ihr jemand Nachricht bringen konnte.

Sie ging zu dem schmalen Fenster und sah, dass die Sonne im Westen stand. Das Licht des späten Nachmittags ließ das Steinpflaster unten im Burghof golden glänzen. Ein Küchenjunge ging pfeifend über den Hof, in jeder Hand einen Melkeimer. Deirdre musste also mehrere Stunden geschlafen haben. Die Männer sollten inzwischen zurückgekehrt sein. Oder hatten die Krähen ihre Prophezeiung wahr gemacht und Alistair geholt? Lag er irgendwo da draußen verlassen auf dem Weg, während sie taten, was sie in jenem Lied ankündigten?

Wir hocken uns in sein weißes Haar,
Tun uns gütlich an den grauen Augen so starr,
Alsdann soll uns dienen seine Lockenpracht,
Das Nest zu bereiten für die Winternacht.

Sie schritt in der kleinen Kammer auf und ab – zehn Schritte hin, umdrehen, zehn Schritte zurück, wieder umdrehen –, aber die entsetzliche Melodie wollte ihr nicht aus dem Kopf gehen. Sie fürchtete, sie würde wahnsinnig, wenn sie nicht bald Gewissheit bekäme. Wie gern hätte sie laut losgeheult, um den schrecklichen Druck zu mindern, der sich in ihrem Innern aufbaute. Doch dieser Schmerz war durch Tränen nicht zu lindern. Also ging sie zehn Schritte, drehte sich um und ging noch mal zehn Schritte, wieder und wieder, während das Lied in ihr einfach nicht verstummen wollte. Schließlich ging die Tür auf, und Lady Alyson kam herein.

Deirdre musterte sie eingehend. Die Hausherrin trug ein blaues Kleid aus edlem Stoff. Ihre schweren, dunkelroten

Zöpfe waren von einem losen Schleier bedeckt, und die schmalen Hände zierten glitzernde Ringe. Deirdre sollte nichts als Dankbarkeit gegenüber der Frau empfinden, die Maeve und sie in ihrem Haus aufgenommen hatte. Immerhin waren sie Flüchtlinge und konnten nirgends sonst hin. Dennoch fühlte sie in diesem Moment nur tiefen Hass.

Da stand sie, die Engländerin – reich, verwöhnt, mit Juwelen behangen. Sie thronte hier in ihrer riesigen Burg und wurde von ihrem Mann angebetet. Ja, dessen war sie sich sicher, seit sie ihn hatte sagen hören: »Bringt sie direkt zu meiner Lady.« Eine Frau erkannte allein an der Art, wie er von »seiner Lady« sprach, dass dieser Mann stolz war, mit ihr vermählt zu sein, und man seiner Lady vollkommen vertrauen konnte. Zusätzlich zu allem, was Lady Alyson ohnehin schon besaß, gehörte ihr also auch das Herz ihres Gemahls.

»Ihr seid wach«, sagte Lady Alyson mit einem freundlichen, etwas ängstlichen Lächeln. »Gut. Wie geht es dem Kind?«

»Das Fieber ist gesunken, genau wie Ihr vorausgesagt hattet«, antwortete Deirdre steif. »Ich denke, wenn sie ausgeschlafen hat, geht es ihr wieder gut.«

»Und sie wird Hunger haben«, ergänzte Lady Alyson umsichtig. »Ich lasse etwas hinaufbringen und schicke jemanden, der Euch ein Bad bereitet.«

»Ich danke Euch.«

»Braucht Ihr noch irgendetwas anderes?«

»Nein, nichts.«

Lady Alyson schien zu bemerken, dass Deirdre ihr recht unterkühlt begegnete. Sie sah sie fragend an, und das Lächeln auf ihren Lippen erstarb.

»Nun«, sagte sie und ging wieder zur Tür. »Falls Ihr doch noch etwas brauchen solltet, lasst es Maggie wissen.«

»Eines wäre da noch.«

»Ja?« Lady Alyson drehte sich an der Tür um und hob fragend die Augenbrauen.

»Könnt Ihr mir sagen, ob Sir Alistair …, ob er …«

Sie brachte das Wort nicht über die Lippen, ja, sie konnte es nicht einmal denken.

»Sir Alistair ist schon vor einer Weile angekommen. Er ist gerade beim Burgherrn.«

»Oh.«

Deirdres Knie gaben nach, und sie sank auf die gepolsterte Fensterbank.

»Ich dachte … als ich ihn verließ, dachte ich …«

»Dass Mylord ihn töten würde?«, beendete Lady Alyson den Satz für sie, und Deirdre nickte hilflos. Nun kamen die Tränen, die sich zuvor nicht einstellen wollten, und machten ihr das Sprechen unmöglich.

»Nun, er hat es nicht getan. Sei es zum Guten oder zum Schlechten«, ergänzte sie leise, »er tat ihm nichts.« Dann sah sie Deirdre an und lächelte mitfühlend. »Wie ich sehe, seid Ihr über die Nachricht erfreut, Lady Maxwell.«

»Ja. Sir Alistair war sehr gut zu uns. Und wenn Ihr gesehen hättet, wie er sich den Maxwells entgegenstellte, ganz allein!«

»Donal hat mir davon erzählt«, sagte Lady Alyson. »Niemand hat je an Sir Alistairs *Courage* gezweifelt.«

»Stellt Ihr seine Loyalität in Frage? Aber die hat ihn doch erst vernichtet! Fehlgeleitete Loyalität vielleicht, gilt sie doch einem Mann, der tot ist und für niemanden mehr von Bedeutung, und dennoch handelt es sich um Loyalität. Sir

Alistair ist gewiss kein feiner *englischer* Ritter«, fuhr Deirdre wütend fort, »und er spricht wohl manches zu direkt aus für eine Lady wie Euch. Aber er lügt nicht.«

In Lady Alysons Gesicht arbeitete es. Zuerst dachte Deirdre, sie wäre zornig, doch dann erkannte sie, dass die Burgherrin nur versuchte, nicht zu lachen.

»Ich wüsste nicht, was Euch daran so sehr amüsieren sollte!«, rief Deirdre verärgert. »Wir sprechen hier über das Leben eines Mannes!«

»Ja, ich weiß«, sagte Lady Alyson, die kaum noch an sich halten konnte. »Und es ist eigentlich auch nicht komisch, da habt Ihr natürlich vollkommen recht. Ich habe oft darüber nachgedacht, wie schrecklich es im letzten Jahr gewesen sein musste, als niemand auf ihn hörte – das heißt: außer mir, und ich hütete mich zuzugeben, dass ich ihm irgendetwas zugute hielt.«

Deirdre beobachtete sie, zu überrascht, um etwas zu sagen, während Lady Alyson lachte und zugleich den Tränen nahe schien. Sie setzte sich neben Deirdre und atmete tief durch, ehe sie fortfuhr: »Es ist eine lange Geschichte, Lady Maxwell, und wie ich sehe, hat Sir Alistair Euch nicht alles erzählt.«

»Nein, er sprach überhaupt nicht viel. Wir haben in Cranston Keep allerdings einige Gerüchte gehört, nach denen alles ein furchtbares Durcheinander gewesen sein muss.«

»Ja, das dürfte es angemessen beschreiben«, sagte Lady Alyson mit einem Anflug bitterer Ironie.

»Doch nun, da ich Sir Alistair kenne, bin ich sicher, dass er sich unmöglich so geirrt haben kann, wie man sich erzählt.«

»Zweifellos widerfuhr ihm einiges Unrecht, doch einen Großteil hat er auch selbst verschuldet. Und als sich die

Situation zuspitzte, verweigerte er seinem Burgherrn den Gehorsam, obwohl er sehr wohl wusste, welche Konsequenzen die Missachtung des Befehls haben würde. Er wollte nichts als Rache, und niemand konnte ihn davon abbringen.«

»Ich denke, er sieht heute vieles anders«, sagte Deirdre. »Sein Stolz brachte ihn dazu, eher alles aufzugeben, als gegen seine Überzeugung zu handeln. Närrisch, nicht wahr, aber alle Männer sind Narren, wenn es um ihren Stolz geht.«

»Das stimmt«, pflichtete Lady Alyson ihr aus tiefstem Herzen bei. »Große Narren sogar, jeder Einzelne von ihnen. Ich schätze, deshalb hat Gott die Frauen geschickt, um auf sie achtzugeben.« Sie sah Deirdre an und lächelte.

»Nein, Mylady«, entgegnete Deirdre sehr ernst. »Es ist nicht so, wie Ihr denkt. Sir Alistair ist für Maeve und mich nur ein Freund. Genau genommen«, fügte sie mit Blick auf ihr schlafendes Kind hinzu, »glaube ich, dass er vor allem um Maeves willen bereit war, uns zu helfen. Die Kleine mag ihn sehr.«

»Ja, er kann gut mit Kindern umgehen.« Lady Alyson seufzte.

»Warum haben sie ihn hierher zurückgebracht?«, fragte Deirdre. »Was geschieht jetzt mit ihm?«

»Der Burgherr ist sehr krank«, antwortete Lady Alyson. »Er wollte Alistair noch ein letztes Mal sehen. Danach ...«, sie zuckte mit den Schultern. »Wir werden abwarten müssen, was dann ist.«

»Mylady, könntet Ihr vielleicht mit Eurem Gatten reden?«

»Ich soll mich für Alistair verwenden?« Sie stand auf und strich sich den Rock glatt. Dann fügte sie leise hinzu: »Das kann ich nicht. Ach, nun seht mich nicht so böse an, Lady Maxwell. Selbst wenn ich mit Jemmy redete, würde nichts dabei herauskommen. Es gibt vieles, das Ihr nicht wisst. Und ich habe einen Grund, mich nicht so für Alistair einzusetzen, wie Ihr es Euch wünscht. Dass er ausgerechnet jetzt zurückkommen muss, wo die Dinge mehr als schlecht stehen.«

Deirdre wurde in diesem Augenblick klar, dass Lady Alyson Angst hatte, Angst vor dem, was Alistairs Rückkehr mit sich bringen könnte. Aus einer momentanen Regung heraus ergriff sie die Hand der Lady.

»Es wird alles gut«, sagte sie. »Ich weiß, dass ich vieles hier nicht verstehe, aber ich denke – ich glaube –, dass, was immer Alistair fortgetrieben hat, inzwischen anders ist – dass *er* sich verändert hat.«

»Gebe Gott, dass Ihr recht habt, Mylady.«

»Deirdre.«

Lady Alyson drückte ihre Hand und lächelte. »Und ich bin Alyson.«

»Ich habe dir noch nicht gedankt, Alyson. Verzeih mir. Ich bin sehr dankbar für alles, was du für uns getan hast.«

Alyson lächelte verschmitzt, und ihre blaugrünen Augen leuchteten. Zum ersten Mal erkannte Deirdre, wie jung sie war, möglicherweise sogar jünger als Deirdre selbst. »Ich habe es gern getan – und ich bin froh, dass du hier bist«, fügte sie hinzu. Die Wärme in ihrer Stimme ließ keinen Zweifel daran, dass es ihr ernst war.

»Nun, ich habe mir zwar vorgenommen, dich nicht mit irgendwelchen Fragen zu belästigen, aber ich gebe zu, dass ich darauf brenne, deine Geschichte zu hören, Deirdre. Du musst mir natürlich gar nichts sagen, wenn du nicht willst, oder noch nicht jedenfalls. Dennoch glaube ich, dass du manche Dinge vielleicht lieber mir erzählen möchtest als Jemmy.«

»Ja«, sagte Deirdre. »Ich will dir gern alles erzählen. Ich denke, nein, ich hoffe, du wirst mich verstehen.«

»Ich versuch es. Allerdings will ich nichts hören, bevor du nicht ein Bad genommen und etwas gegessen hast. Zuerst einmal musst du wieder bei Kräften sein. Ich werde später wiederkommen.«

Kapitel 21

Deirdre stand im Schatten des Türbogens und war sich auf einmal unsicher, ob es eine gute Idee gewesen war, in die Halle hinunterzugehen. Alyson hatte gesagt, sie solle heute Abend mit ihnen dort essen, da sich die Nachricht von ihrer Ankunft ohnehin schon in der ganzen Burg herumgesprochen hatte.

»Ich weiß nicht, wie es passiert ist«, hatte Alyson seufzend gesagt, als sie mit einem Kleid über dem Arm zu Deirdre ins Turmzimmer kam. »Maggie hat gewiss nichts verraten, und Conal und Donal vertraue ich ebenfalls vollkommen – aber in dieser Burg gibt es einfach keine Geheimnisse. Die Nachricht könnte allerdings noch heute bis nach Cranston Keep dringen, also kannst du ebenso gut das Abendessen unten mit uns zusammen genießen. Ach ja, und hier habe ich ein Kleid, das dir passen müsste.« Mit diesen Worten hatte sie ihr das Gewand gereicht, das sie mitgebracht hatte.

Jetzt stand Alyson neben Deirdre und lächelte ihr aufmunternd zu. Deirdre blickte in die Halle, die voller Menschen und Lärm war. Sie war riesig, stellte sie fest, mindestens doppelt so groß wie die Halle in Cranston Keep. Mit großen Augen schaute sie sich um. Die Wände waren von Gobelins geschmückt. Zwei große Fenster mit buntem Glas, die beinahe bis zur Decke reichten, spendeten über Tag gewiss angenehmes Licht. Und dennoch schien der Saal kaum genug Raum für die unzähligen Menschen darin zu bieten. All diese Leute würden sie mit neugierigen Blicken mustern und wissen – oder zumindest zu wissen glauben –, warum sie hier war.

»Ja, sie werden dich anstarren«, sagte Alyson, als hätte sie Deirdres Gedanken gelesen. »Aber was wir nicht ändern können, müssen wir eben ertragen. Kinn hoch, Deirdre.«

Ihre Offenheit und Freundlichkeit waren genau das, was Deirdre brauchte. »Na gut«, sagte sie. »Gehen wir hinein.«

Sie war noch keine zwei Schritte in die Halle gegangen, als sie Alistair entdeckte. Er stand am anderen Ende des Saals, umringt von mehreren Männern. Auf ihr Eintreten hin drehte er sich ruckartig zur Tür um.

Deirdre war sich der neugierigen Blicke bewusst, doch plötzlich machten sie ihr nichts mehr aus, denn Alistair kam auf sie zu. Sie spürte, wie sie errötete, und fasste unsicher eine Falte ihres Kleids, dessen schwerer Samt sich angenehm weich anfühlte. Es war das schönste Kleid, das sie je getragen hatte, mitternachtsblau mit eingewebten Silberfäden. Passend dazu hatte Alyson ihr silberne Bänder in die dunklen Zöpfe geflochten.

Alistair sah frisch und ausgeruht aus. Sein Haar leuchtete golden im Fackelschein, und er trug eine feine Wolltunika, die perfekt zur Farbe seiner Augen passte. Deirdre fiel jedoch auch auf, dass er nach wie vor nicht in den Kirallenfarben gekleidet war.

»Deirdre«, sagte er, nahm ihre Hand und beugte sich darüber. »Ihr seht heute Abend … sehr wohl aus. Wie geht es Maeve?«

Sie lächelte, denn sein Zögern war ihr nicht entgangen, und sie wusste, dass er eigentlich etwas anderes hatte sagen wollen. Ja, sie war sicher, dass er drauf und dran gewesen war, ihr zu sagen, sie sähe heute Abend wunderschön aus. »Maeve geht es recht gut, danke. Sie schläft jetzt.«

»Ich bin froh, das zu hören.«

Sie wollte ihn so vieles fragen, aber dies war weder die Zeit noch der Ort für ihre Fragen. Zudem wartete Lady Alyson, dass sie ihre Plätze an der hohen Tafel einnahmen.

»Mylady«, begrüßte Alistair sie steif.

Sie nickte kühl. »Sir Alistair.«

Dann gingen sie durch die Halle. Noch ehe sie bei dem großen Podium angekommen war, auf dem sich der Herrschaftstisch befand, wischte der bärtige Ritter, mit dem Alistair gesprochen hatte, mit einem Ellbogen über den Tisch vor dem Podium. Dabei stieß er einen Krug mit Bier um, das über Alysons Rock spritzte.

Statt sich zu entschuldigen, wandte sich der Mann ab. Zuvor allerdings sah Deirdre noch seine Zähne im dunklen Bart aufblitzen.

»Na, so ein ungeschickter Tor!«, rief Deirdre aus.

»Ist schon gut«, erwiderte Alyson knapp. Einzig an der leichten Rötung ihrer Wangen erkannte Deirdre, dass Alyson die Beleidigung durchaus bewusst war. Doch sie ging weiter, als hätte sie nichts bemerkt.

»Nein, es ist nicht gut!«, widersprach Deirdre. »Alistair, habt Ihr das nicht gesehen?«

»Lass es, Deirdre«, sagte Alyson.

Alistair jedoch war schon bei dem Mann und redete leise auf ihn ein. Ihren Gesten entnahm Deirdre, dass die beiden stritten. Einen Moment später traten sie beide vor.

»Verzeiht mir, Mylady«, grummelte der Bärtige mürrisch. »Ich habe mein Versehen nicht bemerkt.«

»Schon gut, Sir Calder«, sagte Alyson. Der Ritter warf Alistair einen gleichermaßen verwunderten wie verärgerten Blick zu und ging an seinen Platz zurück.

»Er hat es absichtlich getan«, flüsterte Deirdre und sah ihm nach. »Aber warum?«

Alistair sah für einen Moment äußerst besorgt aus. Doch die Antwort blieb ihm erspart, da jemand anders seinen Namen durch den Halle rief.

Ein Junge kam durch die Menge gerannt und flog direkt in Alistairs Arme. »Du bist ja wirklich da! Sie sagten …, aber ich konnte es nicht glauben«, stammelte der Junge und vergrub das Gesicht an Alistairs Brust.

»Ja, Malcolm, ich bin da«, murmelte Alistair und hielt den Jungen im Arm. »Aber Junge, ist ja gut. Ich bin jetzt hier.«

Eine ganze Weile redete er leise auf den Jungen ein, der schließlich den Kopf hob und sich mit seinem Ärmel die Augen wischte. Dann lächelte er. »Du hast dich kein bisschen verändert.«

»Was man von dir nicht behaupten kann. Du bist ja mindestens einen Kopf größer geworden! Deirdre«, sagte er, »darf ich Euch Malcolm vorstellen. Er ist der Enkel des Burgherrn. Malcolm, sag guten Tag zu Lady Maxwell.«

Der Junge verneigte sich formvollendet. »Lady Maxwell, willkommen in Ravenspur. Euer Besuch ehrt uns.«

Alistair lächelte stolz. Dazu hatte er auch allen Grund, befand Deirdre und machte einen Knicks vor dem jungen Kirallen. Malcolm war ein ziemlich großer Junge von zwölf oder dreizehn Jahren mit lockigem braunen Haar, leuchtend blauen Augen und einem gefährlich charmanten Lächeln. In wenigen Jahren – in sehr wenigen Jahren, wie Deirdre vermutete – würde er unzähligen Frauen die Köpfe verdrehen und die Herzen brechen.

»Wo ist Onkel Jemmy?«, fragte Malcolm Alyson.

»Beim Burgherrn«, antwortete sie, und ein Anflug von Besorgnis huschte über ihre Züge. »Er wird heute Abend nicht mit uns essen.«

Die Ärmste, dachte Deirdre. Sie hatte es offensichtlich alles andere als leicht. Der todkranke Burgherr, ihr viel beschäftigter Mann und die seltsame Grobheit des bärtigen Ritters – all das waren Dinge, die schwer auf Alyson lasten mussten. Aber sie ertrug sie tapfer – denn, *was wir nicht ändern können, müssen wir ertragen*. Auf jeden Fall war klar, dass sie bereits genug Kümmernisse hatte. Da brauchte sie gewiss nicht auch noch eine flüchtige Maxwell, die sie zusätzlich belastete.

Und trotzdem hatte sie die Zeit gefunden, ihr ein Kleid zu bringen und sie zu frisieren, dachte Deirdre. Die Freundlichkeit Alysons war wahrhaft bewundernswert.

»Komm, Malcolm«, sagte Alyson und lächelte ihren Neffen an. Welche Anstrengung sie dieses Lächeln kostete, dürfte allerdings niemand außer Deirdre bemerkt haben. »Du musst heute Abend Jemmys Platz einnehmen.«

»Ja, aber«, er sah sich unsicher um.

»Wer ist das?«, fragte Alistair, der seinem Blick gefolgt war. »Der junge Darnley? Bitte ihn, zu uns zu kommen, wenn er will. Ist schon gut«, fügte er hinzu, als Malcolm zögerte, »sag ihm, ich werde nicht beißen.«

Malcom grinste und lief fort. Einen Moment später kehrte er mit einem kleineren Jungen mit roten Locken und einem ängstlichen Ausdruck in seinen blaugrünen Augen zurück. Das musste Alysons Bruder sein – oder war er der Halbbruder? Deirdre war sich nicht sicher. Wie auch immer, die Ähnlichkeit war auffallend. Alyson stand hinter ihrem Stuhl und beobachtete mit verschlossener Miene, wie Malcolm Deirdre mit Haddon Darnley bekannt machte. Der Junge verneigte sich höflich, sah dabei jedoch immer wieder zu Alistair.

»Du erinnerst dich natürlich an Sir Alistair«, sagte Malcolm munter – ein wenig zu munter, wie Deirdre fand.

»Ja«, sagte Haddon. »Sicher.«

»Und ich erinnere mich auch an dich«, sagte Alistair mit einem so bedrohlichen Lächeln, dass Deirdre sich nicht darüber wunderte, wie bleich der Darnleyjunge wurde.

»Mein Groll richtet sich gegen deinen Vater, nicht gegen dich«, fuhr Alistair fort. »Und wir beide sind Gäste in dieser Halle. Wenn es dir also recht ist, werden wir unser Mahl einnehmen und nicht weiter über meinen Disput mit deiner Familie sprechen.«

»Ja«, sagte Haddon mit zittriger Stimme, doch er trat weder zurück noch wandte er den Blick von Alistair ab. »Das ist mir recht.«

Nach einem ewig langen Moment nickte Alistair. »Sehr schön.«

Deirdre atmete erleichtert aus. Erst jetzt fiel ihr auf, dass sie die ganze Zeit die Luft angehalten hatte. Doch nun löste sich die Spannung zwischen den beiden spürbar. Diese Burg war wie ein tiefer See an einem Sonnentag, dachte sie benommen. Man wusste nie, wann man von einem eisigen Strudel getroffen wurde, der einem den Atem raubte und die Glieder bleischwer machte.

»Dann lasst uns essen!«, rief Malcolm mit einer entschlossenen Fröhlichkeit, die in Deirdres Augen gleichermaßen tapfer wie rührend war. »Ich bin am Verhungern. Mylady.« Er wandte sich an Alyson und reichte ihr den Arm.

Deirdre ließ sich von Alistair zu ihrem Platz führen. Dabei spürte sie deutlich die eiserne Anspannung seiner Armmuskeln.

»Musstet Ihr das tun?«, fragte sie.

»Ich habe nichts getan.«

Seine Stimme warnte sie unmissverständlich, die Frage auf der Stelle fallenzulassen. So hatte sie Alistair nie zuvor erlebt. Er war grimmig, beinahe beängstigend und blickte sie aus eiskalten Augen an. Kein Wunder, dass sie ihn weggeschickt haben, dachte sie. Und kein Wunder, dass sie ihn immer noch fürchten.

Sie wartete, bis sie auf ihrem Platz saß, bevor sie ebenso kühl sagte: »Ihr habt dem armen Jungen Angst gemacht. Das war überaus verwerflich.«

Er setzte sich neben sie, die Lippen zu einer schmalen Linie zusammengekniffen. »Habe ich ihm nicht gesagt, er wäre sicher?«

»Versucht nicht, *mir* Angst zu machen, Alistair Kirallen«, sagte Deirdre spitz. »Ihr wisst sehr wohl, was ich meine, also gebt nicht vor, Ihr wüsstet es nicht.«

Zunächst sah er sie wütend an, dann lächelte er spöttisch. »Wenn Eure Hoheit es sagt, wird es wohl so sein.«

»Nennt mich nicht so«, entgegnete sie scharf. Alistair lachte.

»Dann hütet Eure Zunge, Mylady, oder es kommt noch jemand zu Schaden. Und Ihr könnt aufhören, mit Euren Augen Pfeile auf mich abzuschießen. Ich habe dem Jungen nichts angetan und werde es auch nicht tun.«

»Ihr habt ihn aber auch nicht nett behandelt«, erwiderte sie verärgert. »Weder ihn noch irgendjemand anderen hier. Oh, Ihr bereitet Euch wahrlich eine angenehme Rückkehr! Ihr seht doch ebenso deutlich wie ich, dass sich hier bereits genug Ärger zusammenbraut. Da braucht *Ihr* nicht auch noch für Schwierigkeiten zu sorgen.«

»Dies ist keine Rückkehr. Der Burgherr schickte nach mir, und ich kam. Das ist alles. Und wenn ich Euch erinnern darf, Mylady«, fügte er sarkastisch hinzu, »habt Ihr selbst genug eigene Schwierigkeiten. Deshalb solltet Ihr Eure Nase besser aus meinen heraushalten.«

»Verzeiht«, sagte sie steif. »Ihr habt natürlich recht. Ihr regelt Eure Angelegenheiten selbstverständlich allein – und das auf unübersehbar erbärmliche Weise«, fügte sie leise hinzu.

Ein Bediensteter kniete mit einer Fleischplatte vor ihr nieder, und sie ließ sich von ihm einen Scheibe Wildbret geben, obwohl sie heute bereits mit Maeve gegessen hatte und gar nicht mehr hungrig war.

Alistair hatte recht, dachte sie. Wer war sie denn, ihm vorzuschreiben, was er tun sollte? Bald – vielleicht schon morgen – waren Maeve und sie fort. Und da Alistair vom Burgherrn persönlich zurückgerufen worden war, schien es unwahrscheinlich, dass er freiwillig wieder fortgehen würde.

Würde Alyson ihren Mann überreden, Maeve und sie gehenzulassen? Oder beschloss er vielleicht, sie beide an die Maxwells auszuliefern? Bei den Unruhen, die in der Burg herrschten, könnte sie ihm kaum verübeln, wenn er sich für Letzteres entschied. Das Letzte, was Jemmy Kirallen jetzt brauchte, war ein Zwist mit den Nachbarn. Aber selbst wenn er sie gehenließe: Wie lange würde es dauern, ehe die Maxwells sie eingeholt hatten?

Ich werde abwarten, was morgen geschieht, dachte sie und musste unweigerlich lächeln, weil sie sich schon fast wie Alistair anhörte. Oder zumindest so wie Alistair sich angehört hatte.

Heute Abend war er ein vollkommen anderer Mann, der nichts mit ihrem sorglosen Gefährten aus dem Wald gemein hatte. Er war wieder zu Hause, zurück an dem Ort, an den er gehörte. Und sie gehörte hier nicht her.

Sie starrte auf ihren Teller und schnitt das Fleisch in winzige Stücke. Von den Unterhaltungen um sie herum bekam sie nur noch Bruchstücke mit.

»Das hättest du sehen müssen, Alistair«, erzählte Malcolm. »Die McLarans haben ein riesiges Fest veranstaltet! Emma behielt Robin da, aber er müsste in den nächsten Tagen herkommen …«

»Nein, Bryce, nicht so«, sagte Alyson geduldig zu dem Bediensteten. »Du musst dich hinknien und die Platte so halten – ja, das ist richtig.«

»Tja, das kann man nicht wissen, oder?«, fragte ein Ritter einen anderen an dem Tisch seitlich von Deirdre. »Aber du weißt, was Calder gesagt hat. Es ist bloß eine Frage der Zeit – und jetzt, wo Alistair wieder da ist, glaube ich, dass er recht hatte. Ganz sicher wird der junge Malcolm …«

»Sie sagen, die beiden sind durchgebrannt, und der alte Maxwell ist entsetzlich wütend!«, hörte Deirdre die schrille Stimme einer Frau. Eine andere Frau antwortete, allerdings zu leise, als dass Deirdre etwas verstehen konnte. Was immer sie gesagt hatte, wurde mit einem Ausbruch von Gelächter quittiert. »Ja, er ist zu schlau, um sich von so einer einfangen zu lassen! Jetzt, wo er wieder zurück ist, wird er sich was viel Besseres als diese bleichgesichtige Dirne suchen!«

»Deirdre.«

Mit hochrotem Gesicht blickte sie auf. Alistair sah sie an.

»Verzeiht mir. Ich entschuldige mich für das, was ich gesagt habe, und«, er nickte zu den Frauen am anderen Tisch, »für das da auch.«

»Das müsst Ihr nicht«, sagte sie mit fester Stimme. »Es sind nur ein paar dumme Weiber, die ihren Mund nicht halten können.«

Alistair grinste und drückte ihre Hand. »So ist's richtig, Mylady.«

Und auf einmal war es wieder da. Von einer Sekunde auf die andere war zwischen ihnen alles wieder genauso wie in jener Nacht in der Hütte des Wildhüters. Sie drehte ihre Hand in seiner, ihre Finger flochten sich ineinander, und plötzlich stimmte es. Die bissigen Bemerkungen der Frauen bedeuteten nichts mehr. Sollten sie doch sagen, was sie wollten. Es änderte nichts, überhaupt nichts daran, dass Alistair *ihre* Hand hielt und *sie* anlächelte.

»Ich muss zum Burgherrn«, sagte er. »Er hat nach mir geschickt, und ich werde noch mal zu ihm gehen müssen. Aber sobald ich dort war, brechen wir nach Donegal auf.«

»Oh, Alistair!«, rief sie aus. »Meint Ihr das ernst? Ich dachte …«

Er lüpfte eine Augenbraue. »Ich gab mein Wort, Euch nach Hause zu bringen. Dachtet Ihr, ich würde es brechen?«

Ehe sie antworten konnte, sprach Malcolm ihn an, und Alistair ließ Deirdres Hand los. Doch sie fühlte noch die Wärme seiner Berührung, selbst als er längst aufgestanden und zum Burgherrn gegangen war. Sie spürte sie sogar noch, als sie in dieser Nacht wach im Bett lag und überlegte, was der nächste Tag wohl bringen würde.

Und während sie darüber nachdachte, legte sie die Hand auf die Lippen und lächelte in die Dunkelheit.

KAPITEL 22

Nun denn«, sagte Jemmy Kirallen, »sie werden Ravenspur in einer Stunde erreichen. Was sagen wir ihnen?«

Alistair, Deirdre und Alyson saßen neben ihm in der Halle. Außer ihnen war niemand dort. Das schwache Licht der Morgensonne fiel auf die zertretenen Binsen und die aufgestapelten Böcke – die Überreste von der Feier des gestrigen Abends.

»Eine Stunde?«, rief Deirdre verzweifelt. »Wie konnten sie so schnell herkommen?«

»Jemand hat ihnen eine Nachricht geschickt«, vermutete Alistair und schlug mit der Faust auf den Tisch. »Möge er in der Hölle schmoren!«

»Ich werde nicht fragen, wer es war«, sagte Jemmy. »Das ist jetzt unerheblich. Die Frage lautet, was wünscht Ihr, dass ich sage, Mylady?«

»Ich … oh, Mylord, ich will auf keinen Fall, dass es meinetwegen zu Unfrieden zwischen Euch und den Maxwells kommt. Aber ich möchte unbedingt nach Hause zurück. Und es war vereinbart, dass ich heimreisen darf.«

Jemmy bewegte sich auf seinem Stuhl, und Deirdre fragte sich, ob er immer so blass und angespannt aussah oder es die

Erschöpfung war, welche die Wache am Sterbebett seines Vaters mit sich brachte.

»Fahrt fort«, sagte er.

»Mein Vater hat eine Vereinbarung mit Brodie getroffen. Ich sollte Witwenrechte erhalten, etwas Gold und Grundbesitz. Aber darauf lege ich keinen Wert mehr. Ich möchte nur Maeve nach Hause bringen.«

»Wurde die Vereinbarung schriftlich festgehalten?«

Deirdre nickte. »Ja, wurde sie. Mein Vater hat sie mir gezeigt, damit ich Bescheid weiß. Hätten wir einen Sohn gehabt, wäre mir nicht erlaubt gewesen, ihn mit nach Hause zu nehmen. Darauf bestand Brodie. Wie im Falle einer gemeinsamen Tochter zu verfahren wäre, hat er mit keinem Wort erwähnt. Aber«, fügte sie hinzu und nahm damit Jemmys nächste Frage vorweg, »ich weiß nicht, was aus der Vereinbarung geworden ist. Wenn die Maxwells sie gefunden haben, dürfte sie längst ein Häufchen Asche sein. Mein Vater hat allerdings eine Abschrift.«

»Wir haben keine Zeit, Eurem Vater eine Nachricht zu schicken«, sagte Jemmy und trommelte mit den Fingern auf dem Tisch. »Und ohne diese Vereinbarung hat Maxwell das Recht, auf Eurer Rückkehr zu bestehen, Mylady.«

Alyson nickte langsam und mit einem Ausdruck tiefen Mitgefühls. »Deirdre, ich wünschte, wir könnten irgendetwas tun, um dir zu helfen.«

Jemmy trommelte weiter mit den Fingern auf den Tisch und runzelte die Stirn. »Hätten wir nur ein bisschen mehr Zeit, dann könnten wir uns etwas ausdenken. Doch da sie schon so nahe sind – dennoch, selbst wenn er Euch heute mit zurücknimmt, kann ich Euren Vater benachrichtigen. Er wird kommen und Euch holen.«

»Ja, natürlich wird er kommen«, sagte Deirdre und versuchte zu lächeln.

»Das wird allerdings wenig Sinn haben, wenn Maxwell sie bis dahin schon wieder verheiratet hat«, gab Alistair zu bedenken und sprach damit Deirdres eigene Befürchtung laut aus.

»Nun, dann muss ich dafür sorgen, dass er es nicht tut«, sagte Deirdre weit entschlossener und mutiger, als sie sich momentan fühlte. »Ich danke Euch für Eure Gastfreundschaft, Mylord, Mylady. Ich werde jetzt gehen und Maeve abreisebereit machen.«

»Wartet.«

Sie war schon halb vom Stuhl aufgestanden, hielt aber sogleich inne und sah Alistair an.

»Wärt Ihr bereits verheiratet, dann könnten sie Euch nicht mitnehmen, stimmt's?«

»Ja, nun ja, wenn es so wäre. Das mag sein«, sagte Deirdre. »Aber …«

»Eine Verlobung dürfte ausreichen«, fuhr Alistair fort und blickte auf seine Hände.

»Ja«, sagte Jemmy bedächtig, »das könnte gehen.«

»Aber …«

»Ich würde es tun«, sagte Alistair abrupt. »Falls Euch damit geholfen wäre.«

»Ich, nun …«, stammelte Deirdre verwirrt.

»Ich denke, das ist eine sehr gute Idee«, sagte Alyson.

»Dann, wenn Ihr wirklich sicher seid, Alistair …«, flüsterte Deirdre.

»Ja«, antwortete er mit einer seltsam belegten Stimme. »Ich bin sicher.«

Sie wünschte, er würde sie ansehen, nur einmal, damit sie

erkennen konnte, ob er meinte, was er sagte. Aber was genau *sagte* er? Handelte es sich bei seinem Angebot nur um eine List, oder meinte er es ehrlich? Hielt er um ihre Hand an? Sie konnte ihn natürlich nicht heiraten. Das war gänzlich ausgeschlossen. Oder nicht? Sie konnte nicht mehr klar denken, denn ihr Herz schlug ihr plötzlich bis zum Halse.

»Und selbstverständlich könnte die Verlobung hinterher gelöst werden«, ergänzte Jemmy nachdenklich.

Er wird sich etwas Besseres suchen als diese bleichgesichtige Dirne. War es das, was Jemmy dachte, was sie alle dachten? Und was dachte Alistair?

Oh, wenn er sie doch nur ansehen würde! Sie war sicher, dass sie die Wahrheit in seinen Augen erkennen könnte. Doch er hielt den Kopf gesenkt und wartete auf ihre Antwort.

»Ich will nichts weiter als Maeve zu meiner Familie nach Irland bringen«, sagte sie mit aller Selbstbeherrschung, die sie im Augenblick zustande brachte. »Und wenn es auf diese Weise möglich wird, dann, ja, Sir Alistair. Ich danke Euch.«

Da, endlich, blickte er auf und sah sie an, doch sein Gesicht verriet nichts von dem, was in ihm vorgehen mochte. »Natürlich, Mylady«, sagte er förmlich. »Das ist es doch, was wir alle wollen, nicht wahr?«

Und während diese Frage noch unbeantwortet im Raum schwebte, machte er sich auf, den Priester zu holen.

»Ah, bei Gott, Jemmy«, stöhnte Kinnon Maxwell und fuhr sich mit der Hand durchs schüttere Haar. »Das ist ja eine üble Geschichte. Mein Vater wird die Nachricht gar nicht gut aufnehmen.«

»Ja, Kinnon, ich weiß«, sagte Jemmy mitfühlend. »Aber

was sollen wir tun? Es ist alles bezeugt und unterzeichnet, falls du es dir ansehen willst.«

»Nein, das ist nicht nötig«, erwiderte Kinnon mit finsterer Miene. »Ich bin sicher, dass alles seine Richtigkeit hat.«

Sie waren wieder in der Halle, diesmal allerdings mit einem Dutzend Maxwells und derselben Zahl Kirallens. Deirdre stand neben Jemmys Stuhl, an ihrer Seite Alistair, der ihre eiskalte Hand festhielt.

Kinnon blickte die beiden an. »Verdammt, Alistair«, sagte er ohne jede Wut. »Bedankst du dich so bei uns für unsere Gastfreundschaft?«

»Ach, Kinnon, seit wann ist es denn eine Sünde, sich zu verlieben?«, fragte Alistair, als meinte er es tatsächlich ernst. »Die Lady ist frei, und ich bin es auch, also wo liegt das Problem?«

»Mein Vater ist das Problem, wie du sehr wohl weißt. Aber …«

Weiter unten in der Halle wurde es unruhig. Jemmy stand auf, wobei er für einen kurzen Moment das Gesicht vor Schmerz verzog. »Sir Calder, tretet zurück«, rief er laut. Doch der Ritter hörte ihn entweder nicht oder ignorierte ihn absichtlich. Calder holte mit dem Arm aus und schlug einen der Maxwells nieder. Im nächsten Augenblick brach ein schrecklicher Tumult los.

»Gott verfluche ihn«, murmelte Jemmy und trat vor. »Kinnon, ruf deine Männer zurück.«

Ehe Kinnon sich rühren konnte, stolperten die Männer auf sie zu. Einer zog einen Dolch aus seinem Gürtel und sprang mit beängstigender Geschwindigkeit auf Jemmy zu, der allein vor seinem Stuhl stand.

Alistair ließ Deirdres Hand los und machte einen Satz

nach vorn. Im selben Moment, in dem Alyson eine Warnung schrie, packte Alistair die Hand des Angreifers, wurde jedoch von ihm nach hinten gestoßen. Er fiel gegen Jemmy, und alle drei gingen zu Boden.

In der nächsten Sekunde war Alistair wieder auf den Beinen, drehte sich um und half Jemmy auf. Der Maxwellritter lag am Boden, um ihn herum eine Blutlache, die größer und größer wurde.

Erst jetzt mischte Kinnon sich endlich ein. »Aufhören!«, schrie er. Seine Stimme war schrill vor Angst. »Ich befehle euch, hört auf!«

»Zu mir!«, rief Jemmy. »Sofort! Sir Calder – ihr anderen – das reicht.«

Er packte Calder hinten an seinem Hemd und zerrte ihn zurück. Dann schlug er dem Ritter mit solcher Wucht ins Gesicht, dass es durch den ganzen Raum hallte. »Ich sagte, zurück«, befahl er in die plötzliche Stille hinein. »Ihr alle.«

Die Männer gehorchten. Die Maxwells zogen sich in die eine Ecke der Halle zurück, die Kirallens in die andere. »Jemmy, bist du verletzt?«, fragte Kinnon besorgt, als er dessen aschfahles Gesicht sah.

»Mir geht es gut. Er hat mich nicht getroffen. Ich denke, es ist das Beste, wenn du deine Männer nimmst und gehst.«

»Ja«, sagte Kinnon und blickte hinab auf die leblose Gestalt am Boden. »Es tut mir leid. Ich habe keine Ahnung, was Duran sich dabei gedacht hat. Los, Männer, nehmt ihn mit.«

Jemmy blieb stehen, bis die Maxwells fort waren. Dann sah er seine Ritter einen nach dem anderen streng an. »Ihr alle habt euch heute unverzeihlich verhalten«, sagte er. »Ich werde …« Er stolperte ein wenig und griff nach seiner Stuhllehne, fasste jedoch daneben und schlug der Länge nach auf den Boden.

Alyson rannte zu ihm und fiel mit einem angsterfüllten Aufschrei neben ihm auf die Knie.

»Dreht ihn um – es ist gut, er ist nur ohnmächtig. Conal, Donal«, befahl sie, »kommt her. Hebt ihn hoch – ganz vorsichtig – und nun bringt ihn ins Bett.«

Deirdre war sofort bei ihr und legte die Hand auf Alysons Ellbogen. Gemeinsam folgten sie Jemmy aus der Halle. In der Tür drehte Alyson sich um und sah die Ritter an. Die meisten von ihnen hielten ihrem strengen Blick nicht stand. Sie senkten die Häupter und starrte auf die Binsen, die den Steinboden bedeckten.

Sobald die Frauen aus der Tür waren, baute Alistair sich vor den Rittern auf, die Arme vor der Brust verschränkt. »Nun«, sagte er. »Möchte mir jemand erzählen, was hier gerade passiert ist?«

»Ich«, antwortete Calder, der sich die Wange rieb. Jemmys Hand hatte dort einen deutlichen Abdruck hinterlassen. »Ihr anderen könnt gehen.«

Als sie allein waren, stützte Calder sich mit einer Hand auf die Lehne von Jemmys Stuhl und sah Alistair misstrauisch an.

»Was zum Teufel spielst du hier, Alistair?«, fragte er. »Was hast du dir dabei gedacht, dich einfach in den Weg zu stellen?«

»Ich schätze, ich habe instinktiv gehandelt«, sagte Alistair gelassen. »Es ging alles sehr schnell, und ich fürchte, ich habe überhaupt nicht gedacht.«

»Na, dann solltest du besser anfangen zu denken. Bei Gott, Mann, das war's! Das war die Chance, auf die wir alle gewartet haben. Aber vielleicht macht es nichts. Seine Schulter macht ihm immer noch zu schaffen – möglicherweise bringt ihn die Wunde doch noch um. Und selbst wenn nicht, wird er nichts mehr zu sagen haben, nachdem der Burgherr tot ist. Ich war ziemlich fleißig, während du weg warst.«

»Und was tatest du so fleißig?«, fragte Alistair und rang sich ein Lächeln ab.

»Nun, es ist so. Der Rat ist einstimmig für Malcolm. Wir werden den Jungen auf jedem Schritt begleiten und genauestens unterweisen. Ist es nicht das, was du wolltest?«

Das war tatsächlich das, was Alistair vor einem Jahr wollte. In diesem Jahr jedoch hatte er sich verändert – wohingegen sich hier offenbar nichts verändert hatte. Die Dinge, die er in Bewegung gesetzt hatte, nahmen unaufhaltsam ihren Lauf.

»Ich habe *nie* gesagt, dass Jemmy umgebracht werden sollte. Niemals.«

Und Gott sei Dank war das die Wahrheit, denn andernfalls wäre sein Gewissen mehr belastet, als er ertragen könnte.

»So geht es am schnellsten.« Calder zuckte mit den Schultern, und Alistair lief ein eiskalter Schauer über den Rücken.

»Und dann wählt der Rat Malcolm«, sagte er.

»Nun, ich habe den Rat hier vollständig versammelt«, verkündete Calder lachend und streckte seine Hand aus. »Man könnte sagen, ich *bin* der Rat. Ja, ich denke, das dürfte ziemlich zutreffend sein. Aber es wäre für uns alle besser, wenn Jemmy … nun, wenn er seine Wunde nicht überlebt. Damit hätten wir einen schnellen, sauberen Schnitt, und Malcolm wäre der rechtmäßige Erbe.«

»Wie ich sehe, warst du wirklich fleißig«, sagte Alistair mit einem Ausdruck von Bewunderung.

»Ja, war ich. Aber was ist mit dir, Alistair? Was für Spiele treibst du hier? Ich dachte, ich wüsste, was du vorhast, aber jetzt … nun, jetzt bin ich mir nicht mehr so sicher. Du scheinst irgendwie verändert.«

»Ich war lange fort.«

Calder musterte ihn nachdenklich. »Kann sein, dass es wirklich nur das ist. Kann aber auch nicht sein. Eines solltest du jedenfalls wissen, Alistair: Der Rat wird herrschen, bis Malcolm volljährig ist, ob mit dir oder ohne dich. Und bis dahin«, fügte er hinzu und bleckte die Zähne zu einem hinterhältigen Grinsen, »wird er wissen, wer seine wahren Freunde sind.«

»Und wenn er es bis dahin nicht weiß?«

»Das braucht dich nicht zu interessieren. Wir kümmern uns um den Jungen.«

Calder richtete sich auf und sah Alistair misstrauisch an. »Entweder bist du dabei oder nicht. Du kannst nicht beides haben.«

»Ja. Na, da habe ich ja einiges, worüber ich nachdenken sollte.«

»Denk so viel nach, wie du Lust hast. Aber beeil dich. Die Zeit wird knapp – und das nicht bloß für den Burgherrn.«

»Calder!«, rief Alistair dem Ritter nach. Er drehte sich um. »Wer hat Jemmy die Wunde zugefügt?«

»Tja, schwer zu sagen, was an dem Tag passiert ist. Du weißt ja, wie es im Schlachtgetümmel zugeht. Da kann es irgendeiner gewesen sein.«

»Vielleicht sogar du.«

»Ja, vielleicht sogar ich«, stimmte Calder ungerührt zu. »Aber in diesem Fall würde ich es wohl kaum zugeben, nicht wahr?«

»Legt Euch hin, Mylady«, befahl Maggie streng, die gerade Jemmys Bett gerichtet hatte. »Ich schaffe das hier schon allein.«

Deirdre legte eine Hand auf Alysons Arm. »Sie hat recht. Komm und ruh dich aus.« Sie fühlte, wie Alyson zitterte, und fügte leise hinzu: »Du musst zurzeit schließlich nicht nur auf dich aufpassen.«

Alyson gab ohne weiteren Protest nach und ließ sich von Deirdre zum Turmzimmer führen, wo Maeve fröhlich auf dem Boden spielte. Ihr gegenüber hockte eine hübsche junge Frau, die man zu ihr geschickt hatte. »Mam!«, rief Maeve. »Guck mal!«

»Komm, meine Kleine. Gehen wir hinunter in den Garten«, schlug die junge Frau vor, kaum dass sie die erschöpfte Alyson sah, und nahm Maeve auf den Arm.

»Geh nur, Liebes«, sagte Deirdre und gab ihrer Tochter einen Kuss. »Ich komme bald nach.«

Alyson legte sich aufs Bett. »Woher weißt du es?«, fragte sie.

»Na ja, wissen tu ich es eigentlich nicht«, antwortete Deirdre achselzuckend. »Sagen wir, manchmal rate ich recht sicher. Hast du Schmerzen, hier oder hier?«, Sie zeigte auf Alysons Bauch.

Alyson tastete die Stellen ab und schüttelte den Kopf. »Nein, ich denke, es ist alles in Ordnung.« Sie schloss die Augen und sank auf die Kissen zurück. »Wir hatten es uns gewünscht«, flüsterte sie. »Aber jetzt …« Ihre Augen weiteten sich, und sie fuhr hoch. »Deirdre, du darfst niemandem etwas sagen! Versprich es mir!«

»Ich verspreche es«, sagte Deirdre verwundert. »Aber jetzt leg dich wieder hin. Du musst dich dringend ausruhen. Ich kann dir jemanden schicken. Wen hättest du gern bei dir?«

»Niemanden.«

Deirdres Verwunderung wurde noch größer. »Aber es muss doch jemanden geben – eine Freundin vielleicht.«

»Nein«, sagte Alyson matt. »Sie sind alle – oh, Deirdre, du weißt es gar nicht, oder?«

»Was weiß ich nicht?«

»Wie ich hier hergekommen bin.«

»Nun«, sagte Deirdre vorsichtig, »es gab einige Gerüchte. Sie besagten, dein Vater hätte versucht, die Kirallens zu betrügen, und dabei wäre etwas schiefgegangen.«

Ein trauriges Lächeln huschte über Alysons blasse Lippen. »Ja, so sehen sie es hier bis heute. Dabei würde ich sagen, dass alles gut ausgegangen ist – zumindest für mich. Und für Jemmy. Obwohl ich da in letzter Zeit meine Zweifel habe. Jemmy hat durch mich nichts als Schwierigkeiten.«

Deirdre nahm Alysons kalte Hand in ihre. »Warum redest du dir nicht mal alles von der Seele?«

»Ja, das würde ich gern. Außerdem ist es so oder so besser, wenn du es von mir erfährst.«

Deirdre hörte sich staunend Alysons Geschichte an – von dem Betrug, zu dem ihr Vater sie genötigt hatte, von ihrer wachsenden Liebe zu Jemmy und seiner zu ihr. Als sie an der Stelle ankamen, an der Jemmy sich gegen den Willen des Clans und seines Vaters stellte und Alyson zur Frau nahm, hatte Deirdre Tränen in den Augen, lachte allerdings zugleich.

»Mir ist gleich aufgefallen, wie sehr er dich liebt«, sagte sie. »Oh, Alyson, wenn du nur hören könntest, wie er von dir spricht! Er bereut es nicht, dich geheiratet zu haben, und du darfst das nicht mal denken.«

»Er sollte es bereuen. Dadurch hat er den Clan gegen sich

aufgebracht – und er hatte ohnehin schon genug Widersacher. Dennoch bin ich sicher, dass wir sie auf unsere Seite bekommen hätten, wäre da nicht …«

»Alistair?«

»Ja. Nachdem er fort war, fingen alle an, von ihm wie von einem heiligen Märtyrer zu sprechen. Der Burgherr hätte etwas dagegen unternehmen können, aber er tat es nicht. Ihn plagten schreckliche Schuldgefühle«, sagte Alyson leise. »Für ihn war Alistair stets wie ein eigener Sohn gewesen, und nachdem Ian nicht mehr war, sah er in ihm sein einziges verbliebenes Kind. Er und Jemmy kamen nie gut miteinander aus. Darum ist Jemmy damals überhaupt fortgegangen. Als er wiederkam, besserte sich ihr Verhältnis ein wenig – bis Jemmy mich anstelle von Maude heiratete.«

»Aber ich verstehe das nicht.« Deirdre schüttelte den Kopf. »Was hätte das denn geändert? Der Burgherr *hatte* doch den Frieden, den er wollte.«

»Er bezahlte ihn mit dem Verlust Alistairs. Der Burgherr dachte immer, dass Alistair eine Heirat zwischen Jemmy und Maude hingenommen hätte – dass der Clan sich mit einer solchen Vermählung arrangiert hätte. Es ist schließlich ein gewaltiger Unterschied, ob sie Maude, die legitime Tochter Darnleys, als Herrin haben oder die außerehelich gezeugte Küchenmagd, die Darnley Jemmy unterschieben wollte. Sie hassen mich, Deirdre.«

»Ach, Alyson«, rief Deirdre, »das kann unmöglich sein! Sie können dich doch nicht *alle* hassen!«

»Vielleicht nicht«, stimmte Alyson ihr mutlos zu. »Aber diejenigen, die es nicht tun, trauen sich auch nicht, mir ihre Freundschaft anzubieten. Sie halten sich zurück und warten ab, wie sich die Dinge entwickeln. Jetzt, da Alistair zurück ist, werden die Schwankenden auf seine Seite wechseln, sobald es den Anschein hat, dass er gewinnt.«

»Was gewinnt?«

»Macht«, antwortete Alyson matt. »Geht es nicht immer nur um Macht? Der Rat benutzt Malcolm, aber er ist nur eine Art Pfand für sie. Sie haben nicht vor, ihn zum Herrscher zu machen. Eigentlich wollen sie Alistair. Und Alistair will es ebenfalls so. Bevor er Ravenspur verließ, machte er nie ein Geheimnis daraus. Und nun ist er zurück, und …« Sie begann zu zittern.

Deirdre streichelte ihre Hand. »Ganz ruhig. Überleg doch mal! Er hat Jemmy heute das Leben gerettet! Vielleicht war er verbittert, als er fortging«, sagte Deirdre nachdenklich. »Wer könnte es ihm verübeln? Aber er hat sich verändert. Er wollte gar nicht wieder herkommen, das hat er mir selbst gesagt. Er war nur auf euerm Land, weil er Maeve und mich nach Annan führen wollte.«

»Bist du dir da sicher, Deirdre? Bist du dir ganz, ganz sicher?«

Deirdre spielte in Gedanken noch einmal alles durch, was geschehen war, seit sie Alistair am Abend von Beltane erstmals begegnete.

»Er kommt mit mir nach Donegal«, sagte sie schließlich. »Und ich denke, wir sollten so bald wie möglich abreisen.«

»Ach, Deirdre, ich sage das nur ungern, aber ich hoffe, ihr reist bald ab.«

»Ja. Und nun ruh dich aus. Was immer geschieht, du musst auf dich achtgeben – und auf das Baby.«

Sie saß am Bett und strich Alyson das Haar aus dem blassen Gesicht, bis deren Atem ruhiger ging und sie wusste, dass sie eingeschlafen war.

Als es leise an der Tür klopfte, stand sie geschwind auf und eilte hin.

»Leise«, flüsterte sie, noch während sie die Tür öffnete, und war überrascht, von Angesicht zu Angesicht mit Alistair zu stehen. Seine Wangen waren gerötet, doch um die Lippen und die Nasenspitze herum war er fast weiß, als hätte er einen Schock erlitten.

»Wie geht es ihr?«, fragte er und sah an Deirdre vorbei ins Zimmer.

»Sie schläft«, antwortete Deirdre knapp.

»Arme Deirdre«, murmelte er. »Du siehst selbst sehr müde aus. Komm mit nach draußen, ich glaube, du brauchst etwas frische Luft.«

Deirdre blickte über die Schulter zu Alyson.

»Sie wird dich für eine Stunde entbehren können«, sagte Alistair. »Wo ist Maeve überhaupt? Ich hatte gehofft, sie zu sehen.«

»Im Garten«, antwortete Deirdre. »Lass mich jemanden schicken, der Maggie holt. Ich gehe erst, wenn sie bei Alyson ist.«

»Ich kümmere mich darum«, bot er an.

Wenige Minuten später ging Deirdre erstmals in den Garten von Ravenspur. Er war ein einziges Meer von leuchtenden Farben und wunderbaren Düften. Deirdre atmete tief ein. Dann nahm sie ihre Haube ab und ließ sich die Sonne auf den Kopf scheinen.

»Es ist wunderschön hier«, stellte Alistair fest. Sein Blick wanderte über die Blumenbeete und den gepflegten Rasen. »Sie hat eine Menge geschafft, wenn man bedenkt, dass sie gerade mal ein Jahr Zeit hatte.«

In diesem Moment entdeckte er Maeve und lächelte.

»Hallo, Kleine«, rief er. Sie sah auf, und ein Strahlen ging über ihr Gesicht.

»Stern!«, rief sie, rannte über den Rasen und sprang direkt in Alistairs Arme. Er wirbelte sie herum, bis sie kreischte vor Lachen. Dann hielt er sie hoch über seinen Kopf und sah sie an.

»Und was hast du so gemacht, mein Püppchen?«

»Pferd gespielt«, sagte sie aufgeregt. »Da!«

Deirdre folgte dem ausgestreckten Finger Maeves und sah Malcolm, der im Gras gekniet hatte und jetzt aufstand.

»Du bist also das Pferdchen, ja?«, fragte Alistair, schwang Maeve auf seine Schultern und ging zu dem Jungen.

»Eher ein stolzer Hengst«, erwiderte Malcolm grinsend. »Guten Morgen, Lady Maxwell.«

»Noch mal!«, rief Maeve und zog an Alistairs Haar. »Noch mal Pferdchen spielen!«

»Na gut«, sagte Malcolm freundlich. »Wenn du willst, kriegst du noch einen Ausritt.«

Alistair hob die Kleine herunter. Während Maeve mit Malcolm weiterspielte, führte Alistair Deirdre zu einer Steinbank, die von Rosensträuchern umringt war. Deirdre setzte sich, und Alistair streckte sich im Gras zu ihren Füßen aus. Dann blickte er lächelnd zu ihr auf. Er konnte unmöglich Mord und Verrat planen, dachte sie. Das war ausgeschlossen. Niemals könnte er sie so ansehen, mit so leuchtenden und klaren Augen, und gleichzeitig eine böse Intrige spinnen.

»Ich vermute, die Maxwells sind weg?«, fragte sie betont munter.

»Ja, und mögen sie in der Hölle verrotten.«

»Wie schätzt du ein, was vorhin in der Halle passiert ist?«

Er sah ins Gras und mied ihren Blick. »Die Situation ist außer Kontrolle geraten. Offensichtlich war der Angreifer reichlich betrunken«, antwortete er achselzuckend.

»Es hatte den Anschein, als wenn Sir Calder die Auseinandersetzung angefangen hat.«

»Da sagen die Ritter etwas anderes«, erwiderte er ausweichend.

Er verteidigte also Sir Calder, den Mann, der sich Alyson gegenüber so unglaublich schlecht benommen hatte, der sich heute früh gegen Jemmy aufgelehnt und beinahe dessen Tod verursacht hatte.

Deirdre wurde das Herz schwer, aber sie zwang sich, freundlich zu lächeln.

»Und hast du den Burgherrn schon gesehen?«

»Ich ihn schon, aber er mich nicht. Er schlief, als ich gestern bei ihm war. Ich gehe heute noch einmal zu ihm.«

»Was glaubst du, will er dir sagen?«

»Wie soll ich wissen, was er mir zu sagen hat? Verzeih«, fügte er hastig hinzu. »Ich wollte nicht barsch zu dir sein.«

Er rieb sich die Schläfen, als hätte er Kopfschmerzen. »Der Burgherr ist sehr krank«, sagte er. »Der Arzt sagt, er wacht vielleicht nicht wieder auf.«

»Dann sollten wir lieber heute noch abreisen.«

»Ich kann nicht.«

»Aber wenn der Burgherr nicht wieder aufwacht?«

»Es sind … hier geht einiges vor, das ich nicht erklären kann.«

»Ich habe mich mit Lady Alyson unterhalten«, sagte Deirdre vorsichtig.

Er setzte sich auf und wirkte plötzlich sehr angespannt. »Was hat sie dir erzählt?«

»Ich denke, sie wäre – nun ja, erleichtert – wenn wir abreisten.«

Alistair lachte kurz auf. »Ich bin sicher, dass sie das wäre.«

»Warum bleiben wir dann, wenn wir nicht erwünscht sind?«

»Weil ich einen Eid geleistet habe. Unmittelbar vor seinem Tod bat Ian mich, auf Malcolm aufzupassen, und ich habe es ihm versprochen. Ich werde mein Wort *nicht* brechen.«

Er sprang auf und begann, im Gras auf und ab zu gehen.

»Aber Malcolm geht es gut!«, wandte Deirdre ein. »Du hast es doch selbst gesehen. Warum glaubst du, du musst …?«

»Hätte der Burgherr doch nur von Anfang an auf mich gehört!«, platzte es wütend aus Alistair heraus. Er hatte Deirdre den Rücken zugewandt, doch Deirdre erkannte an der Haltung seiner Schultern, dass er unter höchster Anspannung stand. »Malcolm ist Ians Sohn. Er hätte gleich nach Ians Tod zu seinem Erben ernannt werden müssen.«

Als er sich wieder zu Deirdre umdrehte, seine Miene verschlossen und grimmig, schnürte es ihr beinahe die Brust zu. Könnte Alyson doch recht haben? War Alistair immer noch entschlossen, Malcolm an Jemmys Stelle zu setzen?

»Diese Frage wurde vor langer Zeit geklärt«, sagte sie mit fester Stimme. »Der Burgherr hat seine Entscheidung getroffen, und er tat, was er für das Beste hielt.«

»Der Burgherr irrte sich«, entgegnete Alistair ruhig.

Heilige St. Brigid, betete Deirdre, *zeig mir, wie ich ihm helfen kann.* In einem Punkt jedenfalls hatte Alyson unrecht: Alistair würde Malcolm niemals als Mittel für seine eigenen Zwecke benutzen. Was immer er vorhatte, er tat es aus einem tiefen Ehrgefühl heraus und seiner Überzeugung nach zu Malcolms Besten.

»Was ist mit Lord Jemmy?«, fragte sie und fürchtete sich beinahe vor der Antwort. »Was soll aus ihm werden?«

Alistair seufzte tief. »Das weiß nur Gott allein.«

Deirdre starrte ihn erschrocken an. »Er ist dein Stiefbruder!«

»Denkst du, ich hätte das vergessen?«

Er sank auf die Bank und fuhr sich mit den Händen durchs Haar, bis sich seine geflochtenen Zöpfe lösten. Seine Locken leuchteten wie geschmolzenes Gold in der Sonne. »Bei Christi Wunden, das ist alles ein entsetzliches Desaster.«

»Aber warum? Was hat Lord Jemmy denn getan, außer die Befehle seines Vaters auszuführen? Wirfst du ihm auch vor, dass er Alyson geheiratet hat?«

Alistair sah sie überrascht an. »Nein, von allem, was er bisher tat, war das noch das Vernünftigste. Doch weder um Jemmy noch um Alyson bin ich bekümmert. Malcolm ist derjenige, auf den es hier ankommt. Nur Malcolm ist mir wichtig, und Ian.«

»Alistair«, sagte sie mit sanfter Strenge, »du musst aufhören, an Ian zu denken. Du *musst*. Siehst du denn nicht, dass das, was er wollte, unwichtig geworden ist? Er ist tot, aber du lebst! Du hast eine Wahl, also triff *deine* Entscheidung, nicht Ians. Was hier geschieht, hat nichts mit ihm zu tun.«

»Da irrst du dich. Alles, was hier geschieht, hat ausschließlich mit Ian zu tun. Ich erzählte dir ja, dass er immer noch etwas von mir erwartet. Und nun kann ich es tun. Ich bekomme nur diese eine Chance – meine letzte Chance –, den Fehler gutzumachen, der ihn das Leben kostete.«

»Ich verstehe nicht, wovon du sprichst.«

»Es war meine Aufgabe, ihn zu beschützen, und ich war

nicht da. Ich habe ihn im Stich gelassen, deshalb ist er tot. Und nun«, er blickte ihr mit einem Ausdruck furchtbarer Seelenqualen in die Augen. »Wenn ich Malcolm nun auch noch im Stich lasse, bin ich auf ewig verdammt.«

»Nein!« Sie fasste seine Schultern, damit er sich nicht von ihr abwenden konnte. »Oh, Alistair, du hast doch selbst gesagt, dass dieser Ort nicht gut für dich ist, erinnerst du dich nicht? Du sagtest, du willst einen Neuanfang, ein neues Leben.«

Wortlos zog er sie näher zu sich und legte seinen Kopf an ihre Schulter. Sie nahm ihn in die Arme und strich mit einer Hand über sein weiches Haar, als sie spürte, wie er bebend Atem holte.

»Wäre es doch nur so einfach. Aber das ist es nicht, nicht mehr«, sagte er, seine Stimme vom Stoff ihres Kleides gedämpft. »Ich kann vor dem hier nicht davonlaufen.«

»Wovor?«, rief sie. »Alistair, sag mir, was du vorhast?«

»Tut mir leid, das kann ich nicht. Ich wünschte, ich könnte. Ich weiß, dass du mich nicht verstehst, Deirdre, aber ich bitte dich, mir zu vertrauen.« Er hob den Kopf und sah ihr in die Augen. »Bitte, vertrau mir einfach.«

Sie nickte hilflos. »Das werde ich. Ich vertraue dir.«

»Es gibt etwas, das ich tun muss, und … und ich fürchte, mir bleibt nicht viel Zeit.« Er blickte an ihr vorbei. »Siehst du sie? Sie sind jetzt immerzu in meiner Nähe.«

»Schhh«, sagte sie und zog seinen Kopf wieder an ihre Schulter. »Ich sehe gar nichts. Da ist nichts, *nichts.*«

Aber sie *hatte* sie gesehen. Regungslos hockten sie inmitten der grünen Blätter und leuchtend roten Früchte des Kirschbaums über ihnen. Zwei dunkle, gefiederte Gestalten, die in ihrer Bedrohlichkeit und Unausweichlichkeit ebenso furchterregend waren wie der Tod selbst. Deirdre umarmte Alistair noch fester, als könnte sie ihn damit irgendwie beschützen.

Von schmerzlicher Angst erfüllt, betete sie im Stillen jenes Gebet, das alle Sterblichen sprechen, wenn sie der Realität des Todes ins Gesicht blicken.

Noch nicht, flehte sie still. Nimm ihn noch nicht mit dir. Es ist nicht fair. Es ist falsch. Oh, bitte, nur noch ein wenig länger!

Er richtete sich halb auf und wischte ihr mit seinem rauhen Daumen eine Träne von der Wange. »Verzeih mir. Ich hätte nicht so reden dürfen. Wahrscheinlich bin ich müder, als ich dachte. Bitte, Deirdre, weine nicht. Es wird alles gut.«

Aber wie könnte alles gut werden?, fragte sie sich und versuchte zu lächeln. Wie könnte je wieder irgendetwas gut werden?

»Wir alle müssen irgendwann sterben«, sagte er. »Das ist nichts, wovor wir uns fürchten sollten. Was mir allerdings Angst macht – das Einzige, was mir Angst macht –, ist, dass ich sterben könnte, bevor ich die Chance hatte, alles wiedergutzumachen.«

»Du wirst einen Weg finden«, sagte Deirdre aus tiefster, verzweifelter Überzeugung. »Ich weiß, dass du es schaffst.«

Er lächelte, beugte sich vor und küsste sie sanft. »Ich denke, es genügt, wenn wenigstens einer von uns daran glaubt.«

Dann seufzte er und strich ihr über die Wange. »Aber du bist ja auch noch da. Was soll mit dir werden, Deirdre?«

Ehe sie antworten konnte, hatte er einen Arm um sie gelegt und sie ganz nah zu sich gezogen. »Nein, vergiss, dass ich gefragt habe. Kannst du das? Wäre es dir recht, wenn wir jetzt nicht darüber sprechen?«

»Ich … nun ja«, antwortete sie und fühlte sich plötzlich seltsam kurzatmig.

»Reden wir von etwas anderem, etwas gänzlich anderem. Erzähl mir, was du als Kind gern gemacht hast«, schlug er vor. »Was hast du am liebsten gespielt?«

»Oh! Lass mich überlegen. Ich bin immer gern runter an die Klippen gegangen. Manchmal sah ich dort einen Seehund, und dann habe ich mir vorgestellt, er wäre ein Silkie, ein Meereswesen wie in den Fabeln, das gekommen ist, um mich zu holen. Ich träumte davon, für immer am Meeresgrund zu leben.«

»Ich würde es keinem Silkie verübeln, wenn es versucht, dich zu erobern«, sagte er leise.

Das Sonnenlicht schien ihm ins Gesicht, und vom schweren Duft der Blumen wurde Deirdre beinahe schwindlig. Zum Glück schenkten ihr sein starker Arm um ihre Schultern und seine Finger, die sich mit ihren verwoben, ein Gefühl von wunderbarer Sicherheit.

»Und dann habe ich natürlich die Spiele gespielt, die alle Kinder lieben«, fuhr sie fort und nickte ihm zum Dank für sein Kompliment lächelnd zu. »Abzählreime und Hüpfspiele – und natürlich zum Brunnen laufen und sich etwas wünschen.«

»Was hast du dir gewünscht?«

Sie blickte ihn an und fragte sich, wie er sich überhaupt für derlei nichtige Dinge interessieren konnte, wenn ihm zugleich so vieles durch den Kopf ging. Aber er sah sie an, als wäre ihm ihre Antwort ungeheuer wichtig.

»Ach, närrische Dinge.« Sie lachte. »Ein neues Pferd oder einen Ring mit einem blauen Stein …«

»Und? Hast du alles bekommen?«

»Ich habe das Pferd bekommen«, sagte sie. »Mein Vater gewann beim Würfeln und kam mit einem gescheckten Zelter nach Hause. Er gewann oft, aber selten so viel wie an jenem Tag. Wir haben einen Monat lang in Saus und Braus gelebt.«

»Er hat gespielt?«, fragte Alistair stirnrunzelnd.

»Oh ja. Er führte ein ziemlich ausschweifendes Leben, schätze ich, wenngleich ich es damals nie so empfand. Ich dachte, es wäre alles ein Riesenspaß. Am einen Tag bekamen wir neue Kleider, Wachskerzen und zu jeder Mahlzeit Fleisch, und am nächsten verließ meinen Vater das Glück, und wir waren bei Porridge und Binsenfackeln. Aber ganz gleich, was auf den Tisch kam, es waren stets Leute da, die es mit uns teilten. Gemeinsam waren wir fröhlich und ausgelassen, immer …«

Alistair sah hinab auf ihre Hand, die in seiner lag. »Du solltest Ringe bekommen«, sagte er halb im Scherz. »Einen für diesen Finger«, er hob die Hand an seine Lippen, »und einen für diesen … und diesen …«

Sein Mund fühlte sich weich und warm an. Deirdre schloss seufzend die Augen.

»Heute hättest du mindestens einen Ring haben sollen«, sagte er, und sie öffnete die Augen, weil er auf einmal sehr ernst klang. »Es tut mir leid.«

»Hör auf«, entgegnete sie mit einem nervösen Lachen. »Woher solltest du so schnell einen Ring denn herbekommen?«

Er lächelte nur und strich mit einem Finger über ihre Handinnenfläche. Trotz des strahlenden Sonnenscheins bekam Deirdre eine Gänsehaut.

»Nun, Ring oder nicht, auf jeden Fall haben wir die Maxwells überzeugt«, sagte er. »Der arme Kinnon. Ich frage mich, was er dem alten Giftpilz erzählt.«

Ihr Lachen hörte sich zu angestrengt an, deshalb verstummte sie, ehe Alistair es bemerkte, und sagte: »Sie kommen doch nicht wieder, oder?«

»Vielleicht. Wir müssen dringend entscheiden, was wir als Nächstes tun, was du als Nächstes tun willst. Vorher jedoch gehe ich erst mal zum Burgherrn. Ich sollte baldmöglichst herausfinden, warum er mich herholen ließ.«

Mit einer einzigen fließenden Bewegung stand er auf und verneigte sich. »Bis heute Abend dann.«

Sie sah ihm nach, als er ging. Ihr Blick wanderte über seine breiten, starken Schultern und den geraden Rücken hinunter. Dann wandte sie sich zu Maeve, die voller kindlicher Begeisterung mit Malcolm lachte. Zwar gab es in der Burg jede Menge Probleme und Unfrieden, doch im Grunde konnte dies ein sehr schöner Ort sein. Ein schöner Ort für Maeve wie für sie – und Alistair? Ach, könnte er nur aufgeben und die Dinge hinnehmen, wie sie waren. Vielleicht wäre es ihm dann möglich hierzubleiben. Und sie könnten ihr Eheversprechen wahr machen.

Sie schloss die Augen und malte sich aus, wie es sein könnte. Auf dem Bild waren sie und Alistair mit Alyson, Jemmy und deren Kind in diesem Garten … Was für eine hübsche Tochter würden die beiden haben, mit dem dunklen Haar des Vaters und den großen Augen …

»Mam!«

Deirdre setzte sich abrupt auf, noch halb benommen von ihrem Traum, als Maeve auf sie zugerannt kam. Für einen Moment schien es, als liefe ein anderes Kind neben Maeve, ein kleiner Junge, der Alistair so ähnlich sah, dass es Deirdre das Herz in der Brust zusammenschnürte. Der Junge hatte hellblondes Haar und strahlend blaue Augen … Sie blinzelte und stellte fest, dass dieser Teil zumindest kein Traum war. Maeve hielt den Jungen an der Hand und zog ihn zu Deirdre. Malcolm folgte den beiden.

»Lady Maxwell«, sagte Malcolm, »das ist Lady Alysons Bruder Robin.«

»Freut mich sehr«, begrüßte Deirdre ihn und musterte ihn interessiert. Das war also der Junge, der von Lord Darnley als Geisel gehalten worden war, um Alyson zur Mitwirkung bei dem beinahe tödlichen Betrug im letzten Jahr zu zwingen. Er ähnelte seiner Schwester kaum, jedenfalls nicht so auffallend wie Haddon Darnley. Mit seinen himmelblauen Augen und dem goldenen Haar hatte Robin etwas Engelsgleiches. Der Vergleich traf umso mehr zu, wenn er, wie jetzt, so bezaubernd lächelte.

»Deine Schwester wird froh sein, dich zu sehen«, sagte Deirdre lächelnd.

»Und ich freue mich, sie wiederzusehen«, antwortete der Junge scheu.

»Robin kommt von den McLarans, der Familie seiner Mutter«, erzählte Malcolm. »Sie leben in den Highlands.«

»Hat es dir dort gefallen?«, fragte Deirdre.

»Oh ja. Es ist sehr schön da.«

Maeve blickte zu ihm auf, und ihr kleines Gesicht leuchtete.

»Hast du die Riesen gesehen?«, fragte sie plötzlich.

»Riesen?«

»Stern sagt, da oben gibt es Riesen.«

»Sir Alistair«, erklärte Deirdre. »Er hat ihr Geschichten davon erzählt.«

»Ach so«, sagte Robin. Er kniete sich hin und sah Maeve ernst an. »Ich habe keinen Riesen gesehen. Ich habe gesucht und gesucht, aber sie schliefen wohl alle.«

Maeve lächelte strahlend. »Sie schlafen ganz viel«, bestätigte sie voller Inbrunst.

»Ja, das habe ich auch gehört.« Robin stand wieder auf und fügte hinzu: »Ich muss jetzt zu Ally.«

»Robin«, Deirdre neigte den Kopf. »Und Maeve – komm jetzt her und lass Robin los.«

»Noch mal reiten?«, bot Malcolm an.

Maeve blickte mit großen, ernsten Augen von Robin zu Malcolm. »Na gut«, sagte sie schließlich und wandte sich lächelnd an Malcolm. »Pferdchen!«

Malcolm hockte sich vor sie hin, doch Deirdre fiel auf, dass ihre Tochter Robin nachsah, wie er aus dem Garten ging. Und so fängt es an, dachte Deirdre. Dann erschauderte sie und fragte sich, was sie damit gemeint hatte.

Kapitel 23

»Ich glaube nicht, dass er heute Abend noch aufwacht«, sagte Master Kerian, der über das Bett gebeugt war und sich nun aufrichtete. Er warf Alistair einen mitfühlenden Blick zu. »Ich kann nach Euch schicken, wenn er wach wird.«

»Ich bleibe eine Weile bei ihm.«

Der Arzt zuckte mit den Schultern und begab sich an den langen Tisch unterhalb des Fensters, wo er diverse Instrumente ausgebreitet hatte. Da das Zimmer sehr groß war, befand er sich dort außer Hörweite.

Alistair betrachtete Gawyn Kirallen traurig. Es schien unwahrscheinlich, dass er je wieder aufwachte, aber vielleicht war es auch besser so.

Sein Gesicht war so eingefallen, dass es schien, als hätte er eine Hakennase, und sein Atem rasselte in einem langsamen, unveränderten Rhythmus.

Alistair lehnte sich im Stuhl zurück. Nach einer Weile nickte er ein.

»Alistair?«

Da er nur ganz leicht geschlafen hatte, war er sofort wach. Er blickte auf und sah, dass die Augen des Burgherrn geöffnet waren.

»Ja, ich bin's. Ich bin hier.« Behutsam nahm er die zerbrechliche Hand des Burgherrn in seine.

»Alistair, es tut mir leid«, hauchte Gawyn, dessen Augen in seinem blassen, faltenreichen Gesicht leuchteten.

»Schon gut. Macht Euch meinetwegen keine Sorgen.«

»Ich hatte unrecht, furchtbar unrecht. Wie kannst du mir je vergeben?«

»Ich habe nichts zu vergeben. Ihr wart nicht im Unrecht. Ich ließ Euch keine andere Wahl.«

»Doch!« Gawyn versuchte sich aufzurichten, sank jedoch gleich wieder stöhnend auf die Kissen zurück. »Ich war im Unrecht. Hör mir zu, Alistair. Ich habe auf dich gewartet, weil ich dir sagen muss …«

Ein Hustenkrampf schüttelte ihn, und Master Kerian kam herbeigeeilt. Er hielt mit einer Hand den Kopf des Burgherrn und mit der anderen einen Becher an dessen Lippen. Der Burgherr trank und winkte dann mit einer Hand, woraufhin sich der Arzt wieder entfernte.

»Seid jetzt still. Es ist alles gut«, beruhigte Alistair ihn. »Bitte ereifert Euch nicht so.«

»Nein, nichts ist gut«, sagte Gawyn angestrengt. »Ich war im Irrtum, glaub mir. Ich hätte Jemmy nie hierher zurückholen sollen.«

Stumm vor Überraschung starrte Alistair ihn an.

»Er ist nicht der geeignete Mann, meinen Platz einzunehmen. Du warst der Richtige, aber ich wollte es nicht erkennen. Jemmy liegt nichts an dem Clan – das hat er mehr als deutlich bewiesen, als er *sie* heiratete. Du hattest recht, Alistair …«

»Nein«, murmelte Alistair betroffen.

»Doch. Du hast gleich gesagt, dass Jemmy nicht hier

hergehört. Alle Ritter sind gegen ihn. Das ist sein Fehler. Sein verdammter Stolz steht ihm im Weg. Er hat keine Ahnung, wie er sie zusammenhalten soll.«

Aber das ist nicht sein Fehler, dachte Alistair. Ich bin schuld. Ich bin derjenige, der sie alle gegen ihn aufgebracht hat.

»Mylord …«

»Gott weiß, dass ich versucht habe, die Dinge zu richten, doch Jemmy wollte nicht auf mich hören. Er hört nie zu. Er interessiert sich für nichts als die Frau. Ach, ich kann ihr deshalb nicht mal einen Vorwurf machen – Jemmy hätte es besser wissen müssen und sie nicht hierbehalten dürfen.«

Kein Wunder, dass er sie hierbehalten hat, dachte Alistair, dem auf einmal alles klar wurde. Wen hatte Jemmy denn außer ihr?

»Jemmy trifft keine Schuld. Es liegt an mir.«

»Nein, nimm nicht alles auf dich. Was Darnley betrifft, ja, in dem Punkt waren wir uns uneins, aber dennoch hast du getan, was deine Ehre dir gebot.«

»Ihr wisst ja gar nicht, was ich getan habe«, wandte Alistair verzweifelt ein. »Ich habe die Ritter gegen Jemmy aufgehetzt. Er hatte nie eine Chance.«

Gawyn winkte ab. »Ich weiß, dass du der richtige Nachfolger für mich bist – bis Malcolm den Platz einnehmen kann. Und wenn das Krieg mit Darnley bedeutet, dann sei es so. Aber schick vorher den Jungen zurück, Alistair, darum bitte ich dich. Schick Haddon heim, bevor die Auseinandersetzungen beginnen. Kannst du das für mich tun? Kannst du mir versprechen, ihm nichts anzutun?«

»Ich? … natürlich. Ich würde dem Jungen niemals etwas antun«, sagte Alistair, dem allein bei der Vorstellung übel wurde.

Dachte der Burgherr allen Ernstes, er wäre eine Gefahr für ein *Kind*? Ja, das musste er wohl denken, denn sonst würde er ihm nicht solch ein Versprechen abnehmen wollen. Und dennoch, obwohl er Alistair für fähig hielt, ein Kind zu ermorden, wollte er ihm die Führung des Clans übertragen.

Wenn der Burgherr Zeit gehabt hatte, sich um Haddon Darnley zu sorgen, musste er doch gewiss auch über Jemmys Sicherheit nachgedacht haben. Die jedoch erwähnte er mit keinem Wort. Er wollte kein Versprechen von Alistair, seinen eigenen Sohn zu verschonen.

Er liegt im Sterben, sagte sich Alistair im Stillen. Er weiß nicht, was er sagt. Sonst würde er Jemmy nicht so meiner Gnade ausliefern. Er weiß zu gut, wie es zwischen uns immer stand. Ja, nach allem was er weiß, müsste er damit rechnen, dass ich Jemmy, noch ehe die Trauerfeier vorbei ist, die Kehle aufschlitze!

Gawyn sank mit einem erschöpften Stöhnen zurück. Seine Augen lagen in tiefen Höhlen, die umso dunkler wirkten, da sein Gesicht aschfahl war. »Ich konnte nicht sterben, bevor ich dich nicht zurückkehren sah. Es brach mir das Herz, dich fortzuschicken. Weißt du das?«

»Ja, ich weiß. Ich weiß, dass Ihr es nicht wolltet. Ich zwang Euch dazu. Aber es war das Beste so.«

»Wohin bist du gegangen?«

»Zu Fergus.«

Gawyn schloss die Augen. »Noch eine Sünde, die auf meinem Gewissen lastet. Er wollte dich schon vor Jahren zu sich nehmen. Er meinte, du hättest die Anlagen, ein *Taibhsear* zu werden. Doch ich wollte dich nicht hergeben. Ich dachte – für Ian – nein, reden wir jetzt nicht von Ian. Ich sehe ihn bald genug wieder.«

Sein Atem verlangsamte sich. Alistair glaubte schon, er wäre wieder eingeschlafen, aber dann öffnete er plötzlich wieder die Augen.

»Du«, sagte er sehr klar. *»Du.* Verstehst du?«

»Ja, Mylord, aber …«

»Dann ist es gut.«

Alistair blieb noch eine ganze Weile sitzen und hielt die schwache Hand des Burgherrn, doch Gawyn Kirallen sprach nicht mehr.

Kapitel 24

Nun, da hast du es, Alistair, sagte er eine Stunde später zu sich, als er sich auf sein Bett setzte. Die Ritter sind auf meiner Seite, und der Burgherr hat mir seinen Segen gegeben. Nun gehört alles mir, alles was ich immer wollte. Ich brauche nichts weiter zu tun, als die Hand auszustrecken und es mir zu nehmen.

Er klammerte sich an dem Abstand fest, den er sich im vergangenen Jahr so mühsam erarbeitet hatte. Außerhalb der engen Mauern von Ravenspur hatte er vieles in einem neuen Licht sehen gelernt. Aus der Entfernung konnte er erkennen, dass es Jemmy bestimmt war, hier zu herrschen, nicht ihm – ganz gleich, was der Burgherr sagen mochte. Und Malcolms Schicksal war es, bei seinem Onkel zu bleiben.

Sollte Jemmy die Schlacht ausfechten. Alistair war über die Machtkämpfe hinweg, die sich innerhalb dieser Mauern zutrugen. Er wollte hier nicht mehr hergehören. Sobald er Malcolm in Sicherheit wusste, würde er nach Donegal reiten und nie wieder zurückkehren.

Alles schien vollkommen klar. Bis auf eines. Es war schön und gut, Deirdres Beschützer zu sein, doch was er wirklich wollte, war, die Schwüre, die sie heute geleistet hatten, wahr zu machen.

Er schloss die Augen und sah sie vor sich, wie sie im Garten gesessen hatte. Er erinnerte sich, wie klein sich ihre Hand in seiner angefühlt hatte. Als er daran dachte, wie ihre Augen leuchteten, als sie von ihrer Kindheit in Donegal erzählte, musste er lächeln. Sie war dort glücklich gewesen und würde es eines Tages wieder sein. Aber wenn sie erst zu Hause angekommen war, würde er keinen Platz mehr in ihrem Leben haben.

Oh, sie wollte vielleicht nicht, dass es so kam, doch es würde unweigerlich geschehen. Deirdre wäre wieder in ihrer Heimat und unter ihren Leuten, dem alten Adel von Irland. Alistair hatte die unverbrüchlichen Regeln im Bezug auf Rang und Status fast vergessen, aber nun, da er wieder in Ravenspur war, konnte er sie nicht länger verdrängen.

Für ihn konnte es kein Leben mit Deirdre in Donegal geben. Wenn er Glück hatte, könnte er sie vielleicht hin und wieder aus der Ferne sehen, vielleicht sogar ein oder zwei Worte mit ihr wechseln. Aber selbst wenn er eine Stellung bei ihrem Vater annahm, die ihm aus Großzügigkeit und Pflichtgefühl heraus angeboten werden müsste, wäre er ein Nichts, der niedrigste der MacLochlann-Ritter. Deirdre indes nähme ihren rechtmäßigen Platz als Tochter des Hauses ein.

Und natürlich gäbe es Verehrer – allen voran den jungen Fitzgerald –, die kämen, um ihr den Hof zu machen.

Du musst sie nicht verlieren, flüsterte eine Stimme in seinem Kopf. Wenn du tust, worum der Burgherr dich bat, kannst du sie bei dir behalten. Du wärst jeden Tag mit ihr zusammen, jede Nacht … Er wälzte sich auf dem schmalen Bett hin und her. Allein der Gedanke an die Nächte, die er mit Deirdre verbringen würde, weckte ein unbezähmbares Verlangen in ihm.

Allerdings könnte er es nicht tun … oder? Wenn Jemmy sich überreden ließe, nach Spanien zurückzugehen, dann hätte er, Alistair, Deirdre ein angemessenes Leben zu bieten. Sie würden Kinder bekommen … schwarzhaarige, grauäugige Söhne und Töchter … Und Malcolm verbrächte jeden Tag mit ihm, lernte das Herrschen von ihm. Wenn die Zeit gekommen wäre, würde Alistair zurücktreten und Malcolm führen, wohin er gehörte: an Ians Stelle.

Wäre das so falsch? Wäre es so verwerflich zu tun, wie der Burgherr ihn geheißen hatte? Jemmy hatte seine Gemahlin … und auch sie war eine tapfere, liebenswerte Frau, die ihn anbetete.

Warum sollte Jemmy alles haben? Er war fortgegangen und hatte sein eigenes Vergnügen gesucht, während Alistair sein Leben im Dienst des Clans verbrachte. Es war nicht fair, dass Jemmy alles bekam und ihm nichts blieb …

Seine Gedanken verloren sich in verschwommenen Bildern der Zukunft, und er sank in einen unruhigen Schlaf. Dort erwartete ihn sein Traum ein weiteres Mal.

Er begann wie immer mit Ian und Alistair, die den Waldweg hinuntergingen und die Zigeunerjungen entdeckten, wie sie Jemmy quälten. Alistair und Ian stellten sich den Jungen, die ihnen zu fünft zahlenmäßig deutlich überlegen waren. Doch kaum hatten sie sich Rücken an Rücken aufgestellt, war alle Furcht ihrer gemeinsamen Kampflust gewichen, die Ian wie Alistair gleichermaßen ansporne. Dann liefen die Zigeunerjungen weg und Ian hinter ihnen her. Wieder rief er Alistair über die Schulter zu, er solle sich um Jemmy kümmern.

»Ian, warte!«, schrie Alistair, genau wie jedes Mal in dem Traum. Er rannte hinter Ian her, der um eine Wegbiegung verschwand, und wusste schon, dass es hoffnungslos war. »Warte, geh nicht. Es ist eine Falle!«

Doch an dieser Stelle änderte sich der Traum plötzlich. Diesmal wartete Ian hinter der Wegbiegung auf ihn.

Alistair fuhr im Bett hoch. Sein Herz pochte wild. Im Zimmer war es inzwischen dunkel, nur der Fensterrahmen war noch im Zwielicht auszumachen. Mit zitternden Händen zündete er eine Kerze an und starrte in die Flamme. Seine Augen glänzten kalt im flackernden Licht.

Alles Zögern war vorbei, alle seine Fragen waren beantwortet. Er wusste nun, was er am kommenden Morgen zu tun hatte.

Kapitel 25

»Also, Alistair, was ist? Bist du dabei oder nicht?« Calders Stimme hallte laut von den kalten Steinmauern des Ratszimmers wider. Der Ritter hatte die massigen Ellbogen auf dem langen Tisch aufgestützt und betrachtete Alistair mit unbewegtem Blick. Die sechs Männer um ihn herum waren so still, dass Alistair sogar das Vogelgezwitscher hörte, welches durch den schmalen Fensterschlitz in der dicken Mauer hereindrang. Draußen herrschte strahlender Sonnenschein, und die Luft war angenehm warm, wohingegen sich die Überreste des Ritterrates in der kühlen Dunkelheit des Ratszimmers versteckten. Wie Ratten, dachte Alistair. Wie Verräter.

Er unterdrückte einen Schauer und nahm seinen gewohnten Platz neben dem leeren Stuhl des Burgherrn ein. Selbstverständlich war dessen Stuhl frei, denn der Burgherr lag im Sterben, und Jemmy war nicht zu diesem besonderen Treffen des Rats eingeladen worden. Es fühlte sich dennoch gut an, wieder hier zu sitzen, stellte Alistair fest. Ja, es fühlte sich *richtig* an.

Er holte tief Luft und sah Calder in die Augen.

»Ich bin dabei.«

Ein Zucken huschte über Calders Züge, doch schon im

nächsten Moment grinste er breit. Ich habe ihn überrascht, ging es Alistair durch den Kopf. Er hatte erwartet, dass ich ablehne. Und wenngleich er lächelt, ist er nicht im Mindesten erfreut darüber, dass ich *nicht* ablehne.

»Nun, das ist schön«, sagte Calder. »Oder, Männer?«

»Oh ja«, stimmten alle hastig zu. »Sehr schön.«

Alistair blickte sich am Tisch um. Vier von den Männern, die hier saßen, waren neu, wie Calder selbst. Alistair kannte sie kaum. Die anderen beiden saßen seit Jahren im Kirallenrat und hatten noch nie mehr als »Ja« oder »Nein« gesagt.

»Wo ist Sinclair?«, fragte er. »Und wo sind Gregor und Logan?«

»Sinclair ist tot«, antwortete Calder. »Gregor ist gerade nicht da, und Logan, nun, Logan konnte heute nicht herkommen.«

Wahrscheinlicher war, dass Logan gar nichts von dem heutigen Ratstreffen wusste. Er war dem Burgherrn stets treu ergeben gewesen und würde die arrogante Machtanmaßung Calders niemals gutheißen.

Alistair fragte sich, wie es so weit hatte kommen können. Wie konnte der Burgherr Calder, einem Ritter ohne jedwede verwandtschaftliche Bindung an die Kirallens, so viel Macht verleihen? Nun, wie es dazu gekommen war, spielte keine Rolle mehr. Es änderte nichts an der Tatsache, dass Calder hier das Sagen hatte. Aber das würde aufhören. Bald.

»Der Burgherr gab mir gestern Abend seinen Segen«, sagte Alistair. »Jemmy ist draußen, und ich nehme seine Stelle ein – bis Malcolm volljährig ist.«

Calder lächelte verschlagen. »Gut. Das ist also deine Geschichte, ja? Tja, ich habe gehört, dass der alte Mann nicht mehr aufwachen wird. Demnach müssen wir dir glauben oder nicht. Auf jeden Fall wird es jetzt Zeit, dass der Junge erfährt, was nach dem Tod des Burgherrn passiert. Er wartet vor der Tür.«

Alistair wollte widersprechen, tat es jedoch nicht, sondern nickte stumm. Er hatte gewusst, dass dieser Moment kommen würde. Nur dass er so schnell kam, damit hatte er nicht gerechnet.

Malcolm kam ins Ratszimmer und stand zögernd vor der großen Tafel. Seine leuchtenden Augen wanderten von einem Ritter zum anderen, bis sie bei Alistair verharrten. Er schien erleichtert, ihn hier zu sehen.

»Wo ist Onkel Jemmy?«

»Er wird hier nicht gebraucht«, antwortete Calder, ehe Alistair etwas sagen konnte. »Das hier bleibt zwischen dir und uns, mein Junge.«

Malcolm richtete sich kerzengerade auf. »Ich bin nicht *Euer* Junge, Sir Calder. Was habt Ihr mir zu sagen?«

Alistair mühte sich, keine Miene zu verziehen. »Malcolm, ich war gestern Abend beim Burgherrn. Er teilte mir seinen Letzten Willen mit. Danach sollst du sein Nachfolger werden und nicht Jemmy.«

»Aber, Alistair, das kann er nicht ernst gemeint haben! Er war wütend auf Onkel Jemmy, und seit seiner letzten Krankheit war er …«

»Halt den Mund«, fuhr Calder ihm ins Wort. »Niemand hat dir erlaubt zu sprechen.«

Malcolms Augen funkelten. »Ich werde sprechen, wann und wie es mir gefällt, Sir Calder. Und ich folge den Befehlen meines Großvaters und meines Onkels, nicht Euren.«

»Und meinen?«, fragte Alistair ruhig.

»Natürlich«, sagte Malcolm prompt. »Ich meinte nicht … aber Onkel Jemmy *ist* mein Vormund. Er hat mich schon zu seinem Erben ernannt, sogar noch vor seinen eigenen Kindern. Hast du das nicht gewusst, Alistair?«

Nein, er hatte es nicht gewusst. Das war ein kluger Schritt von Jemmy gewesen, den Alistair nicht erwartet hatte. Doch nun half er ihm auch nicht mehr.

Calder lachte. »Glaubst du ihm etwa?«

»Natürlich glaube ich ihm. Warum sollte ich nicht? *Er* lügt nicht«, fügte er mit einem wütenden Blick auf Calder hinzu.

Er ist Ian so verdammt ähnlich, dachte Alistair. Derselbe rücksichtslose Stolz und dieselbe vorschnelle Zunge. Wie sein Vater hatte Malcolm keine Achtung vor der Gefahr.

»Pass auf, Bursche«, knurrte Calder. »Ich lasse mir von dir nicht alles bieten.«

»Was wollt Ihr tun?«, forderte Malcolm ihn heraus.

Ehe Calder antworten konnte, sagte Alistair streng: »Das reicht, Malcolm. Halt jetzt bitte deinen Mund und tu, was man dir sagt.«

»Was er mir sagt?«, fragte Malcolm und zeigte auf Calder.

»Was dein Rat sagt«, antwortete Alistair.

Den Ausdruck von Schock und Verletztheit im offenen Gesicht des Jungen zu sehen war hart, viel schlimmer, als Alistair es sich vorgestellt hatte.

»*Mein* Rat?«, wiederholte Malcolm mit bebender Stimme. »Diese Männer? Weißt du denn nicht, wer sie sind? Sie sind Verräter, jeder Einzelne von ihnen. Aber du«, zum ersten Mal sah Malcolm wie der kleine und verängstigte Junge aus, der er war, »Alistair, du bist nicht wie sie – du *kannst* nicht so sein!«

»Sei still!«, wies Alistair ihn schroff an. »Begreifst du denn nicht, dass ich in deinem Interesse handle? Und jetzt geh. Wir haben zu arbeiten.«

Malcolm starrte ihn ungläubig an, doch Alistair bemühte sich, vollkommen regungslos zu bleiben, während der Junge mit steifen Schultern aus dem Zimmer ging. In dem Moment aber, bevor er sich zum Gehen wandte, hatte Alistair die Tränen in seinen Augen gesehen. Er ballte die Hände zusammen und sah die anderen Männer an.

»Er wird sich schon damit abfinden.«

»Das sollte er besser«, knurrte Calder wütend. »Aber ob er es tut oder nicht, wir haben fünf Jahre Zeit, bis er volljährig ist. Bis dahin ist er entweder auf unserer Seite, oder …«

»Oder was?«

Calder zuckte mit den Schultern.

»Denk nicht einmal daran, ihm etwas zu tun, Calder«, warnte Alistair ihn. »Das lasse ich nicht zu.«

»Ach, *du* lässt es nicht zu? Nun, Alistair, du solltest allmählich begreifen, dass es hier keinen Platz für einen Mann gibt, der nicht bereit ist, mit allen anderen an einem Strang zu ziehen. Wenn du dich entscheidest, mit der Maxwellwitwe wegzugehen, werden wir allein weitermachen. Hast du mich verstanden?«

Die anderen Männer am Tisch schwiegen. Calder mochte davon reden, dass alle an einem Strang ziehen sollten, doch eigentlich meinte er nichts dergleichen. Er hatte jetzt das Kommando, er allein. Und auf Calder angewiesen, hätte Malcolm nicht den Hauch einer Chance.

Alistair sah Calder eine ganze Weile ruhig in die Augen. Dann blickte er auf den Tisch vor sich.

»Ja, ich verstehe. Aber dennoch werde ich dafür sorgen, dass Malcolm nichts geschieht. Er ist Ians Sohn.«

»Dann bring ihm bei, nicht so vorlaut zu sein.«

»Das werde ich.«

Calder nickte. »Gut. Also, du sagtest, du hast gestern Abend den Burgherrn gesprochen. Wie lange hat er noch?«

»Master Kerian meinte, ein paar Tage noch – höchstens eine Woche.«

Wieder nickte Calder. »Genau wie du gesagt hast, Hamish.«

Besagter Hamish lächelte triumphierend. »Selbstverständlich, Calder. Du kannst dich auf mich verlassen.«

»Eine Woche«, sagte Calder und runzelte die Stirn. »Nun, so lange können wir noch warten. Danach kümmern wir uns um Jemmy.«

Alistair räusperte sich. »Ich hatte gedacht, wir könnten ihm Gold geben, damit er sich ein Schiff kaufen kann. Er wäre gewiss froh, wieder nach Spanien zurückgehen zu können.«

Janus, an älterer Mann, der seit vielen Jahren im Kirallenrat saß, nickte zustimmend. »Ja, das wäre er sicher.«

»Aber was ist, wenn er nicht wegwill?«, fragte Sir Dunstan.

Calder machte eine schneidende Handbewegung in der Luft. »Spanien? Nein, ich denke nicht. Master Jemmy wird … weiter weggehen.«

»Calder«, sagte Alistair bestimmt, »Jemmy ist der Sohn des Burgherrn und mein Verwandter. Ich …«

»Keine Angst, Alistair«, fiel Calder ihm ins Wort. »An deinen Händen wird kein Blut kleben.«

Alistair blickte in die Runde. Janus sah besorgt aus, aber die anderen Männer taten ihr Einverständnis mit einem Lächeln kund. Auf einmal wirkte das Ratszimmer noch düsterer, kälter und geradezu erstickend.

»Mir gefällt das nicht«, sagte Alistair.

»Du musst ja nicht mitmachen«, erwiderte Calder achselzuckend. »Halt dich einfach im Hintergrund und lass die Dinge geschehen, die geschehen müssen.«

»Mir gefällt das nicht«, wiederholte Alistair, dessen Stimme allerdings deutlich an Kraft verlor.

»Es kann eben nicht immer so gehen, wie es dir gefällt«, erklärte Calder und schlug einen beinahe mitfühlenden Ton an, als er fortfuhr: »Wir alle wissen, wie du dich fühlen musst. Aber wenn es vorbei ist, wirst du erkennen, dass es der einzige Weg war.« Wollte er Alistair auf diese Weise für dessen Gehorsam danken?

Alistair überlegte, ob er noch etwas einwenden sollte, unterließ es dann aber und verneigte sich nur kurz. Sein Schweigen war die einzige Antwort, die Calder brauchte.

Kapitel 26

Alistair blinzelte ins grelle Sonnenlicht, als er auf den Hof trat. Er holte tief Luft und versuchte, die Kälte des Ratszimmers zu vergessen.

»Alistair.«

Malcolm berührte seinen Arm. »Da drinnen … das hast du doch nicht wirklich so gemeint, oder?«

»Doch, Malcolm. Der Rat hat jetzt das Sagen, und du solltest dich besser daran gewöhnen. Es hat keinen Sinn, Calder zu verärgern. Also lass es lieber, hörst du?«

Malcolm wich zurück und sah Alistair mit trotzig funkelnden Augen an. »Ich werde keine Befehle von diesem Verräter befolgen. Und auch von sonst keinem im Rat.«

»Ich versuche, dich zu schützen, Malcolm, verstehst du das denn nicht?«, fragte Alistair eindringlich und legte eine Hand auf Malcolms Schulter. »Sie halten die Zügel in den Händen, und keiner von uns kann daran irgendetwas ändern.«

»Aber weißt du denn nicht, was sie vorhaben? Sie wollen Onkel Jemmy loswerden!«

»Dein Großvater sagte …«

»Mein Großvater irrt sich! Und er wollte niemals, dass Onkel Jemmy etwas angetan wird. Denkst du denn, sie werden ihn einfach gehen lassen?«, Mit weit aufgerissenen Augen trat er einen Schritt zurück und schüttelte Alistairs Hand ab. »Aber du weißt es schon! Du hasst ihn auch, hast ihn nie leiden können. Und ich habe gewollt, dass du wiederkommst!«, rief er und wischte sich mit dem Ärmel über die Augen. »Ich habe jeden Tag dafür gebetet, seit du fort warst. Aber jetzt … jetzt wünschte ich, du wärst fortgeblieben.«

Als Malcolm wegrannte, lehnte Alistair sich an die Wand. Er würde es ihm nicht leicht machen. Doch wenn er das Vertrauen des Jungen verlieren musste, um ihn beschützen zu können, dann sollte es eben so sein. Er wünschte nur, dass es nicht so entsetzlich wehtäte.

Der Hof war um diese Tageszeit sehr belebt. Alle Bediensteten gingen ihrer Arbeit nach. Alistair ließ seinen Blick über die Festungsmauern wandern. Jeder einzelne Stein hier war ihm vertraut. Oben auf dem höchsten Turm saßen zwei Gestalten, deren Umrisse sich dunkel gegen den sonnigen Himmel abzeichneten.

Als er wieder in den Hof schaute, schien der ihm grau und verschwommen. Die Menschen waren nur noch wandelnde Skelette, in geliehenes Fleisch gehüllt. Keiner von ihnen war real. *Er* war nicht real. Er war nichts als ein lebender Geist, und die Krähen warteten mit schier unendlicher Geduld darauf, ihm das tote Fleisch von den Knochen zu picken. Ein Schauer des Entsetzens durchfuhr ihn. Wie konnte irgendjemand sehen, was er sah, und dennoch weitermachen und so tun, als wäre das, was er sagt oder tut, tatsächlich von Bedeutung? Dabei war doch alles vergebens, alles hoffnungslos …

Und dann kam Deirdre in den Hof. Sie war eingetaucht in Sonnenlicht und leuchtete wie ein Feuer inmitten der leeren

Dunkelheit. Mit einem Gefühl von verzweifelter Sehnsucht klammerte Alistair sich an ihren Anblick. *Sie* bedeutete etwas. Sie war real, wirklich und unbeschreiblich schön.

Das bedrückende Grau, das eben noch wie ein dunkler Schleier über dem Hof gelegen hatte, wich ihrem Strahlen. Und der Burghof wurde wieder zu einem Hort des geschäftigen, lebendigen Treibens. Erst jetzt bemerkte Alistair, dass Alyson bei Deirdre war. Ihre Röcke waren oberhalb der Taille gerafft, und eine Leinenhaube bedeckte ihr Haar. Als Deirdre Alistair sah, winkte sie ihm lächelnd zu. Finn, der dicht neben ihr ging, bellte zur Begrüßung.

Alistair stieß sich von der Mauer ab und ging zu den beiden Frauen. »Guten Morgen«, sagte er und verbeugte sich vor ihnen. Deirdre schenkte ihm ein strahlendes Lächeln, doch Alyson wandte sich wortlos ab. Sie weiß von dem Ratstreffen, dachte Alistair. Und wenngleich sie kaum wissen würde, was dort besprochen wurde, war ihr doch sicher klar, was vor sich ging.

Zum Teufel mit ihnen, dachte er voller Wut, warum fliehen sie nicht? Warum bringt Jemmy sie nicht fort von hier und geht mit ihr zurück nach Spanien?

Aber die Antwort auf diese Fragen kannte er bereits. Jemmy war ein Kirallen und von demselben unnachgiebigen Stolz wie sie alle – einschließlich Malcolm. Alistair seufzte. Er hatte vergessen, wie anstrengend es war, die Kirallens davor zu bewahren, sich um Kopf und Kragen zu bringen. Ebenso hatte er vergessen, welchen Preis ihr unbeirrbarer Stolz bisweilen forderte.

Deirdre blickte zu ihm auf, wobei sie mit einer Hand ihre Augen gegen das Licht abschirmte. Wie anders sah sie doch jetzt verglichen mit der Frau aus, die er bei den Maxwells erlebt hatte! Sie war wie ein Edelstein, der unter einer Staubschicht verborgen gewesen war und nun erstmals im Sonnenschein glänzte. In ihren leuchtenden Augen spiegelte sich der Ehrenmann, für den sie ihn immer noch hielt.

Er erwiderte ihr Lächeln, weil er gar nicht anders konnte. Selbst wenn er im Sterben läge, könnte er wohl nicht umhin zu lächeln, wenn er sie sah.

»Hast du vielleicht Lust, mit mir auszureiten?«, fragte er.

»Gleich jetzt?«, antwortete sie begeistert, und er nickte. Es schnürte ihm die Brust zusammen. Wie sollte er den Abschied von ihr verkraften? Und dennoch musste er Abschied von ihr nehmen, und das schnell. Calder hatte seine Schwäche entdeckt und nicht gezögert, sie auszunutzen. Malcolm war vorerst nicht in Gefahr, da Calder ihn brauchte. Aber mit Deirdre verhielt es sich vollkommen anders. Deshalb musste sie von hier verschwinden, ehe das Spiel, das Alistair heute Morgen begonnen hatte, tödlich wurde.

»Alyson, macht es dir etwas aus, wenn ich …«, begann Deirdre.

»Nein, geh nur«, sagte Alyson, die ihnen immer noch nicht das Gesicht zuwandte. »Ich komme allein zurecht.«

»Glaubst du, sie war wütend auf mich?«, fragte Deirdre, als sie mit Alistair zu den Stallungen ging. »Sie klang so seltsam.«

»Die Launen der Frauen halt«, sagte er achselzuckend. »Sie wird gleich drüber weg sein.«

Er suchte nach einem anderen Gesprächsthema, und sein Blick fiel auf die Heckenrosen, die über eine nahe gelegene Mauer rankten.

»Für dich, Mylady«, sagte er, brach eine Blüte ab und reichte sie Deirdre mit einer formvollendeten Verneigung.

»Ah, danke schön«, antwortete sie, machte einen Knicks und tauchte die Nasenspitze in die Rosenblüte. »Oh, was für ein Duft!«, seufzte sie. »Meinst du, Alyson macht es etwas aus, wenn ich mir ein paar der Rosen abschneide?«

»Nein, ich bin sicher, sie hätte nichts dagegen. Hier«, er zog seinen Dolch, »nimm den.«

Sie drehte ihn in der Hand hin und her und betrachtete den kunstvoll gearbeiteten Hirschkopf mit den zwei grünen Edelsteinen. »Was für ein schöner Dolch«, sagte sie. »Er ist mir schon öfter aufgefallen.«

»Er war ein Geschenk vom Burgherrn«, erklärte Alistair und blickte zum Falkengehege hinüber, in dessen offener Tür ein kleiner Junge mit goldblondem Haar stand und zu ihm hinübersah. Der Kleine kam ihm bekannt vor, auch wenn Alistair nicht wusste, woher er ihn kannte. »Es gibt nur drei davon. Einen bekam Ian, einen Jemmy und ich diesen.«

»Sir Alistair!«, rief der Junge. »Könnte ich Euch kurz sprechen?«

Dann sah er Deirdre und lächelte. »Guten Morgen, Lady Maxwell.«

»Guten Morgen, Robin.«

Robin Bowden, dachte Alistair. Lady Alysons Bruder. Clare McLarans Sohn. Mein Verwandter, wenn auch nur entfernt. Was kann er von mir wollen?

»Sir Alistair«, sagte der Junge hastig, kaum dass Alistair bei ihm war. »Meine Großmutter, also, Emma McLaran, schickte vor einiger Zeit ein Geschenk für Euch. Das war«, er errötete und sah unglücklich aus. »Na ja, das war, bevor sie erfuhr, dass Ihr fort seid. Ich habe darauf aufgepasst, aber wo Ihr jetzt wieder zurück seid …«

»Was hat Emma geschickt?«, fragte Alistair.

Robin trat einen Schritt vor die Tür und streckte seinen Arm aus. Darauf saß ein Falke, der eine hübsche Falkenhaube trug. »Sie ist eine echte Schönheit, nicht wahr? Wollt Ihr sie Euch genauer ansehen?«

»Geh nur«, sagte Deirdre, die eine Handvoll Rosen auf die Erde legte und sich daranmachte, noch mehr zu schneiden.

Alistair ging in das Falkengehege, in dem nur gedämpftes Licht herrschte. Robin nahm dem Vogel die Falkenhaube ab und reichte Alistair eine Feder. Damit streichelte er sanft die Brust des Tiers und pfiff leise, während der Falke ihn mit seinen durchdringenden gelben Augen musterte.

»Hast du sie gezähmt?«, fragte Alistair.

»Ja«, sagte Robin und richtete sich stolz auf. »Sie frisst mir sogar schon aus der Hand. Ich denke, sie kann bald an der Langfessel fliegen.«

»Gut gemacht!«, lobte Alistair ihn. Er war beeindruckt, dass es solch einem kleinen, zarten Knaben gelungen war, das Vertrauen des wilden Greifvogels zu gewinnen.

»Ihr solltet sie bald mit Euch hinausnehmen«, sagte Robin ernst. »Da sie Euch gehört, muss sie Euch kennenlernen.«

Alistair sah den Vogel an, dann nach draußen zu Deirdre. Sie war immer noch damit beschäftigt, Rosen zu schneiden. Finn saß neben ihr.

Mein Falke, dachte er. Mein Hund. Und meine Lady.

Es geschah, wie es vorausgesagt war. Nun war alles da. Und er konnte nichts mehr tun, es aufzuhalten.

Ungläubig starrte er hinaus in den strahlenden Sonnenschein. Im nächsten Augenblick erschrak er und legte die Stirn in Falten. Calder näherte sich Deirdre mit einem falschen Lächeln.

»Einen guten Tag Euch, Lady Maxwell«, begrüßte er sie.

Deirdre blickte auf, die Hände voller Blumen. »Sir Calder«, erwiderte sie kühl.

»Ihr seid so lieblich wie dieser Morgen«, sagte Calder, der ihren abweisenden Ton nicht wahrzunehmen schien. »Würdest du das nicht auch sagen, Alistair?«

»Ja.« Alistair beobachtete Calder misstrauisch, während er herauskam und Deirdre seinen Arm anbot. »Komm mit, Deirdre. Wir haben noch etwas vor. Guten Tag, Calder.«

»Euch ebenfalls«, antwortete Calder ein wenig zu fröhlich. »Es ist ein schöner Tag, nicht wahr? Genießt ihn, solange ihr könnt. Ich fürchte, es braut sich ein Unwetter zusammen.«

Deirdre hob die Blumen vom Boden auf. »Ich will die hier nur noch ins Wasser stellen.«

»Lass sie«, raunte Alistair streng. Als er sah, wie sie ob seines abrupten Stimmungswandels erschrak, fügte er freundlich hinzu: »Wenn wir ausreiten wollen, sollten wir lieber aufbrechen.«

»Aber …« Deirdre sah ihn an und beschloss anscheinend, dass es Zeitverschwendung wäre, ihm zu widersprechen. »Robin!«, rief sie. »Kannst du diese Blumen auf mein Zimmer bringen lassen?«

»Natürlich, Mylady«, antwortete der Junge munter. »Das mach ich gern.«

Als der Junge sich über die Rosen beugte, nahm Deirdre Alistairs Arm und lächelte. »Er ist ein liebenswerter Bursche. Maeve mochte ihn auf Anhieb sehr.«

»Ja«, sagte Alistair nachdenklich. »Er ist seiner Mutter sehr ähnlich. Sie war …«

»Wie war sie?«, fragte Deirdre neugierig, da er nicht weitersprach.

»Nun, ich denke, sie war meine erste große Liebe«, antwortete er mit einem Lächeln und einem Achselzucken. »Ich war zehn und sie stolze sechzehn Jahre. Wie ein Welpe bin ich ihr überallhin gefolgt. Sie war sehr freundlich zu mir. Und sie kannte meine Mutter flüchtig. Sie waren entfernte Verwandte.«

Ein Stallbursche brachte ihnen die gesattelten Pferde, und sie stiegen auf.

»Deine Mutter war eine McLaran?«

»Ja. Sie starb, als ich sechs Jahre alt war.«

»Und dein …«

»Was hältst du von einem Wettreiten bis zu der Eiche dort unten?«, schlug Alistair hastig vor, ehe sie ihn weiter nach seinem Vater fragen konnte. Er verspürte nicht das geringste Bedürfnis, auch nur an ihn zu denken, geschweige denn Deirdre die ganze, traurige Geschichte zu erzählen.

Deirdre sah ihn an, als wollte sie noch etwas sagen. Doch dann warf sie den Kopf in den Nacken und verkündete: »Gern, Sir. Aber wenn ich gewinne, bestimme *ich* den Siegerpreis.«

Kapitel 27

Deirdre beugte sich im Sattel nach vorn, bis ihr Haar sich mit der Mähne des Pferdes vermengte und beides im Wind nach hinten flog. Als sie an der unteren Hecke ankamen, trieb sie ihr Pferd an und lachte, während sie das Gebüsch mit einem gewaltigen Satz übersprang und den Hügel hinaufgaloppierte. Bei der Eiche angelangt, die einsam auf dem Hügelgipfel stand, stoppte Deirdre atemlos ihr Pferd und lächelte Alistair zu, dessen Hengst den Abhang hinaufgeprescht kam.

»Respekt, Mylady, du reitest ja wie der Wind«, rief er lachend und brachte sein Pferd neben ihrem zum Stehen. Seine Wangen waren gerötet, sein Haar windzerzaust, und er sah weit jünger aus als die dreißig Jahre, die er zählte.

Wieder lachte sie, erregt von dem wilden Ritt, und streichelte den dampfenden Hals ihres Pferdes.

Alistair stieg aus dem Sattel, fasste mit beiden Händen Deirdres Taille und hob sie vom Pferd, als wäre sie schwerelos. »Nun, junge Dame, du siehst reichlich verwildert aus«, sagte er und klang dabei so sehr nach Deirdres Kindermädchen, dass sie ihm unwillkürlich die Zunge rausstreckte.

»Sag, was du willst, aber ich habe gewonnen, und du hast verloren. Das allein zählt.«

»Wir sind ganz schön von uns selbst eingenommen, was? Na gut, du hast gewonnen, wohl wahr. Was verlangst du jetzt von mir?«

Einen Kuss. Für einen kurzen Moment befürchtete sie schon, es laut ausgesprochen zu haben, und obwohl sie eine gestandene Frau von zwanzig Jahren war, errötete sie vom Kragen ihres Kleides bis zu den Wurzeln ihres windzerzausten Haares.

Er lachte und umarmte sie von hinten, als sie sich rasch abwandte. »Was nun, Miss? Hat es dir die Sprache verschlagen?«, fragte er. »Lass dir Zeit und denk dir einen angemessenen Preis aus.«

Gemeinsam standen sie da und blickten über das tiefrote Moor hinüber nach Ravenspur, dessen dunkle Umrisse weit hinauf in den blauen Himmel ragten.

»Ach, es ist wunderschön«, flüsterte Deirdre. Eine leichte Brise brachte das kniehohe Gras um sie herum zum Tanzen, und sie lehnte sich gegen Alistairs breite Schultern. Seine Kraft zu spüren gab ihr ein Gefühl von sicherer Geborgenheit.

Ich werde diesen Moment niemals vergessen, niemals, dachte sie. Weder den Duft des Heidekrauts noch das Sonnenlicht über dem Moor; weder den Habicht, der über den Himmel schwebt, noch das leise Klimpern des Zaumzeugs. An all das werde ich noch denken, wenn ich meinen letzten Atemzug tue.

Denn sie wusste mit einer Gewissheit, die zu groß war, als dass sie sie hätte in Worte fassen können, dass Alistair sie gleich etwas fragen würde. Und sie wusste auch schon, wie ihre Antwort darauf lautete. Ihr Herz quoll beinahe über vor Freude. Es war so richtig, so richtig. Sollten die anderen doch sagen, was sie wollten. Sie wusste, dass Alistair im Grunde seines Herzens ein guter Mensch war. Und ganz gleich was hier geschehen mochte, sie standen es gemeinsam durch.

Wunderschön, fürwahr, dachte Alistair, wenngleich er damit nicht die Aussicht meinte, die sie von hier hatten. Seine Aufmerksamkeit galt einzig der Stelle, an der Deirdres Hals in ihre Schulter überging. Diese Stelle war so schön und so zart, dass sie wie geschaffen schien, von ihm liebkost zu werden.

Er würde den Kopf neigen und sie mit den Lippen berühren – genau da, wo die Haut so weiß und weich war. Und dann würde er mit seinen Küssen langsam nach oben wandern. Er wollte sich Zeit lassen – nur ja nicht zu hastig sein. Deirdre würde sich währenddessen weiter nach hinten lehnen, ihre Augen schließen und sich vollkommen gegen ihn fallen lassen. Und als Nächstes würde er mit den Händen, die noch lose um ihre Taille lagen, weiter nach oben gleiten und ihre Brüste berühren.

Er ahnte bereits, wie sie sich anfühlen würden – weich und rund, gerade groß genug, um seine Hände vollständig auszufüllen. Dann würde er die Umrisse ihrer wunderbaren Ohrmuschel mit der Zungenspitze nachmalen. Und in dem Augenblick, da sie vor Wonne in seinen Armen erschauderte, würde er flüstern: »Bleib für immer bei mir, Deirdre. Werde meine Gemahlin, denn mein Leben ist nichts, wenn du nicht da bist, es mit mir zu teilen.«

Er sah alles kristallklar vor sich und wusste, wie ihre Antwort ausfallen würde. Sie wäre »Ja«.

Sie würde Ja sagen, weil sie ihn begehrte. Das hatten ihre Augen ihm in jener Nacht in der Wildhüterhütte gesagt. Und auch wenn Begehren und Lieben zwei gänzlich verschiedene Dinge waren, so konnte doch das eine aus dem anderen erwachsen. Mit Freuden verbrachte er den Rest seines Lebens damit, ihr zu zeigen, dass sie ihre Entscheidung nicht bereuen musste. Wäre nur alles anders.

Er richtete sich auf und nahm die Hände von ihrer Taille.

»Ja, es ist wunderschön«, sagte er. »Es ist mein Zuhause, der Ort, an den ich gehöre. Das weiß ich jetzt. Ich hoffe, du wirst dich gern daran – und an mich – erinnern, wenn du fort bist.«

»Wenn … wenn ich fort bin?«, fragte sie matt.

»Wenn du wieder zu Hause bist, in Irland.«

Sie wandte sich zu ihm um und sah ihn so tief verletzt an, dass es ihm fast das Herz brach. Aber wenn das der Preis war, den er zahlen musste, dann würde er ihn zahlen. Sie sollte ihn lieber im Zorn verlassen als in Trauer. Und verlassen würde sie ihn auf jeden Fall, bald sogar. Dafür musste er sorgen.

»Ich fürchte, dass ich doch hierbleiben muss«, sagte er. »Aber ich werde jemanden mit dir mitschicken. Du kannst gleich morgen abreisen. Wirst du das hier vermissen?«, fragte er und verfluchte seine unbeherrschte Zunge. Deirdre verstand es, ihm Worte zu entlocken, die er nie aussprechen wollte.

»Ob ich es *vermisse*?«, wiederholte sie. »Du meinst das Moor, die Bäche, die Heide? Ist es das, was du wissen willst? Ob ich mich nach *Schottland* verzehren werde, wenn ich fort bin?«

»Ja«, sagte er und unterdrückte jede Regung.

»Ich werde die Heide vermissen, und ich werde das Moor vermissen. Aber ich werde gewiss nicht Schottland vermissen!«, rief sie. Ihre Wangen leuchteten rot, und ihre Augen funkelten. Hinter ihr flog ihr schwarzes Haar im Sommerwind. Nie hatte sie so bezaubernd schön ausgesehen wie jetzt in ihrer Wut und vor dem Hintergrund des strahlend blauen Himmels.

»Oh nein, ich werde Schottland kein bisschen vermissen. Ich werde mit Freuden gehen und froh sein, diesem vermaledeiten Land auf immer den Rücken zu kehren. Und wenn ich zu Hause bin, werde ich es nicht vergessen. Nein, ich werde mich willentlich daran erinnern, damit ich tagtäglich daran denke, Gott zu danken, dass es hinter mir liegt!«

Atemlos hielt sie inne, die Fäuste in die Hüften gestemmt.

»Du brauchst nicht zu schreien«, sagte Alistair sanft. »Ich höre dich. Und genauso dürfte dich jeder andere von hier bis Ravenspur hören.«

Sie stieß einen zwar unverständlichen, gleichwohl deutlich wütenden Laut aus, drehte sich um und stieg auf ihr Pferd. Dann sah sie Alistair wieder an, und ihre Augen glühten vor Zorn.

»Ich sollte dir danken für alles, was du für mich getan hast, und ich versichere dir, dass ich dir in dem Maße dankbar bin, in dem es dir zusteht. Und damit endet es auch. Lass mich fortan in Frieden, Alistair Kirallen!«, rief sie, wobei sich ihre Stimme überschlug. »Lass mich einfach in Ruhe! Denn ich will nie wieder mit dir reden.«

Ohne ihm die Gelegenheit zu geben, ihr zu antworten, trat sie ihrem Pferd in die Seiten und galoppierte zurück Richtung Ravenspur.

Deirdre war erleichtert, dass der Stallhof bei ihrer Rückkehr menschenleer war. Vergebens mühte sie sich, ihr Haar zu glätten und die Fassung wiederzufinden, bevor sie ins Haupthaus ging.

Alistair kam hinter ihr in den Hof geritten. Aus dem Augenwinkel beobachtete sie, wie er ihr Pferd und seines in den Stall führte. Soll er doch gehen, dachte sie. Soll er doch weit, weit weg von mir bleiben.

Am Brunnen blieb sie stehen und zog den Eimer hoch. Sie nahm den Becher, der daran hing, und trank etwas von dem kühlen Wasser, ehe sie sich den Rest in ihr brennendes Gesicht spritzte. Dabei blickte sie immer wieder zur Stalltür hinüber. Sie trocknete sich die Wangen mit dem Zipfel ihrer Haube. Anschließend stand sie einen Moment regungslos da und spürte dem Beben ihres Körpers nach. Er fühlte sich an wie eine Harfe, deren Saiten von einer geübten Hand in Schwingungen versetzt wurden.

Langsam segelte die Haube zu Boden, während sie die Hand auf den Mund legte, um ihren erschrockenen Aufschrei zu ersticken. Noch ehe sie sich zögernd umwandte, wusste sie, was sie sehen würde. Und da war es auch schon. Sie blickte geradewegs in Ronan Fitzgeralds Augen.

Ihr Herz blieb stehen, ehe es gleich darauf hämmernd zu pochen begann. Sie stützte sich am Brunnen hinter sich ab. Das musste ein Traum sein. Aber nein, es war kein Traum. Wenngleich sie sich Tausende von Malen ein Wiedersehen mit ihm ausgemalt hatte, so waren in ihren Träumen doch nie die vier Jahre vergangen, die ihre letzte Begegnung zurücklag.

Sein dunkles Haar fiel ihm über die Schultern und umrahmte sein vertrautes und zugleich fremdes Gesicht. Die vier Jahre hatten es verändert. Fort war die letzte Weichheit des Knabenalters. Seine Wangen waren eingefallen, und seine nun schärferen Wangenknochen betonten noch das elfengleiche Grün seiner Augen. Ja, er sah anders aus, und doch war er derselbe Ronan geblieben. Er trug sogar denselben geflickten grünen Umhang – aber das konnte doch unmöglich derselbe sein. Seine hohen Stiefel waren staubbedeckt, und er sah müde aus, nein, eher vollkommen erschöpft. Natürlich war er zu ihr geeilt, genauso wie sie es immer geahnt hatte.

»D-D-ee?«

Seine Stimme war warm und weich wie frischer Rahm. Ausgerechnet diese Stimme, die mühelos die schwierigsten und längsten Verse bewältigte, verhaspelte sich bei ihrem Namen. Er wollte noch etwas sagen, schloss den Mund jedoch wieder und flehte sie mit seinen Blicken an. Allein der Gedanke, dass Ronan sie anflehte – Ronan, dessen Arroganz ebenso Teil von ihm war wie die Harfe, die über seiner Schulter hing –, schien noch überwältigender als der Schreck, der Deirdre lähmte. Sie stolperte nach vorn auf ihn zu. Dann warf sie sich ihm lachend und weinend zugleich an die Brust. Er nahm sie in seine Arme und hielt sie fest, als wollte er sie nie wieder loslassen.

»Dee, ich dachte schon, ich würde dich nie finden«, sagte er. »Seit Beltane träume ich von dir, davon dass du dich verirrt hast. Deshalb bin ich nach Cranston Keep, und da sagten sie mir, du wärst weg, doch sie wollten mir nicht verraten, wohin.«

»Ich weiß, Ronan. Ich wusste, dass du kommen würdest. Warum konntest du nicht früher hier sein?«, rief sie, lehnte den Kopf an seine Schulter und brach in Tränen aus.

Einen Moment später hob sie aus einem unergründlichen Impuls heraus den Kopf und sah Alistair, der aus der Stalltür trat. Er blieb stehen und betrachtete die beiden mit einem prüfenden Blick. Sein Gesicht schien wie versteinert.

»Ihr müsst Fitzgerald sein.«

Seine Worte kamen ohne jede Betonung heraus. Ronan nickte kurz.

»Und dürfte ich fragen, wer Ihr seid?«

Ihre Blicke trafen sich, Grün und Silber, und zeitgleich blitzte in beider Augen ein Ausdruck gegenseitiger Verachtung auf. Dann sah Alistair Deirdre an. Da war er wieder: der beängstigende Fremde, den sie schon einmal gesehen hatte. Seine Lippen formten sich zu einem Lächeln, bei dem ihr eiskalt wurde.

»Nun, Deirdre? Möchtest du dem Herrn nicht sagen, wer ich bin?«

»Ronan Fitzgerald, das ist Sir Alistair Kirallen«, sagte sie, trat einen Schritt zurück und strich sich nervös das Haar nach hinten. »Er ist, nun, Ronan, er ist …«

Und noch während sie zögerte und sich fragte, wie sie es erklären sollte, drehte Alistair sich um und ging.

Kapitel 28

»Tut mir leid, Alistair, aber er ist im Moment für niemanden zu sprechen.«

Donal stellte sich direkt vor die Tür zu Jemmys Zimmer, das gezogene Schwert in der Hand.

»Hör zu, Junge, ich muss unbedingt mit ihm reden.«

»Bedaure«, sagte Donal. »Jetzt nicht. Weißt du denn nicht, wie spät es ist?«

»Natürlich weiß ich, wie spät es ist«, antwortete Alistair mit angestrengter Ruhe und blickte sich auf dem von Fackeln beleuchteten Flur um.

»Dann geh jetzt bitte. Er wird nach dir schicken, wenn er bereit ist, mit dir zu reden.«

»Kannst du ihm nicht wenigstens sagen …«

»Wer ist da?«, rief Jemmy von drinnen.

»Es ist Sir Alistair«, antwortete Donal laut. »Aber …«

»Na, dann lass ihn reinkommen!«, rief Jemmy ungeduldig.

»Sehr wohl«, sagte Donal. »Aber ich hätte gern das Schwert, falls es dir nichts ausmacht.«

Alistair gab ihm sein Schwert und wollte nach seinem Dolch greifen. Verwundert fasste er in die leere Scheide. Dann erst fiel ihm wieder ein, dass er ihn Deirdre gegeben hatte. Donal öffnete die Tür und trat zur Seite, um Alistair vorbeizulassen.

»Hast du ihn entwaffnet?«, fragte Jemmy vom Bett aus. Er

hatte mehrere Kissen unter seinen Kopf, so dass er halb saß. »Ich hoffe, du hast das Messer aus seinem Stiefel. Und wo du schon mal dabei bist, nimmst du auch besser die Bettvorhänge ab – er könnte beschließen, mich zu erdrosseln.« Als Donal zögerte, fügte Jemmy leise hinzu: »Ach, und vergiss die Kissen nicht. Es wäre für ihn ein Leichtes, mich zu ersticken, während ich hier hilflos im Bett liege.«

Er wurde ernst, auch wenn seine Augen in ihren dunkel geränderten Höhlen funkelten. Alistair neigte den Kopf, um sein Schmunzeln zu verbergen. Genauso redete Ian früher, wenn er meinte, Alistair wäre übertrieben vorsichtig. Deshalb wusste er auch aus eigener Erfahrung, dass Donal Jemmys Bemerkungen gewiss nicht amüsant fand.

»Schon gut, Donal«, seufzte Jemmy. »Es war nur ein Scherz. Du kannst wieder vor die Tür gehen.«

Er verlagerte sich ein wenig auf seinen Kissen und verzog dabei das Gesicht. »Gibst du mir bitte den Becher? Und nimm dir auch was zu trinken, wenn du willst.«

Alistair reichte ihm den Becher und schenkte sich selbst etwas ein. Der warme Whisky rann ihm brennend die Kehle hinunter. Ein halbes Dutzend Kerzen brannten in einem schmiedeeisernen Leuchter neben dem Bett mit den dunkelroten Vorhängen. Der Rest des Raums allerdings lag im Dunkeln – bis auf die Stelle vor dem Kamin, die vom Feuer erleuchtet wurde.

»Wo ist deine Gemahlin?«, fragte Alistair.

Jemmy nickte zu der Seitentür, von der aus man ins Nebenzimmer gelangte. »Am besten bleibt sie für einige Zeit da. Sie konnte die letzten Nächte kaum schlafen, weil sie Angst hatte, versehentlich an meine Schulter zu stoßen.«

Alistair lehnte sich erleichtert in seinem Stuhl zurück. Er

hatte sich schon gefragt, wie er es schaffen könnte, Alyson von Jemmy wegzulocken. Denn was er zu sagen hatte, war allein für Jemmys Ohren bestimmt.

»Donal hat recht, weißt du«, begann Alistair und nickte Richtung Tür. »Du musst gut bewacht werden.«

»Dafür ist es ein bisschen spät«, sagte Jemmy spöttisch. »Und ich denke, das setzt den beiden sehr zu. Na ja, sie sind gute Männer und tun ihr Bestes. Aber die Gefahr stellt sich nicht so einfach dar, wie sie es gern hätten. Es sei denn natürlich …«, er lüpfte eine Augenbraue, »du bist hier, um mich umzubringen. In dem Fall hoffe ich, du besitzt den Anstand, mir zu gestatten, mich vorher noch gründlich zu betrinken.«

»Hör auf, Jemmy«, sagte Alistair mit rauher Stimme. »Deshalb bin ich nicht hier.«

»Nein, dachte ich mir«, antwortete Jemmy gleichmütig. »Also, warum bist du dann gekommen? Um mir vom Ratstreffen zu erzählen?«

Wie gelassen er ist, dachte Alistair. Selbstverständlich weiß er, dass wir dort über seinen Tod geredet haben.

»Es war – interessant«, sagte Alistair. »Malcolm hat sich ihnen wie ein Mann entgegengestellt. Wie ein *lebensmüder* Mann«, fügte er hinzu und schüttelte den Kopf. »Aber nicht lebensmüder als andere Kirallens, die ich kenne.«

»Ja, er hat mir davon erzählt. Malcolm mochte Sir Calder noch nie besonders. Da geht es ihm übrigens genauso wie mir.«

»Und warum zum Teufel hat du ihn und seine Kumpanen dann überhaupt in den Rat aufgenommen?«, fragte Alistair verärgert.

»Das war Vater«, erklärte Jemmy müde. »Ich habe versucht,

ihn davon abzuhalten, aber – leider haben Vater und ich uns im letzten Jahr nicht so gut verstanden, wie ich mir erhoffte. Er konnte mir nie vergeben, dass ich Alyson geheiratet habe. Und nach seinem letzten Anfall wurde er zunehmend – uneinsichtig.«

»Du meinst, er hat den Verstand verloren.«

»So kann man es auch sagen. Andere würden behaupten, wir wären eben unterschiedlicher Ansicht. Aber wie man es auch nimmt, Calder hat deinen Platz im Rat eingenommen und schon bald ein paar Ritter dazugeholt, die – ach, was erzähle ich dir das alles? Du weißt doch ohnehin schon, was los ist, oder?«

»Ich weiß, was sie mir heute gesagt haben.«

Jemmy lächelte. »Ja, natürlich. Du standest ja nicht die ganze Zeit mit ihm in Kontakt.«

»Nein, Jemmy. Ob du mir glaubst oder nicht, es ist die Wahrheit. Und obgleich ich der Meinung war, dass Malcolm zum Burgherrn ernannt werden sollte, hätte ich es niemals so zu erreichen versucht«, sagte er und zeigte auf Jemmys verbundene Schulter. »Calder ist der Verräter, als den Malcolm ihn bezeichnet hat. Andererseits hältst du mich wahrscheinlich auch nicht für besser.«

»Tja, ich gebe zu, dass mir dieser Gedanke kam. Aber es wäre nicht fair, dich mit Calder in einen Topf zu werfen. Er will sich alles nehmen, was er kriegen kann, während du … nun, ich schätze, du handelst in Malcolms Interesse, wie im letzten Jahr auch.«

»Ja, es lässt sich nicht leugnen, dass ich im letzten Jahr einige ziemlich idiotische Dinge angestellt habe«, gestand Alistair beschämt. »Als einzige Rechtfertigung kann ich sagen, dass sie mir zu jener Zeit richtig erschienen.«

Jemmy seufzte und sah auf einmal sehr erschöpft aus. »Das weiß ich. Und wer will schon entscheiden, ob sie nicht vielleicht doch richtig waren? Vater jedenfalls stimmt dir heute zu.«

Alistair beugte sich im Stuhl vor. »Ich habe gestern Abend mit ihm gesprochen.«

Jemmy hielt ihm seinen Becher hin, den Alistair neu befüllte.

»Und wie war's?«, fragte er fast beiläufig.

»Gut.« Alistair drehte den Krug in seiner Hand, starrte hinein und lachte kurz auf. »Schrecklich.«

»Aha.«

»Er schien froh zu sein, dass ich wieder da bin.«

»Ich denke, er hat willentlich durchgehalten, bis er dich noch einmal sehen konnte. Ich weiß, dass er bereute, was letztes Jahr zwischen euch vorgefallen ist. Das ist übrigens eines von vielen Dingen, für die er mir die Schuld gibt. Und nicht mal ohne Grund«, fügte Jemmy ruhig hinzu und trank einen kleinen Schluck aus seinem Becher. »Ich habe ihn an jenem Tag gezwungen, sich zwischen dir und mir zu entscheiden, und das konnte er mir nie wirklich verzeihen. Er glaubt bis heute, wenn ich Maude geheiratet hätte, wärst du irgendwann zur Einsicht gekommen und hättest alles so akzeptiert, wie es ist.«

»Da irrt er sich«, widersprach Alistair matt. »Nichts hätte mich veranlasst, meine Haltung aufzugeben. Ausgenommen natürlich das, was dann geschehen ist.«

»Es ist schwer, einen Krieg weiterzuführen, wenn eine der Parteien das Land verlässt«, sagte Jemmy versöhnlich. »Ich glaube, das schaffst nicht einmal du.«

»Nicht dass ich es nicht versucht hätte«, gab Alistair unumwunden zu. »Ich bin Darnley bis nach London gefolgt und sorgte dafür, dass er es wusste. Er ließ sich Tag und Nacht bewachen, und trotzdem hatte er dauernd Angst. Ich wäre ihm wohl auch noch nach Frankreich nachgereist.«

»Warum hast du es nicht getan?«

Alistair zögerte, ehe er sagte: »Meine Börse wurde mir gestohlen, unten an den Docks, als ich versuchte, das Schiff zu finden, auf dem der Bastard seine Überfahrt gebucht hatte.«

Jemmy wahrte taktvolles Schweigen und verzog keine Miene.

»Ach, los nun, lach schon, wenn du willst! Weiß Gott, Ian hätte sich kaputtgelacht, wenn er mich gesehen hätte.«

»Nein, ich glaube nicht, dass er das getan hätte. Ich denke, er hätte dir gesagt, dass du aufhören und dein Leben weiterleben sollst.«

»Nun, ich hatte keine andere Wahl, als aufzuhören. Vorerst jedenfalls.«

»Vielleicht ist Darnley schon tot«, überlegte Jemmy laut. »Bei Gott, ich hoffe, er ist es. Möge er irgendwo auf einem französischen Schlachtfeld verrotten.«

»Den Gefallen tut er uns nicht. Ich wüsste es, wenn er tot wäre.«

Jemmy sah ihn mit hochgezogenen Augenbrauen an. »Das zweite Gesicht? Ian sagte immer, du hast es.«

»Und du hast nie daran geglaubt.«

Jemmy zuckte mit den Schultern und stieß sogleich einen Fluch aus, weil ihm seine Wunde diese Bewegung sehr verübelte. »Tja, dann hast du jetzt die Gelegenheit, mich eines Besseren zu belehren. Also, Alistair, nur raus damit. Wie sieht meine Zukunft aus? Bist du nicht deshalb hergekommen?«

Alistair empfand echte Bewunderung für Jemmy. Da lag er, verwundet, hilflos und umgeben von Feinden, die ihm überall auflauerten. Sogar sein eigener Vater war gegen ihn. Und dennoch, als er den Becher an den Mund hob, war seine Hand vollkommen ruhig, und in seinen dunklen Augen war nicht ein Hauch von Furcht zu erkennen.

»Dazu kommen wir später«, sagte Alistair. »Zuerst möchte ich mit dir über Ian reden.«

»Ian? Ah, verstehe. Na, dann bringen wir's hinter uns. Ich war ihm ein schlechter Bruder, als ich fortging, und ein noch schlechterer, als ich wiederkam. Jetzt geistert er durch die Flure von Ravenspur und schreit nach Rache.«

Alistair erschauderte, denn Jemmy kam der Wahrheit näher, als er zugeben wollte.

»Ian hat dir nie vorgeworfen, dass du weggingst«, sagte er abrupt.

Jemmy hielt inne, den Becher auf halbem Weg zum Mund erhoben. »Ich dachte, er war wütend.«

»Tja, das war er nicht. Wir anderen schon, aber er nie. Er«, Alistair schluckte, »war stolz auf dich, weil du dich so gut machtest. Und er las deine Briefe wieder und wieder.«

»Er hätte ja mal einen beantworten können.«

»Ach, Jemmy, du kanntest ihn doch. Er nahm niemals eine Schreibfeder in die Hand, wenn es sich irgend vermeiden ließ. Aber er hat sich jedes Mal gefreut, wenn Nachrichten von dir eintrafen. Ihm war nur wichtig, dass du glücklich bist.«

So. Nun hatte er es ausgesprochen. Er fühlte sich besser, erleichtert, als wäre ihm eine Last von den Schultern genommen.

»Ich danke dir«, sagte Jemmy leise. »Ich bin froh, dass du es mir erzählt hast.«

Alistair atmete auf. »Und genau aus dem Grund kann ich nicht tun, worum mich dein Vater bittet.«

»Aber ich dachte … hat er dir nicht gesagt …«, begann Jemmy. Dann verstummte er und sah Alistair fragend an.

»Er hat. Nimm dir alles, sagte er. Und lass Malcolm nach dir herrschen.«

»Was, wenn ich mich recht entsinne, genau das ist, was du im letzten Jahr ebenfalls vorhattest.«

»Ja, damals. Aber jetzt nicht mehr.«

»Warum nicht?«, fragte Jemmy, der hörbar misstrauisch wurde.

Alistair umklammerte seinen Becher mit beiden Händen. Was sollte er sagen? Wie konnte er Jemmy verständlich machen, was er heute dachte?

»Du wirst mir nicht glauben, was ich dir sage.«

»Lass es drauf ankommen.«

»Nun gut. Also, es fing in der letzten Beltane-Nacht an. Das heißt, nein, darauf gehe ich lieber nicht weiter ein, weil du mich sonst für verrückt erklärst. Du sollst nur wissen, dass Fergus mich auf eine … nun ja, Reise schickte, und ich hatte einen Traum. Darin erhielt ich eine Botschaft von Ian. Ich träume diesen Traum schon seit damals, wieder und wieder. Er fängt jedes Mal gleich an. Aber ich verstand nie, was er bedeutete.«

»Und jetzt verstehst du es?«

Alistair nickte.

Er lief den Waldweg hinunter, hinter Ian her, und dann stand er vor ihm, Ian, erschreckend klar und deutlich, nur war er kein Junge mehr, sondern ein Mann.

»Hör auf, mir nachzulaufen!«, rief Ian. »Du kannst mir

nicht mehr helfen. Es ist zu spät, begreifst du das denn nicht?«

»Was dann?«, fragte Alistair. »Was willst du?«

»Ich möchte, dass du tust, worum ich dich bat! Denk nach, Mann, denk nach!«

»Und?«, fragte Jemmy. »Willst du mir verraten, was der Traum bedeutet?«

»Pass auf Jemmy auf«, flüsterte Alistair und starrte in seinen leeren Becher. »Das bedeutet er. Der Traum ist jedes Mal ein bisschen anders, aber dieser Teil ändert sich nie. Das ist mir erst gestern aufgegangen.«

Jemmy lehnte sich in die Kissen zurück. »Ich bin wohl kaum in der Position, etwas in Frage zu stellen, das mir so ungemein zugute kommt. Allerdings gestehe ich, dass es mir auch Sorgen macht. Was ist, wenn du einen anderen Traum hast?«

»Das war kein normaler Traum, sondern eine Botschaft«, beharrte Alistair gereizt. »Glaub es oder lass es bleiben. Aber ich weiß, worum er mich bat, und ich bin fest entschlossen, seiner Bitte nachzukommen.«

Jemmy grinste. »Egal ob ich will, dass du auf mich aufpasst, oder nicht?«

»Stimmt.«

»Tja, da ich in dieser Sache offensichtlich ohnehin nicht mitzureden habe, schätze ich mal, mir bleibt nur noch, dir danke schön zu sagen.«

»Dann glaubst du mir?«

»Spielt das irgendeine Rolle?«

Alistair sackte in seinem Stuhl zurück. »Nein, ich denke nicht.«

»Na ja, wie dem auch sei, ich glaube, dir ist es ernst mit dem, was du sagst. Was den Traum angeht«, begann Jemmy nachdenklich und runzelte die Stirn. »Vor einem Jahr hätte ich darüber gelacht, aber ich habe seit meiner Rückkehr viele seltsame Dinge erlebt. Darf ich dich fragen, wie du vorzugehen gedenkst?«, fügte er hastig an, bevor Alistair ihn fragen konnte, was er meinte. »Ich dachte die ganze Zeit, du würdest als planender Kopf hinter allem stecken. Doch wenn das nicht der Fall ist, dann ist Calder gefährlicher, als ich glaubte.«

»Das ist er. Nichtsdestotrotz ist er nicht halb so gefährlich, wie ich sein kann, wenn ich mir etwas fest vorgenommen habe.«

Jemmy lächelte. »Davon bin ich überzeugt.«

»Ich habe wieder meinen Platz im Rat, was ein Anfang ist. Und jetzt weiß ich, was sie vorhaben. Solange der Burgherr noch lebt, bist du einigermaßen sicher. Aber danach – nun, wir werden kämpfen müssen. Ich sehe keine andere Möglichkeit. Auf wen können wir zählen?«

Nachdem sie geklärt hatten, welche der Ritter vertrauenswürdig waren, sagte Alistair: »Lass Donal mit ihnen reden.«

»Nein«, widersprach Jemmy vehement. »Das werde ich selbst tun.«

»Aber …«

»Überlass es mir, Alistair. Ich bin noch nicht vollkommen hilflos, auch wenn ich im Moment vielleicht so aussehe.«

Alistair lächelte. »Ja, stimmt. Je weniger Leute wissen, dass ich auf deiner Seite stehe, umso besser. Wir sagen es niemandem, Jemmy. Nicht bevor wir nicht unbedingt müssen. Und niemand erfährt, was hier heute Abend besprochen wurde. Nicht einmal deine Gemahlin. Lassen wir sie ruhig alle glauben, ich gehörte zu Calder – oder er zu mir.«

»Wie soll es weitergehen?«, fragte Jemmy. »Calder hat schon seit einiger Zeit das Sagen hier. Ist dir mal der Gedanke gekommen, dass er über deine Rückkehr gar nicht so froh ist?«

»Ja. Aber dafür ist es jetzt zu spät, oder? Immerhin bin ich mit dem Segen des Burgherrn hier. Ich schätze, dass ich den Bastard dennoch herausfordern muss. Er wird es von mir erwarten.«

Nun stand er in der Pflicht. Es gab kein Zurück mehr. Und es war sinnlos, darüber nachzudenken, wie alles geworden wäre, hätte er einfach den Kopf geneigt und jene bezaubernde Stelle an Deirdres Hals geküsst. Er hatte sich für diesen Weg entschieden, und er würde ihm bis ans Ende folgen müssen.

»Calder könnte sich entschließen, dass es einfacher ist, dich loszuwerden«, warnte Jemmy ihn.

»Ja«, sagte Alistair und spürte erneut die Wut vom Vormittag. »Er benutzt Malcolm bereits als Druckmittel, um mich einzuschüchtern. Aber das wird wohl nicht genügen.«

»Hast du an die Sicherheit von Lady Maxwell gedacht?«

»Ja. Sie wird mit diesem Fitzgerald nach Irland zurückgehen, der heute angekommen ist.«

»Ich dachte … ihr beide schient …«

»Sie geht«, sagte Alistair knapp. Er konnte nicht über Deirdre sprechen, nicht jetzt, oder er würde sich an den Nachmittag erinnern, an die Art, wie sie sich voller Vertrauen an ihn gelehnt hatte.

»Ich denke, deine Wunde sollte dich noch ein oder zwei Tage zur Bettruhe zwingen«, fuhr Alistair fort, um seine Gedanken in die Gegenwart zurückzuzwingen. »Auf jeden Fall wäre es günstig, da du mir im Moment nur im Weg wärst.«

»Soll mir recht sein«, gestand Jemmy. »Diese verdammte Schulter – sie raubt mir zu viel Kraft. Ich schätze, das war Calder.«

Alistair nickte. »Und dieser Maxwell-Bursche war ebenfalls von Calder angestiftet. Ich weiß nicht, ob er der Einzige ist, aber an deiner Stelle würde ich diese Sippe so bald nicht mehr hier empfangen.«

Sie saßen schweigend da, während das Feuer langsam erstarb. Nur das Licht der Kerzen erhellte die Dunkelheit noch. Dann warf Alistair ein frisches Scheit auf, stützte beide Hände auf den Kaminsims und starrte in die Flammen.

»Um eines möchte ich dich noch bitten«, sagte Jemmy vom Bett aus. »Falls ich es nicht schaffe, sorge bitte dafür, dass Alyson zu ihren Leuten kommt.«

»Hör schon auf, Mann, du bist ja betrunken«, sagte Alistair und bemühte sich, munter zu klingen, während er sich wieder hinsetzte. »Selbstverständlich wirst du …«

»Ich meine es ernst. Ich weiß, dass du deine Versprechen immer hältst, und ich belaste dich ungern damit, aber ich muss.«

»Selbst wenn dir etwas zustößt, wäre sie hier nicht in Gefahr. Es sei denn –« Er verstummte und starrte Jemmy an. »Sag mir nicht, sie ist – oh, Jemmy, was zum Teufel fällt dir ein, sie hierzubehalten? Sie muss sofort weg!«

»Versuch mal, ihr das zu sagen.«

Alistair musste unweigerlich lachen. »Ja, ich glaube, ich weiß, wo das Problem liegt. Sie ist eine tapfere Frau, Jemmy, viel zu gut. Du verdienst sie gar nicht.«

Obwohl Alistair im Scherz sprach, blieb Jemmy ernst. »Das stimmt. Was mit mir passiert, ist mir gleich, aber ich kann nicht aufhören, mir Sorgen darum zu machen, was aus ihr wird, wenn …«

»Genug davon. Du wirst wieder, glaub mir. Aber damit du beruhigt bist: Ich verspreche es. Und jetzt solltest du schlafen, sonst wäre ja der ganze schöne Schnaps verschwendet, den du dir gerade in den Hals geschüttet hast.«

Jemmy schloss folgsam die Augen, in denen Alistair zuvor allerdings noch einen Schimmer von Erleichterung gesehen hatte. Der arme Kerl, dachte Alistair, als er aufstand und Jemmy ansah. Er ist wahrlich am Ende seiner Kräfte. Aber vielleicht musste er so weit kommen, um wirklich gesund werden zu können.

Er ging zur Tür, atmete tief durch und stieß sie auf. »Schlaf gut, Jemmy. Du dämlicher, sturer Hund!«, fügte er leise, aber immer noch laut genug hinzu, dass Donal ihn hörte.

Ein wenig schwankend sah er den jungen Ritter wütend an. »Ich wäre dir verbunden, wenn du mir mein Schwert wiedergeben könntest«, sagte er langsam und mit gespielt schwerer Zunge.

Dann lieferte er eine bühnenreife Vorstellung ab, indem er mehrmals die Schwertscheide verfehlte. »Hör zu, Donal«, raunte er mit der Vertrauensseligkeit des Betrunkenen und beugte sich weit zu dem Ritter vor. »Du bist ein guter Kerl, das weiß ich. Deshalb wird es Zeit, dass du dich auf *meine* Seite schlägst. Ich sage dir nämlich, du setzt aufs falsche Pferd.« Er nickte weise und bedächtig. »Merk dir meine Worte. Noch kannst du dich retten.«

Donal richtete sich auf und funkelte Alistair an. »Wenn ich bedenke, dass ich dich mal bewundert habe«, entgegnete er angewidert. »Und jetzt …«

»Ach, verschon mich damit«, sagte Alistair verächtlich.

»Wenn du unbedingt ein Narr sein willst, gib mir nicht die Schuld daran.«

Mit diesen Worten torkelte er den Flur hinunter und war sehr zufrieden mit sich. Donal würde in der ganzen Burg verbreiten, dass Alistair ein Verräter war. Und noch vor morgen früh dürfte Calder davon gehört haben.

Später jedoch, bevor er einschlief, dachte er nicht an die Versprechen, die er gegeben, oder die unmöglichen Bürden, die er übernommen hatte. Vielmehr erinnerte er sich an die Bilder, die er den ganzen Tag über verdrängt hatte: Deirdre, die sich an ihn lehnte und ihren Kopf an seine Schulter schmiegte. Deirdre, die auf dem Hügel stand, das dunkle Haar im Wind wehend, und ihn anschrie, er solle sie in Ruhe lassen. Deirdre, die schwor, sie wolle nie wieder mit ihm reden. Und das Schlimmste von allen war das Bild von Deirdre mit Freudentränen in den Augen, als der Ire sie in die Arme nahm.

Mit einem heiseren Aufschrei vergrub Alistair das Gesicht in seinem Kopfkissen. Doch nicht einmal sein Schrei vermochte das Flattern dunkler Flügel zu übertönen, das von oberhalb der Burg zu ihm drang.

Kapitel 29

»Wie ich höre, hast du gestern Abend Jemmy besucht.«

Alistair hockte mit einem Knie auf der festgetretenen Erde der Pferdekoppel und richtete den Sporn an seinem Stiefel. Dabei ließ er sich ausgiebig Zeit. Als er schließlich wieder aufstand, wehte ihm ein frischer Wind um den bloßen Oberkörper. Er nahm sein Hemd, das er über den Zaun gehängt hatte. Das Pferd, das er bis gerade eben zugeritten hatte, stand zitternd am Ende der Longe. Alistair gab einem der Stallburschen ein Zeichen, worauf der den erschöpften Hengst zum Stall führte.

»Stimmt«, sagte er und blickte Calder an.

»Und was hast du ihm gesagt?«

Hinter Calder standen drei andere Ritter. Sie hatten die Arme vor der Brust verschränkt und beobachteten Alistair mit eisigen Augen.

»Ich habe ihm gesagt, dass er nach Spanien zurückgehen soll«, antwortete er knapp und zog sich das Lederhemd über den Kopf.

Calder schnaubte verärgert. »Ich dachte, wir wären uns einig.«

»Oh nein, *ihr* wart euch einig, nicht wir. Und ich habe

beschlossen, dass ich nicht ruhig zusehe und die Dinge einfach geschehen lasse, wie sie kommen.«

»Du hättest erst zu mir kommen sollen«, sagte Calder wütend. »Für wen zum Teufel hältst du dich eigentlich?«

»Ich weiß genau, wer ich bin«, konterte Alistair. »Aber du scheinst es vergessen zu haben.«

Calder packte Alistairs Hemd und zog ihn zu sich. »Wir brauchen dich hier nicht, Alistair.«

Alistairs Hände schossen zwischen Calders hoch und schlugen sie weg. Dann versetzte er ihm einen Fausthieb in den Magen. Calder blieb die Luft weg, und er japste wehrlos. Noch ehe er sich wieder fangen konnte, verpasste Alistair ihm einen Kinnhaken.

Calders Männer waren langsam, stellte Alistair fest, denn erst jetzt sprangen sie alle drei vor. Er wich ihnen mühelos aus, packte Calder an den Haaren und riss seinen Kopf hoch. Dabei griff er instinktiv nach dem Dolch in seinem Gürtel. Er fluchte im Stillen, als er fühlte, dass er nicht da war. Stattdessen holte er das Messer aus seinem Stiefel.

»Zurück«, befahl er den Männern. Als sie nicht gehorchten, hielt er die Messerspitze direkt an Calders Hals.

»Ihr habt ihn gehört!«, rief Calder. »Geht zurück.«

Nachdem die Ritter sich in sichere Entfernung begeben hatten, ließ Alistair Calder wieder los und bückte sich, um sein Messer wieder einzustecken. Währenddessen rappelte sich Calder mühsam wieder hoch.

»Ich dachte, du kennst mich besser«, sagte Alistair und schüttelte den Kopf.

»Das dachte ich auch«, erwiderte Calder, der am Zaun lehnte und sich den Hals rieb. »Aber du bist nicht mehr derselbe, seit du weg warst.«

»Wir leben in gefährlichen Zeiten, Calder«, sagte Alistair. »Da tut jeder gut daran, nicht allzu viel von sich zu verraten. Andernfalls macht man leicht einen Fehler. Du hast gestern einen Fehler gemacht, aber ich schätze, das ist dir klar. Habe ich recht?«

»Ja«, antwortete Calder zwischen zusammengebissenen Zähnen.

»Malcolm gehört zu mir, vergiss das nie. Und was Jemmy betrifft, nun, er ist ein Mitglied meiner Familie, und ich musste ihm die Chance geben, zur Einsicht zu kommen. Genauso wie ich dir heute die Chance gebe. *Er* war dumm genug, sie nicht zu nutzen. Ich hoffe allerdings, dass *du* nicht denselben Fehler begehst.«

»Bestimmt nicht«, sagte Calder. Er schlug einen versöhnlichen Ton an, von dem Alistair sich jedoch nicht täuschen ließ. Ihn interessierten die Hände des Ritters weit mehr, die den Zaun so fest umklammerten, dass die Fingerknöchel weiß hervortraten.

»Das ist gut«, sagte Alistair, als würde er Calders Worten glauben. »Der Burgherr hat mich herbestellt. Ich bin auf seinen Befehl hier und habe seinen Segen erhalten. Es wäre sehr unklug, den Clan an seinem Urteilsvermögen zweifeln zu lassen. Hast du das verstanden? Wir tun *gar nichts.*«

»Aber Jemmy …«

»Sobald der Burgherr nicht mehr ist, kümmere ich mich um Jemmy. Aber vorerst bin ich der gehorsame Ziehsohn des Burgherrn und will nichts anderes als seinen letzten Wunsch erfüllen. Das ist doch wohl glasklar, Calder.«

»Für dich vielleicht«, murmelte Calder.

»Ja, genau. Für mich. Wie ich sagte, dies sind gefährliche Zeiten«, fügte er hinzu, lehnte sich neben Calder an den

Zaun und blinzelte hinauf in den Himmel. »Ein Mann sollte immer wissen, wer seine Freunde sind – und wer seine Feinde. Was beabsichtigst du zu sein?«

»Ein Freund natürlich«, sagte Calder lächelnd, aber mit eisigen Augen.

»Natürlich«, stimmte Alistair ihm zu und bemerkte die kalte Wut in Calders Blick. »Dann reden wir nicht mehr davon.«

Als er an Calders Männern vorbeiging, klopfte er dem größten von ihnen auf die Schulter. »Nächstes Mal musst du ein bisschen schneller sein«, sagte er mit einem freundlichen Grinsen.

Der Mann erwiderte sein Lächeln nicht. »Das nächste Mal ganz bestimmt.«

Alistair lachte und ging weg, zweifelte jedoch nicht einen Moment daran, dass der Ritter es ernst gemeint hatte. Das nächste Mal – und ein nächstes Mal würde es ganz gewiss geben – müsste er selbst also noch schneller sein.

Kapitel 30

»So etwas Schönes habe ich noch nie gehört!«, flüsterte Alyson begeistert am selben Abend in der Halle. Ronan saß in der Mitte des Saals und strich mit der Hingabe und Sanftheit eines Liebenden über die Saiten seiner Harfe. Dabei entlockte er dem Instrument eine Melodie von betörender Lieblichkeit.

»Ich auch nicht«, sagte Jemmy. »Ich denke, die wenigsten Menschen kommen in den Genuss solcher Musik.«

Jemmy sah heute Abend besser aus, dachte Deirdre. Die Falten in seinem Gesicht waren weniger tief, und er war nicht mehr so blass. Als er Alyson anlächelte, strahlte sie wie die Sonne an einem Frühlingsmorgen. Deirdre freute sich für ihre Freundin. Vielleicht beruhigte sich jetzt alles, und Alyson konnte unbesorgt ihr Kind austragen.

Dann setzte sich Alistair neben Deirdre. Sofort wurde es sehr still am Tisch. Malcolm, der auf der anderen Seite von Jemmy saß, warf Alistair einen gequälten und verwunderten Blick zu. Haddon Darnley hockte stocksteif und sichtlich unglücklich neben Malcolm. Und Alyson strahlte nicht mehr, sondern sah auf einmal blass und müde aus. Nur Jemmy schien unverändert. Nein, er ignorierte Alistairs Ankunft vielmehr, winkte nach noch einem Kelch Wein und brachte ihn Ronan.

Es war eine Ehre, doch wenngleich Ronan lächelte und sich bedankte, sah er nicht besonders dankbar aus. Aber Ronan sah nie so aus. Er nahm den Kelch, als stünde er ihm zu, und plauderte freimütig mit Jemmy, ohne sich die Mühe zu machen, sich von seinem Stuhl zu erheben.

Als Jemmy an den Tisch zurückkehrte, lächelte er. Offensichtlich nahm er Ronans Verhalten nicht als Beleidigung. »Er hat an mehr königlichen Höfen gespielt, als ich je gesehen habe. Was für ein Glück für uns, dass wir ihn hier haben.«

»Glück?«, murmelte Alistair finster und stützte sein Kinn mit einer Hand auf. »Na ja, es gibt alle möglichen Arten von Glück.«

Deirdre sah ihn beunruhigt an, aber seine Augen blieben auf die Mitte der Halle gerichtet. Obwohl sie ihm seit Ronans Ankunft ein- oder zweimal begegnet war, hatte er kein Wort mehr mit ihr gesprochen.

Er war zweifellos froh, dass Ronan gekommen war. Nun blieb ihm die Mühe erspart, jemanden zu suchen, der Deirdre nach Donegal begleitete. Ronan hatte ihm diese Last abgenommen, und somit konnte Alistair hierbleiben und Unfrieden unter seinen Leuten stiften.

Vielleicht hatte Alyson ja doch recht im Bezug auf ihn, wenngleich Deirdre es immer noch nicht glauben wollte. Im Wald war er so anders gewesen, hatte ihr so bereitwillig geholfen, als sie ihn brauchte, und war damit zufrieden gewesen, jeden Tag zu nehmen, wie er kam. *Der Gebieter der Nebel*, dachte sie und verkniff sich die Tränen, als sie sich daran erinnerte, wie sehr sie seine Sorglosigkeit verurteilt hatte.

Jetzt war er ein vollkommen anderer Mensch, ein Fremder mit kalten Augen und einer Aura von Skrupellosigkeit. Er machte sogar jenen Menschen Angst, die ihn einst geliebt hatten. Oder war er immer so gewesen, und sie hatte es lediglich nicht sehen wollen?

Nachdem das Mahl beendet und die Aufstellböcke weggetragen worden waren, hörte Ronan auf zu spielen. Er saß regungslos da und wartete, bis es in der Halle still wurde. Allein seine Ausstrahlung von Macht und Autorität schaffte es, dass alle schwiegen. Er ließ die Spannung wachsen und wachsen, bis auch alle Augen auf ihn gerichtet waren. Dann nahm er die Hände von der Harfe und begann, ohne Begleitung zu singen. Er sang ein Lied für Deirdre, das er ihr vor langer, langer Zeit schon gesungen hatte, als wäre außer ihr niemand da.

Schwarz, schwarz, schwarz
ist meiner wahren Liebe Haar.
Ihr Gesicht wie Milch so wunderbar.
Ach, wie lieb ich meine Liebste, und sie weiß,
wie's um mich steht,
Ich bete den Boden an, auf dem meine Liebste geht.

Seit sie dieses Lied das letzte Mal gehört hatte, war Ronans Stimme tiefer und kräftiger geworden. Nicht einmal als Ronan zwischen den Strophen eine kleine Pause machte, sprach irgendjemand oder regte sich. Sie alle waren in seinen Bann gezogen.

Schwarz, schwarz, schwarz
ist meiner wahren Liebe Haar.
Ohne sie wär mein Leben trist fürwahr.
Nur klagen und weinen würde ich,

des Nachts nicht schlafen ewiglich,
denn meine Liebste ist unvergleichbar
mit ihrem wundervoll scheinenden Haar.
Schwarz, schwarz, schwarz
ist meiner wahren Liebe Haar …

Er hielt den letzten Ton, der langsam in einem Seufzen ausklang. Die Zuhörer erwiesen ihm ihren Respekt in Form von vollkommener Stille.

Noch ehe ihre Faszination verklungen war, begann er erneut zu singen. Diesmal stimmte er ein fröhliches Lied auf der Harfe an und sah nicht zu Deirdre sondern zu Alistair.

Ein Zigeuner klopfte an unser Tor,
mutig, stolz und kühn stand er davor.
Er sang uns laut und sang uns leise
eine lustige Zigeunerweise.

Füße klopften und Hände klatschten den bekannten Rhythmus des Liedes mit. Alistair aber saß ganz still neben Deirdre.

Es war spät am Abend, als der Ritter kam
und fragte nach seiner schönen Dam'.
Und die Magd teilte dem Ritter mit,
seine Dame mit dem Zigeuner ritt.

Ronan grinste, als er zwischen den Strophen weiterspielte. Offensichtlich genoss er seinen Scherz. Die Leute in der Halle begannen zu tanzen. Warum, Ronan?, fragte sich Deirdre. Warum musst du Alistair in seinem eigenen Haus lächerlich machen? Die Leute würden sich daran erinnern, wenn sie fort war. Und dabei glaubten sie doch alle, dass Alistair und sie verlobt waren. Also würden sie selbstverständlich denken, sie wäre ihm weggelaufen, wie die Frau in dem Lied, und hätte ihn allein zurückgelassen. Deirdre wurde tiefrot vor Scham, als Ronan die Strophen sang, die von der letzten Begegnung zwischen dem Ritter und seiner Dame erzählten.

Warum verließest du Heim und Herd?
Warum verließest du alles von Wert?
Warum verließest du deinen Gemahl
mit einem Zigeuner – oh, meine Qual!

Was kümmert mich mein Heim und Herd?
Was kümmert mich dort aller Wert?
Lieber küsste ich des Zigeuners Mund,
und reit mit ihm fort noch diese Stund'.

Nach der letzten Strophe spielte die Musik noch weiter. Deirdre hatte nie ein solches Lied gehört, nicht einmal von Ronan. Seine Finger tanzten über die Harfensaiten und woben eine Melodie, die voller Fantasie und Abwechslung war. Zugleich klang immer wieder das Originalthema an, das verändert und mit dem gespielt wurde. Und alles geschah mit einer Leichtigkeit, die Deirdre den Atem raubte.

Ja, Ronan war stets ein begnadeter Musiker gewesen, brillant geradezu, doch diese Worte reichten kaum mehr aus zu beschreiben, was er mit seinem Instrument vollbrachte. Deirdre schien es beinahe, als handelte es sich gar nicht mehr um weltliche Musik. Ronan übte einen Zauber auf sein

Publikum aus, der es unweigerlich in seinen Bann zog. Ihr wurde ein bisschen unheimlich, als sie sich fragte, ob die Leute womöglich gar nicht anders konnten, als zu tanzen.

Schließlich aber endete das Lied. Der letzte Ton verhallte, und von überall her erklangen traurige Seufzer.

»Ich wollte nicht, dass es aufhört«, sagte Alyson verwundert. »Ich wünschte mir, dass die Musik immer weiter und weiter spielt.«

Alistair hob seinen Kelch an die Lippen. »Ja, er spielt recht passabel. Ich kann allerdings nicht behaupten, dass mir das Lied besonders gut gefiel.«

Alyson starrte ihn an, als wäre er wahnsinnig geworden. Jemmy hingegen warf ihm einen ernsten Blick zu. Deirdre überlegte, wie viel Jemmy wusste und was er von ihr denken mochte. Hielt er sie möglicherweise für die stille – wenn auch widerwillige – Verbündete Ronans in diesem grausamen Spiel?

»Ich danke Euch«, rief Jemmy Ronan zu. »Ihr habt uns ein kostbareres Geschenk gemacht, als ich in Worten ausdrükken könnte.«

Ronan neigte den dunklen Kopf in scheinbarer Bescheidenheit. Dann sah er auf und zwinkerte Deirdre so auffällig zu, dass es niemandem in der Halle entgehen konnte.

Sie ertrug es nicht länger. Als er wieder zu spielen begann, sprang sie auf, murmelte eine kurze Entschuldigung und floh. Der Flur war menschenleer, und sie lehnte die brennende Stirn gegen die kalte Steinmauer. Oh, das war abscheulich, Ronan, dachte sie mit wachsendem Zorn. Sie hatte ihm doch gesagt, wie freundlich Alistair zu ihr gewesen war. Aber so war Ronan eben. Sein Humor hatte schon immer etwas Beißendes gehabt.

Nichtsdestotrotz war er gekommen, um ihr zu helfen. Das durfte sie nicht vergessen. Er war den weiten Weg hergereist und hatte sie gesucht. Während Alistair es nicht erwarten konnte, ihr Lebewohl zu sagen.

Sie kämpfte mit den Tränen, als sie sich an jenen Moment auf dem Hügel erinnerte, diesen vollkommenen Augenblick, den sie nie vergessen könnte, ganz gleich wie sehr sie es versuchte. Dort hatte Alistair ihr das Herz gebrochen. Aber wenigstens habe ich Ronan, dachte sie. Er liebt mich immer noch.

Und sie liebte ihn ebenfalls, wenngleich ihre Liebe zu ihm niemals so stark sein könnte wie die Gefühle, die sie für Alistair empfand. Wenn Ronan sie im Arm hielt, fühlte sie nicht, wie ihr Puls raste, hatte nicht das Bedürfnis, die Hände in seinem Haar zu vergraben oder seine Lippen auf ihren zu spüren. Und Ronan empfand auch nichts dergleichen für sie. Er hatte das alles auch nie empfunden. Dennoch glaubte er nach wie vor, dass es sich bei ihrer gegenseitigen Zuneigung um die wahre Liebe handelte.

Und gäbe es Alistair nicht, hätte sie es irgendwann vielleicht auch geglaubt.

Sie war so tief in Gedanken versunken, dass sie erschrocken aufschrie, als sie eine schwere Hand an der Schulter berührte. Sie fuhr herum und sah einen bulligen Mann, der auf sie herabblickte.

»Was?«, begann sie und sprang zurück an die Wand. »Wer seid Ihr, Sir, und was wollt Ihr von mir?«

»Haltet Euren Mund und hört mir zu«, befahl er ihr schroff. Er beugte sich über sie, und Deirdre wich noch weiter zurück an die Wand. Keine Menschenseele war auf dem von Fackeln erleuchteten Korridor zu sehen. Und aus der

Halle drang der Lärm von Gelächter und Gesang. Sie wusste, selbst wenn sie schrie, niemand würde sie hören.

»Was wollt Ihr?«, fragte sie mit einem Selbstvertrauen, das sie im Moment überhaupt nicht besaß.

»Sagt Alistair, dass wir ihn beobachten.«

»Ich habe keine Ahnung, wovon Ihr sprecht. Und jetzt tretet bitte zurück, Sir, oder …«

Der Mann grinste. »Ihr braucht es nicht zu verstehen. Denkt einfach nur dran. Und sagt ihm, dass wir Wege und Mittel haben, dafür zu sorgen, dass er auf uns hört.«

»Was …?«

Weiter kam sie nicht, denn seine Hände legten sich um ihren Hals. Sie wehrte sich, trommelte auf seine Brust ein und trat ihm gegen die Schienbeine. Doch er lachte nur hämisch über sie. Sein Lachen vermischte sich mit dem Rauschen ihres Blutes in ihren Ohren, während vor ihren Augen schwarze Punkte zu tanzen begannen.

Dann, als die schwarzen Punkte miteinander verschwammen und die Musik aus der Halle zu einem fernen Summen wurde, ließ er sie los und trat einen Schritt zurück. Deirdre fiel schmerzhaft auf die Knie, eine Hand an ihrem Hals, und schaffte es nur mühsam, wieder Atem zu holen.

»Werdet Ihr es ihm sagen?«

Als sie nicht antwortete, packte er ihr Haar und riss ihren Kopf hoch. »Antwortet mir, Lady, wenn ich mit Euch spreche.«

Sie nickte heftig und war wütend auf sich selbst, weil sie nichts gegen die Tränen tun konnte, die ihr über die Wangen liefen.

»Macht es bald. Wir sind keine geduldigen Menschen.«

Und dann war der Flur wieder leer. Deirdre stand zitternd

auf und spürte, wie ihr übel wurde. Sie presste die Hand auf den Mund, um sich nicht zu übergeben, und versuchte verzweifelt zu atmen.

»Deirdre, wo warst du? Du hast etwas versäumt.«

Es war Alyson. Jemmy kam mit ihr auf Deirdre zu, und beide blickten sie besorgt an.

»Was ist mit Euch?«, fragte Jemmy. »Seid Ihr krank?«

Deirdre griff sich an den Hals und wollte antworten, doch es war wie in einem Albtraum: Sie konnte nicht sprechen, nicht einmal einen Laut von sich geben. Und dann war Alistair da. Er schob Alyson und Jemmy beiseite, hob Deirdre wortlos hoch, als wöge sie nicht mehr als ein Kind, und trug sie die Treppe hinauf.

Oben trat er eine Tür mit dem Fuß auf und brachte sie in ein kleines Zimmer. Dort setzte er sich mit ihr aufs Bett – auf sein Bett, wie sie ein wenig benommen feststellte.

»Deirdre, Mädchen, beruhige dich«, sagte er eindringlich. »Du musst dich jetzt beruhigen und mit mir reden. Wer hat dir das angetan?«

»Ich … ich weiß nicht, wer er ist.«

Die Worte kamen als ein heiseres Krächzen heraus. Alistair nahm ihre Hand, die immer noch an ihrem Hals lag, und hielt sie fest. Seine Augen verengten sich zu eisgrauen Schlitzen, als er die Abdrücke auf ihrer Haut sah.

»Er sagte«, flüsterte Deirdre, deren Zähne vor Schock und Angst klapperten. »Ich soll dir sagen, sie … sie beobachten dich.«

»Calder ist ein toter Mann«, sagte Alistair mit einer Ruhe, die irgendwie noch beängstigender war als jede gebrüllte Drohung. »Hat er sonst noch was gesagt?«

Deirdre schüttelte den Kopf. »N–nein.«

Mit einer einzigen, stürmischen Bewegung nahm er sie in die Arme und drückte sie fest an seine Brust. »Hätte ich gewusst … hätte ich auch nur geahnt, dass er so schnell reagiert, hätte ich dich niemals aus den Augen gelassen.«

Deirdre presste ihre Wange an seine Schulter. Bei aller Angst spürte sie zugleich, wie sie eine wilde Freude erfüllte. Alistair sagte, dass er den Mann töten würde, der ihr wehtat. Und indem er das sagte, erklärte er sich offen zu ihrem Beschützer. Warum sollte er das tun, wenn ihm nicht doch etwas an ihr lag?

Dann erst begriff sie, was er gesagt hatte, und sie hob den Kopf. »Du wusstest, dass er so etwas tun könnte?«

»Nein, das heißt, noch nicht«, antwortete er.

»Aber du dachtest, dass ich in Gefahr sein könnte?«, flüsterte sie mühsam und er nickte zögernd. »Und deshalb wolltest du, dass ich abreise?«

»Ich … oh Gott, Deirdre, ja! Du musst sofort abreisen.«

»Nein«, hauchte sie heiser.

»Sei nicht dumm!«, sagte er barsch. »Denk an Maeve, wenn du schon nicht an dich selbst denken willst. Wir beide wissen, was wir am letzten Beltane gesehen haben. Wen hast du denn noch, wenn ich tot bin?«

Sie starrte Alistair in die Augen und erkannte seine Furcht. Er fürchtete nicht um sich selbst, sondern um sie. Und sie erkannte noch etwas anderes als Furcht, etwas, das seine Augen von innen zum Strahlen brachte und sie wie geschmolzenes Silber glühen ließ. Sie hob die Hand und malte mit den Fingerspitzen die Konturen seines trotzig zusammengekniffenen Mundes nach.

»Du hättest es mir sagen müssen«, flüsterte sie.

Sie schloss die Augen und seufzte, als seine Lippen sanft

über ihre strichen und sie liebkosten, bis sie sich öffneten. Dann drückte er Deirdre mit einem erstickten Stöhnen an seine Brust und vertiefte den Kuss. Sie flog, sie schmolz dahin, als seine Hände ihre Hüften umfassten und ihre Hitze sie durch den Samt ihres Kleides zu verbrennen drohte.

Langsam löste er den Kuss.

»Du musst gehen, Deirdre«, sagte er, das Gesicht in ihrem Haar vergraben.

»Dann komm mit mir!«, rief sie heiser, all ihren Stolz vergessend. »Oh, Alistair, bitte geh mit mir fort!« Sie biss sich auf die Unterlippe und versuchte, die richtigen Worte zu finden. »Sie alle haben Angst vor dir, sogar Malcolm. Er hat so schreckliche Dinge gesagt, Alistair. Ich konnte es kaum glauben, nein, ich wollte es nicht glauben, aber – bitte, geh weg von hier, jetzt gleich, bevor etwas Furchtbares geschieht. Komm mit mir. Wir könnten so glücklich sein.«

Als er sie voller Sehnsucht und Verlangen ansah, war sie schon sicher, dass er ja sagen würde. Doch dann schüttelte er den Kopf.

»Ich kann nicht. Ich muss bleiben, und du musst gehen. Dein Musikus kann dich sicher heimbringen. Er ist weiß Gott weit genug gereist, sich diese Ehre zu verdienen.« Er lächelte verbittert. »Er ist ein ziemlich überheblicher Kerl, aber es ist offensichtlich, dass er dich liebt. Nein«, sagte er, als Deirdre anhob, etwas zu erwidern, stand auf und zog sie behutsam hoch. »Bitte, sag jetzt nichts mehr. Du reist morgen ab.«

Kapitel 31

Bei Tagesanbruch schüttete der Regen so sehr, dass das erste Morgenlicht nicht durch die Wolken zu dringen vermochte.

»Ich kann Maeve unmöglich da rausbringen«, sagte Deirdre und zeigte zur Stalltür.

»Sie ist warm genug eingewickelt«, entgegnete Alistair knapp und schwang den Sattel über Deirdres Zelter. »Sie wird es überstehen.«

»Aber …«

»Steig auf.«

Ronan lehnte an der Wand. Im Schatten der Kapuze schimmerten seine grünen Augen. »Mach schon, Dee«, sagte er. »Ein bisschen Regen wird dem Kind gewiss nichts tun.«

Deirdre hielt ihre schlafende Tochter im Arm. »Aber sie wird sich verabschieden wollen.«

Sie wusste, dass das eine erbärmliche Ausrede war, aber ihr wollte keine bessere mehr einfallen. Alle anderen hatte sie schon vergeblich vorgebracht. Seit sie vor einer Stunde aufgestanden war, hatte sie jeden erdenklichen Grund angeführt, um ihre Abreise hinauszuzögern. Und jeder war von Alistair oder Ronan ungeduldig abgetan worden. Da die beiden sich nun anscheinend gegen sie verbündeten, hatte sie keine Chance mehr. Alistair gab sich nicht mal die Mühe, etwas zu antworten, sondern nickte einfach mit dem Kopf in Richtung ihres Pferdes.

Deirdre gab ihm Maeve und stieg auf.

»Fernan, McTavish und ich werden euch das erste Stück begleiten«, sagte er, und Deirdre wurde ein klein wenig leichter ums Herz.

Ronan schwang sich mit einem theatralischen Seufzer auf sein Pferd, und prompt bekam Deirdre ein schlechtes Gewissen. Er stand fast nie vor dem späten Vormittag auf. Dennoch hatte er sich um ihretwillen klaglos so früh aus dem Bett gequält.

Alistair küsste Maeves Stirn und hob das Kind zu Deirdre hoch. »Richte du ihr mein Lebewohl aus«, sagte er, wobei seine Stimme verdächtig heiser klang.

»Alistair, ich denke …«

»Ja, ich weiß schon, was du denkst. Aber du reist trotzdem ab.«

Deirdre sah ihn mit ohnmächtiger Wut an. Zum Teufel mit seinem Stolz, seinem ausgeprägten Ehrgefühl und seinem merkwürdigen Loyalitätssinn! Zum Teufel mit ihm, der alles verkörperte, was sie sich jemals gewünscht hatte und nun für immer verlieren sollte.

Als er Maeves Umhang fester um die Kleine zog, ergriff Deirdre seine Hand. »Wenn du getan hast, was du hier tun musst, dann komm zu mir. Hörst du mich? Dann kommst du nach Donegal. Ich werde auf dich warten.«

»Ich fürchte, da wirst du lange warten müssen, Deirdre«, sagte Alistair so ernst und gelassen zugleich, dass Deirdre die Tränen in die Augen stiegen.

»Wie galant«, murmelte Ronan.

»Halt den Mund!«, fuhr Deirdre ihn an und wandte sich wütend zu ihm um. »Du weißt doch überhaupt nichts!«

»Ich weiß, dass wir lieber losreiten sollten, bevor diese Ritter da draußen im Schlamm ertrinken«, erwiderte Ronan und wies mit dem Kopf zu den beiden Gestalten, die im strömenden Regen vor dem Stall standen.

Und dann, ehe Deirdre noch ein weiterer Einwand einfallen wollte, waren sie zum Tor hinaus, und der Regen prasselte ihr auf die breite Kapuze. Sie ritten aus dem Stallhof und über die Zugbrücke.

Die Pferdehufe donnerten hohl auf dem Holz. Sie waren kaum auf dem Weg, als der Regen nachließ und zu einem Dauernieseln wurde.

Nun lag so dichter Nebel um sie herum, dass Deirdre kaum zwei Schritt weit sehen konnte. Die Welt schien sich um Alistair und sie herum zusammenzuziehen, während sie Seite an Seite durch eine unheimliche, seltsam unwirklich anmutende Landschaft ritten. Das Moor hatte heute Morgen etwas von einem Albtraum, in dem unsichtbare Monster lauerten. Sie versuchte, das Bild zu verdrängen, aber mit jedem Schritt, den das Pferd tat, wurde ihr unbehaglicher. Unbewusst drückte sie ihre schlafende Tochter noch fester an sich, blickte sich immer wieder um und starrte doch nur in eine undurchdringliche Wand.

Ronan begann zu singen, was Alistair ihm sofort untersagte. »Im Nebel übertragen sich Geräusche«, sagte er, und zur Abwechslung widersprach Ronan ihm nicht. Vielleicht empfand auch er den Nebel als bedrohlich, und sein Singen war wie ein Pfeifen in der Dunkelheit gewesen.

Bis sie an der ersten Wegbiegung ankamen, hatte der Regen ganz aufgehört, und eine leichte Brise riss grob geränderte

Löcher in den Nebel. Dann ging es bergab, und sie wurden erneut vom dichten weißen Schleier eingehüllt.

»Da ist die Straße«, sagte Alistair und zeigte nach vorn. »Ihr reitet nach rechts und dann immer der Straße nach bis Annan. Macht schon«, fügte er ungeduldig hinzu, als Deirdre zögerte.

Sie sah aus, als wollte sie noch etwas sagen, doch schließlich nickte sie nur und wandte ihr Pferd um. Alistair schickte die beiden Ritter nach Ravenspur zurück, folgte ihnen jedoch nicht gleich. Noch lange nachdem Deirdre im Nebel verschwunden war, saß er da und blickte ihr nach. Dabei biss er die Zähne zusammen, um dem Drang zu widerstehen, sie zurückzurufen, sie anzuflehen, ihn nicht zu verlassen. Deirdre war jetzt in Sicherheit, sagte er sich im Stillen. Er hatte das Richtige – das einzig Richtige – getan. Aber diese Überzeugung, die ihm geholfen hatte, die letzten Tage durchzustehen, bekam auf einmal einen schmerzlich schalen Beiklang.

Ja, er hatte sie aus der einen Gefahr herausgebracht, aber die Welt steckte voller anderer, denen sie sich nun stellen musste. Und dann war er nicht mehr an ihrer Seite. Wie konnte das richtig sein? Von nun ab konnte ihr alles Mögliche zustoßen, und er würde es nicht einmal erfahren.

Ehe er recht begriff, was er tat, hatte er seinem Pferd die Sporen gegeben und galoppierte die Straße nach Annan hinunter. Idiot!, schimpfte er sich im Stillen. Du hast alle Fakten abgewogen, hast alle Möglichkeiten geprüft und die einzig vernünftige Entscheidung getroffen. Das weißt du. Deirdre wird es gut gehen ohne dich. Nur dein alberner Stolz lässt dich daran zweifeln.

Er ritt durch den Nebel und verfluchte sich bei jedem

Hufschlag. Er würde umkehren. Er musste. Es wäre falsch und selbstsüchtig, sie bei sich zu behalten. Und dennoch galoppierte Germain weiter die Straße entlang, und Alistair trieb ihn ungeduldig an. Denn er wusste, ganz gleich was geschah, er konnte Deirdre nicht gehen lassen.

Fitzgerald wandte sein Pferd abrupt um, als Alistair sich ihnen näherte. Ein langes Messer blitzte in seiner Hand auf. Dann erkannte er, wer es war, und sein Gesicht wurde dunkelrot vor Zorn.

»Deirdre!«, rief Alistair. »Warte!«

Deirdre drehte sich um und schenkte ihm ein strahlendes Lächeln.

»Ich wusste, du würdest nicht …« begann sie, doch Ronan unterbrach sie.

»Schhh. Hört ihr das?«

Jetzt hörte auch Deirdre das Klimpern von Zaumzeug in einiger Entfernung. Ihr blieb der Mund offen stehen, als eine Windböe den Nebel vor ihnen zerriss und sie eine Reitergruppe sah, die den Hügel herunterkam.

»Maxwells«, hauchte sie. »Gütiger Gott, wie viele sind das?«

»Zu viele«, antwortete Alistair knapp.

Der Nebel löste sich auf, und nun waren sie deutlich zu sehen. Deirdre beobachtete, wie der Anführer der Reiter anhielt und auf sie zeigte. Dann trabte die ganze Gruppe den Hügel hinunter, gefolgt von noch mehr Reitern.

»Zurück!«, befahl Alistair und riss sein Pferd herum. »Reitet nach Ravenspur zurück. Los doch, Musikus«, rief er Ronan zu, der verwirrt auf die sich nähernden Reiter starrte. »Oder wir reiten ohne Euch.«

Ronan wandte sein Pferd und schlug ihm die Hacken in

die Seiten. Er war ein guter Reiter – in Donegal ritt jedes Kind, das ein Pferd finden oder stehlen konnte, wie der Teufel. Deirdre war direkt hinter ihm. Maeve regte sich und begann zu weinen. Deirdre hielt sie mit einem Arm fest umklammert, während sie mit der anderen Hand die Zügel schlug, um ihr Pferd anzutreiben.

Sie kamen gerade vor ihren Verfolgern über die Zugbrücke, so dass keine Zeit mehr blieb, sie vor den Maxwells hochzuziehen.

Alistair sprang von seinem Pferd und half Deirdre von ihrem herunter. »Nach drinnen«, sagte er. »Such Jemmy. Wache!«, hörte sie ihn rufen, als sie Ronan ihre Tochter in den Arm gab. »Wache, hierher! Runter mit dem Gitter!«

Deirdre rannte in den Schutz der Burg und rief dem überraschten Wächter eine Warnung zu, als sie an ihm vorbeieilte.

Sie lief durch die leere Halle und die Treppe hinauf. Dabei beachtete sie die heftigen Seitenstiche kaum, die sie vom atemlosen Laufen bekam. Vor Jemmys Tür stand Sir Conal.

»Weckt ihn!«, rief sie.

Aber Jemmy war Gott sei Dank bereits wach. Er öffnete die Tür und kam heraus auf den Flur. Sein Oberkörper war nackt, und der dicke Verband an der Schulter hob sich weiß von seiner Schulter ab.

»Wie ich sehe, sind die Maxwells zu Besuch gekommen«, sagte er und hob eine seiner dunklen Augenbrauen. »Da haben sie sich aber einen denkbar ungünstigen Zeitpunkt ausgesucht. Macht Euch keine Sorgen, Lady Maxwell«, beruhigte er Deirdre. »Die meisten von ihnen sind noch außerhalb der Gitter. Nur etwa eine Handvoll Männer haben es bis in den Hof geschafft. Mylady«, fügte er hinzu und bot

Alyson seinen Arm an, die gerade aus ihrem Zimmer kam. »Wollen wir die Gäste begrüßen?«

Alyson hatte noch rosige Wangen vom Schlaf, gähnte und strich sich mit der Hand übers Haar, das in einer leuchtend roten Lockenpracht offen über ihren Morgenmantel fiel.

»Selbstverständlich, Mylord«, antwortete sie mit einem tadelnden Kopfschütteln, als bestünde das einzige Vergehen der Maxwells in mangelhaftem Benehmen. Ja, die beiden passten hervorragend zusammen, dachte Deirdre und empfand einen brennenden Neid, als das Paar sich sehr vertraut anlächelte. »Aber ich denke, wir sollten uns vorher ankleiden.«

«Vielleicht ist es das Beste, wenn Ihr hier wartet, Lady Maxwell«, schlug Jemmy freundlich vor. »Es könnten Worte gewechselt werden, die Euch unnötig beunruhigen.«

»Oh nein. Maeve ist unten.«

»Wie Ihr wollt. Aber bleibt in meiner Nähe. Conal«, sagte er ruhig. »Wärst du so freundlich, mich zu begleiten?«

»Ja«, antwortete der rothaarige Ritter. Er steckte zwei Finger in den Mund und stieß einen gellenden Pfiff aus. Sogleich lugte ein sehr verschlafen aussehender Junge um die Ecke. »Hol Donal«, wies Conal ihn an. »Sag ihm, er soll mit den anderen in die Halle kommen. Sofort.«

Der Junge nickte kurz und verschwand. Conal zog sein Schwert und streckte die Schultern nach hinten.

»Wann immer Ihr bereit seid, Mylord. Ich bin direkt hinter Euch.«

Als Deirdre die Treppe hinunterging, standen ein Dutzend Maxwellkrieger in der Mitte der Halle. Alistair wartete unten an der Treppe, das Schwert in der Hand. Ronan saß im

Schatten und hielt Maeve auf den Knien. Die Kleine gähnte und blickte sich mit großen Augen um.

»Kinnon«, sagte Jemmy, als er mit Alyson am Fuß der Treppe ankam. »Ich grüße dich. Möchtest du vielleicht ein Frühstück?«

Der Maxwellerbe sah nervös hinter sich und schien erleichtert, dort einen großen Ritter zu sehen, der halb über ihn gebeugt war. Der Umhang und die Kapuze des Mannes verhüllten ihn fast vollständig.

»Nein, Jemmy – aber ich danke dir«, fügte Kinnon hastig hinzu, während seine kleinen Augen immer wieder nervös zu seinen Männern und den Kirallenkämpfern wanderten, die um sie herumstanden.

Jemmy folgte seinem Blick und lächelte freundlich. »Würdest du mir dann vielleicht sagen, was dich um diese Stunde zu uns bringt?«

Kinnon benetzte sich die Lippen und warf einen verstohlenen Seitenblick auf Deirdre. »Nun, Jemmy, es ist nämlich so. Na, ja, es ist eine lange Geschichte, und ich sollte sie wohl erst einmal …«

»Das reicht jetzt!«, donnerte eine ungeduldige Stimme und der Mann mit der Kapuze schob Kinnon beiseite. Deirdres Mund wurde schlagartig sehr trocken. Ich hätte oben bleiben sollen, dachte sie benommen. Ich hätte weglaufen sollen, als ich die Chance dazu hatte.

Und dann nahm der Mann seine Kapuze ab.

Deirdres Knie gaben nach. Sie sackte auf die unterste Treppenstufe. Im selben Moment sprang Ronan auf, angespannt und verärgert, und zog ein langes Messer aus seinem Gürtel. Zunächst war gar nichts zu hören. Dann aber sah Maeve auf, die mit einer glitzernden Brosche von Ronan gespielt hatte. Und als das Kind den Mann sah, stieß es einen Schrei aus, der die ganze Halle erfüllte.

»Nein! Nein! Mam!«

Sogleich löste sich Deirdres Schreckensstarre. »Ist ja gut«, sagte sie, eilte quer durch den Saal und nahm ihre Tochter auf den Arm. »Ich bin hier.«

»Nein!«, schluchzte Maeve. »Er soll weggehen!«

Brodie Maxwell betrachtete seine Frau und seine Tochter mit eisigen Augen. »So begrüßt ihr mich also?«

Er ging zu ihnen, doch Deirdre wich zurück, Schritt für Schritt, ohne einmal den Blick von ihm abzuwenden.

»Brodie, ich dachte, wir alle dachten –«, stammelte sie. Ihre Stimme war immer noch heiser von dem Angriff am Vorabend und bebte nun vor Angst.

»Tja, da haben sich eben alle geirrt. Ich brauchte einige Zeit, um nach Cranston zurückzukommen, und als ich endlich da bin, stelle ich fest, dass du verschwunden bist. Jetzt gib mir das Kind, und wir gehen heim.«

»Mam! Nein!«

»Ronan, nicht!«, sagte Deirdre, die immer noch nur Brodie ansah. Aber selbst ohne hinzusehen, wusste sie, dass Ronan zum Angriff bereit war. »Bleib da und sag nichts.«

»Hör auf sie, Bursche«, sagte Brodie und bleckte die Zähne zu einem unheimlichen Grinsen. »Hör lieber auf Deirdre. Sie kennt mich.«

Jemmy trat in Windeseile nach vorn. »Brodie, mein Gott, ich bin bass erstaunt! Komm, setz dich und erzähl uns, was …«

»Zurück, Kirallen«, knurrte Brodie und schüttelte Jemmys Hand von seiner Schulter. »Ich bin hergekommen, um mir zu holen, was mein ist, und ich werde es bekommen. Wag ja nicht, dich zwischen uns zu stellen. Deirdre und ich haben einiges zu bereden. Eine Menge zu bereden.«

Deirdre wurde eiskalt vor Angst, als er die Worte aussprach, die sie in der Vergangenheit so oft gehört und so verzweifelt zu vergessen versucht hatte.

»Zeit für eine Unterhaltung, Deirdre«, hatte Brodie nach ihrer Hochzeit fröhlich angekündigt. Das erste Mal war sie ihm noch halbwegs bereitwillig in ihr Schlafgemach gefolgt, weil sie glaubte, er meinte mit ›Unterhaltung‹ tatsächlich ein Gespräch. Sie hatte keine Ahnung gehabt, wie wütend er war, bis er die Tür hinter ihr zuschlug. Und dann war sie allein mit einem Fremden gewesen, dessen eisige Augen durch sie hindurchsahen, als wäre sie gar nicht da. »Komm her, Mädchen«, hatte er mit seltsam rauher Stimme gesagt, »wir haben etwas zu bereden.«

Jetzt kämpfte sie gegen das lähmende Gefühl des Ausgeliefertseins an, das sich ihrer bemächtigte. In ihrem Kopf flüsterte eine Stimme: »Niemand wird dir helfen. Er ist dein Ehemann, und jede Gegenwehr würde es nur noch schlimmer machen.« Sie hasste diese Stimme für ihre feige Schwäche. Und ihre größte Angst war die, dass sie eines Tages aufgeben und zugeben könnte, dass die Stimme recht hatte. Vielmehr war das ihre größte Angst gewesen, verbesserte sie sich im Stillen. Bis heute. Denn nun fürchtete sie, dass die Unterhaltung, die Brodie vorschwebte, noch weit schlimmer werden sollte als alle bisherigen.

Jemmy stand ihr genau gegenüber, die Hände zu Fäusten geballt, und sagte nichts. Aber wenigstens sah er nicht weg. Normalerweise taten sie das immer, so wie Kinnon jetzt auch, der auf seine Füße starrte, als wären sie das Faszinierendste, das er je erblickt hatte. Und später, wenn die Unterhaltung vorbei und sie zurück in die Halle von Cranston gekommen war, hatten sie sich auch nicht getraut, sie direkt anzusehen. Oh ja, sie hatten sie mit verstohlenen Blicken gemustert – schief von der Seite, wie sie es hier nannten – und so getan, als wäre nichts passiert. Alle hatten vorgegeben, ihre Blutergüsse nicht zu sehen.

Nun stand sie wie angewurzelt da, den Kopf hoch erhoben, während Brodie auf sie zukam. Sie hatte ihn geheiratet, hatte in der Kirche gestanden und ihr Ehegelübde abgelegt. Und nach den Gesetzen von Schottland und Brodies Gott war sie damit zu seinem Eigentum geworden, mit dem er tun konnte, was ihm gefiel.

Ich wusste es nicht, wollte sie schreien. In Donegal ist es nicht so! Dort gilt auch eine Frau etwas. Aber sie schwieg. Wenn sie keine Gerechtigkeit erwarten durfte, wollte sie erst recht nicht um Mitleid flehen. Damit wäre nichts erreicht, und sie würde sich umso erniedrigter fühlen. Sie wusste aus langer Erfahrung, dass niemand hier, egal wie gut es diese Menschen mit ihr meinen mochten, sich zwischen einen Mann und seine Frau stellte.

»Ich glaube nicht, Brodie«, sagte Alistair ruhig und trat vor. »Was immer du zu sagen hast, kannst du mir sagen.«

»Aus dem Weg, Alistair«, sagte Brodie, der eher überrascht als wütend ob dieser unerwarteten Einmischung war.

»Nein.«

»Jemmy«, sagte Brodie, die Augen auf Alistair gerichtet. »Ruf ihn zurück. Das Weib gehört mir und das Kind genauso. Ich habe meine Rechte.«

»Und ich habe meine«, konterte Alistair rasch, bevor Jemmy antworten konnte. »Deirdre und ich wurden gestern getraut.«

Jemmys Mund schnappte hörbar zu.

»Getraut?« Für einen Moment war Brodies massiges Gesicht vollkommen ausdruckslos. Dann warf er den Kopf in den Nacken und lachte. »Du dämlicher Mistkerl. Ihr könnt nicht verheiratet sein, denn sie hat bereits einen Ehemann.«

»Tja, nur wussten wir das gestern ja nicht, oder?«, sagte Alistair seelenruhig. »Und nun ist es geschehen.«

Die Kirallenritter sahen verwirrt zu Jemmy, der nur kurz den Kopf schüttelte, um ihnen zu bedeuten, dass sie sich ruhig verhalten sollen.

Kinnon räusperte sich. »Wer hat die Trauung bezeugt?«

»Das war ich«, antwortete Ronan prompt.

»Und wer noch?«

Eine entsetzliche Stille trat ein. Deirdre biss sich ängstlich auf die Lippe.

Alistair mochte es gut meinen, aber seine Geschichte machte alles nur noch schlimmer. Und jetzt wurde sie auch noch als Lüge entlarvt.

»Das war ich.«

Alle Augen richteten sich auf Alyson. »Vergib mir, Mylord«, sagte sie zu Jemmy. »Ich habe Deirdre so lieb gewonnen, dass ich ihre Bitte unmöglich abschlagen konnte.«

Brodie schüttelte den Kopf wie ein Ochse, der versucht, sich von einem Fliegenschwarm zu befreien. »Vollkommen egal, wer dabei war. Kirallen, wir sind bis jetzt immer Verbündete gewesen, aber, bei Gott, wenn ich nicht mit meinem Weib zusammen von hier fortgehen kann, werde ich diese Burg Stein für Stein abreißen.«

Deirdre hielt die Luft an. Brodie würde es tun, das wusste sie nur zu gut. Zumindest würde er es versuchen. Nach all der Freundlichkeit, welche die Kirallens ihr hatten zuteil werden lassen, konnte sie keinen Krieg über sie bringen.

»Alistair, wir können nicht …«, begann sie, doch er warf ihr einen wütenden Blick zu.

»Halt deinen Mund, Weib«, raunte er. Sie trat einen Schritt zurück, zu erschrocken, um ihm zu widersprechen. Alistair wandte sich mit einem Achselzucken zurück an Brodie.

»Sie redet zu viel, aber ich will sie trotzdem behalten. Sie wärmt mir das Bett recht angenehm«, fügte er leise und mit einem viel sagenden Unterton hinzu. »Sie ist süß, Brodie, sehr süß sogar, und ausgesprochen willig … na ja, aber das wirst du ja wohl schon wissen. Oder«, ergänzte er nachdenklich mit einem Anflug von Sarkasmus, während er Brodie von oben bis unten musterte, »vielleicht auch nicht. Wieso sollte sie nicht einem Mann gehören, der … imstande ist, sie zu genießen?«

Brodie wurde erst kreidebleich, dann tiefrot und sah Deirdre mit einem solch hasserfüllten Blick an, dass ihr alle Farbe aus dem Gesicht wich. War Alistair wahnsinnig? Oder wollte er ihren Tod? Denn er hätte nichts sagen können, das ihr Schicksal endgültiger besiegelte als das, was er gerade gesagt hatte.

Brodie bleckte die Zähne, und die Adern auf seiner Stirn traten vor. Das war ein sicheres Zeichen dafür, dass er eine Mordswut hatte. Ohne es zu wollen, ging Deirdre noch einen Schritt zurück und drückte Maeve fester an sich.

»Du hattest sie schon, stimmt's?«, fragte Brodie mit erstickter Stimme.

»Mehrmals.« Alistair schnippte sich etwas Staub vom Ärmel und lächelte versonnen. »Und jedes Mal war besser als das davor.«

»Bei Gott, ich bringe euch um!«

»Du? Denkst du ernsthaft, du bist Manns genug dafür?«

Und mit dieser Beleidigung, bei der Deirdre das Herz stehen blieb, drehte Alistair sich um.

»Ich bringe dich eigenhändig um!«, grölte Brodie. »Ich reiß dich in Fetzen, du rumhurender Mistkerl. Ich schneide dir die Eier ab und stopf sie dir …«

Alistair wirbelte auf dem Absatz herum und sah ihn an. »Morgen. Kendricks Feld. Mittags.«

»Gut!« Brodie zog sich einen Kettenhandschuh aus und schleuderte ihn Alistair ins Gesicht. »Auf morgen.«

Alistair bückte sich und hob den Fehdehandschuh auf. Als er sich wieder aufrichtete, glühten seine Augen, und darunter rann ihm eine schmale Blutspur über die Wange.

»Die Forderung wurde ausgesprochen und angenommen!«, rief er laut und hielt den Handschuh in die Höhe. »Ihr alle seid meine Zeugen.«

Erst jetzt schien Brodie klar zu werden, dass sich dieser Besuch anders entwickelt hatte, als er beabsichtigte. Er blickte sich wütend und verwirrt um, als Kinnon vortrat und ihm die Hand auf den Arm legte.

»Komm, Brodie, reiten wir wieder nach Hause.«

»Du Hure«, sagte Brodie und zeigte mit dem Finger auf Deirdre. »Glaub nicht, dass du dich noch lange hinter Kirallen verstecken kannst. Morgen werde ich dich holen kommen. Und dann …«

»Komm jetzt«, raunte Kinnon ängstlich und zog seinen Bruder am Ellbogen. Dabei warf er Deirdre einen nervösen, entschuldigenden Blick zu. »Gehen wir.«

Kapitel 32

»Gut gespielt, Kirallen«, sagte Ronan, der lässig am Türpfosten vor Jemmys Zimmer lehnte. »Sehr gut gespielt.«

»Gut *gespielt?*«, wiederholte Jemmy gereizt. »Mein Gott, Alistair, was hast du dir dabei gedacht? Ich sollte dich eigenhändig töten, gleich hier und jetzt, und Brodie die Mühe ersparen!«

»Ich wollte es nicht zum Krieg kommen lassen«, antwortete Alistair. »So weit wäre ich nie gegangen.«

»Wirklich?«, erwiderte Jemmy spitz. »Ich hatte nicht den Eindruck, als hätte dich noch irgendetwas aufhalten können.«

»Hör zu, Jemmy«, begann Alyson zaghaft. Er wandte sich mit finsterer Miene zu ihr um.

»Ah, und jetzt hören wir uns doch meine Gemahlin an! Verrate mir, Alyson, wann du die Zeit fandest, als Trauzeugin aufzutreten? Denn wenn ich mich recht entsinne, waren wir gestern den ganzen Tag zusammen.«

»Falls du auf eine Entschuldigung wartest, die wirst du nicht bekommen«, antwortete sie selbstbewusst. »Ich *musste* es tun.«

Während die Auseinandersetzung andauerte, ging Deirdre mit Maeve auf dem Arm vorm Feuer auf und ab und flüsterte beruhigend auf die Kleine ein. Das Kind klammerte sich mit Armen und Beinen an seine Mutter und vergrub den Kopf an ihrer Schulter. Malcolm und Haddon Darnley saßen neben dem Feuer und sahen Maeve mit großen Augen an. Sie hätten so etwas nie mit ansehen dürfen, dachte Deirdre, ebenso wenig wie die arme Maeve. Kein Kind sollte einem solchen Hass ausgesetzt sein.

»Schon gut, Süße«, murmelte Deirdre. »Jetzt ist alles gut. Niemand wird dir etwas tun.«

Die anderen redeten weiter, doch Deirdre hörte ihnen nur halb zu. Sollten sie doch reden. Es war unwichtig. Nichts war mehr wichtig außer dem Kind auf ihrem Arm.

Als Maeve endlich ruhiger war, holte Deirdre tief Luft.

»Ronan«, sagte sie leise. »Du musst Maeve zu meinem Vater bringen. Sofort. Und widersprich mir nicht«, wies sie ihn zurecht, als er den Mund öffnete, um etwas zu erwidern. »Tu einfach, was ich dir sage. Geh schon, sattle dein Pferd!«, flüsterte sie ungeduldig. »Warum stehst du noch da?«

»Brodie wird sich so etwas denken«, sagte Alistair. »Er wird Leute abgestellt haben, die die Wege überwachen.«

»Dann musst du ihnen ausweichen«, konterte Deirdre.

»Auch damit wird er rechnen«, entgegnete Alistair sanft.

»Mir ist egal, wie du es anstellst«, sagte Deirdre energisch. »Aber bring Maeve umgehend fort von hier.«

»Mylady«, mischte Jemmy sich ein. »Ihr seid aufgebracht. Setzt Euch.«

»Aufgebracht?«, sagte Deirdre mit bebender Stimme. Maeve rührte sich, und nur mit Mühe fuhr Deirdre leiser fort: »Ja, ich bin aufgebracht, Mylord. Das wärt Ihr an meiner Stelle auch. Maeve darf nicht nach Cranston Keep zurück.«

»Aber warum nicht?«, fragte Jemmy.

Deirdre antwortete nicht gleich. Sie wartete erst, bis Maeve wieder eingeschlafen war. Dann legte sie ihre Tochter auf die gepolsterte Fensterbank und wandte sich wieder an Jemmy.

»Mylord, wenn ich nach Cranston Keep zurückkehre, dann allein. Ich fürchte, ich werde … ich werde nicht in der Lage sein, meine Tochter vor Brodies Wut zu schützen.«

»Maeve ist auch Brodies Tochter«, sagte Jemmy. Er klang sehr ruhig, sehr vernünftig, als würde er mit einer Wahnsinnigen sprechen.

»Ja«, pflichtete Deirdre ihm bei und versuchte, ebenfalls ruhig zu klingen. Dabei wollte sie ihn am liebsten anschreien und ihn schütteln, damit er endlich begriff. »Aber er hat vor, mich für das zu bestrafen, was vorgefallen ist. Und er wird nicht davor zurückschrecken, Maeve als Mittel für seine Zwecke zu benutzen.«

Jemmy seufzte und rieb sich den Nacken. Er sah betroffen und sogar ein wenig verlegen aus.

»Ihr seid verzweifelt«, sagte er. »Ruht Euch aus und lasst uns später reden.«

»Wann?«, fragte Deirdre. »Wenn es zu spät ist, Maeve in Sicherheit zu bringen? Nein, Mylord, wir werden jetzt darüber reden. Ihr kennt Brodie nicht, wie ich ihn kenne. Wenn ich mit ihm zurückkehre …«

»Was du nicht tun wirst«, warf Alistair ein, aber sie sah ihn nicht einmal an. Sie konnte nicht an Alistair denken. Jetzt nicht. Sie durfte sich nicht ausmalen, was morgen mit ihm geschehen könnte. Wenn sie erst anfing, darüber nachzudenken, würde die Angst um ihn sie endgültig in den Wahnsinn treiben. Nein, sie würde – sie musste – ihre Gedanken auf Maeve konzentrieren.

»Wenn ich mit Brodie zurückkehre«, wiederholte sie mit fester Stimme, »wird er sehr zornig sein. Ich bin darauf vorbereitet. Und ich weiß, dass es mir nicht möglich sein wird, meine Tochter zu beschützen. Eine ganze Weile nicht. Vielleicht nie mehr. Das solltet Ihr begreifen, Mylord, denn es ist nichts als die Wahrheit.«

»Ihr glaubt, er wird …«

»Er hat mich schon geschlagen«, sagte sie mit der Ruhe der Verzweifelten. »Viele Male und oft genug ohne Grund. Jetzt denkt er, ich wäre ihm untreu gewesen. Ich glaube nicht, dass ich die Gefahr überschätze, in der ich mich befinde.«

»Dann kannst du unmöglich mit ihm zurückgehen!«, rief Alyson.

»Wenn ich es nicht tue, bedeutet das Krieg. Nein, Mylady, ich danke dir, aber ich werde nach Cranston Keep zurückgehen, falls …« Sie hielt inne und schluckte. Falls Alistair morgen im Zweikampf unterlag. Falls Alistair tot in Kendricks Feld liegen sollte, würde sie mit Brodie mitgehen.

Sie fühlte, wie sie zu zittern begann, und hielt sich mit beiden Händen an der Rückenlehne der Bank fest, während sie fortfuhr: »Aber ich brauche die Gewissheit, dass Maeve in Sicherheit ist. Dann … nun, dann werde ich mir etwas ausdenken, wie ich mich vor weiteren Verletzungen durch ihn bewahre.«

Alistair drehte sich um und sah sie an.

»Aber, Dee, das kannst du nicht tun!«, widersprach Ronan. »Er wird dir nie wieder eine Gelegenheit geben wegzulaufen!«

»Hab keine Angst«, sagte sie, und obwohl sie die Worte an

Ronan richtete, sprach sie in Wahrheit zu Alistair. »Ich werde einen Ausweg finden.«

»Nicht so einen Weg«, sagte Alistair, der sie auf Anhieb verstand.

»Doch, so einen Weg!«, rief sie. »Und wenn es so weit ist, dann schwöre ich bei allem, was mir heilig ist, dass er mit mir geht!«

»Lady Maxwell!«, sagte Jemmy schockiert. »Was sagt Ihr da? So etwas könntet Ihr niemals tun!«

Jemmy verstand sie nicht. Wie sollte er auch? Er hatte keine Ahnung, was es hieß, in dauernder Angst zu leben, bei jedem Wort, bei jeder Bewegung auf der Hut zu sein und doch zu wissen, dass es nicht half. Würde irgendjemand Hand an Jemmy legen, wie Brodie es bei ihr so oft getan hatte, würde Jemmy sich wehren. Es war sein gutes Recht – das Recht eines jeden Mannes. Von ihm würde man nie erwarten, dass er solche Erniedrigungen ertrug, ohne sich zu wehren oder auch nur sich zu beklagen. Täte er das, würde man ihn für einen Feigling halten.

Warum ließ die Würde einer Frau ihr keine andere Wahl, als zu schweigen? Warum wurde allgemein angenommen, wenn ein Mann seine Frau schlug, käme ein Teil der Schuld ihr zu? Wie lange musste eine Frau ihren Misshandler ertragen, ehe sie zurückschlug?

»Oh ja, Mylord«, sagte Deirdre ruhig. »Ich könnte es tun. Und wärt Ihr an meiner Stelle, würdet Ihr dasselbe tun.«

Jemmy verstand immer noch nicht. Alyson hingegen schon. Deirdre konnte es in ihren Augen sehen. Ob sie es sich vorstellen konnte oder aus eigener Erfahrung wusste, Alyson verstand, was es hieß, das Opfer eines bösen Mannes zu sein. Gott gebe, dass diese freundliche Lady niemals die

Wut empfinden muss, wie sie sich über vier lange Jahre in ihr, Deirdre, aufgebaut hatte.

»Das ist wohl kaum der richtige Zeitpunkt, um darüber zu sprechen«, sagte Ronan, dem sichtlich unbehaglich war. »Es besteht immer noch die Chance, dass Sir Alistair gewinnt.«

»Danke«, sagte Alistair trocken. »Das habe ich vor.«

Jemmy sah erst Deirdre, dann seine Frau an. Was immer er in Alysons Gesicht gesehen haben mochte, änderte seine Meinung.

»Nun gut«, sagte er. »Falls es Euch beruhigt, Lady Maxwell, werden wir einen Ort finden, an dem Maeve sicher ist.«

»Ich danke Euch«, begann Deirdre.

»Wie?«, fuhr ihr Ronan ins Wort. »Ihr sagt doch, dass die Wege überwacht werden.«

»Der Weg nach Annan wird überwacht«, mischte sich Malcolm ein. »Aber die anderen nicht. Lass mich sie wegbringen, Onkel Jemmy. Wir gehen nach … nach Dunforth!«

Jemmy lächelte seinen Neffen an. »Ja. Nach Dunforth. Bring sie zu Master Johnson, oder nein, halten wir ihn besser da raus. Bring sie zu Tavis, dem Schäfer. Sag ihm …«, er dachte nach. »Sag ihm, sie steht unter meinem Schutz. Das sollte reichen.«

»Ja!«, rief Alyson. »Ach, Jemmy, das ist ein großartiger Plan. Malcolm, wie klug von dir, auf Dunforth zu kommen!«

Der Junge wurde rot. »Ich weiß, dass Onkel Jemmy dort Freunde hat.«

»Und ich bezweifle, dass Maxwell die Strecke überwacht«, fügte Jemmy hinzu und schenkte Alyson ein Lächeln.

»Von dort kannst du, Ronan, sie später zu meinem Vater

bringen«, sagte Deirdre. »Brodie wird wütend sein, aber er wird ihretwegen keinen Krieg anfangen.«

Nicht wenn er mich hat. Diese Worte sprach sie nicht laut aus, doch die Art, wie Alistair erstarrte, verriet, dass er sie trotzdem gehört hatte.

»Falls ihr euch damit besser fühlt, schickt Maeve nach Dunforth«, sagte er. »Aber eure Furcht ist unbegründet.«

Das meinte er ernst. Er war sicher, dass er gewinnen würde. Allerdings hatte Deirdres bisheriges Leben ihr keinen Anlass gegeben, auf ein glückliches Ende zu hoffen. Er wird sterben, dachte sie mit plötzlicher Gewissheit. Sieht er es nicht schon lange voraus? Nie wieder wird er in einen Raum kommen und ihr Herz dazu bringen, dass es sich überschlägt. Nie wieder würde er Maeve mit seinen Geschichten von Riesen und Drachen zum Lachen bringen. Und nie, niemals in diesem Leben sollte sie die Freude kennenlernen, in seinen Armen aufzuwachen.

Oh, einen solchen Schmerz hatte sie nie zuvor empfunden. Er war kalt, bitter und viel zu tief für Tränen.

»Unbegründet? Vielleicht. Aber es ist gut, vorbereitet zu sein.«

Ungläubig hörte Deirdre, wie ihre eigene Stimme diese Worte sagte. Sie klang so weit weg, so schrecklich distanziert, als bedeutete ihr der Ausgang des morgigen Zweikampfes gar nichts. Alistair wandte sich rasch ab, jedoch nicht schnell genug, als dass sie den Ausdruck in seinen Augen nicht mehr gesehen hätte.

Nein, warte!, wollte sie rufen. Ich hab's nicht so gemeint! Stattdessen stand sie wie versteinert da, während er aus dem Zimmer ging, ohne sich noch einmal umzudrehen.

Kapitel 33

Ronan lehnte sich gegen die Steinmauer und blickte hinaus aufs Moor, das Kinn in die Hand gestützt. Über Tag war es aufgeklart, aber er hob den Kopf nicht, um zu sehen, wie sich Sonnenlicht und Wolkenschatten gegenseitig über die Hügel jagten. Von Zeit zu Zeit seufzte er und ließ traurig die Schultern hängen.

Das war mal ein liebeskranker Narr, wie er im Buche steht, dachte Calder, der im Schatten eines Baumes stand und ihn beobachtete. Den ganzen Vormittag hatte er Erkundigungen über den Iren eingeholt und war zufrieden mit dem, was er herausgefunden hatte. Der junge Fitzgerald gab sich als Barde aus, der seine Harfe vom Grandsire persönlich bekommen hatte. Er war also ein Abkömmling des alten Geschlechts der Sidhe. Angeblich hatte er geträumt, dass Lady Maxwell in Gefahr war, und deshalb war er geschwinden Fußes aus Irland herbeigeeilt, um sie zu retten.

Mit solchen Geschichten beeindruckte man die Dienstmädchen, dachte Calder amüsiert. Den Gerüchten zufolge war Fitzgerald allerdings immun gegen deren Charme, was für einigen Verdruss und reichlich Gejammer in den Küchen sorgte.

Und was nützte dem Iren seine Treue? Alistair wollte die

Frau und war bereit, den Drachen Brodie Maxwell zu töten, um sie zu gewinnen. Wo blieb dann der junge Ronan? Der stand im Regen, wütend, verbittert und mit dem Kopf voller romantischer Fantasiegespinste.

Alles in allem war er also das perfekte Werkzeug.

»Hier seid Ihr.«

Ronan sah zur Seite. »Ja. Was wollt Ihr?«

»Ein bisschen reden.«

Calder stemmte sich mit den Händen ab und setzte sich auf die Mauer. Dann blickte er grinsend auf Ronan herab.

»Nun seht Euch bloß an, Mann! Ihr schmollt, während Sir Alistair Euch Eure Lady unter der Nase wegschnappt!«

»Was geht Euch das an?«, fragte Ronan streng.

»Nun, Junge, wie es aussieht, haben wir ein gemeinsames Interesse. Alistair ist weder mein Freund noch der irgendeines Kirallens. Er hat vor, sich alles zu nehmen, was er kriegen kann, und dabei interessiert ihn nicht, wie er es bekommt. Ihr habt es doch selbst gesehen! Es gab gestern keine Hochzeit, das weiß ich. Es war nichts als eine List. Aber Alistair war sich noch nie zu schade, die Wahrheit nach seinen Wünschen zurechtzubiegen.«

»Worauf wollt Ihr hinaus, Sir?«

»Calder. … Nur ein Wort im Vertrauen, mein Junge. Ich habe es schon Hunderte Male miterlebt. Kein Mädchen kann ihm widerstehen, aber wenn er mit ihnen fertig ist, ist er fertig. Und dann geht's auf zur Nächsten. So ist Alistair. Ihn schert's nicht, was er zurücklässt. Wie viele junge Mädchen hat er ruiniert, ohne je zurückzublicken.«

Zornesröte huschte über die blassen Wangen des Jünglings. »Das wird er Deirdre nicht antun. Ich rede mit ihr. Ich warne sie.«

»Und was soll das nützen?«, fragte Calder abfällig. »Wenn ich sage, kein Mädchen kann ihm widerstehen, dann meine ich auch genau das. Er ist verschlagen, Junge, und teuflisch gerissen. Noch dazu hat er die letzten paar Monate bei einem alten Zauberer oben in den Bergen verbracht und sich all seine Tricks und Sprüche beibringen lassen. Er wird Eure Lady verhexen – falls er es nicht schon gemacht hat –, und sie wird Wachs in seinen Händen sein.«

Ronans Zornesröte schwand, und er erschauderte. »Das kann nicht wahr sein«, sagte er, wenngleich seine Worte wenig überzeugt klangen.

»Ist es aber. Es ist kein Geheimnis, dass Alistair und ich im Moment nicht die dicksten Freunde sind. Mich würde es unglaublich freuen, ihm bei dieser Geschichte dazwischenzupfuschen. Dann könntet Ihr Eure Lady mit nach Irland zurücknehmen, wo sie in Sicherheit sein wird.«

Calder sah freundlich auf Ronan hinab, ein älterer Mann, der einem jüngeren Rat erteilte und dabei nur dessen Bestes im Sinn hatte. »Sie ist eine feine Lady, Ronan. Viel zu gut für Alistairs Tricks und Spielchen.«

»Ja«, stimmte Ronan ihm inbrünstig zu. »Viel zu gut für ihn.«

»Dann tun wir uns gegenseitig einen Gefallen. Ich kenne eine Frau in den Bergen, die seinen Zauber brechen kann, aber ich brauche dafür etwas von ihm, das ich ihr bringen kann.«

»Was zum Beispiel?«

Calder verbarg sein Lächeln. »Nun, da ist der Dolch, den er dauernd bei sich trägt. Es ist ein hübscher Dolch, der Griff wie ein Hirschkopf geformt und mit zwei grünen Steinen als Augen. Grüne Steine, Junge. Merkt Euch das. Er gehört zu einem Dreierset, das der Burgherr vor vielen Jahren anfertigen ließ. Lord Jemmy hat einen mit Rubinen und der jungen Malcolm den seines Vaters mit Diamantsplittern. Ihr müsst Alistairs besorgen.«

»Mit den grünen Steinen.«

»Ja. Und ich brauche ihn heute. Morgen wäre es zu spät.«

Ronan nagte an seiner Lippe. »Ich weiß nicht …«

»Wie Ihr wollt, Junge«, sagte Calder, zuckte mit den Schultern und sprang von der Mauer. »Wenn Ihr mit dem vorliebnehmen wollt, was Sir Alistair Euch übrig lässt, braucht Ihr bloß zu warten, bis er mit ihr fertig ist. Es sollte nicht allzu lange dauern. Es dauert nie lange. Hat er sie erst mal im Bett, wird er ihrer bald überdrüssig.«

Er entfernte sich … drei Schritte … fünf … Als er gerade die Hoffnung aufgab, hörte er Ronans Stimme und blieb stehen.

»Wartet!«

»Ja?«

»Wo finde ich Euch? Später?«

»Ich werde in der Halle sein. Aber lasst es nicht zu spät werden.«

Durch das Fenster des Turmzimmers konnte Deirdre die Männer hören, die unten im Hof ihre Kampfübungen machten. Sie fragte sich, ob Alistair auch da unten sein mochte, brachte jedoch die Kraft nicht auf, vom Bett aufzustehen und ans Fenster zu gehen.

Stattdessen starrte sie auf ihre Hände, die sie im Schoß gefaltet hatte. Es war sehr einsam in dem kleinen Zimmer, seit Maeve fort war. Sollte Alistair morgen verlieren, würde sie ihr Kind nie wiedersehen. Andererseits würde ihr, sollte Brodie gewinnen, nicht viel Zeit zum Trauern bleiben.

Sie sah auf, als es leise an die Tür klopfte, richtete sich gerade auf und rief: »Komm rein, Ronan.«

Er kam herein und stellte sich vor sie. »Du wusstest, dass ich es bin?«

Sie seufzte. »Ja, das wusste ich.«

»Dann weißt du auch, weshalb ich hier bin.«

»Ja. Setz dich«, sagte sie gleichgültig.

Er hockte sich neben sie auf die Bettkante. »Ganz gleich wie es morgen ausgeht, du wirst nicht mit Brodie Maxwell zurückgehen. Wenn wir verschwinden, während sie kämpfen …«

Deirdre schüttelte den Kopf. »Brodie wird verlangen, dass ich dort bin. Und ich will dabei sein. Ich muss es selbst sehen.«

»Und wenn Sir Alistair gewinnt? Wirst du dann mit mir kommen?«

»Ich weiß es nicht«, sagte sie ehrlich. »Das hängt davon ab, was Alistair will.«

Ronan sprang auf und begann, im Zimmer auf und ab zu gehen. »Hör mir zu, Dee, es ist schon alles weit genug gegangen. Du warst mir bestimmt, das weißt du genauso gut wie ich. Mein Großvater hatte kein Recht, sich einzumischen …«

»Er handelte auf Befehl seines Königs«, erinnerte Deirdre ihn.

»Edward!« Ronan spuckte den Namen buchstäblich aus. »Er ist nicht mein König! Seine Erlasse und Gesetze haben nichts mit uns zu tun. Ich war damals zu jung, um mich meinem Großvater zu widersetzen, aber heute bin ich ein Mann. Ich will dich zur Frau!«

»Nein, Ronan, das willst du nicht«, sagte Deirdre so behutsam, wie sie konnte. »Meine Antwort ist immer noch dieselbe.«

»Du willst also, wenn Brodie gewinnt, die *Deirdre der Schmerzen* sein, ist es das? Du willst dich von deinem Gemahl als Gefangene zurückbringen lassen? Und wirst du dich dann auch von den Felsen stürzen, wie sie es getan hat? Nun, das lasse ich nicht zu. Du kommst mit mir, und wenn ich dafür Brodie Maxwell eigenhändig töten muss.«

Deirdre sah ihn an. Seine Wangen waren gerötet, und ein gefährliches Funkeln lag in seinen Augen. Wer Ronan als bloßen Musikus abtat, machte es sich zu leicht. Seine schmale Gestalt barg eine eiserne Kraft, die er nicht beim Harfespielen erworben hatte. Nein, John Fitzgeralds Enkel hatte manche Stunde im Übungshof verbracht und beherrschte das Schwert mit derselben Fertigkeit wie die Lanze. So wenig Ronan diese Übungen auch gefielen, erinnerte Deirdre sich doch, dass er stets geglänzt hatte.

Aber Brodie war doppelt so schwer und hatte zehn Jahre Vorsprung an Erfahrung. Ronan hätte keine Chance gegen ihn.

»Du musst mir versprechen, dass du nicht kämpfst«, befahl sie ihm streng. »Wenn du mir helfen willst, dann bring Maeve nach Hause.«

»Ich nehme euch alle beide mit nach Irland«, sagte er. »Ob Brodie Maxwell gewinnt oder verliert. Und dann, Dee, werden wir heiraten.«

Seine ruhige Beharrlichkeit kostete Deirdre den Rest ihrer Geduld. »Wie oft muss ich noch nein sagen?«, platzte es aus ihr heraus. »Es tut mir leid, Ronan, ich habe dich wirklich gern, aber ich werde dich nicht heiraten. Ich werde überhaupt nie wieder heiraten.«

»Ach, wirklich nicht?«, konterte er. »Und wenn Sir Alistair um deine Hand anhält? Würdest du ihm dieselbe Antwort geben?«

Deirdre wandte den Blick ab.

»Aber er hat dich nicht gefragt, oder?«, fragte Ronan. »Nein, und er wird es auch nicht tun. Er will dich – ich denke, das hat er hinreichend deutlich gemacht. Er will dich als seine Hure benutzen! Dich! Gütiger Gott, Deirdre, hast du vergessen, wer du bist?«

»Wie kannst du es wagen!«, rief sie und sprang auf.

»Du bist zu gut für so etwas!«, schrie er, auf das Bett zeigend. »Zu gut für ihn!«

»So etwas? Bringst du es noch nicht einmal fertig, es auszusprechen? Wenn ein Mann und eine Frau einander lieben, dann ist es richtig und natürlich, dass sie das Lager teilen wollen.«

Ronan zuckte mit einem Ausruf entsetzten Ekels zurück, als hätte sie ihn geschlagen. »Was ist mit dir passiert? Hör dich doch nur reden! Er ist schuld daran – Sir Alistair –, er hat dich verhext.«

»Rede keinen Unsinn«, sagte Deirdre, die nur mühsam die Beherrschung wahrte. »Alistair braucht keine Magie, um mein Herz zu gewinnen.«

»Das sagst du, und vielleicht glaubst du es sogar.«

»Weil es die Wahrheit ist!« Unbeherrscht vor Wut und Verzweiflung fuhr sie fort: »Du sagst, dass du mich liebst, und ich weiß, dass du es wirklich glaubst, aber du kennst die Bedeutung des Wortes gar nicht. Für dich ist Liebe ein Traum, eine Fantasie!«

»Oh nein!«, rief er. »Ich liebe dich, Dee, und das ist kein Traum, sondern Wirklichkeit! Ich liebe dich viel zu sehr, um ruhig zuzusehen, wie du dich so erniedrigst. Er ist nicht besser als ein Tier, und er wird dich mit sich in den Untergang reißen. Warum begreifst du das denn nicht?«

»Ah, ich verstehe!«, schrie sie wütend. »Mir wird auf einmal klar, dass du gar nichts von mir weißt. Du willst mich nicht, Ronan, nicht so, wie ich wirklich bin. Du willst eine hübsche Tonfigur, die du auf ein Regal stellen und der du schöne Lieder vorsingen kannst! Das bin ich für dich und bin es immer gewesen. Aber ich will – ich brauche mehr!«

»Du willst *ihn*«, sagte er verächtlich. »Den Verräter! Weißt du, was sie über ihn sagen? Sein Herz ist von Mordgedanken erfüllt, und er würde alles, *alles* tun, um zu erreichen, was er will.«

»Ich weiß, wie sie über ihn reden.«

»Und du weißt, dass es die Wahrheit ist. Der Mann hat keine Ehre. Er ist ein Mörder, der seine eigenen Verwandten abschlachtet.«

»Hör auf!«, schrie Deirdre und presste sich die Hände auf die Ohren. »Geh raus! Ich werde dir nicht zuhören …«

»Du bist eine Närrin!«, rief er und ging zur Tür. »Oder aber er hat dich tatsächlich verhext.«

Sie kehrte ihm den Rücken zu und starrte regungslos aus dem Fenster. Als Ronan an dem Tisch vorbeiging, zögerte er einen Moment und sah auf ein Häufchen Rosenblätter. Mittendrin lag ein Dolch.

Sofort fiel ihm auf, wie kunstvoll er gefertigt war – in Form eines Hirschkopfes mit zwei grünen Edelsteinen, die im Sonnenlicht funkelten.

»Dee, willst du denn nicht auf mich hören?«, rief er verzweifelt. »Siehst du denn nicht, wie verändert du bist? Was hat er mit dir gemacht?«

»Geh«, sagte sie, ohne sich umzudrehen. »Geh einfach. Ich will dich hier nicht haben.«

»Gut. Ich gehe.«

Blitzschnell streckte er die Hand aus und griff nach dem Dolch. Er steckte ihn in seinen Gürtel und eilte aus dem Zimmer.

Kapitel 34

Wasser tropfte aus den Dachrinnen des verlassenen Bauernhauses, das versteckt inmitten der Hügel stand. Drinnen war es kalt und modrig. Der Herd war dunkel und leer, abgesehen von einem Schwalbennest auf halber Höhe des krummen, baufälligen Rauchfangs. In dem einzigen Raum des Hauses stand nur ein Tisch, auf dem eine rußende Laterne brannte. Sie beleuchtete die Gesichter der beiden Männer, die sich über sie beugten. Der Schein der Laterne verzerrte ihre Gesichter, so dass es aussah, als hätte die Natur beide mit großen Hakennasen und tiefen, dunklen Höhlen anstelle von Augen ausgestattet.

»Was hast du für Neuigkeiten?« Obwohl im Umkreis von Meilen keine Menschenseele war, die sie hätte hören können, flüsterte der kleinere der beiden Männer.

»Ah, gute Neuigkeiten«, sagte der größere. Als er lachte, fiel seine Kapuze nach hinten und gab das bärtige Gesicht Calders frei. »Der Burgherr liegt im Sterben. Er wird die Nacht nicht überleben. Und morgen werden wir Alistair los.«

»Schön für euch. Aber was ist mit Brodie?«

»Keine Sorge, Mann. Ich habe dich nicht vergessen.«

Calder lachte. »Alistair und Brodie werden beide bis Sonnenuntergang tot sein.«

»Wie das?«, fragte der kleinere Mann misstrauisch. »Sie werden sich wohl kaum gegenseitig auf dem Feld umbringen.«

»Nein, dazu werden sie nicht einmal mehr Gelegenheit haben. Hör zu, mein Freund, und sag mir, was du davon hältst.«

Calder beugte sich noch weiter vor und senkte die Stimme. Während er sprach, begann der andere Mann leise zu lachen.

»Ich will verdammt sein, wenn das nicht gut geht!«

»Natürlich wird es gut gehen. Wenn du deinen Teil leistest.«

Calder streckte die Hand aus, in der ein Dolch funkelte. Die grünen Edelsteine im Griff glitzerten im Laternenschein.

»Oh, das ist gut, Calder. Sehr gut.«

Calder gab ihm den Dolch, und gemeinsam verließen sie das Bauernhaus. Als der kleinere Mann auf sein Pferd stieg, blitzte für einen kurzen Moment das Maxwell-Karo unter seinem Umhang auf. Dann ritten beide Männer in unterschiedliche Richtungen davon.

Kapitel 35

Deirdre drehte sich auf den Rücken und starrte seufzend hinauf zu den Schatten, die über die Zimmerdecke tanzten. Einen Moment später legte sie sich wieder auf die Seite und schloss die Augen. Schließlich warf sie mit einer ungeduldigen Handbewegung die verdrehte Decke zurück und stieg aus dem zerwühlten Bett.

Finn winselte und zuckte im Schlaf. Deirdre setzte sich auf die Bank vor ihrem Bett und legte eine Hand auf den zotteligen grauen Pelz des Hundes. Der beruhigte sich zunächst, sprang dann jedoch mit einem erschrockenen »Wuff« auf und rannte zur Tür. Dabei wedelte er heftig mit dem Schwanz.

»Deirdre?« Alistairs Stimme war kaum mehr als ein Flüstern.

Mit einem Satz war sie aufgesprungen und an der Tür. Und hätte ich einen Schwanz, würde er genauso freudig wedeln wie Finns, dachte sie zynisch und schob den Riegel hoch.

»Entschuldige«, sagte er. »Habe ich dich geweckt?«

»Nein.«

In dem Moment, da er ins Zimmer trat, schmolz der eisige Schmerz in ihrer Brust dahin und entspannten sich die verkrampften Muskeln in ihren Schultern. Ja, selbst die Luft schien mit ihm im Raum eine andere zu sein. Das Feuer spendete mehr Wärme, die Kerzen brannten heller. Auf einmal hatte der Klang des Regens etwas Anheimelndes und machte das Zimmer zu einem warmen und behaglichen Schutz vor dem Gewitter.

Er stand vor dem Kamin, und Finn schnüffelte aufgeregt winselnd an seiner Hand. »Schon gut, mein Junge«, sagte er und streichelte beruhigend den Kopf des Hundes. »Das reicht jetzt. Platz.«

Finn ließ sich zu Alistairs Füßen fallen und schnaubte laut vor Zufriedenheit.

»Braver Junge«, sagte Alistair, beugte sich hinunter und klopfte dem Hund leicht die Seite. Ein Bild vollkommener Häuslichkeit, dachte Deirdre. Wenn es nur wirklich so sein könnte, wenn es nur andauern wollte …

»Ich hätte nicht kommen sollen«, sagte Alistair, als er sich wieder aufrichtete. »Es ist spät.«

»Bist du um meinen Ruf besorgt?«, fragte Deirdre unbeschwert und schenkte ihnen beiden Wein ein. »Oder um deinen?«

Er nahm den Kelch, den sie ihm hinhielt, nippte an dem Wein und lehnte sich dann mit der ihm eigenen, besonderen Eleganz an den Kaminsims. »Ich habe keinen Ruf mehr, um den ich mich sorgen müsste.«

Sie wurde rot, als sie daran dachte, wie er heute Brodie in der Halle gesagt hatte, er wäre mit ihr im Bett gewesen. »Ich ebenfalls nicht mehr. Nach dem heutigen Tag ist auch das weg, was von meinem Ruf übrig war.«

»Ich kann verstehen, dass du wütend bist«, sagte er. Sein heller Kopf war geneigt, da er ins Feuer sah. »Es tut mir leid, aber mir fiel nichts Besseres ein, um Brodie herauszufordern.«

»Das weiß ich, und ich bin nicht wütend, Alistair, nicht auf dich. Und ich möchte mich entschuldigen, falls ich mich vorhin so angehört habe. Ich will nicht, dass du mit ihm kämpfst! Was ist, wenn …«

»Keine weiteren *Was-ist-wenns*«, sagte er. »Das sind wir alles schon durchgegangen. Ich wusste von Anfang an, was ich tat, Deirdre.«

Ein Windstoß brachte das Feuer im Kamin zum Tanzen und Flackern. Und der Raum schien ein wenig kleiner zu werden, als Alistair ihr in die Augen sah. Plötzlich wurde ihr bewusst, dass sie nur einen dünnen Morgenmantel über ihrem Nachthemd trug. Als hätte er ihre Gedanken gelesen, wanderte sein Blick nach unten. Erschaudernd zog Deirdre ihren Morgenmantel weiter zu.

»Dir ist kalt, es ist spät, und mir tut es leid, dass ich dich geweckt habe«, sagte Alistair abrupt. »Ich werde jetzt gehen.«

»Oh nein, geh nicht! Noch nicht«, erwiderte sie hastig. »Ich konnte ohnehin nicht schlafen.«

Alistair setzte sich auf die Bank und Deirdre sich neben ihn. Dann schwiegen sie, nippten an ihrem Wein und schauten ins Feuer.

»Deirdre«, begann er schließlich. »Der Burgherr ist tot.«

»Das tut mir leid. War es …?« Sie biss sich auf die Unterlippe und verstummte, da sie nicht sicher war, ob er darüber reden wollte.

»Er war nicht wach«, sagte Alistair. »Sein Atem änderte sich und …« Er streckte seine Hände aus und betrachtete sie. »Sie sagen – der Arzt und der Priester –, es wäre eine wahre Erlösung für ihn gewesen. Und ich schätze, das war es wohl auch. Aber …«

Seine Stimme versagte, und er stützte den Kopf in seine Hände, wobei er seine Augen bedeckte.

»Du hast ihn geliebt.«

Alistair nickte. »Immer. Er war stets wie ein Vater für mich, was man von meinem eigenen ja nicht behaupten konnte.«

Alistair hatte schon ein- oder zweimal von seiner Mutter gesprochen, überlegte Deirdre, aber seinen Vater hatte er noch nie erwähnt.

»Wer war dein Vater?«, fragte sie.

»Sein Name war Niall Gordon. Er war einer von Kirallens Rittern.«

»Gordon?«, wiederholte Deirdre überrascht. »Aber du …« Sie hielt verwirrt inne.

»Er lernte meine Mutter bei einem Clan-Treffen kennen«, erzählte Alistair, dessen Blick auf den Boden gerichtet war. »Sie war damals fünfzehn, die Tochter eines Kleinpächters, jung genug, sich von den Aufmerksamkeiten des Ritters blenden zu lassen, und unschuldig genug, ihm seine Lügen zu glauben. Er ließ sie sitzen mit einem Ring und einem Versprechen, das er nie zu halten vorhatte.« Alistair blickte zu Deirdre auf. »Und mit mir.«

Er schwieg einen Moment lang, und Deirdre wusste, dass er ihre Reaktion sehen wollte. Sie zögerte und versuchte, die richtigen Worte zu finden. Sie konnte ihm wohl kaum sagen, es wäre unwichtig, wer seine Eltern waren, denn ihm war es ja offensichtlich sehr wichtig.

»Wenigstens hatte sie dich«, sagte Deirdre schließlich. »Einen guten Sohn. Ich bin sicher, das war … du warst ihr ein großer Trost.«

»Eher nicht«, erwiderte Alistair verbittert. »Ihre Eltern verziehen ihr und mir nie, welche Schande sie über die Familie gebracht hatte.«

»Aber … nun, solche Dinge geschehen«, sagte Deirdre ein wenig hilflos. »Sie war sehr jung. Hat sie je geheiratet?«

»Dazu hatte sie keine Gelegenheit. Ihre Eltern schirmten uns beide von der Außenwelt ab. Und als sie starb, konnten sie mich gar nicht schnell genug hierher nach Ravenspur bringen. Sie sagten, ich wäre ihnen lange genug zur Last gefallen und nun wäre mein Vater dran, sich um mich zu kümmern.«

»Und? Hat er sich deiner angenommen?«

»Nein. Er weigerte sich, mich als seinen Sohn anzuerkennen«, sagte Alistair. »Oh, er war ein toller Bursche, ganz in Samt und Seide gewandet, und hielt sich für einen Edelmann. Dabei hatte seine Frau alles bezahlt, was er besaß. Sie war sehr viel älter, musst du wissen, und bewachte ihren jungen Gemahl eifersüchtig. Da wollte er natürlich um jeden Preis verhindern, dass sie etwas von mir erfuhr.«

Er lächelte traurig vor sich hin. »Es war eine scheußliche Szene, als er und meine Großeltern im Vorzimmer des Burgherrn stritten. Gordon leugnete alles lautstark, meine Großeltern brüllte und derweil schoben sie mich zwischen sich hin und her.«

Ja, was für eine Szene, dachte Deirdre. Kein Kind sollte etwas Derartiges miterleben müssen, schon gar nicht eines, das gerade seine Mutter verloren hatte.

»Wie haben sie sich geeinigt?«, fragte sie.

»Überhaupt nicht. Gott weiß, was passiert wäre, hätte der Burgherr nicht den Lärm gehört. Er kam raus, um nachzusehen, was in seinem Vorzimmer los war. Er … er nahm meine Hand und brachte mich in sein Zimmer. Dort nahm er mich auf den Schoß und sagte, sie wären alle ein Haufen Narren und ich sollte nichts von dem ernst nehmen, was sie sagten. Dann rief er Ian herein und bat ihn, auf mich aufzupassen, während sie entschieden, was zu tun war.«

»Hat er dich da zu seinem Pflegesohn gemacht?«, fragte Deirdre.

»Nein, das kam erst später. Ich denke, der Burgherr hoffte immer noch, dass Gordon sich besinnen und mich doch anerkennen würde, zumal er keine eigenen Kinder hatte. Aber das tat er nie. Stattdessen schickte er mich beim Burgschmied in die Lehre. Ich sah ihn nur ein einziges Mal, als er ein Pferd abholte, das mein Meister beschlagen hatte. Er sprach nicht mal mit mir, sondern sah durch mich hindurch, als wäre ich gar nicht da. Aber der Burgherr vergaß mich nicht. Ebenso wenig wie Ian. Es verging keine Woche, in der er nicht nach mir schicken und mich hinauf ins Haupthaus einladen ließ.«

»Du musst großen Eindruck auf Ian gemacht haben«, sagte Deirdre, die ein wenig überrascht war, dass der Sohn eines Adligen sich mit einem Kind aus dem gemeinen Volk anfreundete.

»Von den Jungen in der Burg konnte keiner mit ihm mithalten.« Alistair lachte bei der Erinnerung an damals. »Ian ging immer etwas weiter als irgendjemand sonst, nur um zu beweisen, dass er es konnte. Und ich war nicht gewillt, mich von irgendeinem Jungen – schon gar nicht einem adligen – übertrumpfen zu lassen. Wir wurden Freunde. Blutsbrüder sogar«, fügte er hinzu und streckte seine Hand aus.

Deirdre strich über die winzige Narbe auf seinem Daumen und lächelte. Sie erinnerte sich daran, wie feierlich Ronan und sie denselben Pakt geschlossen hatten. Doch um wie viel wichtiger musste dieser Schwur für ein Kind wie Alistair gewesen sein, das ohne jede Familie aufwuchs.

»Das hört sich an, als wäre Ian ein netter Junge gewesen«, sagte sie und drückte Alistairs Hand.

»Er war sehr dickköpfig und reichlich verwöhnt, aber zugleich so munter und aufgeweckt, dass es schwerfiel, ihn nicht zu mögen. Er brachte mir bei zu lachen«, sagte Alistair und schloss seine Hand um Deirdres. »Darin hatte ich nicht allzu viel Übung. Nun, und ich passte auf ihn auf. Irgendjemand musste es tun! Und er ließ mich, er hörte auf mich – nicht immer, aber häufig genug, dass es seinem Vater auffiel. Der Burgherr kündigte meinen Lehrvertrag und holte mich ins Haupthaus, wo ich als Ians Gefährte leben sollte. Als Gordon starb, fragte er mich, ob ich sein Sohn sein wolle und es mir recht wäre, seinen Namen anzunehmen. Er war so gut zu mir, Deirdre. So unendlich freundlich. Ich kann nicht glauben, dass er nicht mehr da ist – dass sie beide tot sind.«

Als er sich ihr zuwandte und sie die Tränen in seinen Augen sah, drückte Deirdre ihn fest an sich.

Für eine Weile saßen sie still da. Deirdres Kopf lehnte an Alistairs Schulter, seine Wange ruhte auf ihrem Haar. Langsam strich er mit der Hand über ihren Hals und ihre Schultern. Ihr Herzschlag beschleunigte sich, als er ihr Haar streichelte. Sie rührte sich nicht, während er das Haarband aufknotete und ihren Zopf löste, wie er es schon einmal getan hatte. Zugleich spannte sich jeder Muskel in ihrem Körper, als sie daran dachte, wie sie ihn in der Hütte des Wildhüters enttäuscht hatte.

Was habe ich falsch gemacht?, fragte sie sich. Was soll ich jetzt tun? Ich muss – ich will es diesmal richtig machen.

»Du hast so wundervolles Haar«, murmelte er. »Weißt du das? Mir fiel es gleich beim ersten Mal auf, als ich dich sah, an dem Teich …«

Sie überlegte fieberhaft, was sie sagen sollte, welche Antwort die richtige wäre, aber dann wurde ihr klar, dass es egal war, denn er erwartete nicht von ihr, dass sie etwas sagte. Er schob ihr Haar zur Seite und küsste die Stelle zwischen ihrem Hals und ihrer Schulter. Schauer liefen ihr über den Rücken.

»Und dies hier … ach, Deirdre, das zu beschreiben, gibt es gar keine Worte, zumindest kenne ich keine.«

Sie schloss die Augen und wandte ihm das Gesicht zu. Dann legte sie die Arme um seinen Hals, während seine Lippen die Stelle an ihrem Hals küssten, an der das Rasen ihres Pulses zu fühlen war.

Sie hob den Kopf, lehnte sich in seinem Arm zurück und bot ihm ihren Mund dar. Der Kuss, der nun folgte, war von solcher Intensität, dass Deirdre bald jedes Gefühl für Zeit und Raum verlor und es nichts mehr gab außer dem faszinierenden Tanz von Lippen, Zungen und Händen. Als Alistair sich zurückzog, stieß sie einen leisen Protestlaut aus.

»Schhh … ist schon gut. Mir ist nur der Arm eingeschlafen.«

Er lächelte sie zärtlich an. Deirdre erwiderte sein Lächeln, stand auf und zog ihn hoch. Hand in Hand gingen sie zum Bett, doch sobald sie sich hinlegte, wurde ihr angst und bange. Was um alles in der Welt sollte sie jetzt tun? Sie hatte keine Ahnung – nie gehabt –, und ihre Unwissenheit hatte Brodie stets in Rage versetzt.

Aber nein, sie durfte auf keinen Fall den Fehler begehen, Alistair mit Brodie zu vergleichen. Lieg einfach ruhig da, sagte sie sich und kniff die Augen zu. Lass ihn mit dir machen, was er will. Und bete zu Gott, dass er sein Vergnügen darin finden mag.

»Nanu, was ist das denn? Sag nicht, du schläfst mir jetzt ein?«

Sie öffnete die Augen. Alistair war über sie gebeugt. Er lächelte, und eine helle Locke fiel ihm in die Stirn. »Lass mich das ausziehen.«

»Oh nein.« Mit beiden Händen hielt sie ihr Nachthemd fest.

»Nein? Na gut, dann ziehe ich es nicht aus. Aber ich dachte, du wolltest …«

»Wollte ich auch. Ich will ja. Aber ich …«

Er sah sie mit hochgezogenen Augenbrauen an. »Dann gehe ich davon aus, dass dein Gemahl nie …«

Sie war froh, dass er Brodies Namen nicht aussprach, obwohl es keinen Unterschied machte. Er stand ohnehin zwischen ihnen. Brodie mit seinen rauhen Händen und seinen verletzenden Worten. »Du bist völlig nutzlos.« Das waren seine Worte in der Hochzeitsnacht gewesen, und er hatte recht gehabt. Etwas stimmte mit ihr nicht, irgendetwas, und nun würde auch Alistair es erkennen.

Oh Gott, dachte sie voller Panik. Sie setzte sich auf und schwang die Beine von der Bettkante. Ich kann das nicht. Nicht schon wieder. Nicht einmal für Alistair.

Sacht berührte er ihr Haar und strich ihr ganz langsam über den Nacken. »Deirdre«, sagte er leise. »Ich mache dir einen Vorschlag. Wenn das Nachthemd verschwindet – *falls* es verschwindet –, dann ziehst du es dir aus. Ist das ein faires Angebot?«

Sie nickte stumm, auch wenn sie nicht sicher war, was er

meinte. Aber sie wollte mit allem einverstanden sein, um ihn nicht zu vergraulen. Er legte wieder die Arme um sie, und sie lehnte sich an ihn. Was dachte er wohl, was jetzt geschehen würde? Offensichtlich war es etwas anderes als das, was sie mit Brodie erlebt hatte.

»Alistair«, sagte sie und blickte auf ihre im Schoß gefalteten Hände. »Ich … ich weiß nicht, was ich tun soll.«

»Mach dir keine Gedanken«, sagte er und beugte sich zu ihr. »Es ist unwichtig.«

Aber es war wichtig. Sie war sich sicher, dass es sogar sehr wichtig war, was sie tat. Als er sie näher zu sich zog, lag sie steif in seinen Armen. Sie wagte nicht, sich zu bewegen, und fürchtete zugleich, dass er etwas von ihr erwartete. Nach einem Moment seufzte er und ließ sie los. Er rollte sich auf den Rücken und verschränkte die Arme hinter dem Kopf.

»Also gut«, sagte er. »Was mache ich falsch?«

»Du? Nein, du machst nichts falsch. Es liegt an mir.«

»Na schön«, sagte er freundlich und ruhig. »Und was machst du falsch?«

Sie stieß ein ersticktes Lachen aus. »Ich hatte gehofft, dass du mir das sagst.«

»Wenn du mich fragst – und du fragst mich, oder?« Er stützte sich auf einen Ellbogen auf. »Nichts. Du bist alles, was sich ein Mann nur wünschen kann – du dummes, kleines Ding!«

Er drehte sich zu ihr, rieb seine Nase an ihrer und schielte sie an.

Und als sie lachte, war alles wieder gut, und sie fühlte sich nicht mehr so schrecklich hilflos. Er küsste ihre Nasenspitze, ihre Augen, dann ihren Hals. Sein warmer Atem streifte ihr Ohr, dass sie erschauderte und die Hände in seinem weichen

Haar vergrub. Ja, sie traute sich sogar, über seine Schultern zu streichen, die so breit und so stark waren. Selbst durch die grobe Wolltunika konnte sie die einzelnen Muskeln ertasten.

Sein Haar duftete nach Regen, Heidekraut und einer Spur von Sandelholz. Als er den Kopf hob und sie ansah, malte sie mit dem Finger die Konturen seiner Lippen nach. Auf einmal war alles wieder so wie in jener Nacht, als sie sich im Wald begegnet waren. Und ihr Kuss war nicht bloß ein Kuss, sondern die Besiegelung eines Versprechens, das vor langer Zeit gegeben worden war, an einem anderen Ort, in einem anderen Leben. Oh, sie gehörten zusammen, schon immer, – wie hätte sie ihn je vergessen können?

Als er im Kuss behutsam ihre Lippen öffnete, empfing sie ihn mit einem leisen Stöhnen. Seine Finger streichelten sanft ihren Fuß, glitten hinauf zu ihrem Knöchel, dann zu ihrer Wade, stoppten allerdings immer am Saum ihres Nachthemds. Sie zog das Hemd ein Stück weiter hoch, und als er die weiche Stelle in ihrer Kniekehle entdeckte, hielt sie vor Wonne den Atem an. Nun wusste sie, dass alles gut war, dass zwischen ihnen von jetzt an alles gut sein würde.

Sie lehnte sich vor und küsste ihn auf den Mund. Dann zog sie sich das Nachthemd aus, wobei sie über ihre eigene Kühnheit lachen musste. Sie fühlte sich sehr verdorben und geradezu berauschend lusterfüllt. »Warum bist du noch angezogen?«, flüsterte sie keck.

Mit einer einzigen fließenden Bewegung war er aus dem Bett, zog sich die Tunika über den Kopf und löste dann das Band seiner Hose. Im nächsten Moment warf er sie beiseite. Deirdre hielt die Luft an und starrte.

Brodie hatte immer nur die notwendigen Teile seiner Kleidung entfernt – und das unter der Decke. Aber sie ging davon aus, dass er nicht annähernd so aussah wie Alistair mit seinen breiten Schultern, seinen schmalen Hüften und dem goldenen Haar, das seine Brust bedeckte und von dort in einer schmalen Linie über seinen Bauch wuchs, bis – sie folgte der Spur mit den Augen, bis ihr das Herz stehen blieb.

Er stand regungslos da und ließ sich von ihr betrachten. Und als sie ihm schließlich wieder in die Augen sah, war ihre letzte Furcht dahin, denn das hier war Alistair, nicht Brodie. Sie erkannte, wie viel es ihn kostete, sich zu beherrschen, während er darauf wartete, dass sie den nächsten Schritt tat.

»Darf ich …?«, begann sie und streckte zögernd eine Hand aus.

»Oh, ja, absolut. Ja, so … ah, Deirdre, warte.«

»Was?«, fragte sie und zog die Hand zurück. »Hab ich was falsch gemacht?«

»Nein. Es war alles richtig. Vollkommen richtig. Wenn du nur warten könntest … während ich an etwas … etwas sehr Langweiliges denke.«

»Wie bitte?« Sie setzte sich auf. »Wovon redest du?«

Er lachte erstickt. »Ich war beinahe – das heißt, du hast beinahe – oh Gott, mit dir bin ich nicht besser als ein Junge!«

»Aber was ist los?«

»Später. Ich erkläre es dir später, versprochen, alles, was du wissen willst, aber jetzt,« er legte sich neben sie und sah ihr in die Augen, »jetzt nicht«, flüsterte er und küsste ihre Mundwinkel. »Noch nicht. Nicht bevor du mich darum bittest, ich schwöre es.«

»Ich … ich bin nicht sicher, was du meinst«, sagte sie mit

kindlicher Offenheit. »Worum genau soll ich bitten? Und wann?«

Er biss sich auf die Lippen, und in seinen Augen schimmerte etwas, das wie ein Lachen aussah. »Deirdre, mach dir jetzt keine Gedanken mehr, ja?«

»Aber ich möchte …«

»Schhh.«

Er strich mit einem Finger über ihre Lippen, und das Lachen wich aus seinen Augen, während er sie zu sich auf die Matratze zurückzog.

»Du wirst es wissen«, flüsterte er.

Sie nickte, wenngleich sie nichts verstand, und legte die Arme um seinen Hals.

»Es ist nichts, wovor du dich fürchten musst«, versprach er ihr und beugte sich zu ihr.

Deirdre ließ sich wohlig von der Wärme seines Körpers umfangen und genoss es, von seinen starken Armen gehalten zu werden. Doch kaum bewegten sich seine Lippen und Hände mit zunehmender Dringlichkeit, verließ sie das wundervolle Gefühl der Hingabe, und sie wappnete sich instinktiv für den Schmerz, der jeden Augenblick folgen würde.

Aber er sollte nichts davon mitbekommen. Das hier bedeutete ihm so viel, und er bemühte sich so sehr, es schön für sie zu machen.

Mit aller Willenskraft entspannte sie ihre Muskeln und beschleunigte ihre Atmung, bis sie im selben Rhythmus ging wie seine. Als er ihren Busen küsste, rang sie sich ein leises Stöhnen ab.

Alistair spürte, dass er sie verlor. Sie erwiderte seine Küsse bereitwillig, seufzte bei seinen Berührungen, ja, sie äußerte jedes Zeichen von Wohlgefühl. Doch nichts davon war echt.

Obwohl sie sich näher an ihn schmiegte, fühlte er, dass ihr Körper vor Anspannung bebte.

Er verdoppelte seine Anstrengungen, wandte all sein Können auf, nutzte jeden Trick, den er ausprobiert oder von dem er auch nur gehört hatte, um ihr eine entsprechende Reaktion zu entlocken. Dabei war er von dem irrigen Glauben beseelt, allein die Stärke seines Verlangens könnte sie dazu bringen, ihn zu begehren. Aber je hartnäckiger er versuchte, sie mit sich zu reißen, umso mehr schien sie ihm zu entgleiten.

»Jetzt«, flüsterte sie. »Alistair, bitte«, und er wusste, dass es nicht Erregung war, die ihre Stimme zittern ließ, sondern vielmehr der dringende Wunsch, es hinter sich zu bringen. Sie hatte sogar allen Grund, Angst zu haben, denn wenn er sie jetzt nähme, da sie überhaupt noch nicht bereit war, würde es für keinen von ihnen schön.

Narr, schalt er sich im Stillen. Es war zu früh. Verdammt, er hatte es gewusst. Er hätte heute Nacht nicht hierher kommen dürfen hatte. Aber er musste sie sehen, mit ihr reden, und nun hatte er alles verdorben.

Er wollte ihr sagen, dass es nichts machte, dass sie das hier nicht tun mussten, dass er zufrieden wäre, wenn er sie nur halten durfte, während sie schlief. Doch der Zeitpunkt, das zu sagen, war längst vorbei. Sie bot sich ihm an, zu weiß Gott welchem Preis, und sollte er sie zurückweisen, käme das einer Erniedrigung gleich, die sie kaum ertragen dürfte.

Bei Christi Wunden, wie konnte das passieren? Ich liebe sie so sehr, aber was immer ich jetzt tue, sie wird verletzt sein. In seinem ganzen Leben hatte er sich noch nicht so gänzlich hilflos gefühlt. Und als er in ihre Augen sah, erkannte er, dass es ihr ebenso erging.

Andererseits, dachte er und sah einen schwachen Hoffnungsschimmer in der Dunkelheit, erwartete Deirdre, dass es sich so anfühlte, mit einem Mann das Bett zu teilen. Sie kannte es nicht anders.

Mit einer einzigen Bewegung drehte er sich auf den Rücken und zog sie auf sich, sodass sie auf seiner Brust lag.

»Was –?«

»Warte«, wies er sie sanft an. »So, jetzt.«

Er hob sie hoch, bis sie rittlings auf ihm hockte. Dann sank er auf das Kissen zurück und legte seine Hände mit den Innenflächen nach oben neben seinen Kopf.

»Da wären wir«, sagte er, als wäre das hier vollkommen normal, das Alltäglichste von der Welt. »Du bist dran, Dee.«

»Ich?« Sie biss sich unsicher auf die Unterlippe. »Wie meinst du das?«

»Ich meine, ich überlasse es dir«, sagte er unbekümmert. »Mach mit mir, was du willst – oder mach gar nichts.«

Als er schon befürchtete, dass er alles nur noch schlimmer gemacht hatte, huschte ein Lächeln über ihre Züge.

»Du lieferst dich mir aus?«

»Voll und ganz. Mach schon, Mädchen, du darfst auch richtig gemein sein. Ich halte es aus.«

Zögernd strich sie mit den Fingerspitzen über seine Brust und seinen Bauch hinunter. Ihr Lächeln wurde stärker, als er bebend Atem holte.

»Dann darf ich auch das machen?«

»Ja.«

»Und das?«, fragte sie und glitt mit der Hand etwas tiefer.

»Oh ja«, sagte er. »Und … und … ah, Dee, das auch … ganz besonders das.«

Sie nahm die Hand weg. »Und wenn ich sage, dass wir jetzt aufhören?«

»Dann würden wir eben schlafen«, antwortete er mit heiserer Stimme. »Zusammen, wenn du willst, oder ich gehe. Du entscheidest.«

Sie streichelte mit beiden Händen über seine Arme, beugte sich hinunter und küsste seine Unterlippe. Dabei pressten sich ihre Brüste auf seine, und ihr Haar fiel wie ein Vorhang um ihre Köpfe. »Aber ich dachte, wenn ein Mann erst mal mit so etwas anfängt, kann er nicht mehr aufhören«, sagte sie.

»Manche Männer vielleicht nicht«, sagte Alistair, dessen Atem schneller ging, als sich die süße Rundung ihres Pos an ihm rieb. »Ich schon.«

Sie küsste seinen Hals und malte mit der Zungenspitze eine Linie bis zu seinem Ohr. Die Hitze ihres Atems sandte einen Schauer durch seinen Körper, als sie wieder sprach, diesmal mit einem Anflug von Lachen in der Stimme. »Du klingst, als wärst du dir deiner sehr sicher.«

Sie setzte sich wieder auf, schüttelte ihr Haar aus dem Gesicht und brachte ihn zum Stöhnen, indem sie die Hüften kreisen ließ.

»Ja, ich bin mir sicher. Ziemlich.«

Sie nahm seine Hände, hob sie an ihren Mund und legte sie dann auf ihre Brüste. Er streichelte sie, liebkoste die festen Spitzen sanft mit den Fingern und strich über die schmale Kurve ihrer Taille bis hinunter zu ihren Hüften. Sie begann, sich auf ihm zu bewegen, vorsichtig zunächst, dann mit wachsender Erregung. Allmählich begriff sie die Macht, die sie über sie beide hatte.

»Du bist so wunderschön, Dee«, flüsterte er. »Du ahnst gar nicht, wie schön.«

Sie erhob sich ein wenig, und für einen Moment dachte Alistair, sein Herz würde übergehen, als er spürte, wie kurz sie vor der Vereinigung waren. Er wollte nach ihr greifen, aber sie hielt ihn auf.

»Und wenn ich sagte, es ist genug?«, fragte sie atemlos.

»Dann wäre es genug. Aber bitte, bei Gott, Dee …«

Er stöhnte, als sie ein kleines Stück nach unten rutschte.

»Und jetzt?«, fragte sie nach. »Würdest du immer noch aufhören, wenn ich es verlange?«

Er nickte, weil er nichts mehr sagen konnte, und wandte den Kopf zur Seite, so dass er in seine Armbeuge blickte. Sein Atem ging in kurzen Stößen, und er vergrub die Fäuste in der Decke. Sanft, aber beharrlich wandte sie seinen Kopf, dass er sie ansehen musste. Er blickte in ihre Augen und, oh Gott, er konnte nicht warten, nicht mehr, doch sie zögerte immer noch. Herr im Himmel, was wollte sie von ihm?

Er wusste nicht, wie er es anstellte, aber er schaffte es, bewegungslos dazuliegen. Und gerade als er sicher war, dass er es keinen Moment länger ertrug, fand sie offensichtlich, wonach sie in seinen Augen gesucht hatte. Er hielt ihren Blick, stöhnend und erfüllt von einem Verlangen, das in seiner Intensität kaum mehr von Schmerz zu unterscheiden war. Schließlich, als er es fast nicht mehr aushielt, nahm sie ihn in sich auf.

Er wartete, bis sie sich an ihn gewöhnt hatte, wobei er fast nicht zu atmen wagte. Mit klopfendem Herzen, die Hände zu Fäusten geballt und fest überzeugt, dass er jeden Moment sterben würde, ließ er sie ihr Vergnügen finden.

Und es war jede Qual wert. Bei Gott, es wäre noch viel mehr wert, denn er hatte nie etwas Schöneres gesehen als Deirdre in diesem Moment: Ihre Wangen waren gerötet, ihre Lippen öffneten sich zu einem leisen Stöhnen, ihre Augen fielen flatternd zu, und sie verlor sich vollkommen. Sie warf den Kopf in den Nacken, bog den Rücken. Er sah, wie sich eine bezaubernde Röte auf ihrem Hals und ihrer Brust abzeichnete, fühlte das seidige Streicheln ihres Haares auf seinen Schenkeln …

»Jetzt, Alistair«, rief sie. »Jetzt. Komm zu mir.«

Sein eigener Schrei vermischte sich mit ihrem, als er tief in sie eindrang, und dann kamen sie endlich zusammen, ihre Körper fest und voller Verlangen. Nun war sie imstande, alles anzunehmen, was er ihr geben wollte, und das mit einer Freude, die ihn noch um ein Vielfaches stärker befriedigte als seine eigene.

Später lagen sie aneinandergeschmiegt da, Alistairs Kopf auf ihrer Brust, seine Beine zwischen ihren. Es war unmöglich, so glücklich zu sein, dachte Deirdre. Und doch war sie es.

»Es gibt so vieles, was ich jetzt erst verstehe«, sagte sie und bemerkte erst, dass sie es laut ausgesprochen hatte, als er sich leicht aufrichtete und die Vertiefung zwischen ihren Brüsten küsste. Dann hob er den Kopf und sah sie an.

»Als da wäre?«

»Ach, die Lieder und die Geschichten«, antwortete sie vage, »und all die Sachen, die die Leute erzählen.«

Sein Haar war verwühlt, seine Augen schläfrig, und er sah jung und verletzlich aus.

»Sie haben Dinge über dich erzählt, Jennie Maxwell und die anderen. Eine Frau sagte, du wüsstest, wie man ein Mädchen glücklich macht, und sie lachte dabei.«

Das Mädchen hatte ihn so gesehen, wurde Deirdre in einem schmerzhaften Anfall von Eifersucht klar. Sie hatte ihn in ihren Armen gehalten und seine Wärme an ihrem Körper gespürt.

»Du hast das – mit ihr – und auch mit anderen gemacht«, fügte sie hinzu, überrascht und ein wenig verärgert, wenngleich sie wusste, wie unangebracht ihre Reaktion war. Sie erinnerte sich an das Mädchen mit dem lockigen braunen Haar und den leuchtend blauen Augen. Sie wusste auch noch, wie das Mädchen rot geworden war und gelacht hatte, als sie von der Nacht erzählte, die sie mit Alistair verbracht hatte. Ich könnte niemals über das hier lachen, nie, dachte Deirdre, die sich auf einmal schrecklich allein fühlte.

»Wer ist diese Frau, von der du sprichst?«

»Annie Maxwell«, antwortete Deirdre widerwillig.

»Oh.«

»Oh? … Mehr hast du dazu nicht zu sagen?«

»Was erwartest du denn, das ich dazu sage? Sie ist ein nettes Mädchen, und wir hatten – nun ja, wir hatten Spaß zusammen.«

Deirdre rollte sich von ihm weg und vergrub den Kopf im Kissen. »Ich möchte nichts mehr davon hören.«

»Und warum zum Teufel hast du sie überhaupt angesprochen?«

»Das weiß ich nicht. Gute Nacht. Ich bin sehr müde und werde jetzt schlafen.« Mit diesen Worten zog sie sich das Kissen über den Kopf.

»Annie Maxwell genoss es, sich mit mir zu vergnügen, wie übrigens auch mit jedem anderen Burschen, der ihr gefiel«, erklärte Alistair mit Nachdruck. »Ich bin froh, dass sie sich gerne an mich erinnert, wie ich mich auch an sie.« Er zog Deirdres Kissen weg. »Ich mochte sie, und sie brachte mich zum Lachen. Mehr war da nicht.«

»Aber wenn ich mir dich vorstelle, mit ihr …«

»Das war etwas vollkommen anderes«, sagte er sanft. »Ich habe sie nie geliebt, Deirdre, ebenso wenig wie irgendeine andere, nur dich.«

Eine unglaubliche Freude erfüllte sie, die noch weit stärker war als alles, was sie heute Nacht erlebt hatte. Dieses Gefühl war so neu, so unerwartet, dass sie vor Staunen sprachlos war.

Ihr Schweigen dauerte nur einen Moment, doch Alistair schien es wie eine Ewigkeit. Sie mochte ihn, das wusste er, aber er hatte geglaubt – hatte gehofft –, sie verbände mehr als Freundschaft und gegenseitiges Verlangen.

»Du hast das hier auch schon vorher gemacht«, erinnerte er sie ein bisschen schärfer als beabsichtigt. »Mit deinem Gemahl.«

»Aber das … das war überhaupt nicht …«, stammelte sie unsicher.

Warum?, wollte er ausrufen. Wo lag der Unterschied? Aber er hielt sich zurück. Es wäre falsch, sie zu etwas zu drängen, wozu sie noch nicht bereit war.

»Für mich auch nicht«, sagte er und bemühte sich, unbekümmert zu klingen. Er sprach in jenem neckenden Tonfall, den er in der Vergangenheit so oft benutzt hatte, wenn die Frau, die in seinen Armen lag, nichts weiter bedeutete als ein kurzes, gemeinsames Vergnügen.

Er hob ihre Hand an seine Lippen und küsste jede Fingerspitze einzeln. »Gütiger Heiland, Lady, du hast mich fast umgebracht«, sagte er mit einem trägen Lächeln.

»Wirklich?« Sie setzte sich erschrocken auf. »Oh, Alistair!«

»Schhh, ich beklage mich ja nicht. Es hat mir nicht das Geringste ausgemacht.« Er lachte und zwackte sie sanft in die Wange. »Eines Tages werden wir die Plätze tauschen, und dann zeige ich dir, wie es ist.«

»Wirklich?«, fragte sie verschmitzt, und ihm wurde ganz warm ums Herz.

»Darauf hast du mein Wort. Oder – wir könnten es jetzt gleich ausprobieren.«

Mit diesen Worten griff er nach ihr. Sie entwand sich ihm laut lachend und rangelte mit ihm, bis er am Ende auf ihr lag und ihre Hände aufs Kissen drückte.

»Na, na«, sagte er. »Nun sieh sich mal einer an, was ich hier habe.«

»Und was wäre das?«, wollte sie atemlos vor Lachen wissen.

»Die bezauberndste Lady der ganzen Welt.«

»Lass das«, sagte sie, zog ihre Hände weg und wandte das Gesicht ab.

»Was lassen?«

»Sag so was nicht, Alistair, nicht jetzt. Nicht heute Nacht.«

»Du weißt es wirklich nicht, oder? Du glaubst mir nicht. Oh Gott, Dee«, sagte er heiser, zog sie an sich und wiegte sie wie ein Kind. »Was hat er dir nur angetan?«

Sie verbarg ihr Gesicht an seiner Schulter.

»Woher wusstest du das mit Brodie?«, fragte sie. »Was du zu ihm gesagt hast – in der Halle –, woher hast du von diesen Dingen gewusst?«

»Dafür braucht man nun wahrlich nicht das Zweite Gesicht! Jeder Mann hat Angst davor, nicht Manns genug für sein Weib zu sein. In Brodies Fall schätze ich, dass sie begründet ist. Und er gab dir die Schuld für sein Versagen, stimmt's?«

Die Frage kam so nüchtern und selbstverständlich heraus, dass Deirdre sich nicht einmal schämte. Sie nickte nur.

»Und *das?* War er das?«

Alistair küsste die winzige Narbe unterhalb ihrer Augenbraue. Deirdre ballte die Hände in seinem Haar zu Fäusten und hielt ihn fest. Tränen brannten in ihren Augen.

»Das war das erste Mal«, sagte sie und bemühte sich, ihre bebende Stimme zu beherrschen. »Später lernte er, mich nicht so offensichtlich zu zeichnen.«

»Er wird dir nie wieder wehtun. Das schwöre ich.«

»Schwöre nicht«, sagte sie hastig. »Das bringt Unglück.«

»Ich brauche kein Glück«, erwiderte Alistair und hob den Kopf. Er sah entschlossen aus, und seine Augen waren hart wie zwei kalte Silberstücke.

»Sag so etwas nicht!«, bat sie ihn ein wenig verängstigt. »Alles Mögliche kann geschehen. Du kannst nicht wissen …«

»Oh doch, das kann ich. Brodie Maxwell hat dir zum letzten Mal wehgetan. Ich schwöre bei St. Andrew und der Heiligen Jungfrau. Brodie Maxwell stirbt morgen.«

Kapitel 36

Deirdre gähnte und streckte sich genüsslich. Sie spürte jeden Muskel ihres Körpers und das auf eine Weise, die sie nie zuvor gekannt hatte. Noch mit geschlossenen Augen fasste sie auf die andere Seite des Betts, wo sie allerdings nur eine kalte Leere empfing. Sofort setzte sie sich auf und strich sich das Haar aus dem Gesicht.

»Alistair?«

Finn lag zusammengerollt an der Tür, doch außer dem Hund war niemand da. Eilig sprang Deirdre auf und lief zum Fenster. Sie versuchte, irgendwo in der Menge unten auf dem Hof einen goldblonden Schopf auszumachen. Als sie ihn nirgends entdecken konnte, zog sie sich hastig an und rannte die gewundene Treppe hinunter in die Halle.

Da das Frühstück bereits vorbei war, räumten die Bediensteten die letzten Aufstellböcke weg und schütteten das restliche Porridge und das Brot in Eimer. Deirdre nahm sich einen Brotkanten und ging hinaus in den Hof.

»Malcolm!«, rief sie, als sie den Jungen auf der anderen Seite des Hofes sah, der gerade mit Haddon Darnley sprach. »Wo ist Alistair?«

Er zuckte mit den Schultern. »Ich weiß es nicht, Mylady. Ich habe ihn nicht gesehen.«

»Aber ich, vorhin«, mischte sich Haddon ein. »Er ist heute Morgen ausgeritten.«

Jemmy und Alyson gesellten sich zu ihnen. »Wo ist Alistair?«, fragte Jemmy. »Ich dachte, er wäre bei Euch, Mylady.«

»Nein.« Deirdre schüttelte den Kopf. »Haddon sagte, er ist heute Morgen ausgeritten.«

»Er sollte lieber schnell zurückkehren«, sagte Jemmy. »Wir werden in einer Stunde aufbrechen, und ihm bleibt schon jetzt kaum noch Zeit, sich bereitzumachen und seine Rüstung anzuziehen.«

»Er war bereits in Rüstung«, mischte sich Haddon erneut ein. »Ich habe gesehen, dass er sein Kettenhemd trug, als er vorbeiritt.«

Deirdres Bauch krampfte sich zusammen. Wohin war Alistair allein geritten? Warum hatte er nicht gewartet, bis sie alle gemeinsam aufbrachen?

»Vielleicht wollte er sich zeitiger auf den Weg machen.« Jemmy klang unbekümmert, dabei sah Deirdre, wie er besorgte Blicke mit Alyson wechselte.

»Du denkst doch nicht, dass er … geflohen ist, oder?«, fragte Haddon, und Malcolm zuckte mit den Schultern.

»Natürlich nicht«, erwiderte Deirdre verärgert. »Malcolm, wie kannst du so etwas auch nur denken? Du solltest ihn doch wohl besser kennen!«

»Sollte ich?«, fragte Malcolm, dessen lässige Fassade bröckelte, als sich seine Augen mit Tränen füllten. »Ich dachte, ich kenne ihn, aber …« Er blinzelte und schluckte heftig. »Vielleicht ist er weg. Ich hoffe es sogar. Ich hoffe, er kommt nie wieder hierher zurück!«

»Ich auch«, sagte Haddon und legte tröstend eine Hand auf

Malcolms Schulter. »Verzeiht bitte, Lady Maxwell, aber Ihr dürft nicht erwarten, dass wir etwas anderes empfinden.«

»Tut mir leid, Deirdre«, sagte Alyson ruhig. »Was er gestern für dich getan hat, war sehr nobel, doch es ändert nichts. Was auch immer heute mit Maxwell geschieht, Alistair wird gehen müssen.«

»Dann kann er ja mit mir kommen«, sagte Deirdre, in deren Augen es gefährlich aufblitzte.

»Das wäre für alle das Beste«, bestätigte Alyson mit einem verhaltenen Lächeln.

»Was ist mit Euch?«, wandte Deirdre sich aufbrausend an Jemmy. »Glaubt Ihr auch, dass er weggelaufen ist?«

»Nein«, antwortete Jemmy freundlich. »Ich denke, Alistair liegt sehr viel an Euch, Mylady, viel zu viel, als dass er weglaufen und Euch Maxwell überlassen würde. Er wird bei Kendricks Feld auf uns warten. Und deshalb schlage ich vor, dass wir uns bereit machen und ihn dort treffen.«

Alistair kam eine Viertelstunde zu früh bei dem Feld an. Er stieg von seinem Pferd, schob die Kettenhaube zurück und fuhr sich mit der Hand durchs schweißnasse Haar. Er hatte schon befürchtet, zu spät zu kommen, doch wie es aussah, war er der Erste. Leise vor sich hinlächelnd prüfte er die Hufe und den Sattel seines Hengstes und dachte dabei voller Zufriedenheit an die letzten paar Stunden.

Dann richtete er sich auf und blickte sich auf der Lichtung um, bevor er sie auf der Suche nach Löchern und Maulwurfshügeln abschritt, über die Germain stolpern könnte. Als er auf der anderen Seite des Feldes ankam, blieb er stehen und starrte auf einen farbigen Punkt im Schatten der Kiefern.

Vorsichtig ging er näher und fand einen Mann, der mit dem Gesicht nach unten am Rande der Lichtung lag. Er kniete sich hin und drehte den Mann um. Dann blickte er ungläubig in das leblose Antlitz von Brodie Maxwell.

Der Wind rüttelte an den hohen Ästen über ihm, als Alistair sich eilig umschaute. Doch er wusste auch so, dass er mit dem Toten allein war. Umso größer wurde sein Schrecken, als er den Dolch erkannte, der zwischen Brodies Schulterblättern hervorragte. Der geschnitzte Hirschkopf am Griff war ihm nur zu vertraut.

»Wie schön«, hatte Deirdre an jenem Tag im Hof gesagt, als sie Blumen schnitt. Und er hatte geantwortet: »Er ist ein Geschenk vom Burgherrn.«

Dann hatte er ihn ihr gegeben.

Deirdre.

Und jetzt war er wieder da. Er steckte in Brodie Maxwell.

»Halt! Alistair, was hast du getan?«, schrie Kinnon Maxwell mit einer vor Schreck schrillen Stimme.

Alistair sah auf, als die Maxwells auf die Lichtung ritten. Im selben Moment kam Jemmy von der anderen Seite, seine Männer hinter sich. Kinnon lenkte sein Pferd zu Jemmys und redete hektisch auf ihn ein. Dabei zeigte er immer wieder auf Brodies Leiche. Die Maxwell-Schwertkämpfer umringten Alistair.

Deirdre saß wie versteinert auf ihrem Pferd und starrte auf Brodies leblosen Körper. *Warum,* Deirdre?, wollte Alistair schreien. Er hatte ihr doch gesagt, dass sie nie mehr zu Brodie zurückmüsste, hatte es ihr geschworen – und sie hatte ihm nicht geglaubt, dass er sein Versprechen hielte.

Aber nein, das war unmöglich. Deirdre konnte es nicht getan haben. Und selbst wenn, hätte sie nicht seinen Dolch benutzt und dann ruhig zugesehen, wie er festgenommen wurde. Sie liebte ihn! Oder nein, er war es, der diese Worte ausgesprochen hatte – Zweifel überkamen ihn wie eine riesige, verheerende Welle, die ihn den Boden unter den Füßen verlieren ließ. Er konnte nicht sprechen, weder anklagen noch leugnen.

Fast wie ein Träumender beobachtete er, wie Fitzgerald sein Pferd dicht an Deirdres führte und sie in die Arme nahm.

Seine Lady nahm derweil einen anderen auf,
So bleibt uns beim Mahle noch Muße zuhauf.

Alistair fragte sich, wie lange sie brauchen würde. Wie lange wartete sie noch, bis sie den Iren heiratete?

Deirdre schwankte in ihrem Sattel, und Ronan war da, brachte sein Pferd ganz nahe an ihres. Sein Gesicht war bleich wie Pergament, aber seine Augen schimmerten dunkelgrün.

»Er war es nicht«, flüsterte Deirdre. »Das hat er nicht getan.«

»Und ob er das getan hat. Es war … Er hat es für dich getan, daran musst du immer denken.«

Alistairs Augen wichen keine Sekunde von Deirdre, doch er sagte nichts. Warum sieht er mich so an?, dachte sie. Als wäre alles meine Schuld. Oh, liebe St. Brigid, könnte Ronan recht haben? Hatte Alistair es wirklich getan? Für sie?

Blätter raschelten, und Alistair sah nach oben. Gerade zur rechten Zeit, dachte er mit unheimlicher Ruhe, als die Krähen direkt über ihm ihre Plätze einnahmen.

»Bei Gott, Alistair«, rief Kinnon Maxwell. »Ich hätte dich

nie für jemanden gehalten, der einen Mann hinterrücks erdolcht.«

Die Maxwellmänner rückten dichter um Alistair herum. »Lass mich das regeln, Kinnon«, sagte Jemmy. »Ich werde die Wahrheit aus ihm herausbekommen.«

»Welche Wahrheit? Ich sehe die Wahrheit mit eigenen Augen«, rief Kinnon und deutete auf seinen toten Bruder. »Was brauche ich mehr? Alistair hat ihn hinterrücks erdolcht, und dafür wird er hängen.«

Alistairs und Jemmys Blicke trafen sich. Alistair zuckte kaum merklich mit einer Schulter. Du kannst mir nicht mehr helfen, hatte diese Geste zu bedeuten. Versuch es gar nicht erst.

»Nein!«, rief Deirdre. »Ich glaube das nicht! Niemals! Er würde Brodie nicht umbringen, nicht so!«

Die Männer stritten noch und zeigten abwechselnd auf Brodies Leiche. Selbst aus der Entfernung konnte Deirdre sehen, wie das Sonnenlicht vom Griff des Dolches reflektiert wurde – Alistairs Dolch. Sie hatte ihn auf ihrem Tisch liegengelassen, wo er ihn sich hätte wegnehmen können, als er heute Morgen ging, ohne sie zu wecken.

Sie erschauderte, als ihr seine Worte von letzter Nacht einfielen. »Ich brauche kein Glück – Brodie Maxwell stirbt morgen.«

»Nein!«, schrie sie wieder.

Ronans Augen waren vor Schreck weit aufgerissen, als er ihrem Blick folgte. »Es ist das Beste so, Dee«, sagte er unsicher. »Hast du nicht gehört, was sie auf Ravenspur sagten? Sie kennen ihn seit Jahren, und sie halten ihn noch zu weit Schlimmerem fähig.«

»Was tun sie da?«, schrie Deirdre, als Alistairs Hände

gefesselt wurden und man ihn in die Mitte der Lichtung schleifte.

»Ich glaube, sie wollen ihn hängen«, antwortete Ronan entsetzt.

Deirdre sprang von ihrem Pferd und rannte zu den anderen. »Ist das Gerechtigkeit?«, rief sie. »Um der Fairness willen, er muss angehört werden!«

Alistair wurde auf sein Pferd gehoben, die Hände auf dem Rücken zusammengebunden und die Galgenschlinge um den Hals. Immer noch sagte er kein Wort, und seine Augen wichen nicht von ihr. Deirdre begann zu zittern und merkte, wie sie ihre Kräfte verließen.

»Mylord«, sagte sie heiser und wandte sich zu Jemmy um. »Das dürft Ihr nicht zulassen. Er ist ein Kirallen und hat ein Recht darauf, nach dem Gesetz behandelt zu werden. Ihr könnt ihn nicht einfach hängen.«

»Oh doch, das können wir«, sagte Kinnon und hob eine Hand, um das Zeichen zu geben.

Jemmy fasste seine Hand. »Donal«, befahl er streng. »Du und Roger, ihr holt Sir Alistair da runter. Jetzt. Er muss angehört werden.«

Kinnon runzelte die Stirn und biss sich auf die Lippen. »In Cranston Keep.«

»In Ravenspur«, erwiderte Jemmy ruhig. »Er ist einer von uns, Kinnon, so wenig es mir auch gefallen mag. Wir werden dafür sorgen, dass ihm Gerechtigkeit widerfährt. Morgen Mittag wird die Anhörung beginnen.«

Deirdre hatte gerade wieder angefangen zu atmen, als Alistairs Pferd unruhig wurde. Donal und ein anderer Ritter kämpften sich durch die Menge, während Alistair sich mit den Knien an sein Pferd klammerte und verzweifelt versuchte, es unter Kontrolle zu bringen. Stück für Stück wurde er nach hinten gezogen, und die Schlinge zog sich fester um seinen Hals.

Ronan schaffte es als Erster bis zu ihm. Er fing Alistair in dem Moment bei den Knien auf, als dessen Pferd unter ihm weggezogen wurde. »Schneidet ihn ab!«, rief er und stolperte unter Alistairs Gewicht.

Conal galoppierte zu ihm. Die umstehenden Männer wichen vor den Hufen seines Pferdes zur Seite. Deirdre beobachtete, wie er das Seil durchschnitt, während Alistair bereits das Bewusstsein verlor. Als der letzte Faden durchtrennt war, stürzte er mit Ronan zu Boden.

Deirdre drängelte sich durch die Menge, die um den Baum herum stand. Bis sie bei Alistair war, hatte er sich schon aufgesetzt und nahm sich hustend die Schlinge ab, die er beiseite warf.

»Da hast du schon mal einen Vorgeschmack, Kirallen«, höhnte einer der Maxwells, beugte sich vor und spuckte ihm ins Gesicht. »Wie gefällt dir das?«

»Gefällt mir gut«, sagte Alistair heiser, dessen einer Fuß blitzschnell nach vorn schnellte und dem Mann die Beine wegschlug. »Und wie gefällt dir das?«

»Genug!«, donnerte Jemmy wütend. »Bringt ihn nach Ravenspur, damit wir ihm den Prozess machen können.«

Deirdre sah zu, wie Alistair grob nach oben gezogen wurde. Er verhielt sich auffallend trotzig, was sie erstaunte.

»Prozess?«, rief er. »Spielst du immer noch den Burgherrn, Jemmy? Tja, genieß es, solange du kannst!«

»Oh, das werde ich«, brüllte Jemmy zurück. »Ich genieße jeden Moment davon. Mein Vater kann dir nicht mehr helfen, Alistair. Jetzt wirst du es mit mir zu tun bekommen. Und morgen um diese Zeit wirst du betteln, dass sie beenden mögen, was sie heute hier angefangen haben.«

Alistair wurde nach hinten gerissen und an sein Pferd gebunden, bevor er etwas entgegnen konnte.

»Alistair und ich haben noch ein paar alte Angelegenheit zu regeln«, sagte Jemmy zu Kinnon und hatte sichtlich Mühe, sich zu beherrschen.

»Das scheint mir auch so«, erwiderte Kinnon nachdenklich. »Vielleicht löst sich ja doch noch alles zum Besten.«

»Lady Maxwell, steigt auf Euer Pferd«, befahl Jemmy.

»Sie kann mit mir zurückkommen«, schlug Kinnon vor und bot Deirdre seinen Arm.

Deirdre blickte die beiden Männer voller Verachtung an und ersparte sich die Antwort. Stolz erhobenen Hauptes ging sie zu ihrem Pferd zurück und ließ sich von Ronan in den Sattel helfen.

»Das war sehr gut«, sagte sie und nickte ihm zu, als sie die Zügel ergriff.

»Wirklich?« Ronan kratzte sich das Kinn und sah mit zusammengekniffenen Augen zu Alistair. »Dee …«, begann er, als er sich wieder zu ihr wandte.

»Was?«

»Ich … ach, unwichtig.« Er schüttelte den Kopf und trieb sein Pferd an. Nach einem Moment folgte Deirdre ihm.

Kapitel 37

»Willst du die Beichte ablegen?«, fragte Jemmy kühl. »Ich schicke dir den Priester.«

Die Kerkerkammer war modrig und düster. Jemmy zog eine Grimasse, als er den entsetzlichen Gestank des Abwassergrabens einatmete, der direkt unterhalb des Fensters verlief. Alistair lag auf der kalten Steinbank, die sich über die eine Wand erstreckte. Als er sich aufsetzte, rasselten die Ketten an seinen Knöcheln. Sein Gesicht wirkte finster und müde, und das Haar hing ihm in die Stirn.

»Spar dir die Mühe«, erwiderte er gleichgültig.

»Rede mit ihm oder nicht, er wird vor Tagesanbruch herkommen.« Jemmy bedeutete der Wache, sie allein zu lassen, und sagte: »Du kannst gehen. Ich werde nur kurz bleiben.«

Nachdem die Tür zugefallen war, erschauderte Jemmy und blickte sich nervös in der engen Kammer um. Damit sein Unbehagen nicht allzu offensichtlich wurde, lehnte er sich lässig an die Wand und verschränkte die Arme vor der Brust.

»Nun?«

»Was nun?«, fragte Alistair erschöpft.

»Was zum Teufel ist heute Vormittag passiert?«

»Wieso fragst du mich das? Du warst doch da.«

»Ah, dann hast du Brodie Maxwell ermordet – den Mann hinterrücks erdolcht und anschließend abgewartet, bis jemand kommt und dich dafür aufhängt?«

»Wir alle machen Fehler.«

»Meinst du damit, dass du es warst?«, fragte Jemmy verwundert.

»Ich leugne es nicht.«

Jemmy sank auf die Bank neben Alistair. »Master Kerian sagt, er war mindestens zwei Stunden vorher schon tot.«

Alistair zuckte mit den Schultern und kniff trotzig den Mund zusammen.

»Du hast also den ganzen Vormittag da gewartet, damit wir auch ja nicht auf falsche Schlüsse kommen? Wie überaus rücksichtsvoll von dir.«

»Hör auf damit, Jemmy«, sagte Alistair ruhig. »Lass es einfach gut sein.«

Jemmy drehte sich wütend zu ihm. »Falls du es vergessen hast, morgen früh wird die Totenmesse für meinen Vater gelesen. Wir standen uns weiß Gott nicht nahe, aber er war mein Vater, und ich gehe nicht davon aus, dass es angenehm wird. Sobald sie vorbei ist, werde ich über dich zu Gericht sitzen, über den letzten Angehörigen, den ich habe. Vergib mir, wenn ich dir damit die *Stimmung* verderbe, Alistair, aber ich gebe zu, dass es mir in gewisser Weise Unbehagen verursacht, meinen eigenen Stiefbruder zum Tod durch Erhängen zu verurteilen. Ich muss die Wahrheit wissen, und zwar muss ich sie *jetzt* wissen.«

Er lehnte sich an die Wand zurück und zwang sich, Ruhe zu bewahren. Wut nützte in dieser Situation nichts. Sie beeinträchtigte höchstens das Denken, und seine Gedanken waren ohnehin schon wirr genug. Das Einzige, was er mit

Sicherheit wusste, war, dass er keine Ahnung hatte, was sich auf Kendricks Feld zugetragen haben mochte. Und Alistair machte keinerlei Anstalten, ihn aufzuklären.

»Du hattest Angst, dich Brodie im fairen Zweikampf zu stellen«, begann Jemmy. »Also hast du ihn überredet, sich zwei Stunden vorher mit dir allein zu treffen. Ich kann es gar nicht erwarten zu erfahren, wie du das geschafft hast! Und dann, während ihr zwei über das Wetter plaudertet, wandte Brodie dir passenderweise den Rücken zu, damit du deinen Dolch in ihn hineinstechen konntest. Trug es sich so zu?«

»Es tut nichts zur Sache, wie es geschah«, sagte Alistair. »Die Tat ist begangen worden.«

»Oh ja, begangen wurde sie fürwahr. Fragt sich nur, von wem?«

Alistair hob den Kopf, und Jemmy dachte, dass er noch nie ein solches Elend in den Augen eines Mannes erblickt hatte. Zum ersten Mal wurde sein Glaube an Alistairs Unschuld erschüttert.

»Jemmy, ich weiß, dass du es gut meinst und mir helfen willst, aber das kannst du nicht. Geh jetzt einfach. Bitte.«

Seine Stimme brach beim letzten Wort, und er wandte das Gesicht ab.

»Sehr schön, Alistair, ich werde gehen. Wenn du mir in die Augen siehst und mir sagst, dass du es getan hast, werde ich auf der Stelle gehen.«

Alistair drehte sich zu ihm um, die Augen vollkommen ausdruckslos. »Ich habe es getan.«

»Warum?«

Alistair sprang auf, wobei seine Fußketten laut rasselten, und drehte Jemmy den Rücken zu. »Du hast versprochen zu gehen, wenn ich es dir sage«, raunte er, die Hände an seinen

Seiten zu Fäusten geballt. »Ich habe es gesagt, also geh jetzt.«

Jemmy stand auf. »Hör zu, Alistair«, sagte er hastig. »Ich weiß, dass du mir nicht vertrauen willst. Ja, ich verstehe dich sogar, aber du musst mir die Wahrheit sagen, du *musst.* Wie kann ich dir helfen, wenn du es nicht tust?«

»Ich habe dir alles gesagt, was ich dir zu sagen gedenke.«

Hatte er das? Jemmy weigerte sich, ihm zu glauben. Warum aber leugnete er die Tat nicht?

»Was soll ich nur Malcolm erzählen?«, fragte Jemmy und setzte damit die stärkste Waffe ein, die ihm zur Verfügung stand.

»Das ist mir gleich«, sagte Alistair mit rauher Stimme. »Sag ihm, was du willst. Was tut das noch zur Sache?«

»Stimmt, du hast sein Vertrauen in dich bereits zerstört – und denk ja nicht, ich hätte nicht gesehen, was es dich kostete. Willst du ihn glauben lassen, du wärst als Verräter, Feigling und Mörder gestorben?«

Alistair wandte ihm immer noch den Rücken zu, aber Jemmy sah, wie sich seine Schultern plötzlich versteiften.

»Du lügst«, sagte Jemmy mit absoluter Gewissheit. »Aber warum?« Alistair drehte sich zu ihm um und sah ihn mit einem Ausdruck tiefer Verzweiflung an. »Jemmy, solltest du je – ich weiß, dass wir nie Freunde waren, doch wir kennen uns schon unser Leben lang. Trotz allem, was zwischen uns vorgefallen ist, möchte ich dich bitten, dieses eine für mich zu tun. Stell mir keine Fragen mehr. Lass Kinnon Maxwell einfach bekommen, was er will. Glaub mir, das ist – es muss sein.«

»Damit verlangst du mir Unmögliches ab«, konterte Jemmy. »Ich bin derjenige, der dich verurteilen muss – einen unschuldigen Mann –, und ich werde es nicht tun.«

Alistair sackte auf die Bank zurück und sah Jemmy an. Ein verbittertes Lächeln umspielte seine Lippen. »Wie kannst du sicher sein, dass ich es nicht war? Ich wollte den Mann tot sehen, woraus ich kein Geheimnis gemacht habe. Warum willst du irgendwas von dem glauben, was ich dir erzählt habe? Es kann ebenso gut alles erlogen gewesen sein, hast du daran jemals gedacht? Ich wollte immer, dass Malcolm der Nachfolger deines Vaters wird. Vielleicht benutze ich dich, um Calder zu zwingen, seine Pläne offenzulegen, und dann die Macht an mich zu reißen.«

»Ich hatte diese Möglichkeit erwogen, allerdings wieder verworfen.«

»Dann bist du genau so ein großer Narr, wie ich dachte«, entgegnete Alistair. »Du hast keinen Grund, mir zu vertrauen! Dir geht es wieder gut, du hast deine Arbeit getan und genug Leute, die dich unterstützen. Und jetzt bekommst du die Chance, dich meiner zu entledigen. Ich an deiner Stelle würde sie ergreifen.«

»Nein, würdest du nicht.«

Alistair sah ihn streng an. »Das kannst du gar nicht wissen, Jemmy. Es gab Zeiten, da wünschte ich mir … da wollte ich …«

»Und es gab viele Momente, in denen ich dir zu gern den Hals umgedreht hätte«, gab Jemmy zu und setzte sich wieder neben ihn. »Aber wenn du mich wirklich töten wolltest, hättest du es an dem Tag tun können, als ich dich fand. Oder in der Nacht, als du bei mir in meinem Schlafgemach warst. Oder du hättest es Calder für dich tun lassen. Du hattest reichlich Gelegenheiten, aber du hast sie nicht genutzt, oder?«

Alistair wich seinem Blick aus und starrte hinunter auf das

schmutzige Stroh, mit dem der Boden bedeckt war. Sein Gesichtsausdruck verriet nichts von dem, was in ihm vorgehen mochte.

»Glaubst du wirklich, ich werde dich zu einem Tod verurteilen, den du nicht verdienst?«, fragte Jemmy. »Denkst du, ich könnte damit leben, dass die ganze Zeit jemand schweigend zusieht und darauf wartet, dass ich dich für sein Verbrechen hänge?«

Alistair wandte sich wieder zu ihm. »Jemmy, hör auf!«

»Oder«, sagte Jemmy, der plötzlich zu begreifen schien, »für *ihr* Verbrechen?«

»Nein«, widersprach Alistair vehement. »Du verstehst das falsch.«

»Ach ja? Wen sonst würdest du beschützen?«

Alistair stand auf und schritt in der engen Kerkerkammer hin und her. »Deirdre hatte allen Grund, ihn zu töten«, sagte er hastig. »Du weißt ja nicht … du hast nicht die geringste Ahnung, was er ihr alles angetan hat …«

»Was macht dich so sicher, dass *sie* es war?«

»Der Dolch«, gestand Alistair leise. »Ich habe ihn ihr geliehen, und sie gab ihn mir nie zurück.«

Jemmy rieb sich mit einer Hand übers Gesicht, während sich ihm die Ereignisse der letzten Tage einem bleiernen Gewicht gleich auf die Schultern legten. Warum mussten diese Dinge ausgerechnet jetzt geschehen? Es war alles zu viel, zu kurz nach dem Tod seines Vaters. Aber er hatte keine andere Wahl, als sich all dem zu stellen.

Stirnrunzelnd versuchte er ein weiteres Mal, sich vorzustellen, was an diesem Morgen auf Kendricks Feld vorgefallen sein mochte.

»Sie ist sehr zart«, sagte er nachdenklich. »Ich kann mir

nicht vorstellen … und wie hat sie ihn überredet, sie dort zu treffen?«

Alistair schüttelte den Kopf. »Ich weiß es nicht. Aber sie muss es gewesen sein.«

»Und wann soll sie die Zeit gefunden haben, ihm eine Nachricht zu schicken?«, fragte Jemmy. »Und wieso hätte Brodie sich darauf einlassen sollen?«

»Er hätte sie getroffen, wenn sie ihm versprochen hätte, mit ihm zurückzugehen.«

»Und dann sticht sie ihn nieder und lässt deinen Dolch zurück?«

»Sie muss in Panik geraten sein«, sagte Alistair. »Das ist vollkommen natürlich.«

Jemmy sah ihn fragend an. »Und du denkst, sie schweigt und sieht zu, wie *du* dafür hängst?«

Darauf antwortete Alistair nicht.

»Dann frage ich mich, warum sie Kinnon davon abhielt, dich gleich da aufzuknüpfen«, gab Jemmy zu bedenken.

»Es wäre das Beste gewesen«, sagte Alistair verbittert. »Jetzt müssen wir diesen unsinnigen Prozess veranstalten. Aber wenn es zum Urteil kommt, darfst du keine Gnade zeigen, Jemmy. Zögere nicht. Tu, was du tun musst – und denk hinterher nicht mehr daran.«

»Danke. Jetzt ist alles klar. Wie gut, dass ich immer noch dich habe, der mir sagt, was ich zu tun habe! Wie soll ich nur zurechtkommen, wenn du nicht mehr bist?«

Auch darauf antwortete Alistair nicht. Als wäre er am Ende seiner Kräfte, sank er auf die Bank und vergrub das Gesicht in den Händen. Jemmy atmete tief ein und sehr langsam wieder aus.

»Alistair?«

»Ja?«, fragte er matt.

»Du bist ein Narr. Ach, sieh an, nun erwacht er zum Leben! Aber es ist nichts als die Wahrheit.«

»Denk doch, was du willst.«

»Glaubst du ernsthaft, Deirdre bringt Brodie um und sitzt ruhig da, während du die Schuld auf dich nimmst? Du tust ihr unrecht, Alistair. Denkst du denn, dass sie überhaupt kein Ehrgefühl hat?«

Alistair sah zur Seite.

»Deirdre würde so etwas *nie* tun. Ja, ich kann mir vorstellen, dass sie Brodie am liebsten umbringen würde – wie sollte ich auch nicht, nachdem sie es uns selbst gesagt hat? Als sie es aussprach, wollte ich meinen Ohren kaum trauen – und dabei ist genau das der Punkt, nicht wahr? Sie hat uns *gesagt,* dass sie es tun wollte. Und ich glaube, wenn sie verzweifelt genug wäre, wenn er sie dazu triebe, dann würde sie es auch tun. Aber es so zu tun, ihn hinterrücks zu erstechen – und dann nichts zu sagen, wenn ein Unschuldiger der Tat angeklagt wird? Wenn besagter Unschuldiger der Mann ist, den sie liebt?«

Alistair schwieg und wandte immer noch das Gesicht ab.

»Das weißt du nicht? Wie kannst du es nicht wissen, wo es doch für jeden von uns offensichtlich ist? Wie *konntest* du an ihr zweifeln?«

Er stand auf und ging zur Tür, wo er sich nachdenklich zu seinem Stiefbruder umdrehte.

»Bei Christi Wunden«, murmelte er und ging zu dem winzigen, vergitterten Fenster. »Ich werde diesen Kerker abreißen lassen, das schwöre ich. Ich werde niemanden zu dem hier verdammen.«

Mit dem Rücken zu Alistair fragte er: »Nun? Hast du nichts zu sagen?«

»Wenn sie es nicht war, dann heißt das …, das heißt …«

»Dass wir denjenigen finden müssen, der es getan hat, und dazu bleibt uns nicht mehr viel Zeit«, beendete Jemmy seinen Gedanken und setzte sich wieder neben Alistair. »Also, du sagst, du hast ihr deinen Dolch gegeben, aber ich habe sie nie damit gesehen. Sie muss ihn in ihrem Zimmer gelassen haben, wo ihn sich jeder nehmen konnte. Was ist, wenn Calder …«

»Nein, Calder hätte nicht da hineingekonnt«, unterbrach Alistair ihn. »Nicht mit Finn in der Nähe.«

»Dann muss es jemand gewesen sein, den sie in ihr Zimmer gelassen hat«, schlug Jemmy vor. »Fitzgerald?«

»Fitzgerald«, wiederholte Alistair und ballte die Hände zu Fäusten.

»Ich glaube, Lady Maxwell liegt weit mehr an dir, als dir klar ist«, sagte Jemmy freundlich. »Und ich wette, dass Fitzgerald das ebenfalls denkt. Für ihn könnte es eine perfekte Gelegenheit gewesen sein, sowohl Brodie als auch dich loszuwerden.«

»Ja, so könnte es gewesen sein«, murmelte Alistair nachdenklich.

»Holen wir den Musikus her und stellen ihm ein paar Fragen.«

»Nein.« Alistair stand auf und blickte finster auf die Ketten an seinen Füßen. »Du hältst dich am besten da raus. Vergiss nicht, dass du offiziell *für* meine Hinrichtung bist. Du kannst jetzt nicht anfangen, andere zu befragen.«

»Und nun?«

»Lass mich allein mit ihm reden. Ich kriege die Wahrheit schon noch aus ihm raus, Jemmy. Zwei Stunden, mehr brauche ich nicht, dann bin ich wieder hier. Vertraust du mir?«

»Ja«, sagte Jemmy. »Ich vertraue dir. Komm mit. Wir gehen in die Kapelle. Falls jemand fragt, können wir sagen, du würdest dem Burgherrn die letzte Ehre erweisen. Ich warte dort auf dich.«

Als er zur Tür ging, um die Wache zu rufen, legte Alistair die Hand auf seinen Arm.

»Ich danke dir, Jemmy.«

»Bedank dich nicht«, erwiderte Jemmy schroff. »Es ist wenig genug, was ich für dich tun kann. Immerhin bist du die einzige Familie, die mir noch bleibt, nun, da Vater … Ich brauche dich bei mir, Alistair. Also sieh zu, dass du die Wahrheit aus dem Iren rausbekommst.«

»Oh, die werde ich rausbekommen«, versprach Alistair entschlossen. »Ich werde einen Weg finden, den jungen Fitzgerald zum Reden zu bringen.«

Kapitel 38

»Bereit zu reden, Fitzgerald?«

Ronan trat mit aller Kraft nach hinten und versuchte, sich aus der Umklammerung des Angreifers zu befreien. Aber die Arme, die ihn umfassten, waren zu stark, und die Klinge an seinem Hals war sehr scharf.

»Warum sonst solltet Ihr um diese Zeit hier sein?«, fuhr Calder fort und drückte sein Knie noch fester in Ronans Rücken. »Ihr wolltet zu Jemmy laufen und ihm Euer Herz ausschütten, stimmt's? Tja, das können wir nicht zulassen. Glaubt Ihr, ich würde mir von einem kleinen Dummkopf wie Euch alles zunichte machen lassen, was ich bisher erreicht habe?«

»Ihr habt nie gesagt«, japste Ronan, »nie etwas von Mord gesagt.«

Calder lachte. »Nein, ich glaube nicht, dass ich das erwähnt habe. Aber was geschehen ist, ist geschehen.«

Im Burghof war es sehr dunkel, doch Alistair, der sich im Schatten eines Schubkarrens versteckte, hatte keine Mühe, die beiden Männer auszumachen. Sorgsam darauf achtend, dass er nur ja kein Geräusch machte, zog Alistair sein Schwert. Als er Ronan bis hierher folgte, hatte er erwartet, etwas vollkommen anderes zu hören. Aber jetzt wurde ihm einiges klar. Weder Deirdre noch der junge Harfenist – der nun dem Tode so gefährlich nahe war – hatten Brodie getötet. Jemmy hatte recht gehabt. Hinter allem steckte Calder.

Alistair trat aus dem Schatten und hob sein Schwert. Im selben Moment vernahm er zu seiner Rechten das Scharren eines Stiefels auf dem Pflaster. Ein Mann hatte versteckt in der Ecke der Burgmauer gestanden. Blitzschnell wandte Alistair sich zu ihm um, doch es war zu spät. Ehe er noch etwas sagen konnte, explodierte die Welt um ihn herum in ein lähmendes Chaos aus Schmerz und Dunkelheit.

»Psst, Calder! Das ist Alistair!«

»Was?«

Calder drehte den Kopf ruckartig in Richtung der Gestalt, die mit dem Gesicht nach unten auf den Pflastersteinen lag. Ronan nutzte die Ablenkung, um Calder seinen Ellbogen in den Bauch zu rammen. Kaum lockerte der seinen Griff, entwand Ronan sich ihm, schlug nochmals zu und verschwand in der Dunkelheit.

»Hinterher!«, knurrte Calder leise. »Finde ihn und schlitz ihm die Kehle auf. Verdammt, Mann, was fällt dir ein, hier so laut herumzubrüllen?«

»Entschuldige, das war der Schreck …«

»Lauf schon!«, befahl Calder wütend. »Er muss zum Schweigen gebracht werden.«

Als Calder allein war, beugte er sich hinunter und legte eine Hand an Alistairs Hals. »Immer noch am Leben«, raunte er. »So'n Pech.«

Er zog seinen Dolch, hielt allerdings sogleich inne, als er Schritte hörte. Nervös schaute er sich im dunklen Hof um. Dann richtete er kurz entschlossen den Schubkarren auf und hievte Alistair hinein. Anschließend raffte er hastig Stroh vom Boden zusammen und bedeckte den Bewusstlosen damit. Die Wache kam gerade um die Ecke, als Calder die Griffe packte und den Karren Richtung Stall schob.

Ronan drückte sich flach an die Wand und schnappte nach Luft. Er warf einen sehnsüchtigen Blick hinauf zum erleuchteten Fenster des Turmzimmers. Ihm blieb keine Zeit, zu Deirdre zu gehen. Er musste dringend Jemmy Kirallen finden und ihm erzählen, was er schon heute Nachmittag hätte sagen sollen. Hätte er doch nur gleich etwas gesagt! Aber das hatte er nicht, und dies war der falsche Zeitpunkt, sich selbst Vorwürfe für seine unglaubliche Idiotie zu machen. Sollte er überleben, würde er jede Menge Gelegenheit haben, seine Rolle in der heutigen Tragödie zu gestehen. Und falls nicht – nun, dann kam ohnehin jede Reue zu spät.

Er hielt sich im Schatten und schlich leise an der Hofmauer entlang bis zur Tür. Dort blieb er stehen und lauschte angestrengt. Doch außer seinem eigenen Herzschlag hörte er so gut wie gar nichts.

Schließlich ging die Tür auf. Ein Mann trat gähnend in den Hof hinaus und blickte hinauf zu den Sternen. Ronan huschte hinter ihm durch die Tür und sah sich nach beiden Seiten um. Direkt vor ihm lag die Halle, rechts von ihm erstreckte sich der Korridor. Während er noch zögerte, kam die Wache wieder ins Haupthaus, und Ronan versteckte sich in der nächstgelegenen schattigen Ecke.

Schweiß rann ihm in die Augen, und er blinzelte. Er fluchte im Stillen, als die Wache wieder ihren Posten gleich an der Tür einnahm. Er ließ den Mann nicht aus den Augen, während er eine Münze aus dem Beutel an seinem Gürtel nahm und sie an der Wache vorbei zum Eingang der Halle warf. Dort landete sie mit einem leisen Klirren, und die Wache drehte sich in Richtung des Geräusches. In dem Augenblick, als der Mann sich bewegte, rannte Ronan los zu den Treppen, die zu Jemmys Zimmer führten.

»Sir Calder!«, sagte der Stallbursche erstaunt und blickte auf den Schubkarren. »Was tut Ihr hier? Lasst mich Euch das abnehmen.«

»Nein!« Calder verzog die Lippen zu einem Lächeln und löste gleichzeitig den Dolch von seinem Gürtel. »Ich schaff das schon, Junge. Mach dir keine Mühe.«

»Aber …«

»Guten Abend, Sir«, sagte eine tiefere Stimme, und Calder schob seinen Dolch zurück in die Scheide. »Stimmt irgendetwas nicht?«

»Nein, nein. Alles bestens. Bis auf das hier!« Er nickte zum Schubkarren hinüber und fühlte, wie ihm Schweiß auf der Stirn ausbrach, als er bemerkte, dass ein Fuß aus dem Stroh ragte. »Ich bin vorhin darüber gestolpert und hab mir fast das Genick gebrochen! Ich stelle den Karren gleich hier drüben ab.«

»Ah.« Sym, der oberste Stallknecht, nickte. »Sehr freundlich von Euch. Die gescheckte Stute fohlt«, fügte er an den jungen Stallburschen gewandt hinzu. »Kannst du mal nach ihr sehen?«

Während der Junge wegging, lehnte Calder den Schubkarren an eine schattige Ecke.

»Dann gute Nacht, Sir«, sagte Sym und hielt seine Laterne hoch, um Calder den Weg zur Tür zu leuchten.

»Ja. Gute Nacht.«

Calder blieb vor der Tür stehen und lehnte sich dagegen. Er glaubte nicht, dass Alistair so bald wieder zu sich kommen würden und selbst wenn, was machte es schon? Calder würde alles leugnen, und man konnte ihm nichts nachweisen. Das Wichtigste im Moment, das Allerwichtigste von allem war, dass der verdammte Harfenist zum Schweigen gebracht wurde.

Aber dazu musste er ihn erst mal finden.

Ronan hockte sich hinter einen Wandteppich in einem schmalen Alkoven und lauschte zwei Männern, die seelenruhig den Mord an ihm besprachen.

»… dieser Ire«, sagte der eine mit einem Anflug von Verachtung in der Stimme. »Ein Schnitt quer über den Hals, das hat Calder gesagt, und versteck die Leiche gut.«

Ronan griff sich unwillkürlich mit einer Hand an die Kehle und zog eine angewiderte Grimasse, als der zweite Mann flüsternd antwortete.

»Wer weiß?«, sagte der Erste lachend. »Vielleicht gefällt Calder sein Harfenspiel nicht. Aber pass auf jetzt«, fügte er noch leiser hinzu. »Da kommt Sir Donal.«

Ronan linste vorsichtig hinter dem Wandteppich vor und sah, wie der rothaarige Ritter den Flur hinunterkam. Er erkannte gleich, dass es sich um einen Mann aus Jemmy Kirallens Leibgarde handelte. Mithin war er vertrauenswürdig. Aber wie wollte er ihn ansprechen?

»Alles ruhig hier, Sir«, sagte einer von Ronans potenziellen Mördern unterwürfig.

»Gute Arbeit.«

Ronan überlegte fieberhaft. Zwei gegen zwei. Das Kräfteverhältnis stimmte – sofern er darauf zählen konnte, dass der rothaarige Ritter auf seiner Seite war! Ihm blieb nur diese eine Chance, etwas zu sagen, nur eine, und da sollte er besser die richtigen Worte finden.

Doch noch während er sich bereit machte, aus seinem Versteck hervorzuspringen, sprach Sir Donal wieder. »Habt ihr den jungen Fitzgerald gesehen, diesen irischen Harfenisten?«, fragte er beiläufig und blickte sich auf dem Flur um.

»Nein«, antworteten beide Männer ebenso scheinbar beiläufig. »Hier war heute Abend niemand.«

»Gut. Haltet die Augen auf«, sagte Donal. »Und sollte er zufällig vorbeikommen, bittet ihn, hier zu warten, und gebt mir Bescheid.«

Die beiden Wachen sahen dem Ritter nach, als er ging. Ronan zögerte nicht. In dem Moment, da sie ihm den Rücken zuwandten, schlich er hinter dem Wandteppich vor. Doch obwohl er sich geschwind und leise bewegte, hörten sie ihn. Nun galt es zwei gegen einen auf einer wahnwitzigen Flucht die Treppe hinunter.

Ronan war schnell, aber sie erwischten ihn am Ende doch.

Die Kapelle war erfüllt vom Duft der Rosen, die um die Bahre herum drapiert waren. Drei Dutzend Kerzen beschienen den leblosen, aufgebahrten Körper von Gawyn Kirallen. Im Tod wirkte er jünger, dachte Alyson. Die tiefen Furchen, die ihm Schmerz und Kummer ins Gesicht gegraben hatten, waren verschwunden. Seine Haut sah wächsern glatt aus, wenngleich sein Gesicht nach wie vor Strenge ausstrahlte.

Sie seufzte und berührte die Schulter des Mannes, der vor dem offenen Sarg kniete und den dunklen Kopf in die Hände stützte.

»Jemmy«, flüsterte sie. »Es ist spät. Komm jetzt ins Bett.«

Jemmy hob den Kopf und sah sie an. Um seine dunklen Augen zeichneten sich tiefe Schatten ab. »Alyson. Liebste, warum bist du noch auf?«

»Weil ich nach dir suche«, antwortete sie knapp.

»Geh schlafen. Ich werde noch ein wenig hierbleiben.«

Sie kniete sich neben ihn. »Dann bleibe ich bei dir. Du solltest lieber nicht allein hier sein. Ach, Jemmy, es tut mir so leid.«

»Nein, nicht«, sagte er und wich zurück, als sie ihm übers Haar strich. »Hab kein Mitleid mit mir. Ich verdiene dein Mitgefühl nicht. Bei Christi Blut, ich bin ein solcher Narr«, fügte er in einem heiseren Flüstern hinzu.

»Was ist denn?«, fragte Alyson. »Was hast du?«

»Es ist wegen Alistair«, antwortete er und stöhnte. »Er ist fort.«

»Fort? Nein, Jemmy, er ist im Kerker – bis zur Anhörung.«

»Es wird keine Anhörung geben.« Wieder stützte er den Kopf in die Hände. »Ich habe ihn gehen lassen. Schlimmer noch, ich habe ihn regelrecht aus der Tür gestoßen! Und jetzt ist er … einfach … verschwunden, mitsamt dem jungen Fitzgerald. Meine Männer suchen schon den ganzen Abend die Burg ab. Nirgends gibt es eine Spur von den beiden.«

»Aber wie konntest du ihn gehen lassen?«, rief Alyson und blickte sogleich verschämt auf den Leichnam des Burgherrn. »Warum?«, fragte sie flüsternd.

»Ach, Liebes, das ist eine sehr, sehr lange Geschichte.«

Alyson stand auf und streckte ihm die Hand hin. »Dann kommst du am besten mit ins Bett und erzählst sie mir – von Anfang bis Ende.« Als er ihre Hand nahm, rang sie sich ein

Lächeln der Ermutigung ab. »Wir werden gemeinsam eine Lösung finden.«

Alistair blieb am Fuß der Turmtreppen stehen und lehnte sich erschöpft gegen die Wand. Er kniff die Augen zu, was ein Fehler war, wie er feststellte, als er stolperte und beinahe hinfiel. Doch als er sie wieder öffnete, sah er immer noch zwei verschwommene Treppenaufgänge, die sich in der Dunkelheit verloren. Sich mit einer Hand an der Wand entlangtastend, stieg er langsam hinauf. Dabei musste er all seine Konzentration aufwenden, um einen Fuß vor den anderen zu setzen.

Bei aller Benommenheit sagte ihm etwas, dass er eigentlich zu Jemmy gehen sollte und ihm etwas erzählen. Ihm wollte nur beim besten Willen nicht einfallen, was es war. Der einzige zusammenhängende Gedanke, der ihm in den Kopf kommen wollte, war, dass er Deirdre brauchte. Alles würde wieder gut werden, wenn er erst bei ihr war. Was genau gerade falsch war, erinnerte er nicht, und er konnte keine Kraft mehr erübrigen, darüber nachzudenken. Was immer es sein mochte, Deirdre würde ihm helfen, alles zu klären. Ihr konnte er vertrauen, das wusste er jetzt, auch wenn er keine Ahnung hatte, warum er ihr jemals misstraut hatte. Seine Erinnerung begann und endete mit dieser Treppe. Wie es sich seinem benommenen Verstand darstellte, war er schon immer hier gewesen, einen Fuß vor den anderen setzend und sich mit jedem Schritt weiter nach oben kämpfend.

Außer dem Hämmern in seinem Kopf vernahm er ein entferntes Klimpern. Er brauchte jedoch eine Weile, ehe er begriff, dass es sein Schwert war. Er schlug es bei jedem Schritt, den er tat, gegen die Stufen. Benommen fragte er sich, warum er sein Schwert gezogen hatte, doch auch darauf wollte ihm keine Antwort einfallen. Er konnte lediglich vermuten, dass er dafür einen Grund gehabt hatte.

Weiter oben bellte ein Hund. Finn, dachte Alistair und war so erleichtert, dass er stehen bleiben und sich an die Wand lehnen musste. Gerade hatte er schon angefangen zu bezweifeln, dass er überhaupt im richtigen Flügel der Burg war. Nun aber hatte er Gewissheit. Finn war, da und das bedeutete, Deirdre war ebenfalls in der Nähe. Jeden Moment würde sie die Tür öffnen. Dann durfte er endlich in ihre Arme fallen und ausruhen.

»Ruhig, Finn!«

Deirdres Stimme war das Lieblichste, was er jemals vernommen hatte. Er zwang sich, noch einen Schritt zu tun. Wie aus weiter Ferne hörte er sein Schwert hinter sich die Treppe hinunterscheppern. Aber das machte nichts. Er brauchte es nicht mehr. Noch drei Stufen, und er war oben. Von dort waren es nur zwei Schritte bis zu ihrer Tür.

Er kam oben an und stand schwankend da. »Deirdre!«, rief er mit aller Kraft. Heraus kam nichts als ein heiseres Flüstern, das in dem Radau unterging, den Finn nun veranstaltete. Alistair stolperte vorwärts und öffnete den Mund, um es erneut zu versuchen. Doch noch ehe er einen Ton herausbrachte, presste sich ihm eine Hand auf den Mund, und er wurde beinahe umgerissen.

»Finn, sei still!«, rief Deirdre von hinter der Tür. »Was hast du denn nur?«

Die Tür öffnete sich einen Spaltbreit, aber Alistair wurde in die schattige Ecke gedrängt, und die Hand auf seinem Mund erstickte jeden Laut, den er zu machen versuchte. Durch den schmalen Spalt sah er Deirdre, die mit einer Kerze in der Hand an der Tür stand. Ihr Haar fiel ihr offen über das tränennasse Gesicht. Sie blickte nur kurz die Treppe hinunter, ehe sie sich wieder umdrehte.

»Was ist bloß mit dir?«, fragte sie den Hund vorwurfsvoll. »Da draußen ist gar nichts. Und jetzt Platz, Finn. Ruhig!«

Alistair wand sich verzweifelt, wollte rufen, nach dem Mann hinter sich treten. Dann wurde er plötzlich sehr still. Deirdre konnte ihm nicht mehr helfen. Falls sie auch nur vermutete, dass er hier draußen war, und genauer nachsehen würde, brachte sie sich damit in größte Gefahr. Helle Flecken tanzten vor Alistairs Augen. Er kämpfte gegen sie an, wandte alle ihm verbliebene Kraft auf, um nicht ohnmächtig zu werden.

Die Tür ging zu, und Deirdre war fort. Finn warf sich von innen gegen das Holz, kratzte wild mit den Pfoten daran und winselte.

»Du hast uns eine ziemliche Jagd beschert, aber jetzt haben wir dich«, sagte eine Stimme direkt an Alistairs Ohr, bevor ihm ein entsetzlicher Schmerz den Schädel zu spalten drohte.

Calder, dachte Alistair, und für einen sehr kurzen Moment erinnerte er sich an alles. Gleich darauf umhüllte ihn vollkommene Dunkelheit.

»Finn, ruhig!«, befahl Deirdre, deren Stimme tränenerstickt war. »Leg dich hin und sei still.«

Der Hund winselte und kratzte mit den Pfoten an der Tür. Dann warf er seinen Kopf nach hinten und heulte. Aber draußen war niemand, davon hatte sie sich ja eben überzeugt. Was also mochte mit dem Hund sein?

Deirdre dachte an Alistair, der im Kerker lag. Spürte Finn

irgendwie, dass sein Herrchen morgen sterben sollte? Sie hatte schon gehört, dass sich die Leute solche Geschichten über Hunde erzählten.

»Ich weiß«, sagte sie und kniete sich neben das Tier. »Du kannst nichts dagegen tun, Finn. Niemand kann etwas tun. Leg dich jetzt hin. Sei ein braver Hund und schlaf jetzt.«

Finn blieb stur und winselte und kratzte weiter. Nach einiger Zeit stand Deirdre auf, schob den Riegel hoch und öffnete die Tür ein Stück. »Dann geh schon«, sagte sie, als Finn hindurchschlüpfte und die Treppe hinuntereilte. »Geh und such ihn. Vielleicht freut er sich, *dich* zu sehen.«

Sie schloss die Tür und lehnte sich von innen dagegen. Heiße Tränen liefen ihr über die Wangen. Am frühen Abend hatte sie wieder und wieder versucht, Alistair zu besuchen, und war jedes Mal weggeschickt worden. Jemmy war ihr keine Hilfe gewesen. Er war in der Kapelle und hielt seine einsame Totenwache für seinen Vater ab, bei der er nicht gestört werden durfte. Und Alyson hatte sie nirgends finden können.

»Wenn Sir Alistair Euch sehen will, Mylady, wird er nach Euch schicken«, hatte die Kerkerwache bei ihrem dritten Versuch gesagt. Alistair aber hatte nicht nach ihr geschickt.

Könnte sie doch nur aus seinem Mund hörte, was genau sich zugetragen hatte, vielleicht konnte sie dann glauben, dass er es tatsächlich getan hatte. Und er *musste* es getan haben. Die Beweise waren für sie alle sichtbar gewesen. Außerdem hatte er die Tat nicht einmal geleugnet.

Es musste alles sehr plötzlich geschehen sein. Gewiss hatte er nicht geplant, Brodie so zu töten. Aber Master Kerian sagte, Brodie wäre schon zwei Stunden vor dem Mittag tot gewesen. Was hatte Alistair in der ganzen Zeit gemacht?

Hatte er einfach dagesessen und gewartet, zu verwirrt, um eine Flucht zu versuchen? Ach, wenn sie ihn doch nur einmal sehen, wenn sie doch nur seine Erklärung hören könnte! Aber er wollte sie nicht sehen.

Sie erinnerte sich daran, wie er sie angesehen hatte, als sie auf dem Feld ankamen. Da war mehr als Schreck und Traurigkeit in seinen Augen gewesen. Sie hatte auch einen Vorwurf darin erkannt. Und den hatte sie ja auch verdient.

Alles ist meine Schuld, dachte sie und tastete sich tränenblind zum Bett zurück. Was ich auch anfange, ruiniere ich. Hätte sie ihre Angst nicht so offen gezeigt, wäre Alistair nicht zu solch verzweifelten Maßnahmen getrieben worden, um sie zu beschützen. Und nun zahlte er ihre Schwäche mit dem Leben. Er hatte ihr seine Ehre geopfert und würde morgen um ihretwillen sterben.

Sollte er sie deshalb hassen, dann war er mit diesem Gefühl nicht allein, denn sie hasste sich selbst abgrundtief dafür.

Kapitel 39

Nachdem alle Tränen vergossen waren, trat eine Art verzweifelter Ruhe ein. Deirdre spülte sich die brennenden Augen und glättete ihr Haar. Anschließend zog sie sich an und ging die Treppe hinab. Gerade drang das erste Morgenlicht durch die Bäume. Der Hof war leer und das Haupthaus hinter ihr noch dunkel. Während es langsam heller wurde, stand sie regungslos da und wartete darauf, dass dieser entsetzliche Tag begann, in dessen Verlauf jeder Moment qualvoller als der vorangegangene werden würde.

Sie vernahm die ersten Morgengeräusche: das Klappern des Eimers, der in den Brunnen gelassen wurde, das Quietschen und Knarren der Winde, als er wieder hochgezogen wurde. Ein Hahn krähte. Die Fallgitter wurden rasselnd hochgekurbelt. Mit verschlafenen Stimmen unterhielten sich die Bediensteten, während sie ihr Tagewerk begannen.

Ein weiterer Tag wie jeder in Ravenspur. Wenn er endete, würde die Sonne untergehen und morgen über derselben Szene wieder aufgehen. Beim nächsten Sonnenaufgang allerdings wäre Alistair tot, am Galgen erhängt wie jeder Mörder.

»Mistress?«

Deirdre drehte sich langsam um und sah einen alten Mann mit krummem Rücken, der lächelte und an seine Kappe tippte. »Ich bin auf der Suche nach Alistair Kirallen.«

»Dann habt Ihr Glück, dass Ihr heute gekommen seid«, antwortete Deirdre, die ihre eigene Stimme gleichsam aus weiter Ferne vernahm. »Morgen wäre es zu spät gewesen.«

Der Mann sah sie verwundert an, bevor er nickte. »Ja, nun, dann sollte ich umgehend zu ihm.«

»Er kann Euch nicht empfangen«, sagte sie. »Nicht heute.«

»Oh.« Der Mann runzelte die Stirn und kratzte sich an der Nase. »Tja, vielleicht kann ich stattdessen mit dem Burgherrn sprechen.«

»Er ist in der Kapelle«, erklärte Deirdre.

»Ach, nein, ich möchte ihn nicht bei seinem Gebet stören«, sagte der alte Mann und schien zu überlegen.

»Das würdet Ihr nicht. Er ist tot.«

Der Fremde trat einen Schritt zurück und sah sie misstrauisch an. Deirdre verübelte es ihm nicht. Sie musste sich wohl wie eine Wahnsinnige anhören.

»Was wollt Ihr denn von Sir Alistair?«, fragte sie. »Möglicherweise kann ich Euch helfen.«

»Er hat etwas bei mir bestellt«, sagte er zurückhaltend. »Ich versprach ihm, die Arbeit bis heute fertigzustellen.«

Deirdre starrte auf ein silbernes Ding in der faltigen Hand des Mannes, und ihre Augen füllten sich mit Tränen, als sie den eingefassten Saphir sah.

»Ein Ring mit einem blauen Stein«, flüsterte sie.

»Ja, genau den wollte er haben, wie er sagte. Im selben Blau wie die Augen der Dame.«

»Er ist für mich.«

Der Mann trat noch einen Schritt zurück und schloss die Faust um den Ring. »Und wer bitte seid Ihr?«

»Deirdre Maxwell.«

»Oh! Ja, den Namen nannte er. Nun, Mylady, dann ist es Eurer«, sagte er und reichte ihr den Ring.

Sie schob ihn sich auf den Finger und sah ihn an. »Daran erinnert er sich«, flüsterte sie erstaunt. »Wann habt Ihr mit ihm gesprochen?«

»Gestern. Er meinte, er wäre sehr in Eile, deshalb …«

»Gestern?«, unterbrach sie ihn. »Wann gestern?«

»Es war ziemlich früh am Morgen, als er kam«, erzählte der Mann freimütig. »Er hat sich Zeit gelassen mit dem Aussuchen und ist erst kurz vor Mittag wieder fort. Er sagte etwas von einer Verabredung, die er unbedingt einhalten müsste.«

»Er war bei Euch?«, flüsterte sie. »Den ganzen Vormittag?«

»Ja.«

»Ihr müsst sofort mit Lord Jemmy sprechen!«, rief sie. »Ihr müsst ihm alles sagen! Hört Ihr mich?«

»Ja, Mylady«, sagte er und wich noch weiter zurück. »Ich höre Euch laut und deutlich. Ich gehe zu ihm.«

»Nein, wartet«, bat sie und folgte ihm. »Es ist wichtig. Ihr ahnt gar nicht, wie wichtig! Aber es ist keine Zeit, jetzt alles zu erklären. Ich werde Euch hinbringen.«

»Dee!«

Deirdre blickte sich erschrocken um, als sie Ronans Stimme hörte, konnte ihn jedoch nirgends entdecken.

»Ich gehe zu Lord Jemmy«, versicherte ihr der Silberschmied und eilte davon. »Ich finde mich schon zurecht«, rief er ihr noch über die Schulter zu. »Ihr braucht Euch keine Mühe zu machen.«

»Aber …«

»Dee!«

Sie drehte sich um, und da war Ronan, gleich außerhalb des Tors. Er gestikulierte wild. »Schnell!«

»Jetzt nicht, Ronan!«, erwiderte sie und sah wieder zu dem Silberschmied. »Ich muss gehen.«

»Nein, Dee, so hilfst du ihm nicht. Es ist zu spät.«

»Zu spät wofür?«, fragte sie ungeduldig.

»Sir Alistair. Er ist fort. Sie haben ihn vor einer Stunde weggebracht, Sir Calder und ein anderer Mann. Ich glaube, er ist tot, Dee, aber ich bin mir nicht sicher.«

»Tot? Was redest du denn?« Erst jetzt sah sie Ronan zum ersten Mal richtig an. Seine Kleidung war zerrissen, Blätter und kleine Zweige hingen in seinem zerzausten Haar, und eine Seite seines Gesichts war von getrocknetem Blut überkrustet.

»Was ist mit dir passiert?«

»Ich erzähle dir alles unterwegs«, sagte Ronan. »Schnell, Deirdre, hol zwei Pferde. Wir treffen uns hier draußen. Ich traue mich nicht in die Burg. Später«, wies er sie streng an, als sie etwas fragen wollte. »Willst du ihn finden oder nicht? Sie haben ihn mitgenommen, hörst du nicht? Schnell, bring Pferde!«

Sie drehte sich um und rannte ohne ein weiteres Wort los.

Kapitel 40

»Hier«, sagte Calder. »Diese Stelle dürfte geeignet sein.«

Mit einem energischen Reißen an den Zügeln brachte er sein Pferd neben den Ruinen einer alten Festung zum Stehen und drehte sich zu dem Mann an seiner Seite um. »Ist er tot?«, fragte er ungeduldig.

»Ich glaube nicht«, antwortete Kinnon Maxwell mit einem Blick auf das Pferd, das er neben seinem führte. Calder streckte die Hand aus, griff in das hellblonde Haar und riss Alistairs Kopf hoch.

»Er sieht aber so aus.«

»Ja, aber vorhin hat er leise gestöhnt.«

»Dann müssen wir wohl noch etwas nachhelfen.«

Kinnon drehte sich weg, als Calder mit seinem Dolch ausholte. Es war ein Jammer, dass es so weit kommen musste, dachte er. Er hatte Alistair eigentlich immer gemocht. Dann allerdings zuckte er resignierend mit den Schultern. Ein Geschäft war nun mal ein Geschäft, und dieses hier war den Preis wert. Als er gerade beschloss, für Alistair Messen lesen zu lassen, scheute sein Pferd und warf ihn beinahe ab.

»Was zum …«, brüllte Calder und hielt einen Arm hoch, um seine Augen vor dem Schnabel des rabenschwarzen

Vogels zu schützen, der direkt vor seinem Gesicht flatterte. Alistairs Pferd bäumte sich auf, als ein zweiter Vogel fast unter dem Tier hindurchflog, und warf seine Last einen steinigen Hügel hinunter. Während Kinnon noch versuchte, seinen Hengst zu beruhigen, sah er Alistair den Abhang hinunterrollen und in einer Senke landen.

»Allmächtiger, was ist das? Weg von mir!«, rief er und fuchtelte wild mit den Armen, um die dunklen Vögel abzuwehren, die ihm ins Gesicht flattern wollten. Plötzlich blieb keine Zeit mehr für Worte, denn sein Pferd, ebenso wie das von Calder und Alistair, donnerte in panischer Flucht den Weg entlang.

Es dauerte eine ganze Weile, ehe Calder und Kinnon ihre verschreckten Hengste wieder unter Kontrolle gebracht und zu ihrem Platz zurückgefunden hatten. Alistair lag noch da, wo sie ihn zuletzt gesehen hatten. Inmitten des Schutts und der Steine war seine graue Tunika fast nicht zu erkennen.

»Wir sollten uns vergewissern«, sagte Calder, stieg aus dem Sattel und machte sich auf den Weg den Abhang hinab. »Komm schon, Mann«, rief er. Kinnon folgte ihm widerwillig und blickte sich ängstlich nach allen Seiten um.

Ihm gefiel die Sache nicht. Mit diesen Krähen stimmte etwas nicht. Aasvögel waren sie, schmutzige, ekelhafte Kreaturen, die einem schon aus der Ferne unheimlich waren. Aber diese beiden schienen dazu noch von einem merkwürdigen Wahn besessen. Kinnon hatte nie zuvor gehört, dass Krähen Männer oder Pferde angriffen – jedenfalls keine lebenden.

Als sie unten in der Senke ankamen, sprang ein riesiger Hund auf und fiel sie an. Seine Nackenhaare waren steil aufgerichtet, und er fletschte die Zähne.

»Weg da!«, brüllte Calder und versetzte dem Tier einen Tritt in die Rippen, dass es mit einem lauten Heulen auf dem Rücken landete.

Kinnon schrie angewidert auf. Da waren wieder die Krähen. Eine saß auf Alistairs Brust, die andere vergrub die dunklen Krallen in seinem Haar. Während Kinnon sie voller Entsetzen anstarrte, riss der eine Vogel Alistair eine goldene Haarsträhne heraus.

»Lass ihn«, flüsterte er Calder heiser zu. »Wir sollten hier verschwinden.«

»Nein. Wir müssen erst sicher sein.«

Als Calder einen Schritt nach vorn machte, sprang ihn der Hund knurrend an, und die Krähen flogen ihm ins Gesicht. Er warf die Arme hoch und trat zurück. Dabei stolperte er und landete der Länge nach im Schutt.

»Vergessen wir ihn!«, rief er und rappelte sich auf. »Wir gehen. Komm schon, Kinnon.«

Die beiden Männer flohen den Abhang hinauf, sprangen auf ihre Pferde und galoppierten davon.

»Alistair. Alistair, wach auf.«

»Geh weg«, murmelte Alistair.

Die Stimme sprach weiter, eindringlich und beharrlich. »Komm schon, Mann, steh auf.«

»Oh Gott, Ian, lass mich schlafen.«

»Später. Jetzt musst du aufstehen. Komm schon, Alistair, auf die Beine mit dir!«

Alistair kämpfte sich mühsam hoch und stand schwankend da. Ihm war schwindlig. Jeder Muskel tat ihm weh, und in seinem Kopf hämmerte es unerträglich. Vorsichtig öffnete er die Augen und stöhnte laut vor Schmerz.

»Was haben wir letzte Nacht gemacht?«, fragte er mit schwerer Zunge. »Ich kann mich an nichts erinnern.«

»Ja, ich weiß, aber jetzt musst du mit mir kommen. Komm *mit,* Alistair.«

»Schon gut, schon gut«, sagte Alistair verärgert. »Was soll die Eile?«

»Du musst zurück nach Ravenspur. Komm schon, so ist's gut, ein Schritt nach dem anderen. Sie warten in der Kapelle auf Jemmy.«

»Wer?«, fragte Alistair. Er versuchte, den Blick auf Ian zu richten, doch dabei schoss ihm ein so furchtbarer Schmerz durch den Kopf, dass er die Augen gleich wieder schließen musste. »Die Zigeunerjungen?«

»Ja, genau, die Zigeunerjungen lauern ihm auf. Lass uns losgehen, Alistair. Du schaffst es.«

Alistair stolperte wie ein Betrunkener den Abhang hinauf. »Wo bin ich? Was ist eigentlich los? Ian, warte. Erzähl mir, was passiert ist?«

Ian blieb stehen. Ein Windstoß wehte ihm das dunkle Haar aus dem Gesicht. Seine Augen strahlten ungewöhnlich stark. »Du musst zurück nach Ravenspur«, wiederholte er. Alistair machte noch einen Schritt und fiel auf die Knie.

»Muss mich ein wenig ausruhen«, murmelte er und wischte sich die brennenden Augen. Als er die Hand herunternahm, sah er, dass sie nass von Blut war.

»Nein! Alistair, steh auf, verdammt! Du fauler, nutzloser Bastard, was soll denn das jetzt? Steh auf, sofort, Mann!«

»Ja, ist ja gut. Ich höre dich, Ian. Schrei mich nicht an.«

»So ist's besser«, sagte Ian gereizt, und obgleich er wütend klang, war sein Gesicht schmerzverzerrt. »Jetzt geh.«

Bei jedem Schritt durchfuhr Alistair ein peinigender

Schmerz von oben bis unten. »Ian«, stöhnte er schließlich. »Ich dachte – ich habe geträumt, dass du …«

»Denk nicht darüber nach«, fiel Ian ihm ins Wort. »Es tut nichts zur Sache. Komm einfach mit.«

Ein Schritt, dann der nächste. So ging es. Nach einer Ewigkeit blickte Alistair auf und sah Ravenspur in der Ferne. Die Burg schien einen unheimlichen Tanz über dem Moor zu vollführen. Alistair blieb mit einem Fuß an einem getrockneten Grasbüschel hängen und fiel hin. Ein sanfter Regen setzte ein, und Alistair empfand ihn als angenehm kühlend auf seinem heißen Gesicht. Dass ihn zugleich ein heftiger Schüttelfrost packte, bemerkte er kaum.

»Ich weiß, dass du müde bist«, sagte Ian. »Aber du darfst dich hier nicht hinlegen. Steh auf. Wir bringen dich zu deinem Bett.«

Alistair schaffte es, ein Auge zu öffnen, doch er brachte keinen Ton heraus. Ian stand da und blickte auf ihn herab. Dabei kam es Alistair vor, als würde der Regen überall um Ian herum sein, während sein Haar und seine Kleider vollkommen trocken blieben. Ian hob den Kopf und stieß einen grellen Pfiff aus, worauf zwei dunkle Vögel von seinen Schultern aufflatterten. Er sagte etwas zu ihnen, und sie flogen davon.

»Du hast sie getötet?«, fragte Deirdre ungläubig. »Alle beide?«

Ronan kniete auf dem Moor und suchte nach Spuren. Er warf ihr einen kurzen Blick über die Schulter zu. »Ich weiß nicht. Kann sein. Auf jeden Fall bin ich nicht dageblieben, um mich nach ihrem Befinden zu erkundigen. Ich war ein wenig in Eile.«

»Aber warum waren sie überhaupt hinter dir her? Was …«

»Verdammt«, fluchte Ronan, der ihre Frage ignorierte, aufstand und sich im verlassenen Moor umsah, »wir haben sie verloren.«

Deirdre stemmte die Beine in die Steigbügel und richtete sich im Sattel auf. »Alistair!«, rief sie. »Alistair, wo bist du? Kannst du mich hören?«

Die einzige Antwort war das Säuseln des Windes über dem Moor.

»Wohin reiten wir nun, Ronan?«

»Wie soll ich das wissen?«

»Du sagtest doch immer, du kannst Dinge sehen«, antwortete sie verbittert. »War das erfunden?«

»Nein, aber …«

»Wie machst du es?«, schrie sie ihn an. »Was brauchst du dafür?«

»Ich weiß es nicht!«, rief er. »Es kommt von allein, ich kann das nicht beeinflussen. Ich weiß nicht, wie.«

»Denk nach!«, wies sie ihn schroff an.

»Schon gut, Dee. Ich versuche es. Hast du irgendwas, das ihm gehört? Oder nur etwas, das er in der Hand gehabt hat?«

»Ja.« Sie zog den Ring von ihrem Finger und gab ihn ihm. »Ronan, beeil dich.«

Er schloss die Faust über dem Ring. »Er hat an dich gedacht, als er ihn in der Hand hatte«, sagte Ronan. Seine Augen waren weit aufgerissen, und der Wind blies ihm dunkle Strähnen seines Haars ins Gesicht. »Er erinnerte sich an … an etwas, das du über einen Ring gesagt hast … und dachte, dass du lächeln würdest, wenn er ihn dir gibt … Er liebt dich«, erklärte er überrascht. »Er dachte, trotz allem, was geschehen ist, würdest du, wenn er dich bittet, seine Frau zu werden …«

Er seufzte und öffnete die Faust. »Mehr sehe ich nicht.«

»Da muss mehr sein.« Deirdre schüttelte vehement den Kopf. »Es muss. Versuch es noch mal. Mir ist egal … oh nein«, flüsterte sie. Eine entsetzliche Angst ließ sie vor Kälte erzittern. »Nein.«

»Was ist denn?«

»Sieh nur«, sagte sie. Ihre Stimme war schrill vor Schrecken. »Da oben. Siehst du sie? Oh, liebste St. Brigid, Ronan, das sind sie, die Krähen – siehst du sie?«

»Natürlich sehe ich sie. Aber was …«

»Wir sind zu spät. Ich weiß es«, rief sie ihm über die Schulter zu, während sie bereits in Richtung der beiden Vögel davongaloppierte.

Sie fand Alistair auf dem Rücken liegend im Gras vor, einen Arm ausgestreckt. Regen fiel ihm ins Gesicht. Finn lag winselnd neben ihm. Deirdre fiel auf die Knie und berührte seine Stirn.

»Alistair? Alistair, Liebster, wach auf. Mach die Augen auf.«

Flatternd hoben sich seine Lider. Seine Augen glänzten fiebrig, doch sie schienen sich nachgerade verzweifelt an Deirdres Gesicht zu heften. »Dee. Bist du es wirklich?«

Sie beugte sich weiter zu ihm, um ihn besser hören zu können, und ihr Haar streifte seine Wangen. Er atmete den Duft ein und wünschte, er hätte die Kraft, seine Arme zu heben.

»Ja. Ich bin hier. Nein«, befahl sie ihm streng, als er sich bewegte. »Bleib ganz ruhig liegen. Ich hole Hilfe.«

»Nein. Hilf du mir.«

Sie legte eine Hand in seinen Nacken, um ihn abzufangen, als er nach hinten fiel. »Alistair, bitte, bleib liegen.«

»Ja. Ich kann es nicht. Tut mir leid, Ian«, murmelte er. Deirdre und Ronan wechselten ängstliche Blicke.

»Du musst.« Ian stand neben den beiden Knienden und hatte die Arme vor der Brust verschränkt. »Steh auf, Alistair. Du kannst, und du wirst. Sie braucht dich jetzt, genau wie dein Sohn.«

»Ich habe keinen Sohn.«

»Wirst du auch nicht, wenn du dich nicht sofort bewegst. Dann stirbt sie«, sagte er und nickte zu Deirdre. »Heute noch. Und mit ihr wird dein Kind sterben.«

Alistair hob den Kopf und starrte an Deirdre vorbei. »Ist das wahr?«

»Ja. Jetzt steh auf und mach dich auf den Weg nach Ravenspur.«

Deirdre legte beide Hände auf Alistairs Schultern, als er versuchte aufzustehen. »Nein!«, rief sie. »Du darfst dich nicht bewegen.«

»Doch, ich muss. Hilf mir aufs Pferd.« Mühsam richtete er die brennenden Augen auf Ronan. »Du hilfst mir, Fitzgerald – und dann sind wir zwei quitt.«

Ronan nickte. »Mach ich.«

»Ronan, das darfst du nicht! Er ist im Fieberwahn und viel zu schwer verletzt. Wir brauchen eine Trage!«

»Sei still, Dee«, fiel Ronan ihr streng ins Wort. »Tu, was er dir sagt.«

»Deirdre«, sagte Alistair. »Hilf mir. Bitte.«

Die Verzweiflung, mit der er sie bat, überzeugte sie. »Du könntest dabei sterben«, sagte sie, aber noch während sie ihre Bedenken aussprach, stützte sie seine Schulter. Er biss die Zähne zusammen, als Ronan und Deirdre ihn zum Pferd führten.

»Er kann nicht reiten«, erklärte Deirdre.

»Doch, ich kann.«

Durch einen Tränenschleier beobachtete sie, wie er langsam in den Sattel stieg. »Sitz hinter mir auf«, bat er sie matt. »Und lass mich nicht fallen.«

Der Ritt nach Ravenspur kam Alistair wie ein düsterer Traum vor. Immer wieder verlor er das Bewusstsein. Doch jedes Mal wenn er die Augen öffnete, ging Ian neben dem Pferd. Die Krähen flatterten hinter seinem Kopf.

«Verdammte Vögel«, murmelte Alistair. »Sie warten auf ihr Mahl.«

»Welche Vögel?«, fragte Ronan.

»Frag nicht«, sagte Deirdre streng. »Du willst es nicht wirklich wissen.«

Ian grinste. »Sie werden dich nicht fressen. Das war nur Theater.«

Er hob die Hände, und die Vögel flogen über ihn hinweg. Als sie wieder landeten, schimmerten ihre Flügel auf, änderten die Farbe, und plötzlich hielt Ian zwei weiße Tauben.

»Ich wollte dir mit ihnen keinen Schrecken einjagen«, sagte Ian entschuldigend. »Aber du hast nicht gesehen, was ich meinte. Du glaubtest einfach immer weiter, dass sie deinen Tod ankündigen.«

»Zwei Krähen. Du kennst das Lied.«

Ronan neigte den Kopf zur Seite. *»Die zwei Krähen?* Ja, das kenne ich auch, aber ich spiele es nicht so oft. Ist mir zu düster. Obwohl die Melodie wirklich hübsch ist – und diese Stelle am Ende ziemlich gespenstisch, wenn man das mit dem eisigen Wind, der über die kahlen Knochen weht, hinbekommt.«

«Ich habe mir den Text von dem verdammten Lied nie

richtig angehört«, verteidigte sich Ian. »Bei Gott, Alistair, musst du denn immer alles so wörtlich nehmen?«

«Ich?« Alistairs Lachen war nur noch ein rauher Flüsterton. »Ah, dann bin ich mal wieder schuld?«

»Alistair, stimmt etwas nicht?«, fragte Deirdre besorgt.

»Nein, nein«, sagte er und lehnte sich gegen sie. Er spürte ihre Wärme durch seine durchnässte Tunika. »Halt mich nur fest.«

»Die Krähen waren nur zu deinem Besten«, fuhr Ian fort. »Dieser Turm in deiner Vision, Alistair – das war ein wirklicher Ort, wie du wissen solltest. Dort hast du gelebt, seit Darnley mich niederstach. Ich schickte dir die Krähen, damit sie auf dich aufpassen, dich führen.«

»Wohin?«, fragte Alistair.

»Zu Deirdre, du Dummkopf! Als du sie im Wald sahst, waren sie doch da, oder? Und du entschiedst, mit ihr zu gehen, stimmt's? Warum wohl? Weil du sahst, dass das Leben zu kurz ist, um es zu verschwenden. Das solltest du erkennen, Alistair, und bevor dir das nicht klar wurde, konnte ich keine Ruhe finden. Was glaubst du, wie ich mich fühlte, wenn ich sah, dass du dich grämtest und littst wegen etwas, das mein Verschulden war, nicht deines. Ich musste irgendetwas *tun.*«

Alistair sah ihn nur schweigend an.

»Das war eine gute Idee«, brüstete sich Ian. »Na ja, jedenfalls als Idee. Aber ich fürchte, diese verfluchten Krähen haben ziemlichen Schaden angerichtet. Sie haben dein Denken in die falsche Richtung gelenkt, falls du verstehst, was ich meine. Tja, ich weiß nicht, wie ich es erklären soll, aber von dem Moment an, da du meintest, du musst sterben, hat sich alles irgendwie verändert – nicht nur du, sondern auch alles um dich herum. Gedanken sind ziemlich real«, fügte er hinzu. »Ich wusste früher gar nicht, welche Macht sie besitzen.«

»Wieder mal so ein halb ausgegorener Plan«, murmelte Alistair. »Typisch!«

Deirdre umarmte ihn noch fester. »Ronan, wir müssen anhalten. Er kann so nicht weiterreiten – er ist von Sinnen!«

»Es ist nicht alles nur meine Schuld«, sagte Ian beleidigt. »Ohne deine Ängste und dein vermaledeites Ehrgefühl wärst du schon längst mit Deirdre verheiratet. Aber nein, du machst es dir ja nie und mit überhaupt nichts leicht. Du musst alles immer drehen und wenden, bis es auch ja schön kompliziert ist!«

»Alistair«, sagte Ronan. »Sieh mich an. Kannst du mich hören?«

Fitzgerald sah furchtbar aus, dachte Alistair. Das dunkle Haar klebte ihm in seinem aschfahlen Gesicht. Das eine Auge war fast vollständig zugeschwollen, und eine breite Platzwunde klaffte auf einer seiner Augenbrauen.

»Ja, Fitzgerald. Ich höre dich.«

»Mit wem redest du?«

»Ian«, antwortete Alistair. »Du kannst ihn nicht sehen. Aber er ist da.«

«Oh, mein Gott«, hauchte Deirdre. »Ronan, wir dürfen nicht weiterreiten. Wir müssen sofort anhalten.«

»Schon gut«, sagte Ronan zu Alistairs Verwunderung. »Es ist etwas hier. Sieh dir doch nur den Hund an!«

Finn lief steifbeinig neben Deirdres Pferd her und starrte Ian mit gesträubten Nackenhaaren an.

»Weg mit dir, Hund!«, rief Ian plötzlich und schwenkte seinen Arm durch die Luft. Der Hund heulte auf und rannte auf die andere Seite neben Ronans Pferd. Ian lachte.

»Heilige St. Brigid! Was ist das?«, flüsterte Deirdre und drückte Alistair fester an sich, während sie mit weit aufgerissenen Augen auf die Stelle neben ihrem Pferd starrte.

»Das ist Ian«, sagte Alistair und warf diesem einen vernichtenden Blick zu. »Er hält sich für witzig.«

»Keine Sorge, Dee«, beruhigte Ronan sie. »Wenn Alistair sagt, wir reiten weiter, dann müssen wir es tun.«

»Kein so übler Kerl, dieser Fitzgerald«, bemerkte Ian. »Jung, aber da kommt er drüber weg. Und was deine Deirdre angeht …« Er seufzte theatralisch. »Wäre ich doch nur noch am Leben … Andererseits ist es vielleicht besser so. Ihr Herz scheint ja bereits vergeben.«

Alistair nahm all seinen Mut zusammen, um eine einzige Frage zu stellen. »Werde ich meinen Sohn sehen?«

Deirdre zuckte hinter ihm zusammen und sah ihn an. Alistair versuchte, ein aufmunterndes Lächeln zustande zu bringen, doch ihrem Gesichtsausdruck nach zu schließen, gelang es ihm nicht besonders gut. »Halt durch, Mädchen«, flüsterte er. »Wir haben es bald geschafft. Lass mich nur nicht los.«

Ian blickte stirnrunzelnd hinauf in den Regen. »Ich würde es dir sagen, wenn ich könnte. Aber dieses Wissen wurde mir nicht gegeben. Du kannst noch fünfzig Jahre zu leben haben, oder du kannst bei Sonnenuntergang tot sein. Alles, was ich weiß, ist, wenn Jemmy in die Kapelle geht …« Er erschauderte.

»Was?«, fragte Alistair. »Was wird dann passieren?«

»Diese Sache zwischen Darnley und Kirallen – das ist eine alte Geschichte, Alistair, älter als unsere beiden Familien. Sie war immer da und lauerte im Hintergrund. Sie greift sich Männer – und auch Frauen – und benutzt sie für ihre Zwecke.

Wir alle sind davon berührt worden, ich und du und mein armer Vater – alle außer Jemmy. Er hat den Irrsinn dieses Zwists begriffen, als er noch ein Kind war, und ist wie der Teufel davongerannt. Was übrigens sehr klug von ihm war«, sagte Ian anerkennend. »Aus irgendeinem Grund bekommt die Geschichte ihn nicht zu fassen. Nicht so wie uns. Verstehst du, was ich sagen will?«, fragte er und sah Alistair prüfend an.

»Ja. Rachsucht.«

»Ja«, bestätigte Ian. »Rachsucht ist etwas Übles. Jemmy fühlt sie nicht wie wir. Und ebenso wenig tut es diese Lady, die er geheiratet hat – auch ein hübsches Ding, nicht wahr? Aus der Ferne sieht sie aus wie ein loderndes Feuer. Die beiden zusammen bilden eine starke Macht. Und heute sollen sie beide ausgelöscht werden.« Wieder erschauderte er. »Das Böse wird wieder frei sein und stärker als zuvor. Was nach Stephens Tod geschah, wird nichts sein verglichen mit dem, was jetzt passieren kann. Malcolm wird sein Bestes versuchen, aber er kann sich nicht lange halten. Dann geht es über Jahre und Jahre, bis der letzte Kirallen tot ist. Und danach wird sich die Rachsucht neue Opfer suchen.«

Er sah Alistair an. »Es ist eine schwere Last, Alistair, ich weiß, aber es geht nicht anders. Du bist der Einzige, der die Katastrophe aufhalten kann. Jemmy schafft es nicht, ohne dich zu herrschen.«

Alistair stöhnte laut auf. »Genug«, sagte er. »Ich kann nicht mehr denken.«

Deirdre brachte ihr Pferd zum Stehen. »Ja, es ist genug«, sagte sie und nickte zustimmend. »Ronan, hilf mir, ihn vom Pferd zu heben.«

«Nein!«, widersprach Alistair bestimmt. »Wir reiten weiter.«

»Eines wäre da noch«, sagte Ian. »Da ich keine andere Gelegenheit bekomme, bitte ich dich jetzt. Falls du diesen Tag überlebst, lass Darnley gehen. Er wird in gute Hände kommen.« Er runzelte die Stirn und fügte hinzu: »Es sei denn –, vielleicht musst du dabei auch noch mitwirken. Sollte eine Frau zu dir kommen und dich in meinem Namen um etwas bitten, dann musst du es tun. Wirst du daran denken?«

Alistair sackte nach vorn. Allein Deirdres Umarmung verhinderte, dass er vom Pferd stürzte.

»Halt mich fest«, wollte er sagen, doch seine Lippen waren zu taub, um die Silben zu formen. Er versuchte es ein zweites Mal, und diesmal waren die Worte klarer. »Schnell. Bring mich heim.«

Als er vom Pferd stieg, fiel Alistair mit den Knien auf die Steine. Auf seine Anweisung hin richteten Deirdre und Ronan ihn auf und gingen mit ihm zusammen zur Kapelle.

Ian war fort, sollte er denn überhaupt jemals da gewesen sein. Alistair war sich inzwischen nicht mehr sicher, was er gesehen und was er während seiner Anfälle von Ohnmacht geträumt hatte. Er wusste nur, dass er unbedingt zur Kapelle musste. Doch auf halbem Weg über den Burghof stolperte er und stürzte zu Boden.

»Heb ihn hoch, Dee«, drängte Ronan. »Schnell.«

»Nein! Ich kann das nicht. Er ist verletzt, Ronan. Er war den ganzen Weg hierher im Fieberwahn. Warum tust du so, als wäre er vollkommen klar im Kopf?«

»Weil irgendetwas Schreckliches vor sich geht. Und er ist der Einzige, der weiß, was es ist. Jetzt hilf mir, ihn hochzuheben.«

Alistair hörte ihre Stimmen wie aus weiter Ferne und fühlte, wie sie seinen schwerelosen Körper auf den Boden stellten. Und dann, auf einmal, stand Alistair auf der anderen Seite der Zugbrücke, und ein eisiger Wind peitschte ihm ins Gesicht. Nebel erhob sich aus den Senken. Ian saß auf seinem eigenen Pferd und blickte grinsend auf Alistair hinab.

»Ich kann doch nicht den Morgen damit vertrödeln, auf dich zu warten«, sagte er. »Du kannst uns später einholen. Und beeil dich, Mann. Sonst verpasst du den ganzen Spaß.«

»Warte!«, rief Alistair. »Reite noch nicht fort!«

Er begann zu laufen, und dann war er wieder im Wald. Ian rannte vor ihm den Weg entlang. »Warte!«, rief Alistair, doch seine Stimme war kaum mehr als ein Flüstern. »Nein, nicht! Es ist eine Falle!«

Er rannte um die Wegbiegung und blieb abrupt stehen. Der Wald war fort. Stattdessen stand er im Flur von Ravenspur – ein nicht enden wollender Tunnel aus grauen Mauern und Steinfliesen. Weit hinten bewegte sich eine Gruppe von Menschen langsam auf die Kapelle zu. Die Tür begann sich zu öffnen, und aus dem Innern ergoss sich goldenes Licht in den dämmrigen Korridor. Eine Wolke von Weihrauchduft wehte Alistair entgegen, und der Trauergesang des Priesters hallte als unheimliches Echo von den Wänden wider. An der Spitze der kleinen Prozession erkannte er einen dunklen Schopf, der alle anderen überragte.

»Ian …«, begann Alistair, verstummte gleich wieder und presste die Hände an die Schläfen. Vergangenheit und Gegenwart standen Seite an Seite, vermengten und verkehrten sich, bis sie zu einem einzigen, schrecklichen Moment wurden, der sich in alle Ewigkeit auszudehnen schien.

Außer Atem kam Deirdre an Alistairs Seite geeilt. Sie fürchtete, dass er am Ende seiner Kräfte war. Doch als sie gerade bei ihm war, nahm er die Hände von den Schläfen und preschte im Laufschritt nach vorn.

»Jemmy, warte!«, schrie er. »Geh nicht da rein! Das ist eine Falle!«

Jemmy drehte den Kopf zu ihm um. Er kniff die Augen zusammen, als er Alistair betrachtete, der von oben bis unten mit Schlamm und Blut beschmiert war und dessen Augen fiebrig schimmerten.

»Weg da!«, sagte Alistair in einem heiseren Flüstern, das nur Deirdre direkt neben ihm hören konnte. »Oh Gott, nicht schon wieder. Jemmy, weg da!«

Er ist wahnsinnig, dachte Deirdre, und das ist meine Schuld. Ich habe ihn hierher gebracht.

Jemmy krümmte sich müde zusammen, zog mit einer Hand seinen Dolch und schob mit dem anderen Arm Alyson hinter sich.

Der Trauerzug geriet in Aufruhr, als Jemmy nach seiner Leibgarde rief. Alistair drehte sich zu einem der Männer um. »Dein Schwert!«, befahl er. Als der Mann zögerte, versetzte er ihm eine schallende Ohrfeige und riss ihm mit der Furcht einflößenden Kraft der Wahnsinnigen die Waffe aus der Hand. Deirdre rannte hinter ihm her und rief dabei nach Ronan.

»Ronan, hilf mir! Halt ihn auf!«

Noch ehe sie bei Alistair waren, flog die Kapellentür auf und schlug krachend an die Wand.

Männer mit gezogenen Schwertern stürmten brüllend aus der Kapelle. Jemmy hatte jetzt auch sein Schwert gezogen und schlug wild um sich, während er versuchte, Alyson in

Sicherheit zu bringen. Und dann war Sir Donal bei ihm, seinen Zwillingsbruder gleich neben sich. Die anderen Ritter hatten Mühe, sich zwischen den verängstigten Trauergästen hindurchzudrängen.

Deirdre stieß unsanft gegen die Wand, als einer der Männer aus Jemmys Leibgarde an ihr vorbeiraste. Jemmy war immer noch von den übrigen Rittern abgeschnitten und stand allein mit nur einer Handvoll seiner treuesten Leute am anderen Ende des Flures.

Alistair schritt aufrecht durch das Geschrei und das Durcheinander, ohne nach rechts oder links zu sehen. Ein Mann stürzte sich auf ihn, und Alistair streckte ihn mit einem Schwerthieb nieder, ohne stehen zu bleiben. Deirdre presste sich die Hand auf den Mund, um nicht aufzuschreien, und beobachtete, wie er unbeirrt auf Jemmy zuging.

Dann blickte sie sich ängstlich nach Ronan um und entdeckte ihn inmitten des wilden Kampfgetümmels. Er hatte von irgendwoher ein Schwert bekommen und schlug sich damit den Weg zur Kapelle frei.

Malcolm und Haddon Darnley standen direkt neben der Tür, ihre Dolche in den zitternden Händen haltend und Alyson zwischen sich. Jemmy stand vor seiner Frau, seinem Neffen und seinem Ziehsohn, die er alle mit seinem Körper abschirmte, während er gegen zwei Männer gleichzeitig kämpfte.

Er rutschte auf einer Blutlache aus und wäre fast hingefallen, konnte sich jedoch im letzten Moment abfangen. Er stieß seinen Dolch nach oben, als er sich wieder aufrichtete. Einer der beiden Angreifer ging zu Boden, aber der andere attackierte Jemmy nun umso wilder. Jemmy wurde zur Seite gedrängt, so dass Alyson und die beiden Jungen nun ungeschützt waren. Zudem konnte Jemmy jetzt jederzeit hinterrücks angegriffen werden.

Sir Calder entging es nicht, und mit Blitzgeschwindigkeit stürzte er sich von hinten auf Jemmy. Deirdres Warnschrei ging in dem Chaos unter. Hilflos und entsetzt sah sie mit an, wie Sir Calder sein Schwert hob und es bereits auf Jemmy niederschlug – plötzlich wurde es mit einem lauten Klirren von Stahl auf Stahl wenige Zentimeter über Jemmys Schulter aufgehalten.

Calders Gesicht verzerrte sich zu einer wütenden Fratze, als er seinen neuen Gegner erkannte. Alistair trat einen Schritt zurück. Dann stand er Rücken an Rücken mit Jemmy. Die beiden Männer tauschten einen kurzen Blick über die Schulter aus, und als Jemmy wieder nach vorn schaute, sah Deirdre ein gleichermaßen zufriedenes wie entschlossenes Lächeln über seine Züge huschen.

Sie atmete seufzend aus, verängstigt und erleichtert zugleich. Er war also doch kein Verräter, dachte sie schwindlig. Er war nie einer gewesen. Wie hatte sie je daran zweifeln können?

Calder überragte Alistair, das Gesicht tiefrot und die Zähne zu einem brutalen Grinsen gebleckt. Alistair sah ihn mit Augen wie Eiskristalle an. Sein erster Schwerthieb war ein seitlicher Schwung, den Calder mühelos mit seinem Schwert abwehrte und es dabei verdrehte, um Alistair seine Waffe so aus der Hand zu schlagen. Alistair entwand sich ihm mit unfassbarer Schnelligkeit und griff ihn von der anderen Seite her an. Alles geschah binnen eines Augenblicks und kam für Calder vollkommen unerwartet. Der Ritter blockierte den Hieb nur knapp, und Alistairs Schwert traf ihn am Oberarm.

Calder machte einen Satz zurück und ging nun zu einem wilden Hagel von Schwerthieben über. Alistair wehrte sie ab, obwohl Deirdre nicht zu sagen vermochte, wie er es anstellte, denn seine Klinge schien sich überhaupt nicht zu bewegen. Doch je länger der Kampf dauerte, umso deutlicher wurde selbst von Deirdres Warte aus, dass ihn allmählich die Kraft verließ.

Alistair lehnte sich jetzt gegen Jemmy. Er blinzelte und schüttelte den Kopf, als könnte er nichts sehen, weil ihm der Schweiß übers Gesicht rann. Calder begann zu lächeln; er steigerte die Wucht seiner Hiebe, und bald sah es aus, als würde Alistair ein klein wenig langsamer als er. Seine Klinge sank tiefer, und nach einem fürchterlichen Schlag, den er nur mit knapper Not abwehren konnte, stolperte er und ging in die Knie.

Das war offensichtlich die Chance, auf die Calder gewartet hatte. Er beugte sich vor, hob sein Schwert – und mit einem Schrei, der selbst den ohrenbetäubenden Kampflärm übertönte, sprang Alistair auf und kam ihm mit einem beidhändig ausgeführten Schwerthieb entgegen.

Deirdre wandte sich ab, weil ihr speiübel wurde, als der bärtige Kopf in einer Fontäne grellroten Blutes von den kantigen Schultern flog. Als sie wieder hinsah, lag Calder auf dem Steinboden. Alistair jedoch war nirgends zu sehen.

In diesem Moment flog die Tür hinter ihr auf, und eine Horde Männer stürmte auf den Flur. Es waren keine Ritter, wie Deirdre feststellte, sondern der Kleidung nach zu urteilen Stallburschen, Bauern und Viehtreiber. Ihre Waffen waren die Werkzeuge, die sie bei ihrer täglichen Arbeit benutzten: Sicheln, Hackbeile und Heugabeln.

»Ein Kirallen!«, schrien sie und bahnten sich einen Weg

durch die Menge. Deirdre folgte ihnen. Sie rannte blindlings durch das Getümmel und kam schließlich am anderen Ende des Flures an. Jemmy hatte die Kapellentür aufgestoßen und bewachte sie, während Alyson hineingebracht wurde. Sie sah benommen und kränklich aus, als Malcolm und Haddon sie hineinführten, die sie zu beiden Seiten stützten.

»Lady Maxwell!«, rief Jemmy. »Rein da!«

Deirdre ignorierte ihn, denn ihre Aufmerksamkeit galt einzig den Toten und Verletzten, die auf dem Boden lagen. Sie sah an einem der rothaarigen Zwillinge vorbei – Donal oder Conal, sie wusste nicht, welcher von beiden es war –, dann an einem Dutzend anderer Männer, von denen die meisten in den Maxwellfarben gekleidet waren. Da endlich entdeckte sie etwas leuchtend Goldenes auf dem Steinboden.

Eine Hand packte sie unsanft am Arm. »Da rein!«, sagte Jemmy streng und nickte zur Kapellentür.

»Nein!«, erwiderte Deirdre, schüttelte seine Hand ab und fiel auf die Knie. Sie drückte den kopflosen Leichnam von Sir Calder beiseite. Es gelang ihr erst nach mehreren Versuchen, den schweren Körper wegzurollen. Dann sah sie Alistairs Gesicht.

»Helft ihm!«, rief sie laut und sah sich nach Jemmy um. Doch der war schon fort und kämpfte gegen einen weiteren der Angreifer. Sie nahm Alistairs Arme und zog ihn zur Kapellentür. Doch bis sie dort angelangt war, hatten die anderen sie bereits von innen verriegelt.

»Aufmachen!«, schrie sie und hämmerte mit den Fäusten gegen das Holz. »Alyson! Malcolm! Macht auf!«

Niemand antwortete. Sie sank gegen die Tür, zog Alistairs Kopf auf ihren Schoß und beugte sich über ihn, um ihn mit ihrem Körper abzuschirmen, während um sie herum die Kämpfe weitertobten.

Jemand stolperte über sie und fluchte. Ein Stiefel traf Deirdre so hart an der Wange, dass ihr die Tränen in die Augen schossen. Da ging die Tür hinter ihr auf, und sie fühlte ein Paar starke Arme, die sie nach hinten zogen. Sie hielt Alistair fest, und zusammen wurden sie in die Kapelle geschleift. Kaum waren sie drinnen, wurde die Tür wieder zugeschlagen und verriegelt.

Deirdre konnte den Lärm von draußen noch hören, wenngleich gedämpft von der dicken Holztür, als käme er von weit her. Ungleich lauter hörte sie Malcolms heftiges Atmen, als der Junge sich neben sie kniete.

»Lady Maxwell«, sagte er. »Seid Ihr verletzt?«

Sie schüttelte den Kopf. Sanft strich sie Alistair das Haar aus der Stirn und sah ihn an. Zwischen den Blutspritzern und Wunden, die sein Gesicht fast vollständig bedeckten, war die Haut weiß wie Marmor, und die langen dunklen Wimpern lagen schwer auf seinen Wangen. Er sah sehr friedlich aus, dachte sie, und sehr jung.

»Ist er …?« Malcolm schluchzte kurz und schluckte heftig. Er streckte eine zitternde Hand aus und befühlte Alistairs Hals unmittelbar unter dem Ohr. »Gott sei Dank!«

Deirdre hob den Kopf und sah ihn fragend an.

»Er lebt, Mylady«, sagte Malcolm. »Hier, fühlt mal.«

Sie drückte einen Finger auf die Stelle an Alistairs Hals, die Malcom soeben betastet hatte, und stellte fest, dass sein Puls schnell und leicht ging.

Langsam, ganz langsam verebbte der Schlachtenlärm vor der Kapellentür. Danach waren nur noch das Stöhnen der Verwundeten und das Heulen und Wehklagen der Frauen zu hören. Deirdre saß immer noch mit Alistairs Kopf im Schoß auf dem Steinboden. Alyson kniete mit den beiden Priestern am anderen Ende der Kapelle vor dem Altar, und Malcolm lief rastlos zwischen ihnen beiden hin und her. Als Deirdre genauer hinhörte, erkannte sie, dass die Geistlichen gerade den letzten Segen erteilten.

»Die Kapellwache«, sagte Malcolm, der Deirdre angesehen haben musste, was sie sich fragte. »Manche von ihnen haben vielleicht überlebt. Aber die anderen …« Ihm kamen die Tränen, und er wandte sich ab.

Deirdre neigte den Kopf und schloss die Augen.

Schließlich ging die Kapellentür auf, und Jemmy eilte herein. Er lief sofort auf seine Frau zu und hob sie in seine Arme.

»Oh, Jemmy!«, rief Alyson und warf die Arme um seinen Hals. »Mir geht es gut«, versicherte sie ihm hastig. »Lass mich runter. Mir fehlt nichts. Aber was ist mit dir?«

Er wirkte fast zu erschöpft, um noch aufrecht zu stehen, doch er lächelte. »Mir geht es den Umständen entsprechend gut. Noch.«

Alyson sah aus, als wollte sie ihm widersprechen, doch da fügte Jemmy leise hinzu: »Da draußen sind andere, die dringend Hilfe brauchen.«

Sie nickte. »Ja, natürlich. Komm zu mir, sobald du kannst.«

Jemmy kniete sich neben Alistair und sah ihn mit finsterer Miene an. »Mylady«, sagte er und sah Deirdre an. »Ist er …?«

»Nein.«

Er atmete erleichtert auf und strich Alistair eine blutgetränkte Haarsträhne aus der Stirn. Dann betrachtete er das kampfgezeichnete Gesicht seines Stiefbruders. »Von wo kam er, vorhin?«

»Calder hatte ihn gestern Abend verschleppt«, antwortete Deirdre matt. »Er hat ihn auf freier Flur liegenlassen, weil er ihn tot glaubte.«

»Aber Ihr habt ihn gefunden.«

»Ronan half mir. Wo ist Ronan?«, fragte sie und blickte sich ängstlich um. »Ich habe ihn aus den Augen verloren, nachdem wir hier ankamen.«

Jemmy legte seine Hand auf ihre. »Man kümmert sich um ihn.«

»Warum? Was ist mit ihm?«

»Alyson geht gerade zu ihm«, antwortete Jemmy. »Er … oh, Mylady, er hat sich heute unsere ewige Dankbarkeit verdient. Was immer für ihn getan werden kann, Alyson wird es tun.«

Deirdre neigte den Kopf und schloss die Augen, um die Tränen aufzuhalten. Als sie wieder aufsah, trafen sich ihre und Jemmys Blicke. Und sie begriff, dass Ronan nur einer von vielen war, um die er sich in diesem Augenblick sorgte.

»Waren die Verluste sehr schlimm?«, fragte sie, wenngleich sie die Antwort bereits kannte.

»Ja. Aber nicht so schlimm, wie sie ohne Alistair gewesen wären.«

»Ich dachte … Ihr trautet ihm nicht «, schluchzte sie. »Ich dachte …«

»Ich weiß, aber das entsprach nie der Wahrheit. Alles wurde zu meinem Schutz getan.«

Alistairs Lider flatterten, und er sah zu Deirdre auf.

»Weine nicht, Mädchen«, murmelte er. »Deirdre, du musst nicht …«

Dann wanderte sein Blick, bis er auf Malcolm verharrte. »Jemmy«, sagte er sehr klar. »Für immer. Weißt du das?«

»Ja, Alistair, ich weiß. Warum hast du mir nichts gesagt?«, rief Malcolm aus.

»Er konnte nicht«, antwortete Jemmy. »Ebenso wenig wie ich.«

Alistair sah wieder zu Deirdre. »Oh, Liebste, weine nicht«, sagte er voller Zärtlichkeit. »Es ist alles gut. Wir haben es geschafft. Aber pass auf, ich blute dich ja ganz voll.«

»Dann wirst du mir wohl ein neues Kleid kaufen müssen«, sagte Deirdre, der die Tränen über die Wangen liefen.

»Abgemacht.« Damit fielen ihm die Augen wieder zu. Doch seine Lider flatterten aufs Neue, als wollte er sie unbedingt ansehen, und seine Stimme war nur noch ein Flüstern, als er sagte: »Sollen wir jetzt nach Donegal gehen?«

»Ja«, antwortete Deirdre freudig. »Mein Vater will doch den Mann kennenlernen, den ich heirate. Denn wir werden heiraten, Alistair. Glaub ja nicht, dass du dich davor drücken kannst, indem du mir jetzt einfach wegstirbst.«

Seine Augen öffneten sich für einen Moment. »Oh nein, Euer Hoheit.« Ein Hauch von einem Lächeln umspielte seine blassen Lippen. »Ich wage nicht einmal, das zu versuchen.«

Kapitel 41

Bald würde es Schnee geben, dachte Alistair, als er über den Burghof ging. Zwar nicht heute Nacht, aber bald. Er blieb vor der Tür zum Turm stehen. Kalter Wind riss an den Säumen seines Umhangs. Tief durchatmend blickte er hinauf in die frostig schimmernden Sterne. Aus der Halle drang der Lärm der Feiernden, die mit trunkschweren Zungen den Text eines besonders anzüglichen Liedes grölten.

Er lächelte und ging leichten Fußes die geschwungene Treppe hinauf. Als er oben ankam, brauchte er nicht mehr anzuklopfen, denn Finn hatte Deirdre längst verraten, dass Alistair kam.

»Was machst du hier?«, fragte sie und trat zurück, um ihn ins Zimmer zu lassen. »Ich dachte, du bist noch unten.«

»Ich bekam Kopfschmerzen von dem Lärm.«

»Nur von dem Lärm?«, fragte sie und hob eine Augenbraue.

»Und von dem Wein auch«, gab er zu. Er war nicht betrunken, andererseits auch nicht wirklich nüchtern, und nun, da sein Kopf etwas klarer war, stellte er fest, dass er sich ausgesprochen gut fühlte.

Wie sollte er auch nicht? Jemmy war heute zum Anführer

des Kirallenclans ernannt worden, und jeder Einzelne von ihnen hatte ihm seinen Treueschwur abgelegt.

Überhaupt war es ein sehr schöner Tag gewesen, dachte Alistair. Und der morgige würde noch besser werden.

»Warum bist du nicht im Bett, Mädchen?«, fragte er und zwackte Deirdre sanft in die Wange. »Du musst doch frisch und ausgeruht sein an deinem Hochzeitstag!«

»Ich war im Bett«, antwortete sie. »Bis du mich wieder geweckt hast.«

»Habe ich das wirklich getan?« Er trat einen Schritt vor und streckte die Arme aus. »Bei Gott, du bist so wunderschön«, sagte er leise und strich dabei mit den Lippen über ihr Haar. »Wie eine Blume, ganz weich und rosig vom Schlaf …«

Sie wich zurück. »*Morgen* ist unsere Hochzeitsnacht. Du wirst dich also noch etwas gedulden müssen.«

»Ich bin nicht sicher, ob ich das kann. Ach, na gut«, raunte er, als sie lachte und ihm einen Klaps auf die Hand gab. »Ich schätze, eine weitere Nacht wird mich nicht umbringen. Obwohl es sich beinahe so anfühlt«, murmelte er leise.

Ihr darauffolgendes Lächeln machte ihn noch weit trunkener, als es dem Wein an diesem Abend gelungen war. »Aber ich bin nicht hergekommen, um dich zu umwerben – oder jedenfalls nicht nur deshalb. Ich wollte dir das hier bringen.«

Als sie das Päckchen nahm, das er ihr reichte, blickte Alistair fasziniert auf ihr glänzendes Haar, das sich zu einem schweren Zopf geflochten an die sanfte Rundung ihrer Brüste schmiegte.

»Was ist das?«, fragte sie neugierig und drehte das flache Päckchen in ihren Händen.

Sein Blick wanderte wieder zu ihrem Gesicht. »Mach es auf und sieh nach.«

Sie setzte sich aufs Bett, löste das Band und zog ein Bündel vergilbten Pergamentes aus dem Leinenbeutel hervor. Mit verwunderter Miene beugte sie sich zum Kerzenlicht und las. Dabei wurden ihre Augen immer größer, und ihre Lippen öffneten sich vor Staunen.

»Wer hat das geschickt?«

»Kinnon Maxwell«, antwortete Alistair. »Eine Art Hochzeitsgeschenk.«

»Wohl eher Blutgeld«, sagte Deirdre, faltete das Pergament zusammen und warf es beiseite. »Denkt Kinnon, damit kann er wiedergutmachen, was er getan hat?«

»Ach, aber Kinnon sagt doch, er hat gar nichts getan!«, erwiderte Alistair, während sein Blick sehnsüchtig zum zerwühlten Bett wanderte. »Er behauptet, dass er von nichts wusste und alles von Calder und irgendeinem abtrünnigen Maxwell geplant gewesen wäre. Angeblich war er äußerst schockiert, als er von der Sache erfuhr.«

Deirdre stieß einen hämischen Laut aus. »Und das sollen wir ihm glauben? Er war doch bei Calder, als sie dich wegbrachten! Ronan sagte …«

»Ronan sagte, da wäre ein Mann in den Maxwellfarben gewesen, bei dem es sich um Kinnon gehandelt haben könnte, Deirdre, nicht unbedingt und garantiert handelte.« Alistair zuckte mit den Schultern. »Ich selbst weiß nicht mehr, was in jener Nacht passiert ist.«

»Du erinnerst dich immer noch an nichts?«, fragte Deirdre.

Alistair legte die Stirn in Falten und versuchte ein weiteres Mal, die Erinnerung an die Ereignisse jenes seltsamen und furchtbaren Tages vor drei Wochen heraufzubeschwören. »An wenige, bruchstückhafte Bilder«, sagte er schließlich.

»Aber nicht an irgendetwas, das einen Sinn ergeben würde.«

Er setzte sich neben sie aufs Bett und fasste mit einer Hand in ihren schweren Zopf, fühlte das seidige Haar zwischen seinen Fingern. Dann hob er den Zopf an seine Lippen.

»Kinnon hat Jemmy auch ein hübsches Streitross geschickt«, erzählte er ihr. »Ein Geschenk für den neuen Burgherrn von seinem *treuen Freund und Verbündeten.*«

»Er ist wahrlich dreister, als ich ihm zugetraut hätte«, sagte Deirdre und zog ihren Zopf aus Alistairs Hand. »Jemmy hat es doch nicht angenommen, oder?«

»Doch, er hat.«

»Aber …«

»Hätte er es abgelehnt, wäre es nur zu Verstimmungen zwischen den Maxwells und uns gekommen, möglicherweise sogar zum Krieg. Also nahm er das Geschenk an. Und das solltest du ebenfalls tun, Deirdre. Es entspricht dem, was bei deiner Heirat mit Brodie vereinbart wurde.«

»Ich will es nicht«, sagte Deirdre bestimmt. »Ich will überhaupt nichts von ihnen.«

Ihr Gesicht hatte denselben gequälten Ausdruck angenommen, den es jedes Mal bekam, wenn Brodies Name erwähnt wurde. Alistair seufzte und wünschte sich schon fast, er hätte ihr das Pergament an einem anderen Tag gegeben. Aber das konnte er natürlich nicht. Deirdre hatte ein Recht zu erfahren, dass sie nun eine vermögende Frau war. Sollte er jedoch geglaubt haben, sie würde sich darüber freuen, dann irrte er sich gewaltig.

»Du denkst aber, wir sollten es behalten«, sagte sie. »Warum? Was hast du damit vor?«

»Das bestimmst du.«

»Wirklich?«, fragte sie ungerührt. »Dann gebe ich es Maeve.«

»Eine gute Idee«, sagte Alistair sofort. Er war erleichtert, dass diese Angelegenheit nunmehr erledigt war, und legte den Arm um sie.

»Es macht dir nichts aus?«

»Warum sollte es?«, fragte er, beugte sich vor und küsste ihren Hals.

»Hast du denn vergessen, dass ab morgen nach dem Gesetz alles, was mein ist, auch dir gehört?«

»Ach, ist das so, ja?« Er zog sie ganz nah zu sich. »Nimm Maxwells Gold und gib es Maeve – oder wirf es meinetwegen in den Brunnen. Mir ist es gleich. Es gehört dir und ich will nichts davon. Was unser ist, wird uns beiden gemeinsam gehören.« Er zögerte, ehe er ihr in die Augen sah. »Deirdre, ich bin nicht Brodie Maxwell.«

Sie errötete und sah zur Seite. »Das weiß ich.«

»Nein, das weißt du nicht. Nicht richtig.«

Er zog sie wieder an sich. Diesmal legte sie die Arme um ihn und vergrub ihr Gesicht an seiner Schulter. »Es ist alles gut, Liebes«, sagte er und rieb ihre verspannten Schultern. Dann strich er mit den Händen über ihren Rücken. »Ich erwarte nicht, dass du mir gleich vollkommen vertraust. Ich weiß, dass es Zeit braucht.«

»Ich vertraue dir doch«, sagte sie, wobei ihre Stimme von seiner Schulter gedämpft wurde. »Ehrlich.«

»Eines nach dem anderen«, murmelte er. »Schritt für Schritt. Ich kann dir nicht versprechen, dass wir immer und in allem einig sein werden, aber ich verspreche dir, dass wir alles gemeinsam klären.« Er fühlte, wie sie sich in seinen Armen entspannte. »Es wird alles gut. Du wirst sehen. Solange wir nur zusammen sind.«

»Oh, ich liebe dich, Alistair«, sagte sie und drückte ihn fest an sich.

Er lächelte. »Ja, ich weiß. Warum sonst solltest du einverstanden sein, in Schottland zu bleiben, nachdem du mir doch so oft gesagt hast, wie schrecklich du es hier findest.«

»So schrecklich finde ich es gar nicht mehr«, flüsterte sie. »Ich habe … nun in letzter Zeit habe ich Gefallen an Schottland gefunden.«

»Wir werden im nächsten Frühjahr nach Donegal reisen«, sagte er und wand ihr den Zopf auf. »Versprochen. Und du kannst mir alles dort zeigen. Wir bleiben, solange du willst.«

»Wir können nicht zu lange bleiben.« Sie hob den Kopf und lächelte ihn strahlend an. »Jemmy kann dich hier nicht entbehren.«

»Hmm.«

»Das ist wahr, und das weißt du auch! Vorhin, bei den Treueschwüren, als er dich nach oben rief und direkt neben sich haben wollte – ach, Alistair, ich war so stolz auf dich! Und Maeve genauso! Wie sie alle jubelten …«

Alistair fühlte, wie ihm die Hitze ins Gesicht stieg. Ja, es war ein großartiger Moment gewesen, als Malcolm und er zu beiden Seiten von Jemmy gestanden hatten, der im großen Stuhl des Burgherrn saß. Als Alistair auf das Podium stieg, hatten alle Anwesenden laut ihre Zustimmung bekundet, dass es bis übers Moor schallte. Er erinnerte sich an Malcolms strahlendes Lächeln, an Jemmy, der zu ihm aufblickte und für einen kurzen Moment unsicher schien.

Alistair hatte seinen Weinkelch genommen und hoch erhoben. »Auf den Burgherrn!«, hatte er gerufen. »Möge er lange herrschen!«

Dann verstummten die Rufe, während er trank, auf ein Knie sank und Jemmy den Kelch anbot.

»Ich danke dir«, hatte Jemmy gesagt und den Kelch angenommen. Und als ihre Blicke sich begegneten, waren alle Zweifel, die sie je gehabt haben sollten, auf immer verschwunden. Anschließend hatte Alistair sich wieder aufgerichtet und war zur Seite getreten, eine Hand auf dem Griff seines Schwertes. Nein, er bereute nichts. Sie beide waren genau da, wo sie hingehörten.

Aber so schön es auch gewesen war, der beste Teil kam, als er hinauf in die Galerie sah und dort Deirdre erblickte, die sich mit Maeve an ihrer Seite über die Brüstung lehnte. Zu wissen, dass sie von morgen an eine richtige Familie sein würden, bedeutete ihm mehr als alles andere.

Nun sah er Deirdre an, und es raubte ihm fast den Atem. Sie war heute Abend so wunderschön. Ihre Augen leuchteten, und ihre Wangen hatten eine frische Farbe. Meine Märchenprinzessin, dachte er. Meine *Liebe.*

Sie lächelte und legte sich auf die Kissen zurück. Dann streckte sie ihm die Arme entgegen. Er schaute ihr in die Augen, während er seinen Umhang auszog und zu Boden fallen ließ. Anschließend streifte er seine Stiefel ab. Als er die Samttunika über den Kopf zog – noch in den Falten gefangen –, musste er grinsen, da er fühlte, wie Deirdre ungeduldig seine Hose aufband.

Kurz darauf stieg er nackt zu ihr ins Bett. Sie drehte sich zu ihm, und er nahm sie in seine Arme. Ihre Wärme umfing ihn, und als er sie leidenschaftlich küsste, spürte er ihr Herz, das im selben Rhythmus wie seines an seiner Brust schlug.

Sie war jetzt ein Teil von ihm – oder war sie es immer schon gewesen? Er wusste es nicht, aber es war auch unwichtig, denn sie war sein und er gehörte ihr –, was morgen die ganze Welt erfahren würde.

Er wich ein wenig zurück und strich ihr das Haar aus dem Gesicht. In ihren saphirblauen Augen spiegelte sich dieselbe Verwunderung und Freude, die ihn selbst ob seines unbeschreiblichen Glücks erfüllte.

»Oh, Alistair, ich bin so glücklich. Ich hätte nie gedacht, dass ich mich je so fühlen könnte. Sag mir, dass es wahr ist«, flüsterte sie mit bebender Stimme. »Sag mir, dass ich nicht träume.«

»Oh nein, Mylady, das hier ist mein Traum, nicht deiner!« Sie lachte, und er beugte sich wieder zu ihr. Seine Lippen streiften ihren Mund mit unendlicher Sanftheit. »Und es scheint ein sehr schöner Traum zu werden.«

Kapitel 42

»Ronan, selbst ein Heiliger würde die Geduld mit dir verlieren!«, sagte Alyson erschöpft. »Der Wintereinbruch ist keine Zeit zum Reisen. Bleib wenigstens bis zum Frühjahr!«

»Ich danke dir, aber nein«, antwortete er entschlossen und zurrte an seinem Bündel. Dann murmelte er einen ungeduldigen Fluch und blickte auf seine praktisch nutzlose linke Hand herab.

Alyson stand in der Tür seines Zimmers und beobachtete, wie er mit der alltäglichen Aufgabe des Knotenschnürens kämpfen musste. Obwohl sie es ihm liebend gern abgenommen hätte, bot sie ihm keine Hilfe an.

Schließlich hatte er es geschafft und nahm das Stück Holz, das er nun stets bei sich trug. Er drückte seine schwachen Finger fest darum.

Immerhin wurden sie stärker, dachte Alyson. Vor zehn Tagen noch konnte er seine Hand überhaupt nicht bewegen.

»Hast du den Brief an Sir Robert?«, fragte sie, und er klopfte auf sein Bündel.

»Ja, ich hab ihn.«

»Er wird sich freuen, dich kennenzulernen«, sagte sie lächelnd. »Denk dran, ihn zu bitten, dir die Ballade vorzusingen, die er bei seinem letzten Besuch hier gedichtet hat. Du wirst sie gewiss amüsant finden.«

»Ich freue mich schon darauf.«

Er war höflich, dabei wusste sie, dass er log. Ronan freute sich dieser Tage auf gar nichts. Aber wenigstens hatte er Deirdres Hochzeit überstanden und es sogar geschafft, ihr einen Kuss auf die Wange zu geben und Alistairs Hand zu schütteln. Dass er in dem Moment sehr betrunken gewesen war, wussten nur Alyson und Jemmy. Ihr Gemahl nämlich hatte es sich – entgegen Alysons ausdrücklichem Wunsch – an jenem Tag persönlich zur Aufgabe gemacht, Ronan mit reichlich Bier zu versorgen.

Alyson hatte eigentlich erwartet, dass er den heutigen Tag durchschlafen würde, nachdem er gestern so viel getrunken hatte. Doch er war bereits seit dem Morgengrauen auf den Beinen, ein wenig blass zwar, aber dennoch fest entschlossen abzureisen.

»Komm schon rein, Alyson«, sagte er jetzt. »Du machst mich nervös, wenn du da in der Tür stehst! Nein, heb das nicht hoch«, fügte er streng hinzu, als sie nach seinem Bündel griff. »Setz dich her. Du musst schließlich an dein Baby denken.«

»Dem Baby geht es gut«, antwortete sie, tat allerdings, was er gesagt hatte, und setzte sich auf die Bettkante. »Wärst du nicht gewesen, wäre das Baby jetzt tot und seine Mutter ebenso.«

Er zuckte nur mit den Schultern und sah ein wenig unsicher aus – wie immer wenn sie versuchte, ihm für das zu danken, was er an jenem schrecklichen Tag vor der Kapelle für sie getan hatte.

»Es ist ein weiter Weg nach London«, sagte sie. »Hast du genug für Essen und Unterkunft?«

»Ich kann immer noch singen, Lady«, antwortete Ronan. »Und bald spiele ich auch wieder.«

Sie biss sich auf die Lippen und blickte auf seine Harfe hinab. »Ja. Allerdings«, fügte sie taktvoll hinzu, »könnte es noch eine Weile dauern, bis du so weit bist.«

Falls überhaupt. Aber selbst wenn er die Worte hörte, die sie nicht aussprechen konnte, ignorierte er sie. Diese Möglichkeit weigerte er sich auch nur ansatzweise in Betracht zu ziehen.

»Ach, Ronan, kannst du nicht ein bisschen länger bleiben?«, flehte sie. »Nimm dir doch die Zeit, erst wieder richtig gesund zu werden!«

Er schulterte sein Bündel und nahm die Harfe. »Nein, kann ich nicht«, erwiderte er, neigte den Kopf und ließ die Finger über die Saiten tanzen, worauf eine schlichte kleine Melodie erklang.

»Ich brauche Zeit. Aber ich freue mich für Dee«, sagte er und lächelte Alyson traurig an. »Na ja, zumindest versuche ich es, und es wird mir um ein Vielfaches leichterfallen, wenn wir etwas mehr Abstand zueinander haben.« Er starrte hinunter auf seine Harfe, und auf einmal platzte es voller Bitterkeit aus ihm heraus: »Ich komme mir wie ein Idiot vor. All die Jahre habe ich sie geliebt. Dabei war es reine Verschwendung! Für nichts!«

Alyson rang die Hände und suchte nach den richtigen Worten. Nach einer Weile kam sie zu dem Schluss, dass sie gar nichts sagen könnte, was es schlimmer – oder besser – für ihn machte. Also konnte sie ihm ebenso gut sagen, was sie wirklich dachte.

»Liebe ist nie verschwendet«, erklärte sie voller Überzeugung. »Denk doch mal nach, Ronan! Es war deine Liebe, die

Deirdre all die Jahre mit Brodie Maxwell überleben half. War das verschwendet?«

»Nun ja, nein, wenn man es so sieht …«

»Und auch wenn du nicht bekommen hast, was du wolltest – und was du zu wollen glaubtest –, kannst du ehrlich sagen, dass sie dir nichts gab?«

»Nein, das kann ich nicht«, antwortete er schließlich.

Sie nickte und war froh, dass er wenigstens das zugab. Es war immerhin ein Anfang.

»Du hast recht, weißt du«, sagte sie. »So sehr es mir auch widerstrebt, das zuzugeben. Du brauchst Zeit. Aber nutze sie gut. Und denk dran, wenn du etwas brauchst – irgendetwas –, brauchst du uns nur eine Nachricht zukommen zu lassen. Oder, besser noch, komm am besten selbst. Jemmy und ich hatten gehofft, du könntest der Pate unseres Babys werden«, fügte sie hinzu. Ronan sah sie überrascht an.

»Das ist nicht nötig«, erwiderte er heiser.

»Doch. Es ist der Brauch, dass jedes Kind einen Paten bekommt«, sagte sie betont unbekümmert. »Und wer wäre besser geeignet als du? Es wird nicht vor dem Frühling zur Welt kommen. Vielleicht empfindest du bis dahin anders.«

»Vielleicht. Obwohl ich ungern etwas versprechen möchte.«

»Musst du auch nicht. Wenn du kommst, werden wir uns freuen.« Sie stand auf und umarmte ihn kurz. »Jederzeit, Ronan. Du wirst hier immer willkommen sein.«

Es war ein kalter, klarer Morgen, eher wie im April denn im November. In der Ferne wurde Ravenspur immer kleiner, und Ronan wurde es etwas leichter ums Herz. Ja, er fühlte sogar einen Anflug jener freudigen Erregung, die ihn früher jedes Mal gepackt hatte, wenn er eine Reise antrat.

Etwa zur Mitte des Vormittags gelangte er an die steile Schlucht zwischen den Hügeln, die Alistair ihm vor zwei Tagen beschrieben hatte. Ronan war keine höfliche Ausrede eingefallen, mit der er sich vor dem Gefallen hätte drücken können, um den Alistair ihn gebeten hatte. Also musste er hier vorbeireiten und dem alten Mann, der hier lebte, einige Geschenke bringen. Mit einem ungeduldigen Seufzer zog er die Zügel herum und ließ sein Pferd den Abhang hinauftrotten.

Wenigstens würde ihn diese Sache nicht länger aufhalten, dachte er erleichtert, als er die gebeugte Gestalt sah, die oben auf dem Hügel stand.

»Einen guten Tag Euch, Großvater«, rief Ronan. »Ich bringe Geschenke aus Ravenspur.«

»Von Alistair?« Die Stimme des alten Mannes war erstaunlich kräftig, tief, voll und musikalisch. »Dann hat er es nicht vergessen. Wollen wir mal sehen, was er mir schickt.«

Doch er machte keinerlei Anstalten, die Satteltasche auszupacken, die Ronan ihm vor die Füße gelegt hatte. Er stand da, lehnte sich auf seinen Stock und betrachtete Ronan aus großen dunklen Augen. Der Wind wehte ihm das dichte, weiße Haar aus der Stirn.

»Ich bin Fergus vom Clan der McInnes.«

Ronan verbeugte sich höflich. »Ronan Fitzgerald, zu Euren Diensten.«

»Fitzgerald, ja? Na, das ist mal ein hübscher normannischer Name auf einer irischen Zunge! Was seid Ihr denn nun?«

Einst, vor nicht allzu vielen Jahren, hätte Ronan diese

Frage leicht beantworten können. »Ich bin irisch«, hätte er gesagt und darüber gelacht, dass es irgendjemand überhaupt für nötig hielt, ihn zu fragen. Aber das war gewesen, bevor König Edward sein Statut von Kilkenny erließ und darin erklärte, dass seine »wilden irischen« Lords im Zaum gehalten werden müssten.

Sinn des Statuts war es, die Normannen an ihr glorreiches Erbe zu erinnern und davon abzuhalten, sich zu unbeschwert mit ihren irischen Nachbarn zu verbrüdern. Folglich wurde Nachbar gegen Nachbar aufgewiegelt, Familie von Familie getrennt. Die friedliche Gesellschaft, die Ronan als Kind noch für selbstverständlich gehalten hatte, wurde auseinandergerissen.

»Wie heißt die Familie Eurer Mutter?«, fragte Fergus, als er nicht antwortete.

Was geht Euch das an?, wollte Ronan entgegnen, aber er verkniff sich die rüde Antwort. Er hatte viel zu viel Respekt vor dem Alter, als dass für ihn eine solche Reaktion überhaupt denkbar wäre.

»Die O'Donnells.«

»Ein alter Name«, sagte Fergus und nickte mit dem Kopf. »Eine großartige Linie.«

»Das hört Großvater Fitzgerald nicht so gern«, sagte Ronan leichthin und wandte sich wieder zu seinem Pferd um.

»Schämt Ihr Euch Eures irischen Blutes?«, fragte Fergus plötzlich.

»Nicht mehr als meines normannischen«, erwiderte Ronan gereizt.

»Verstehe.«

Ronan hatte das ungute Gefühl, dass der alte Mann viel zu viel verstand, vielleicht sogar mehr als er selbst.

Er zeigte auf das kleine Fass Wein, das zwischen ihnen auf dem Felsen stand. »Könnt Ihr das allein tragen?«, fragte er und fügte hinzu: »Ich kann nämlich nicht den ganzen Vormittag bleiben. Ich muss weiter.«

Fergus versuchte nicht einmal, das Fass hochzuheben. »Wohin wollt Ihr?«

»Nach London.«

»Ich selbst konnte London nie viel abgewinnen«, sagte Fergus milde.

Ich auch nicht, dachte Ronan und fragte sich, was in ihn gefahren war, an eine Reise dorthin überhaupt zu denken. Er erinnerte sich an den Gestank in den Straßen, den Lärm und all die Musiker, von denen manche durchaus begabt waren und alle zwei gesunde Hände hatten, mit denen sie sich einen Platz bei Hofe erspielen wollten. Einst brauchte er sie nicht zu fürchten, aber heute …

»Ich fürchte, ich kann das nicht heben«, sagte Fergus und riss Ronan damit aus seinen Gedanken. »Wärt Ihr so freundlich, es mir nach drinnen zu tragen? Oder, falls Ihr es nicht allein schafft, könnten wir es zusammen tragen.«

Ronan wurde rot, als er bemerkte, dass Fergus auf seine Hand starrte. »Ich schaffe es schon«, sagte er und bückte sich.

»Gleich hier rein.« Fergus zeigte auf eine Öffnung in der Bergwand.

Ronan sah zum Höhleneingang und war plötzlich wie versteinert. Er hatte Höhlen nie leiden können. Obwohl seine Freunde früher nichts lieber mochten, als die Gänge zu erkunden, die sich durch die Klippen von Donegal schlängelten, hatte Ronan sich stets geweigert, dabei mitzumachen.

Warum irgendjemand freiwillig solche schrecklichen Orte

aufsuchte, war ihm ein Rätsel. Allein der Gedanke daran sorgte dafür, dass sich sein Magen in einem Krampf zusammenzog. Seine schlimmsten Albträume handelten davon, dass er im Erdinneren gefangen war und nicht wieder hinauskonnte.

Fergus beobachtete ihn genau. Seine halb geschlossenen Augen gaben nichts von dem preis, was in ihm vorgehen mochte. Falls das eine Art Test war – und Ronan war sicher, dass es so war –, musste er sich schließlich nicht beweisen. Er konnte sich einfach weigern und wegreiten. Er musste nichts, überhaupt nichts von dem tun, was Fergus sagte, ganz gleich wie simpel es war.

Dennoch hatte Ronan das unangenehme Gefühl, dass Fergus' Bitte alles andere als simpel war. Er wusste zwar nicht warum, aber er war davon überzeugt, dass er als ein anderer Mensch wieder hinauskäme, sollte er tatsächlich in diese Höhle gehen. Aber wäre das so schlimm? Bei Gott, er konnte eine Veränderung gut gebrauchen, denn er war sich seiner selbst so unsagbar leid, seines ganzen, sinnlosen Lebens und der leeren Zukunft, die sich endlos vor ihm ausdehnte, überdrüssig wie nie zuvor.

Bot Fergus ihm einen Neuanfang an? Oder war es nur irgendeine Falle? Natürlich gab es noch eine andere Möglichkeit, ermahnte sich Ronan im Stillen, die viel wahrscheinlicher war: Der Mann wollte einfach nur seinen Wein.

Er zögerte. Das Herz schlug ihm wie wild in der Brust, und trotz der kühlen Brise brach ihm Schweiß auf der Stirn aus.

»Geht nur, Junge«, sagte Fergus freundlich. »Da drinnen ist nichts, das Euch Schaden zufügt. Rein gar nichts.«

Ronan schluckte heftig und dachte, dass Fergus ihn gewiss lächerlich fand. Bei Gott, er fand seine Angst und Abscheu ja selbst verachtenswert und absurd. Es war nur eine Höhle! Aber er konnte sich immer noch nicht bewegen. Schließlich sah er Fergus an.

»Wirklich nicht?«

»Nein, wirklich nicht. Ich werde Euch nie belügen, Ronan. Zwischen uns wird kein Platz für Lügen sein.«

Ronan blickte in den Himmel, der klar und blau war, und auf den Weg, der sich den Hügel hinunterschlängelte und nach London führte. Dann hob er das Gesicht wieder zur Sonne, fühlte die Wärme auf seiner Haut und ließ sich den frischen Wind durchs Haar wehen. Wieder sah er zur Öffnung im Fels, die sich schwarz vom grauen Stein abhob. Da drinnen würde es kalt sein, dachte er, dunkel und modrig, voller schrecklicher Visionen.

»Ihr scheint auf mich gewartet zu haben«, sagte er, um Zeit zu gewinnen. »Wusstet Ihr, dass ich komme?«

Fergus lächelte. »Oh ja. Nun, um ehrlich zu sein, wusste ich nur, dass irgendjemand kommt. Ich hatte lediglich gehofft, dass Ihr es seid.«

»Wie kann das sein?«, fragte Ronan verärgert. »Ihr kennt mich nicht einmal.«

»Ach, Kind«, sagte Fergus und legte ihm eine Hand auf die Schulter. »Ich kenne Euch gut, auch wenn ich vor dem heutigen Tag Euren Namen nicht wusste. Ich warte schon eine lange, lange Zeit auf Euch.«

Ronan sah ihn überrascht an, und Fergus nickte, als wollte er die Frage beantworten, die zu stellen Ronan sich nicht traute. Seine dunklen Augen unter den buschigen weißen Augenbrauen waren sehr freundlich.

»Dann … dann denke ich, dass ich hineinkommen kann. Kurz.«

»Sattelt Euer Pferd ab und bringt es in den Schuppen«, sagte Fergus knapp und wandte sich zur Höhle um. »Es wird noch vor Einbruch der Nacht schneien.«

Ronan gehorchte. Danach, auf der Schwelle zum Eingang, zögerte er, nahm die Harfe von seiner Schulter und strich mit den Fingern über die Saiten. Sein Gesicht war vollständig konzentriert, als die Töne durch die kühle Luft tanzten.

Schließlich nickte er. »Wenn Ihr es sagt«, murmelte er und streichelte das polierte Holz. Dann straffte er die Schultern, wappnete sich gegen die dunklen Geheimnisse, die ihn in der Höhle erwarten mochten, und schob die Kuhhaut beiseite, die vor dem Eingang hing. Er trat einen Schritt weit hinein und erstarrte vor Staunen.

Fasziniert betrachtete er die Regale voller glitzernder Kristallgläser, die sauber gestapelten Pergamentrollen, Federn und Tintenfässer und die Kräuterbündel, die zum Trocknen von der Decke hingen. Ein halbes Dutzend Kerzen warf ein warmes Licht auf die anheimelnde Szenerie, und der Duft frisch gebackenen Brotes ließ Ronan das Wasser im Mund zusammenlaufen.

»Na, steht nicht da und lasst die Kälte herein«, sagte Fergus gelassen und blickte von dem Tisch auf, an dem er gerade Brot und Käse aufschnitt. »Kommt herein und setzt Euch.«

Ronan lachte und ließ die Kuhhaut hinter sich los. Dann ging er hinein und streckte die Hände aus, um sie am Feuer zu wärmen.

Elizabeth English

In den Händen des Feindes

Roman

Schottland 1375: Eine Ehe soll die Fehde der Kirallens und der Darnleys beenden. Doch Lord Darnley spielt ein falsches Spiel. Er zwingt seine uneheliche Tochter Alyson, Jemmy Kirallens Frau zu werden und die Feinde auszuspionieren. Aber er hat die Macht der Liebe unterschätzt: Zwischen den Eheleuten wider Willen entflammen schon bald tiefe Gefühle. Vereint setzen sie alles daran, Frieden zwischen den Clans zu schaffen ...

Sie hat geschworen, ihn zu hassen –
doch dann erwacht die Leidenschaft.

Knaur Taschenbuch Verlag

Tracy Cooper-Posey

Die schöne Rächerin

Roman

England 1197: Um den Mord an ihrem Vater zu rächen, lässt sich Helena von York auf ein gefährliches Spiel ein. Unter falschem Namen wagt sie sich bis an den Hof von Richard Löwenherz – und wird schon bald in eine finstere Intrige verwickelt, die den Thron Englands bedroht. Ausgerechnet in Stephen, dem berüchtigten Schwarzen Ritter, findet die mutige Kämpferin einen Verbündeten – und einen Mann, der ihre glühende Sehnsucht nach Liebe entfacht ...

Ihr Herz ist aus Stein – doch er kann es erobern.

Knaur Taschenbuch Verlag

((VAKAT))

Rosemary Rogers

Sturm des Verlangens

Roman

Mitte des 19. Jahrhunderts tobt in Amerika der Französisch-Mexikanische Krieg. Virginia Brandons Vater nutzt die Unruhen für seine Zwecke und schmuggelt eine Fuhre Gold durch das Land. Nur er und Virginia wissen von der brisanten Ladung – glauben sie. Denn der undurchschaubare Steve Morgan raubt das Gold und entführt Virginia, die sich wider Erwarten von seiner wilden und leidenschaftlichen Art angezogen fühlt ...

Das Schicksal schien sie zu trennen –
doch ihre Liebe war stärker.

Amanda Scott

Die Braut des Highlanders

Roman

Barbara McRae ist alles andere als glücklich, als sie nach einiger Zeit am schottischen Hofe von ihrer Familie zurückgerufen wird. Sie fürchtet die Eintönigkeit und Langeweile in den Highlands. Doch es kommt ganz anders: Auf der Reise entgeht sie nur knapp einer Entführung. Ihr Retter, ein maskierter Ritter, raubt ihr einen Kuss und geht ihr danach nicht mehr aus dem Sinn. Sie riskiert alles, um hinter sein Geheimnis zu kommen. Und er, der ein Leben als Geächteter führt, riskiert alles für seine Liebe ...

Er trug eine Maske –
doch sie blickte ihm tief ins Herz.